KNAUR

Von Michaela Grünig ist bereits folgender Titel erschienen:
Frisch entführt ist halb gewonnen
(nur als E-Book erhältlich)

Was wäre, wenn ... frau, anstatt das sichere Studium durchzuziehen, doch lieber als Partygirl auf Ibiza angeheuert hätte? Mit dem heißen argentinischen Polospieler durchgebrannt wäre, anstatt den ehetauglicheren Steuerberater zu wählen? Oder »einfach mal so« ein One-way-Ticket nach LA gelöst hätte? Würde besagte Frau dann jetzt als George Clooneys Freundin zur Oscar-Verleihung marschieren? Oder als neurotische Schnapsdrossel auf dem Highway to Hell? Solche Gedankenspiele beschäftigen mich in meinen Tagträumen. Und da ich leider – wie übrigens die meisten Menschen – nur ein Leben zur Verfügung habe, lasse ich meine Romanfiguren all diese verrückten Dinge für mich ausprobieren! Um die Sache zu vereinfachen, teilen die meisten von ihnen meine Charaktereigenschaften, und zwar die guten wie die miesen! Die besten Ideen dafür kommen mir immer, wenn ich mit meinen drei Hunden durch den Wald ziehe.

MICHAELA GRÜNIG

Ohne Ziel ist der Weg auch egal

Roman

Besuchen Sie uns im Internet:
www.knaur.de

Originalausgabe Oktober 2015
Knaur Taschenbuch
© 2015 Knaur Verlag
Ein Imprint der Verlagsgruppe
Droemer Knaur GmbH & Co. KG, München.
Alle Rechte vorbehalten. Das Werk darf – auch teilweise – nur mit
Genehmigung des Verlags wiedergegeben werden.
Redaktion: Hannah Brosch
Umschlaggestaltung: ZERO Werbeagentur, München
Umschlagabbildung: GettyImages/Fanatic Studio; FinePic®, München
Satz: Adobe InDesign im Verlag
Druck und Bindung: CPI books GmbH, Leck
ISBN 978-3-426-51652-2

2 4 5 3 1

Für meine Eltern Hella und Christoph

1.

Ich stand am Abgrund. Im wahrsten Sinne des Wortes. Denn über das Metallgeländer war ich bereits geklettert.

Die sichere Brückenbegrenzung endete nur wenige Zentimeter vor meinen mustergültig lackierten Fußnägeln. Dahinter lag ein freier Fall von ungefähr vierzig Metern. Unten im Tal sah ich glitzerndes Blau. Ein kleiner Fluss wand sich malerisch durch grüne Wiesen. Die Eifel, das »vulkanische Naherholungsgebiet vor den Toren Kölns«, war bekannt dafür, landschaftlich echt was herzumachen. Ich sah nichts davon. Tunnelblick. Starr hinab. Auf meine nackten Füße und das kleine Stückchen Blau unter mir.

»Spring endlich! Du bist doch sonst nicht so eine feige Socke«, raunte mir mein Gehirn zu. Aber der Körper verweigerte den Gehorsam. Meine Zehen umkrampften den kalten, feuchten Stein so fest, dass es wehtat. Es würde ihnen nichts nützen. Ich war wild entschlossen.

Um ein bisschen Zeit zu gewinnen, drehte ich mich schnell noch einmal zu meinen Zuschauern um: Hinter der Absperrung verharrte meine Freundin Beate inmitten einer kleinen Traube von Schaulustigen. Ihr Blick war ruhig. Fast gelangweilt. Sie war erst vor wenigen Tagen aus ihrem indischen Aschram zurückgekommen und wurde noch von diesem »Ich-bin-eins-mit-meinem-Körper«-Yoga-Meditationsmist erhellt. Alles hatte seinen Sinn und Platz im Universum. Keine Energie ging verloren. Es kam, wie es kommen musste. Als ob mir solche Binsenweisheiten jetzt weiterhelfen würden.

Obwohl, vielleicht würde es auf einen Versuch ankommen …

Wie ging das noch mal? Probeweise raunte ich langsam »Ommmm Na-mo Na-ra«, dieses Mantra hatte mir Beate letzte Nacht während eines längeren Heulanfalls beigebracht, um meiner malträtierten Seele beizustehen. Ich hielt kurz den Atem an und wartete auf die Erleuchtung.

Nichts passierte.

Mein Herz schlug immer noch wie ein Presslufthammer. Gefangen zwischen der Sehnsucht, endlich zu springen, und der verdammten Angst davor. Von innerer Gelassenheit keine Spur. Man musste wohl daran glauben, sonst nützte der ganze indische Kram nichts. Oder Vishnu, der Erhalter des Universums, hatte mich genauso schnöde aufgegeben wie mein Ex-Freund.

»Eh, Alte ... jetzt spring endlich, sonst schubs ich dich!«, rief ein Kerl am Ende der Brücke.

Ja, ja. So galant waren die Männer von heute. Ich drehte mich kurz um und zeigte ihm den Stinkefinger. Nicht mal in Ruhe umbringen konnte man sich heutzutage! Ich schnaubte durch die Nase. Und in diesem Augenblick durchfuhr mich ein Gedanke wie ein Blitz.

»*Ben zieht weg.*« Oh, Gott. Nicht schon wieder. »*Ben ... zieht ... tatsächlich ... von hier ... weg!*«

Wer hätte gedacht, dass ein so kurzer Satz solche Terrorwellen in mir auslösen konnte.

Ich nicht. Ich hätte das alles nicht für möglich gehalten. Weil ich fürs Fernsehen arbeitete, Größe 36 trug und auch sonst auf der Gewinnerseite des Lebens stand. Weil ich noch nie verlassen worden war. Und weil ... ach, weiß der Geier!

Dabei hatte ich nicht eine Sekunde daran gezweifelt, dass Ben und ich wieder zusammenkommen würden. Meiner ausgeklügelten Ben-Wiederbeschaffungsstrategie hätte er auf Dauer nicht widerstehen können. Nicht nach zwei wunderbaren

Jahren als Paar. Was bedeutete da schon eine grademal sechswöchige Trennung?

Das war doch nur ein Schlagloch auf der Straße des gemeinsamen Lebens. Ein winziges Sandkorn im Getriebe unserer Beziehung. Selbst Prinz William hatte seine Kate nach einer kleinen Auszeit geehelicht. Und Ben und ich passten noch viel besser zusammen als diese zwei Königskinder. Und jetzt? Jetzt entzog sich Ben meinem Wirkungskreis. Haute einfach ab und ließ mich allein zurück!

Da war es wieder, dieses verdammte Lied, »Locked Out Of Heaven«. Diese Ohrwurm-Herzschmerz-Dudelei, die mir nicht mehr aus dem Kopf ging. Blöder Bruno Mars! Wie sollte ich nur ohne Ben klarkommen? Ohne den Fels in der Brandung meines Drehbuchautorinnen-Daseins? Ohne diesen einzigen Fixpunkt in meinem Leben, der mir bedingungslose Liebe und Bodenhaftung garantierte? Wer brauchte da solche Songzeilen, die einem das Messer jedes Mal noch ein kleines bisschen tiefer ins Herz rammten.

Wirklich! Ich stand doch schon auf der Brücke. Konnte nicht mal jetzt damit Schluss sein?

Dabei war ich hierhergefahren, um eine Entscheidung herbeizuführen. Meine Art, eine Münze zu werfen. Hopp oder top. Sekt oder Selters. Aufgeben oder nicht. Das hier war der Wendepunkt. Wenn ich sprang, würde es nicht mehr wehtun. Keine Schmerzen mehr. Endlich Ruhe.

Ich straffte die Schultern, atmete ein, versuchte verzweifelt, noch einmal zu schlucken und … machte einen winzigen Schritt.

Nein! Halt! Ich war doch noch nicht bereit. Wild mit den Armen rudernd, versuchte ich, mein Gleichgewicht zu halten … kippte – auf den Zehenspitzen stehend – bedenklich nach vorne … verlor das Gleichgewicht und … fiel ins Leere.

Ich sauste durch die Luft wie ein Geschoss.

Nur leider mit den Füßen zuerst. Nicht im empfohlenen Kopfsprung. Bilder von Ben zogen im Millisekundentakt an meinem geistigen Auge vorbei. Sein Lachen. Seine vom Schlaf verwuschelten Haare. Seine schlanken, sensiblen Finger auf meiner Haut. Unaufhaltsam raste ich der Erde entgegen.

Aber wie bereits vermutet: Mir tat nichts weh. Die wütend pochende Wunde in meinem Inneren gab es nicht mehr.

Jetzt ließ ich mich endlich nach vorne fallen. Ich sah den kleinen Fluss, der aus nächster Nähe gar nicht mehr so klein war, in all seiner sonnenbeschienenen Schönheit. Gleich musste es so weit sein.

Ich kniff die Augen zu, spannte meine Muskeln in Erwartung des Aufpralls an … dann hing mir plötzlich der Magen im Hals. Mein Hirn dengelte von innen gegen die Schädeldecke, und meine Schultern wurden brutal nach hinten gerissen: Die Bungee-Gurte umklammerten meine Fußgelenke wie eine eiserne Faust. Aber sie hielten.

Wie ein Fisch an der Angel zappelte ich einen Meter über der Wasseroberfläche am Hartgummiseil. Ich atmete aus. Die Welt hatte mich wieder.

Und ich hatte eine Idee. Eine großartige Idee. Eine Idee, die mir Ben wiederbringen würde.

100 Pro.

2.

Mach's gut, Davina.«
»You too, Darling.«
Anerkennend betrachtete Tim Larsen noch ein letztes Mal die perfekten Formen seiner seit rund zehn Minuten rechtskräftig von ihm geschiedenen Ehefrau. Sie sah rattenscharf aus. Dem Anlass entsprechend trug sie ein schwarzes, sehr figurbetontes Chanel-Kleid. Mit der riesigen, ebenfalls schwarzen Sonnenbrille wirkte sie fast wie eine trauernde Witwe. Zumindest so, wie sich ein teures Modemagazin eine trauernde Witwe vorstellte. Davina war immerhin ein waschechtes amerikanisches Model, und die waren in jeder Lebenslage eine Augenweide. Das Wort »Trauer« kannte sie wahrscheinlich auch nur aus dem English-Deutsch-Wörterbuch. Schließlich wartete ihr neuer Freund und zukünftiger Ehemann rund hundert Meter weiter in seinem knallroten Ferrari. Davina musste nur die wenigen Stufen vor dem Gerichtsgebäude hinab- und in den Ferrari einsteigen, und schon konnte ihr glamouröses Leben nahtlos weitergehen. Allerdings um einen Ex-Mann und sagenhafte hunderttausend Euro reicher. Natürlich seine hunderttausend Euro. Gut. Aber das war sie ihm wert. Da wollte er sich nicht lumpen lassen. Auch wenn sie jetzt einen mehrfachen Millionär heiratete.
»Danke.« Etwas wehmütig fuhr Davina Tim mit ihrer schmalen Hand über die stoppelige Wange. Er ließ es geschehen. War das eine Träne, die sich ihren Weg unter der XXL-Sonnenbrille hervor ins Freie bahnte? Sie hatten es immerhin fast sieben Jahre miteinander ausgehalten. Zwar nicht als Exklusiv-Beziehung und auch nicht in derselben Wohnung, das wäre bei ih-

rem und seinem Job ein Ding der Unmöglichkeit gewesen, aber zumindest weitestgehend stressfrei.

»Komm schon! Nur Mut. Dein neuer Typ ist bestimmt ein ganz netter Kerl.« Tim strich ihr die Träne von der Wange. »Und wenn er dich nicht gut behandelt, rufst du einfach wieder bei mir an, okay?«

Statt einer Antwort schlang Davina ihre Arme um seinen Hals und küsste ihn leidenschaftlich. *Na, wenn das ihr Neuer sieht, wird er sich aber freuen,* dachte Tim amüsiert. Dann erwiderte er den Kuss. Schließlich war der zukünftige Ehemann Davinas Problem und nicht seines. Erst nach ein paar selbstvergessenen Minuten löste sie sich von ihm, drehte sich mit einem kleinen Seufzer um und schritt elegant die Treppe hinab zu ihrer roten Prinzenkutsche.

Während Tim zum Studio fuhr, dachte er an Davina. Als er sie kennenlernte, hatte sie außerhalb seiner Liga gespielt. Davina war damals bereits ein hochdotiertes, wenn auch blutjunges Elite-Model gewesen, während er seine Brötchen mit der Moderation der täglichen Reality-Talkshow »Die Wahrheit und nichts als die Wahrheit« verdient hatte. In der Show hatten sich die Leute immer etwas krawallmäßig fertiggemacht. Meistens ging es um Ehebruch, Zickenkrieg, Mobbing und solches Zeug. Mit reißerischen Titeln wie »Das ist mein Platz! – Knast für Sonnenliegen-Reservierer?« oder »Oweia, meine Eier – Wenn Frauen zu sehr lieben« fand die Sendung einen Platz im Fernsehprogramm der privaten Kabelsender. Nicht gerade intellektuell, aber damals wie heute ein guter Quotenbringer im Nachmittagsprogramm. Er musste es wissen, schließlich produzierte er den Schrott seit geraumer Zeit selbst.

Als er vor sechs Jahren – weiß der Kuckuck, wie – eine Einladung für den Deutschen Fernsehpreis ergatterte und dort mit Davina am Arm fotografiert worden war, hatte die Presse

Blut geleckt. »Junger deutscher Moderator datet Traumfrau« lauteten die Schlagzeilen. Natürlich bescherte ihm das enormen Rückenwind. Und bam! – Kurz darauf hatte er das erste von Lenja geschriebene Drehbuch an RTL verkauft. Natürlich unter der Bedingung, dass die Serie von ihm produziert wurde ... der Rest war Geschichte.

»Abgefahren« schlug ein wie eine Bombe, und RTL wertete ihn schon nach der ersten Staffel zum »Executive Producer« auf. Vor gut einem Jahr hatte er sich schließlich selbstständig gemacht und seine Produktionsfirma »Die TV-Junkies« gegründet. Jetzt produzierte er »Abgefahren« mit seiner eigenen Kohle und verkaufte die erfolgreiche Serie exklusiv und mit einem satten Gewinnaufschlag an RTL.

Momentan schwamm er wirklich auf der obersten Welle: Gerade war die letzte Folge der diesjährigen Staffel abgedreht und ... okay, eigentlich hätte er längst wieder mit Lenny über den Büchern für die nächste Saison schwitzen sollen, der Abgabetermin war schon verstrichen, aber ...

Laut schallte die Titelmelodie der Bond-Filme durch das Auto. Sein Handy. Er blickte kurz auf das Display und drückte auf die Taste der Freisprechanlage.

»Hallo, Mutz. Was gibt's?«

Frau Kornelia Mutzenbacher, die »TV-Junkies«-Sekretärin, die noch von Davina ausgesucht worden und daher bereits im fortgeschrittenen Alter war, klang wie immer etwas pikiert über seine respektlose, aber liebevoll gemeinte Anrede. »Herr Walter von der Boulevardzeitung hat soeben angerufen und um ein Interview gebeten.«

»Wann?«

»Er ist noch in der Leitung. Soll ich durchstellen?«

»Können Sie Lenja dazuschalten? Ich fände es besser, wenn sie auch ihren Senf dazugibt.«

»Fräulein Schätzing hat heute Urlaub«, informierte ihn Frau Mutzenbacher.

»Sie hat … was?«, fragte Tim überrascht, obwohl er die akkurat ausgesprochenen Worte durchaus verstanden hatte.

»Sie hat einen Tag Urlaub genommen.«

»Ah, okay«, murmelte Tim geistesabwesend. Lenja und Urlaub! Sie war genauso ein Arbeitstier wie er. Wozu brauchte sie auf einmal Urlaub? Dabei war es Lenny gewesen, die ihn unter Druck gesetzt hatte, sich endlich wieder in der Schreibwerkstatt zu verbarrikadieren. Er musste sie unbedingt anrufen.

»Na, dann verarzte ich Herrn Walter eben alleine … Stellen Sie durch.« Ohne ein weiteres Wort von Frau Mutzenbacher hörte Tim plötzlich die sonore Stimme des Journalisten.

»Tag, Herr Larsen. Danke, dass Sie sich die Zeit nehmen. Herzlichen Glückwunsch zur guten Quote von »Abgefahren«!

»Danke.« Tim gab gerne Interviews. Das war eines der Privilegien des Erfolgs, und er fühlte sich heute sowieso in vermarktungstechnischer Höchstform.

»Tja, und was sagen Sie da zu dem Gerücht, dass ›Abgefahren‹ abgesetzt werden soll? Angeblich verhandelt RTL schon für eine neue Arztserie.«

Tim hatte plötzlich einen Eisklumpen im Magen. Walter war *der* Medienexperte der Boulevardzeitung und saugte sich so ein »Gerücht« nicht aus den Fingern. Nein, der war zumeist überaus gut informiert. Mist. Er hatte sich für die Firmengründung bis über die Ohren verschuldet. Wenn RTL jetzt die Reißleine zog, dann … gute Nacht.

Walter räusperte sich am anderen Ende der Leitung. »Herr Larsen? Sind Sie noch dran?«

3.

Wenn jemand, der einem viel bedeutete, von einem Tag auf den anderen Schluss machte, kam man ins Grübeln. Ob man wollte oder nicht, man suchte nach Gründen und Abgründen, meistens im eigenen Charakter. Oder man unterzog sein Äußeres einer kritischen Bestandsaufnahme. Wobei der Klassiker »Ich bin zu dick« bei mir objektiv gesehen nicht zutraf. Nein, der Trennungsgrund musste in meinem webfehlerbehafteten Naturell liegen. Und das war eindeutig schlimmer. Denn einen miesen Charakter konnte man weder durch gezieltes Abnehmen noch durch hundert Stunden Bauch-Beine-Po-Training ändern.

Dabei hatte ich bisher ein ganz gutes Bild von mir gehabt: Ich verdiente nicht schlecht, hatte gleich zwei beste Freunde, einen viel beneideten Job und sah auch, inzwischen wieder ohne Piercings und Tattoos, ziemlich heiß aus.

Einige behaupteten sogar wohlwollend, ich wäre das Ebenbild der jungen Kate Moss, aber, na ja, das sollten wir jetzt einfach mal so stehenlassen. So ein bisschen moralische Unterstützung konnte ja nicht schaden.

Natürlich war mir bekannt, dass auch ich ein paar kleine Defizite hatte. Wer nicht? Geduld war mir nicht in die Wiege gelegt worden. Hausfrauliche Begabung auch nicht. Als Ben und ich noch zusammengewohnt hatten, war Letzteres unser einziger Streitpunkt. Es war schließlich nicht überlebenswichtig, ob man die Schmutzwäsche in den dafür vorgesehenen Korb schmiss oder eben doch nur daneben. Daran ging die Welt nicht zugrunde.

Genauso wenig, wie wenn man rein aus Versehen ein paarmal

vergaß staubzusaugen, obwohl man eigentlich an der Reihe gewesen wäre. Und gut, ich gab es zu, ich kaufte grundsätzlich nicht anhand einer Liste ein. So konnte es schon mal vorkommen, dass ich etwas – ganz aus Versehen – nicht mitbrachte. Leider waren es zumeist Bens Bio-Bircher-Frühstücksmüsli oder andere für ihn strategisch bedeutsame Lebensmittel gewesen. Er war da als Arzt natürlich ein kleiner Gesundheitsapostel.

Wegen solcher Anlässe war es schon mal zu kleineren Auseinandersetzungen gekommen, die von mir recht laut nach dem Motto »Angriff ist die beste Verteidigung« und von ihm gewohnt gelassen ausgefochten wurden. Aber wir waren niemals ohne uns zu versöhnen schlafen gegangen, darauf hatte ich streng geachtet. Was aber trotzdem nichts nützte. Deshalb saß ich ja jetzt hier …

In einem Anflug von Dramatik hatte Beate den Spiegel in meinem Badezimmer mit einem Bettlaken verhängt. Und sie untersagte mir sogar, die aufwendige Prozedur in der matt reflektierenden Oberfläche meines Handtuchschranks zu verfolgen.

»Für den maximalen Überraschungseffekt, verstehst du?«

Ich verstand nur zu gut, denn ich saß hier seit einer gefühlten Ewigkeit, starrte meinen mit bunten Schmetterlingen verzierten Duschvorhang an, und die Neugier zog mir schmerzhaft den Magen zusammen.

Schließlich hing mein sorgfältig ausgeklügelter Plan von den hoffentlich überzeugenden Make-up-Künsten meiner besten Freundin ab, die dem Himmel sei Dank von Beruf Maskenbildnerin war und freiberuflich für verschiedene Sender und Modemagazine arbeitete.

Beate dokterte seit einer geschlagenen Stunde an meinem Gesicht herum: Zunächst hatte sie mit einer Art Spachtel eine grobe Paste (»Grundierung«) aufgetragen, die sie dann mit allerhand zusätzlichen Materialien und Farben aus verschiedenen Töpfchen und Tiegeln übertünchte. Zwischenzeitlich schien sie die einzelnen Schichten wieder abzuschmirgeln, bevor sie neue aufpinselte. Ich war ein Fleisch gewordenes »OBI-Heimwerkerprojekt«. Zumindest fühlte es sich so an.

»Und du willst das hier echt durchziehen, Lenja? Ist er das denn wirklich wert?«, fragte Beate, während sie meine Haare mit einem Gummiband zusammenzwirbelte und am Hinterkopf festpinnte.

Ich drehte mich um und sah meiner Freundin fassungslos ins liebliche Gesicht. »Sag mal, hast du vergessen, um wen es sich handelt?«

Beate nippte kurz an ihrem köstlichen Prosecco, mit dem ich sie nach achtwöchiger indischer Alkoholabstinenz »überredet« hatte, mir mit ihren Künsten zur Seite zu stehen. »Schon klar, Ben ist ein guter Typ, aber …«

»Aber was?«, unterbrach ich sie konsterniert. »Benedikt Hohenfels ist doch nicht einfach nur ein guter Typ, Beate!

»Sondern?«

»Er ist perfekt. Hörst du? Perfekt!«, ereiferte ich mich. »Er ist Arzt … was ja schon alles sagt! Außerdem ist er einen ganzen Kopf größer als ich, hundertprozentig ehrlich, treu, sieht filmstarmäßig aus, ist sportlich, und … und er liebt mich.«

»Hm, Schatz, das gehört in die Vergangenheitsform, oder nicht?«, entgegnete Beate und trank sich noch einen Schluck Mut an, um ihre Aussage zu beenden. »Er *liebte* dich. Jetzt hat er Schluss gemacht.«

Im ersten Moment war ich sprachlos über so viel unverfrorene Direktheit. Für gewöhnlich bemitleidete und betüddelte man mich seit der unsäglichen Trennung. So tanzten sämtliche Kollegen und Freunde, bis auf meinen emotional etwas unterentwickelten Produzenten Tim, wie auf Eierschalen um mich herum, hatten die extraweichen Samthandschuhe übergestreift und versicherten mir inständig und ununterbrochen, dass Ben »selbstverständlich« (mit drei mitgesprochenen Ausrufezeichen) zu mir zurückkehren würde. Oder im O-Ton: »Er wäre ja auch schön blöd, sich so jemand Großartigen wie dich entgehen zu lassen ... Warte ab, wenn der erst mal merkt, wie das Leben ohne dich aussieht, kommt er gleich wieder angerannt ...« Leider hatten sich diese wunderbaren Prophezeiungen bisher allesamt noch nicht bewahrheitet.

Und jetzt kam meine beste Freundin frisch aus Indien zurück mit so unerhörter, brachialer Ehrlichkeit. Typisch! Dabei versuchte ich, es Beate nicht zu verübeln, dass sie sich genau die zwei Monate für ihren Aschram-Aufenthalt ausgesucht hatte, in denen ich meine allergrößte Krise durchlebte.

Kurzerhand beschloss ich, ihren Einwurf zu ignorieren und weitere Argumente für die Einzigartigkeit meines Ex zu finden. Vielleicht stellte sich auf diese Weise doch noch ein meiner Verfassung angemessenes Mitgefühl bei ihr ein.

»Wusstest du eigentlich, dass Ben klassische Musik liebt, jedes Jahr für UNICEF spendet, sich mit französischem Rotwein auskennt und sogar recycelt?«, startete ich einen zweiten Versuch.

»Und du nicht?«, fragte Beate mit strenger Stimme.

»Was ... recyceln? Ähm ... doch ... meistens ... Aber darum geht es nicht.«

»Sondern?«

»Darum, dass es sich absolut lohnt, um Ben zu kämpfen! Mit jedem zur Verfügung stehenden Mittel.«

Beate zog mir eine scheußlich-schöne Perücke über den Kopf.

»Also dein sogenannter Plan ist doch Muckefuck mit Sauce. So kommst du niemals wieder an ihn ran. So wie ich dich ken-

ne, ist das außerdem nicht dein erster Versuch, ihn zurückzuerobern, oder?«

Ich nickte beschämt, denn sie hatte natürlich den Nagel auf
den Kopf getroffen. Beate kannte mich verdammt gut.

»Also, was hast du schon alles veranstaltet?«, setzte sie ihr
Verhör fort.

»Das ist doch jetzt nicht so wichtig«, wich ich aus und jaulte
kurz auf, als meine Freundin mir beim Befestigen der Perücke
versehentlich mit einer Haarnadel in die Kopfhaut stach.

»Nein, nein. Rück raus mit der Wahrheit! Mal sehen, was für
Schnapsideen dir sonst noch eingefallen sind.«

Ich zierte mich, doch Beate schaute mich erwartungsvoll an
und, was noch schwerer wog, unterbrach ihre wertvollen
Bastelarbeiten auf meinem Kopf. Also gut, wenn sie unbedingt wollte, gab ich das Unverfänglichste zu. »Ich habe seiner Mutter Opernkarten geschickt, damit sie ein gutes Wort
für mich einlegt.«

»Oh«, sagte Beate überrascht. »Das ist aber nett.«

Ich zuckte mit den Schultern. »Na ja, sie mag mich nicht. Und
die Karten kamen prompt wieder zurück. Per Einschreiben.«

»Und dann?«, fragte Beate, aber sie steckte endlich wieder die
Perücke fest.

»Ich habe versucht, Ben mit einem selbstgeschriebenen Gedicht zurückzuerobern … hoch zu Ross.«

»Wie jetzt? Auf einem lebendigen Pferd? Aber du kannst
doch gar nicht reiten.«

Ich nickte. Es war zugegebenermaßen nicht die beste meiner
Ideen gewesen.

»Oh je! Und ist dieser Ganzkörpereinsatz bei Ben auf Gegen-
liebe gestoßen?«

»Wie man's nimmt. Am Anfang lief alles gut. Tim hat den Gaul
besorgt, und mein Gedicht war wirklich sehr romantisch.«

»Aber wie hat dein Ex darauf reagiert?«

»Na ja, es ist leider etwas dumm gelaufen …« Ich sprach nicht weiter, denn ich fühlte, wie der altbekannte Kloß in meinem Hals aufstieg, und prompt geriet Beates stundenlange Arbeit in akute Gefahr, einfach weggeschwemmt zu werden. Blöde Heulerei! Aber der Sturz von dem riesigen Gaul hatte ganz schön wehgetan. Warum hatte dieser Dünnbrettbohrer hinter mir auch so ungeduldig hupen müssen! Da waren bei dem Vierbeiner natürlich sämtliche Sicherungen durchgebrannt. Und Ben, der von seinem Balkon aus Zeuge des Spektakels geworden war, hatte sich lediglich um meine Gehirnerschütterung und nicht um mein lädiertes Innenleben gekümmert.

»Schon gut«, murmelte Beate, die mir meinen drohenden Gefühlsausbruch ansah. »Ich will dich nicht unnötig quälen, aber du darfst deine Erwartungen nicht zu hoch schrauben, okay? Es gibt auch ein Leben ohne Ben. Und die Aktion, die du hier planst, hat meines Erachtens keinerlei Aussicht auf Erfolg. Mach dir also keine zu großen Hoffnungen, sonst fällst du, wenn es schiefgeht, in ein tiefes Loch.«

Ich nickte beklommen, obwohl ich ihre Meinung nicht teilte. Erstens konnte das Loch, in das ich dann fallen würde, gar nicht tiefer sein als das, in dem ich mich bereits befand. Und zweitens gab es kein Leben ohne Ben. Zumindest keines, das es sich zu leben lohnte.

Zweifelnd blickte ich an mir hinab. Die dunkelgrüne Schluffihose kratzte. Über der grauen Paisley-Muster-Bluse, Modell »Alte Jungfer« trug ich einen burgunderfarbenen C&A-Pullunder. Sollte ich einen Blick in den Spiegel riskieren? Oder würde mich der Anblick ein Leben lang verfolgen? Doch diese Verkleidung und die dazugehörige Strategie waren meine letzte Chance, und ich würde sie nutzen. Ich atmete tief ein. »Wann bist du endlich fertig?«

Beate betrachtete mich, ihr Kunstwerk, kritisch von oben bis unten. Die prüfend hochgezogenen Augenbrauen machten nur Sekunden später einem kleinen, stolzen Lächeln Platz. »Jetzt.«

Als ich aufspringen und das Bettlaken vom Spiegel ziehen wollte, hielt sie mich fest. »Nein, nicht hier. Du musst dich im großen Spiegel anschauen, sonst verpasst du was.« Einladend hielt sie die Badezimmertür auf.

»So?« Betont langsam schlurfte ich einen Schritt näher.

»Gar nicht mal so schlecht«, nickte sie anerkennend. Nur noch wenige Meter trennten mich von dem modernen, alu-gerahmten Spiegel in meinem Schlafzimmer. Jetzt kam also die alles entscheidende Enthüllung. Plötzlich zögerte ich.

Doch ich hatte keine Wahl. Gleich fand die ultimative Probe aufs Exempel statt: Ich war mit Tim, der mich von Kindesbeinen an kannte, im Café Reichardt verabredet.

Das etwas altmodische Café Reichardt lag genau gegenüber vom Dom. Ich ließ mich von Beate hinchauffieren, obwohl ich normalerweise die kurze Distanz von meiner Wohnung geradelt wäre. Doch in meiner momentanen Aufmachung ging das leider nicht. Die Perücke könnte verwehen.

Außerdem hatte ich es nicht eilig. Tim war genau wie ich nur bei Live-Sendungen pünktlich. So war er nun mal, mein Mr. Tausendvolt-Erfolgsproduzent! Mit klopfendem Herzen schritt ich durch die Tür.

Tim war fast auf die Barrikaden geklettert, als ich ihn gebeten hatte, mich hier zu treffen. »Geht's noch?«, hatte er in den Hörer gebrüllt. »Warum denn ausgerechnet im ›Café Reichardt‹? Da kann man doch nicht inspiriert über die nächste Staffel von ›Abgefahren‹ quatschen! Im ›Reichhardt‹ sitzt die friedhofsblonde ›Aber bitte mit Sahne‹-Fraktion und schaufelt sich …«

»… die besten Torten von Köln rein«, hatte ich lapidar ergänzt. »Genau deswegen.«

»Torten? Seit wann isst du denn Torten? Sag mal, Liebes … bist du etwa schwanger?« Er hatte das in dem gleichen mitfühlenden, aber tief verunsicherten Ton gefragt, in dem man sich bei einem Todgeweihten erkundigen würde, wie viel Zeit ihm noch verbliebe.

»Nur, wenn es tatsächlich eine unbefleckte Empfängnis gibt!« Das hatte ihm fürs Erste das Maul gestopft. Tim wusste schließlich ganz genau, dass ich Ben trotz Trennung die Treue hielt. Trotzdem war ich mir sicher, dass er gleich hier aufkreuzen würde. Denn Tim war eben nicht nur mein Produzent, sondern auch mein bester Freund, und das, seit ich denken konnte. Seite an Seite hatten wir eine ziemlich schwierige Kindheit überstanden und uns im mörderisch harten TV-Business einen Namen gemacht. Die gemeinsam konzipierte Serie schweißte uns nur noch enger zusammen.

Nachdem ich meinen Espresso ausgetrunken hatte, warf ich einen Blick in die Runde. Tim war noch nicht da. Wahrscheinlich schmollte er und ließ mich absichtlich ein paar Extraminuten schmoren. Oder er hatte auf dem Weg eine seiner Tussen getroffen. Davon gab es reichlich. Köln war praktisch gepflastert mit Tims Ex-Gespielinnen. Am liebsten mochte er vollbusige Blondinen, die zusammengenommen einen Intelligenzquotienten von ungefähr 0,01 haben dürften. Doch das juckte mich nicht. Schließlich musste ja nicht ich mit denen nach dem Sex Konversation betreiben. Aber vielleicht tat er das ja auch nicht und setzte seine Mädels nur mit einem liebevollen Klapps auf den Allerwertesten beim nächsten Sonnen- oder Fitnessstudio ab. Keine Ahnung.

Während ich noch darüber nachdachte, trat er durch die Tür. Und selbst die im Café Reichardt versammelten Omis schauten wie auf Kommando von ihren Tellern auf und Tim an. Er sah nämlich aus wie ein blonder Surfer-Gott. Nur gut, dass ich gegen seine Reize immun war, das brachte der Status der besten Freundin und Kollegin so mit sich. Ansonsten würde sich die gemeinsame Arbeit auch recht schwierig gestalten.

Als Tim auf der Suche nach mir durchs Café schritt, sah man ihm an, dass er sich in dieser Umgebung äußerst unwohl fühlte. Kein Wunder: Frauen im Rentenalter waren eindeutig Neuland für ihn. Sein Blick schweifte desinteressiert über die Menge der grauhaarigen Seniorinnen. Verwundert bemerkte er, dass seine Freundin Lenja sich nicht unter den Anwesenden befand. Er schaute auf die Uhr und dachte wahrscheinlich: *Das gibt's doch nicht – Lenny, die sonst immer vor mir da ist, hat sich verspätet! Ob ich sie mal anrufen soll? Oder gebe ich ihr noch ein paar Minuten?*

Unentschlossen setzte er sich an einen Tisch. Und jetzt kam mein großer Auftritt.

»Huhu«, rief ich in einer mit Beate geübten, etwas höheren Stimmlage als gewöhnlich.

Tim blickte sich um, sah mich und guckte durch mich hindurch.

Also nochmal: »Hallo, Sie da! Junger Mann!« Ich stand auf und ging ein paar Schritte auf ihn zu.

Tim registrierte verdattert, dass diese ihm völlig unbekannte Dame zielstrebig auf ihn zusteuerte. Aber da er höflich war, stand er auf und fragte: »Meinen Sie etwa mich?«

»Ja, natürlich meine ich Sie! Oder sehen Sie hier noch einen anderen jungen Mann?« Meine Stimme überschlug sich etwas, aber dadurch hörte sich die gespielte Empörung noch echter an. »Sie sind doch Tim Larsen?«

»Ja, der bin ich.« Tim stand da wie bestellt und nicht abgeholt. Ich hätte vor Lachen losprusten können, aber ich beherrschte mich. Stattdessen knallte ich ihm mit voller Wucht meine altmodische Damenhandtasche vor den Bug.

Tim fielen fast die Augen aus dem Kopf. »Was soll das? Warum schlagen Sie mich?«

»Sie Wüstling haben meine Enkeltochter verführt«, schrie ich und freute mich wie Bolle, dass meine Tarnung so gut funktionierte. Dann zog ich ihm noch eins mit der Tasche über.

Tim hob die Hände, um meine Attacken abzuwehren, und stammelte bestürzt: »Ihre Enkeltochter?«

»Verführt«, kreischte ich. »Jetzt werden Sie sie heiraten müssen!«

Tim wurde bleich. Wahrscheinlich durchlebte er gerade seinen allerschlimmsten Alptraum. Fast tat er mir leid. Na ja, aber auch nur fast.

»W... wer ... wie ist der Name ... Ihrer Enkeltochter?«, stotterte er.

»Da hört ja alles auf! Da schlafen Sie mit ihr ... und kennen nicht mal ihren Namen?«, brüllte ich ihn an.

Es gab keinen einzigen Gast mehr im Café Reichhardt, der sich noch mit seinem Kuchen beschäftigte. Tim und ich genossen die ungeteilte Aufmerksamkeit.

»Äh ... entschuldigen Sie bitte, aber ...«, flüsterte Tim, dem das ganze Spektakel natürlich unglaublich peinlich war.

»Ich entschuldige *gar nichts!* Das ist doch unanständig! Unanständig! Wer macht denn so etwas?«

Mit zitternden Händen zeigte Tim auf seinen Tisch und sagte: »Können wir uns nicht hinsetzen und das Ganze in Ruhe ...«

Genau auf dieses Angebot hatte ich gewartet. Schwupps saß ich auch schon und stellte meine Handtaschen-Waffe kokett vor mir auf dem Tisch ab. Tim warf dem Teil einen unsicheren Blick zu, bevor auch er sich niederließ.

»Darf ich Sie auf ein Getränk einladen?«, fragte er.

»Klar darfst du das«, sagte die ihm gegenübersitzende, leicht gewalttätige Alte plötzlich in einer komplett anderen Tonlage. Tim starrte mich wie vom Donner gerührt an.

Ich zwinkerte ihm zu. »Eh, mach mal ein bisschen pronto. Ich habe Durst.«

Tim öffnete den Mund und schloss ihn wieder.

Ich lächelte diabolisch. »Komm schon, mein Lieber. Streng die kleinen grauen Zellen an, du hast doch sonst nicht so ein Brett vorm Kopf.«

»Lenny?«, flüsterte Tim entgeistert.

Nachdem er sich einigermaßen von dem Schock erholt hatte, mich in meiner neuen beziehungsweise alten Verpackung zu sehen, weihte ich ihn in meine Pläne ein.

»Und nächsten Montag geht's ab ins Seniorenheim. Genauer gesagt werde ich in ›Schloss Winterfreude‹ einziehen. Heute früh habe ich alles festgemacht.«

»Waaas? Wieso das denn?«, stammelte Tim und starrte mich mit offenem Mund an.

»Es ist meine letzte Chance. Ben macht dort für drei Monate eine Schwangerschaftsvertretung, um etwas Zeit mit seiner Großmutter zu verbringen. Danach geht er …« Mir fiel es immer noch schwer, den nächsten Satz zu Ende zu sprechen. Alles in mir sträubte sich dagegen.

»Danach geht er …?«, wiederholte Tim, um mich zum Weiterreden zu animieren.

»… geht er für Ärzte ohne Grenzen nach Nicaragua!«, flüsterte ich betrübt und ließ den Kopf hängen.

»Und deshalb ziehst du ins Seniorenheim?«

Ich nickte.

Tim schien sprachlos zu sein.

Umso besser, dann konnte ich gleich mit meinem informativen Monolog fortfahren.

»Aber nicht als achtundzwanzigjährige, ungeliebte Drehbuchautorin Lenja Schätzing, sondern als sechsundsiebzigjährige, pensionierte Kunsthändlerin Karla Meyer.«

Tim fasste sich an die Stirn. »Das ist ein Witz, oder?«

»Nein. Das ist bitterer Ernst!«, erwiderte ich pikiert.

»Aber das kannst du doch nicht machen! Warum denn ausgerechnet jetzt?!«

»Wenn nicht jetzt, wann dann? Wenn Ben in Nicaragua sitzt?« Unwirsch verscheuchte ich eine Fliege vom Rand meiner Kaffeetasse. »Ich kann kein Spanisch und habe auch sonst kein Talent, das mich für einen längeren Aufenthalt im subtropischen Dschungel qualifiziert. Nein, die nächsten drei Monate sind kritisch für meine weitere Lebensplanung, und ich werde mich nicht von dir von meiner Mission abbringen lassen.«

»Aber was machen wir mit den neuen Drehbüchern? Die schreiben sich ja schließlich nicht von allein!«, warf Tim ein. Er sah auf einmal ziemlich blass aus.

Ich schnaubte durch die Nase. Ausgerechnet jetzt dachte er an die Bücher. Dabei hatte ich ihn in den letzten Wochen regelrecht mit dem Thema gestalkt. Und jetzt passte es eben ausnahmsweise mir nicht in den Kram. Laut sagte ich: »Mein Gott, ich kann schließlich übers Internet auch vom Seniorenheim aus daran arbeiten, und außerdem muss ich mir sowieso noch einen Plot für die nächste Staffel ausdenken.«

Tim stöhnte. »Übers Internet? Das klappt doch nie im Leben.«

Seine Skepsis und seine Unfähigkeit, sich in mein Dilemma einzufühlen, ließen mich augenblicklich fuchsteufelswild werden. »Dein verdammter Frauenverschleiß macht dich immer zynischer, mein lieber Tim. Du wirst als alter, hundseinsamer Mann enden, wenn du nicht verstehen kannst, dass

25

man um seine große Liebe kämpft und sie nicht einfach so in den Urwald ziehen lässt! Außerdem ist das alles auch deine Schuld. Wenn ich nicht so viel arbeiten müsste und du mich nicht mit dieser blöden Wette in Versuchung geführt hättest, wären Ben und ich bestimmt noch zusammen!«

Ich ließ meinem Zorn freien Lauf und warf ihm noch ein paar andere unschöne Dinge an den Kopf. Danach war er »überredet«. Und ich hatte ein schlechtes Gewissen, da ein paar meiner verbalen Schläge versehentlich unter Tims Gürtellinie gelandet waren. Aber wo gehobelt wurde, fiel eben manchmal auch ein Tropfen Herzblut.

4.

Tim rührte sich noch einen zweiten Zuckerwürfel in seinen extrastarken Espresso. Er hatte nach Lennys unglaublicher Offenbarung kein Auge zugemacht und die ganze Nacht gegrübelt. Schließlich hatte er beschlossen, den Stier bei den Hörnern zu packen: Er würde gleich heute früh dem zuständigen Redakteur einen Besuch abstatten und herausfinden, ob RTL tatsächlich, wie von Herrn Walter vorhergesagt, seine Erfolgsserie absetzen und den Vertrag vorzeitig kündigen wollte.

Leider lag dies durchaus im Bereich des Möglichen. Der Vertrag wurde jedes Jahr nur dann verlängert, wenn RTL das Staffel-Konzept und die Drehbücher der ersten drei Folgen nach Durchsicht absegnete. Was bisher eine reine Formsache gewesen war. Doch sie waren mit genau dieser verdammten Formsache in Verzug. Lenny hatte ihm zwar seit Monaten ständig damit in den Ohren gelegen, aber er war mit anderen Projekten zu beschäftigt gewesen, um ihr beim alljährlichen Brainstorming zur Seite zu stehen.

Doch wenn das Zugpferd der »TV-Junkies« eingestellt werden sollte, konnte er die neuen Projekte allesamt in der Pfeife rauchen. Die Banken hatten ihm die Kredite nur auf der Grundlage des Vertrags mit RTL hinterhergeschmissen. Außerdem war ein Großteil dieser Gelder bereits in die Vorproduktionskosten der Serie geflossen. Ein Gewinnausfall in der Größenordnung, wie sie ihm die Einstellung von »Abgefahren« bescheren würde, würde ihn unweigerlich in den Bankrott treiben.

Im besten Fall war das Gerücht tatsächlich nur Gerede und er würde den Redakteur einfach um etwas Aufschub bitten. Dann würde er sich umgehend mit Lenny per Internet so lange im stillen Kämmerlein einschließen, bis das Konzept und die Bücher zu Papier gebracht waren. Das war der Plan. Doch als er sich durch den morgendlichen Verkehr kämpfte, wurde er das dumpfe Gefühl einer sich anbahnenden Katastrophe trotzdem nicht los.

Schließlich saß Tim im Vorzimmer und wartete darauf, dass Herr Dragetin, von Lenny immer scherzhaft »Herr Dragon Queen« genannt, ihn ins Besprechungszimmer rief. Keine guten Vorzeichen für eine freundliche Unterredung, weder das Meeting im offiziellen Besprechungszimmer noch das Warten. Es fiel ihm schwer, gute Miene zum bösen Spiel zu machen. Er wäre lieber aufgesprungen und wie ein Tiger im Käfig auf und ab gelaufen. Allerdings hätte er damit seine aufgewühlte Gemütslage preisgegeben. Nein, er würde sein Pokerface beibehalten, koste es, was es wolle.

Fuck! Hoffentlich fragte Dragetin ihn nicht sofort nach den neuen Büchern. Denn leider hatte er immer noch keinen blassen Schimmer, was in der nächsten Saison von »Abgefahren« überhaupt passieren sollte.

Tim blickte auf die Uhr. Dragetin ließ ihn nun schon eine geschlagene Stunde schmoren. Lenny fehlte ihm. Mit ihr wäre das Warten nur halb so schlimm. Aber sie war ab heute ganz offiziell im Dauerurlaub. Und das alles nur wegen diesem schnöseligen Langweiler Ben.

Wer hätte gedacht, dass ausgerechnet so ein Blödmann Lennys notorisch wankelmütiges Herz erobern würde? Als sie vor zwei Jahren mit dem Kerl aus dem Skiurlaub zurückgekehrt war, hatte er dieser Beziehung jedenfalls keine zwei Monate gegeben. Ein biederer Mediziner. Gut, er sah nicht schlecht aus. Groß und dunkel. Aber für die lebenslustige

Lenny war er doch absolut ungeeignet. Ben ging kaum aus, trank keinen Tropfen Alkohol und war stockkonservativ. Allesamt denkbar schlechte Voraussetzungen für eine Beziehung mit seiner quirligen Top-Autorin.

Doch seit Ben mit ihr Schluss gemacht hatte, war nicht mehr viel mit ihr anzufangen. Dabei war seine kleine Lenny sonst kein Kind von Traurigkeit. Das war ja gerade das Fundament der wunderbaren und wirklich außergewöhnlichen Freundschaft, die sie beide verband. Sie war ein richtiger Kumpel: trinkfest, witzig, zu allen Schandtaten bereit. Aber seit dieser Trennung verhielt sie sich irgendwie seltsam. Mit ihr zu reden war früher immer so einfach gewesen. So natürlich wie ein- und ausatmen. Doch das Gespräch gestern hatte ihm zu denken gegeben. All seine Worte schienen auf taube Ohren zu stoßen, und nun ließ sie ihn einfach so im Stich und zog in dieses …

»Herr Larsen?« Dragetins Sekretärin blickte kurz von ihrem Schreibtisch auf. »Sie können jetzt reingehen.«

Dragetin war jemand, der sich nicht entscheiden konnte, ob er zu den lockeren Kreativen oder doch eher zu den seriösen Anzugträgern gehören wollte. So war sein Auftreten eine Mischung aus beidem. Er trug Jeans und Blazer. Bunten Schal statt Krawatte. Seine Haare reichten bis zum offenen Hemdkragen, dafür war sein Gesicht babypopomäßig glattrasiert. Normalerweise begrüßte er Tim mit Handschlag. Aber heute blieb er mit einem verstockten Gesichtsausdruck am Konferenztisch sitzen.

»Na, wo sind die neuen Bücher? Hast du sie im Vorzimmer liegen lassen?«, fragte er spöttisch, während Tim unaufgefordert Platz nahm.

»Du, die werden echt gut. Lenja und ich verpassen ihnen gerade den allerletzten Schliff«, erwiderte Tim forsch.

»Wer's glaubt, wird selig!«, knurrte Dragetin. »Ich weiß aus sicherer Quelle, dass ihr noch nicht mal damit angefangen habt.«

»Wer behauptet denn so was? Das ist eine eklatante Lüge«, verteidigte Tim sich eher schwach. Er war überrascht von Dragetins Aggressivität. Hatte sich da etwas angestaut? Es stimmte: Früher hatte er öfter mal das Zufriedenheitsbarometer seines Auftraggebers überprüft, aber jetzt, da die Serie so ein Quotengarant war, war er nachlässig geworden.

»Ich glaube, euch sticht der Hafer. Ihr seid einfach zu groß geworden. Man müsste euch mal wieder auf Normalmaß zurechtstutzen«, schnaubte Dragetin. »Was habe ich neulich in einem eurer Interviews gelesen?«

Er wühlte in dem Papierstapel, der vor ihm auf dem Konferenztisch lag. »Ach hier.« Der Redakteur zog seine Lesebrille aus den Haaren, setzte sie sich auf die Nase und las übertrieben munter vor: »*Wir sind ja quasi die Qualitätsbeauftragten des Senders. Unsere Serie ist das Goldstück im Einheitsbrei der mittelmäßigen deutschen Abendunterhaltung. RTL freut sich bestimmt schon auf eine weitere Zusammenarbeit.*« Dragetin haute mit der Faust auf den Tisch. »Das ist schlichtweg arrogant!«

Tim machte ein zerknirschtes Gesicht. »Aber trommeln gehört doch zum Handwerk …«

»Das könnt ihr mal meiner Chefin erzählen! Die hört das bestimmt unglaublich gerne.« Er zitierte wieder aus dem Artikel: »*Wir machen erstklassige, qualitativ hochwertige Unterhaltung und nicht so lauwarmes Seniorenfernsehen.*«

»Ich habe das so nie gesagt. Das ist doch völlig …«, setzte Tim an.

»… aus dem Kontext gerissen?« Dragetin war auf hundertachtzig. Kleine Spucketröpfchen sprühten ihm aus dem

Mund, so erregt war er. »Dann hör mir mal gut zu, damit wenigstens *wir* uns nicht missverstehen. Wenn ich in spätestens vier Wochen keine 1a-Drehbücher auf dem Tisch habe, war es das mit uns. Klar?«

Nachmittags saß Tim hundemüde im Büro und wartete darauf, dass seine Sekretärin ihm die Drehbücher der letzten Saison brachte. Vielleicht würde er anhand dieser Vorlage ja selbst etwas zusammengedichtet bekommen. So schwer konnte das nicht sein. Denn eines war ihm auf der Rückfahrt klargeworden: Auf Lenja konnte er sich in ihrer momentanen geistigen Verfassung – immerhin wollte sie für diesen Typen in ein Altersheim ziehen – mit Sicherheit nicht verlassen.
Außerdem quälten Tim noch ganz andere Sorgen. Er hatte gerade eine sehr bittere Unterredung mit seinem kaufmännischen Leiter gehabt. Und die Lage war leider eindeutig: Ohne die erste Vorabzahlung von RTL, die direkt im Anschluss an die Absegnung der Drehbücher fällig gewesen wäre, müssten die »TV-Junkies« in gut drei Monaten Insolvenz anmelden.
Er würde also irgendwie Geld heranschaffen müssen. Entweder, indem er die Bücher selbst schrieb, oder durch zusätzliche Überbrückungskredite von den Banken. Leider rechnete ihm sein kaufmännischer Leiter für Letzteres keine allzu großen Chancen aus. Doch in diesem Moment hatte Tim eine Eingebung. Er griff zum Telefonhörer und wählte die Nummer seiner Ex-Frau.
»Hello?«, klang Davinas sexy Stimme aus dem Lautsprecher.
»Hey, Baby«, antwortete Tim. »Wie geht's?«
»Oh, gut. Ich heirate nächste Woche«, erwiderte Davina mit ihrem süßen amerikanischen Akzent, bei dem das »r«« immer sehr lang gezogen wurde und mehr wie »wrr« klang.
»Schön für dich«, sagte Tim etwas kühler. Das Tempo, mit

dem sie ihn ersetzte, gefiel ihm nicht wirklich. »Dann meine besten Wünsche.«

»Danke, Darling. Ich dachte, ich schicke dir lieber keine Einladung.«

»Da hast du goldrichtig gedacht«, meinte Tim lakonisch.

»Warum rufst du an?«

»Ich wollte dich um etwas bitten.«

»*Honey,* aber gerne. Um was geht es denn?« Davina klang überrascht. Ja, es stimmte. Er hatte sie noch nicht oft um etwas gebeten.

»Ich wollte dich fragen, ob du mir, nur für ein paar Monate, die Hunderttausend leihen kannst, die ich dir bei der Scheidung gegeben habe. Ich bräu...«

»Oh, Darling. Aber das ist völlig *impossible*. Ich habe gerade mein Hochzeitskleid damit gekauft«, rief Davina fröhlich in den Hörer.

»Du hast dir von dem ganzen Geld ... ein Hochzeitskleid gekauft? Für hunderttausend Euro?«, fragte Tim perplex.

»*Yes, absolutely.* Vera Wang ist teuer! Und ich wollte wenigstens bei einer meiner Hochzeiten richtig gut aussehen.« Sie lachte perlend. »Wieso brauchst du denn Geld, Schatz?«

»Ach, nichts. Ist schon gut. Hab eine schöne Trauung«, erwiderte Tim und legte auf. Verdammter Mist! Damit entschwand alle Hoffnung auf eine unkomplizierte Zwischenfinanzierung. Mit einem leisen Stöhnen öffnete er das Schreibprogramm auf seinem Computer.

5.

Am nächsten Morgen schien die Sonne bereits durchs Fenster, als ich aufwachte. Wie immer hatte ich von Ben geträumt. In meinem Traum hatten wir gemeinsam Hand in Hand in einer kleinen Bergkirche vor dem Altar gestanden. Er im dunklen Anzug und angemessen ernst. Ich in einer märchenhaften Hochzeitsrobe und mit einem so treudoof romantischen Grinsen im Gesicht, dass ich mich im wachen Zustand für diese Traum-Lenja eigentlich hätte fremdschämen müssen. Tat ich aber nicht. Ich beneidete sie.

Hm. Ob diese Träumerei was bedeutete? Die Sachlage war da nicht ganz eindeutig: Es gab sowohl das Sprichwort »Träume sind Schäume« als auch die Volksweisheit »Im Traum kann man einen Blick in die Zukunft tun«. Was denn nun?

Sprichwörter taugten sowieso nicht viel als Ratgeber. Was sollte zum Beispiel heißen: »Der Weg ist das Ziel«? Das war doch völliger Quatsch! Wer eierte schon gerne durch den Irrgarten des Lebens und stellte dann am Ende fest, dass ausgerechnet dies der beste Teil der Reise gewesen war und das Ankommen keinen Spaß machte? Eben.

Ich wackelte ein wenig mit den Zehen. Sie waren eindeutig zu kalt. Früher hatte Ben sie immer gewärmt. Er fehlte mir an allen Ecken und Enden. Aber ich musste positiv denken und meinen perfekten Plan in die Tat umsetzen.

Der erfolgreiche Testlauf mit Tim hatte mir Mut gemacht. Niemand würde mich in dieser Aufmachung erkennen, nicht mal meine eigene Mutter. Wobei sie bei so etwas sowieso nur sehr bedingt als Richtschnur taugte, denn Mama, eine überzeugte Anhängerin der New-Age-Bewegung, schlenderte an manchen Tagen auch an meinem unverkleideten Ich grußlos vorbei. Das hatte allerdings mehr mit ihrem »bewusstseinserweiternden« Marihuana-Konsum zu tun als mit meinem Aussehen. Ja, Mami trug noch immer Blumen im Haar, auch wenn sie nicht in San Francisco lebte …, aber lassen wir diesen Poltergeist in der Kiste.

Jedenfalls war mir nicht mal mein engster Freund auf die Schliche gekommen. Die ungewohnte Augenfarbe, die Haut. Ich selbst hatte es mir nicht so realistisch, so naturgetreu vorgestellt. Alles fühlte sich völlig echt an. Vielleicht ein wenig trocken. Aber nicht wie Gummi oder so. Es war die perfekte Tarnung. Entschlossen stand ich auf und sprang unter die Dusche. Beate und ich hatten heute noch viel vor.

Ein paar Stunden später sah mein Wohnzimmer aus wie ein Schlachtfeld. Überall leere Einkaufstüten und Schuhkartons. Neben der Tür lag ein kleiner Berg aus durchsichtiger, zerrissener Plastikfolie. In der Mitte thronte ein aufgeklappter Koffer und wartete darauf, gefüllt zu werden.

Es war so still, dass man die Küchenuhr im Nebenraum leise ticken hörte. Andächtig betrachteten Beate und ich die Ausbeute unserer Shoppingtour. Einige »Prachtstücke«, wie zum Beispiel das auberginefarbene Seidennachthemd nebst Bademantel, waren mit an Sicherheit grenzender Wahrscheinlichkeit älter als ich selbst.

Sie stammten aus einem skurrilen Secondhandshop. Aber die meisten Hosen, Strickjacken, Kleider, Röcke und Blusen hatten wir in einem kleinen, dunklen Damenoberbekleidungsgeschäft in Köln-Ehrenfeld erstanden, an dem ich mehrfach vorbeigefahren war und mich jedes Mal gewundert hatte, dass ein so unzeitgemäßer Laden überleben konnte.

»Komm, ich zeige dir, wie man die Sachen kombiniert.« Fach-

männisch griff Beate einen blauen Rock aus dem Sammelsuri-
um und übergab ihn mir feierlich, zusammen mit einer
gelb-weiß-gestreiften Bluse und einem blaugepunkteten
Tuch. »Hier, zieh mal an.«
»Ist das nicht zu schick?«, fragte ich nervös. Ich war im Grunde meines Herzens kein Blusen-Typ, auch wenn ich Ben zuliebe hin und wieder welche angezogen hatte.
Beate lächelte milde über mein Unverständnis. Sie war wirklich top in ihrem Job. Deshalb stattete sie auch unsere Serie
aus. Und für mich bedeutete das in meiner momentanen Situation einen klaren Heimvorteil. Denn nachdem ich angezogen und wieder auf alt geschminkt war, musste ich ihr RechtR
geben: Mein Seniorinnen-Look war absolut perfekt.
Heute sollte es also hauptsächlich um die Klamotten gehen,
aber die restlichen Wochentage waren auch schon verplant.
Morgen wollten wir tiefer in meinen imaginären Lebenslauf
einsteigen und ihn raffiniert mit realen Ereignissen der Welt-
geschichte verknüpfen. Was war zum Beispiel gerade in Berlin passiert, als mein neues Ich dort Kunstgeschichte studierte?
Wir hatten uns auf Kunstgeschichte geeinigt, weil das Fach so
herrlich wischiwaschi war. Jeder konnte mit minimalem Auf-
wand ein bisschen was über Kunst erzählen und trotzdem
damit Geld verdienen.
Donnerstag würde es dann um alle Körperlichkeit gehen. Wie
bewegte sich die alte Dame sie irgendwelche Ticks haben?
Dazu würden auch einige Photoshop-Arbeiten gehören, um
Bilder und andere Andenken zu fabrizieren.
Freitag schließlich wollte ich dann einen ganzen Tag in voller
Montur als »Karla Meyer« verbringen und mit Beate in die
Innenstadt fahren. Das komplette Programm!
Um mein Pseudonym war kurzzeitig ein heftiger Streit zwi-

schen Beate und mir entbrannt. »Du kannst ihr doch nicht so einen lieblosen Allerweltsnamen geben! Die Frau hat schließlich mit Kunst zu tun«, hatte Beate mich völlig unesoterisch angeraunzt. Ihre im indischen Aschram teuer erkaufte, tiefenentspannte Ruhe schien ein relativ begrenztes Haltbarkeitsdatum zu haben.

Ich hatte nur bestürzt den Kopf geschüttelt. »Und was mache ich, wenn so ein Snob dieses Blaublüter-Verzeichnis, den Gotha, rausholt und merkt, dass es diese Adlige nicht gibt? Meinst du nicht, dass ich schon genug Probleme habe?«

Ich würde mich als einfache »Karla Meyer« auch viel wohler fühlen, und außerdem … vielleicht mochte Ben ja gar keine Adligen?

Beim Gedanken an Ben wurde mir ganz flau im Magen. Ob er etwas merken würde? Doch ich würde es trotzdem durchziehen, schließlich hatte ich nichts mehr zu verlieren! So war das eben, wenn man nackt mit dem Rücken zur Wand stand.

Einen ersten Vorgeschmack darauf, dass Altern nichts für Weicheier war, bekam ich, als Beate und ich bei sechsundzwanzig Grad im Schatten am Aachener Weiher spazieren gingen. In einen dunkelgrauen Mantel mit Hut gekleidet, lief mir der Schweiß aus allen Poren. Die Perücke juckte, und ich musste meine Hand in der Manteltasche festklemmen, um mich nicht zu kratzen.

»Alte Menschen frieren eben leicht«, meinte Beate. Sie flanierte in einem luftigen weißen Sommerkleid an meiner Seite.

»Oder sie wollen unbedingt einen Hitzschlag bekommen«, gab ich grummelnd zurück.

»Wer alt sein will, muss leiden«, kommentierte sie herzlos. Dann legte sie ihren Arm auf meinen. »Und du gehst auch schon wieder viel zu schnell.«

»So besser?«

»Hm, hm. Aber vielleicht solltest du noch einen Spazierstock ausprobieren.«

»Nee, meine ganze Aufmachung ist sowieso schon kompliziert genug. Wahrscheinlich muss ich jeden Morgen um fünf aufstehen, wenn ich das verdammte Make-up alleine aufpinseln will.«

Beate grinste. Dann machte sie ein Gesicht wie an Weihnachten. »Vielleicht habe ich da eine kleine Überraschung für dich.«

Im Auto auf dem Weg in die Kölner Innenstadt erzählte sie mir, dass sie nach meinen Maßen eine hauchdünne Maske aus Latex angefertigt hatte, die bereits »auf alt« geschminkt war. Ich müsste sie für meine Maskerade nur noch mit Theaterkleber festleimen, etwas pudern und fertig! Das würde die täglichen »Umstyle«-Arbeiten auf ein circa halbstündiges Minimum beschränken. Ich sparte natürlich nicht an Lob, denn das war eindeutig ein Silberstreifen am dunklen Horizont!

Nachdem Beate ihr Auto im Parkhaus abgestellt hatte, tigerten wir los Richtung Fußgängerzone. Ich fühlte mich so unsicher wie ein pummeliger Teenager mit Pickeln und konnte an keinem Schaufenster vorbeigehen, ohne mich eingehend zu mustern.

Als Erstes sollte ich ein Paar Strümpfe kaufen. Was mir auch tatsächlich gelang, ohne dass der Verkäufer auffällig reagierte. Ich war stolz wie Oskar. Aber Beate hatte natürlich trotzdem etwas zu mosern: »Das muss alles viel langsamer gehen. Nicht so ping-pang-pong: ›Ein paar blaue Strümpfe, Größe 39, bitte!‹ Senioren nehmen sich Zeit für solche Sachen. Die schieben das nicht mal eben zwischen zwei Termine. Sockeneinkauf ist das Hauptevent des Tages, verstehst du?«

Nach weiteren Einkäufen (Porzellanfigürchen, Klassik-CD

37

und »Echt Kölnisch Wasser«) ruhten wir uns im »Café Spitz« bei einem Espresso aus.

»Und Ben hat den Job in diesem Altenheim tatsächlich nur wegen seiner Oma angenommen?«, erkundigte sich Beate und goss ein paar Tropfen Milch in ihre Tasse.

Ich holte tief Luft. »Also erstens ist Schloss Winterfreude kein stinknormales Altersheim, sondern ein Luxusanwesen mit allem Pipapo. Sozusagen der Ferrari unter den deutschen Einrichtungen für Senioren. Und zweitens ist Gloria Thorwald genau genommen nur die Schwester von Bens richtiger Oma. Aber da Letztere recht früh verstorben ist, hat sie sich eben diese Rolle unter ihre spitzen Nägel gerissen.«

»Gloria Thorwald? Die berühmte Schauspielerin?«

»Genau die«, brummte ich ungnädig. Ich war nicht gerade der größte Fan von Gloria. Denn selbst der sprichwörtliche Blinde mit dem Krückstock hätte ohne jede Anstrengung erkennen können, dass Gloria mich keineswegs für eine geeignete oder auch nur halbwegs annehmbare Partnerin für ihren kostbaren Enkel hielt. Während unserer Beziehung hatte sie jedenfalls gestichelt, wo sie nur konnte.

»Aber Frau Thorwald ist doch die Grande Dame des deutschen Theaters. Sie hat alle großen Charakterrollen gespielt. Meine Mutter hat sie mal als Lady Macbeth gesehen und schwärmt noch heute von dem Erlebnis«, rief Beate begeistert. Na toll. »Jetzt ist sie jedenfalls pensioniert«, murmelte ich säuerlich. Gloria hatte mir bestimmt keine Träne nachgeweint, warum also sollte ich wegen ihr in Begeisterungsstürme ausbrechen?

Doch Beate raffte offenbar nicht, dass Gloria bei mir unten durch war. »Ich habe erst neulich ein aktuelles Bild von ihr gesehen. Sie sieht immer noch ganz fantastisch aus. Besonders weil sie ja auch nicht mehr die Jüngste ist.«

Und wenn schon. Ich nahm schnell einen Schluck Espresso, um mich um eine Antwort zu drücken.

»Und was machst du, wenn du in Schloss Winterfreude eingezogen bist? Hast du schon einen Plan, wie du an Ben rankommen willst?«

Ich zuckte mit den Schultern. »Das wird sich schon ergeben. Hauptsache, ich kann überhaupt mal wieder mit ihm reden.«

»Ja, aber als Seniorin Karla Meyer.«

»Immer noch besser als gar nicht.«

»Das musst du selber wissen.« Beates Blick sprach Bände: halb Anteilnahme, halb Tadel wegen meiner unausgegorenen Vorgehensweise. Aber allen Unkenrufen zum Trotz würde ich das Kind beziehungsweise Ben schon schaukeln!

Erst als ich im Bett lag, fiel mir etwas auf. Etwas Sonderbares, das ich an diesem Nachmittag noch gut gefunden hatte: Niemand, von dem zumeist beflissenen Verkaufspersonal mal abgesehen, hatte mich heute beachtet. Keiner der vielen Passanten hatte auch nur einen Blick an mich verschwendet. Das ganze Café Spitz war randvoll mit attraktiven Kerlen gewesen, aber nicht ein einziger hatte versucht, mit mir zu flirten! Nicht die kleinste Anmache! Es war geradezu so, als sei ich über Nacht unsichtbar geworden. Klar, das hatte an meiner Verkleidung gelegen. Junge, gutaussehende Typen fuhren nun mal nicht auf Seniorinnen ab, aber ... wie sollte ich mir Ben bloß wieder an Land ziehen, wenn meine größten Trümpfe (Kate-Moss-Gesicht und Tiptop-Figur) verdeckt waren? Was blieb denn dann eigentlich noch von mir übrig?

6.

Gemeinsam durchquerten wir die elegante, mit weiß-grauem Marmor verkleidete Eingangshalle von Schloss Winterfreude. Beate, meine hilfsbereite Nichte, trug die Koffer. Auf dem Weg zur mahagonivertäfelten Rezeption hielt ich unwillkürlich Ausschau nach Ben. Aber er war nicht zu entdecken. Bis auf ein paar Zeitung lesende Senioren war die Halle leer. Hinter dem Schalter stand eine junge, blonde Empfangsdame – hm, Konkurrenz? – und schien uns bereits zu erwarten.

»Herzlich willkommen in Schloss Winterfreude! Mein Name ist Isobel van Breden«, strahlte sie Beate an. Klar, ich war hier zwar die Hauptperson, wurde aber nicht beachtet.

»Danke! Karla Meyer. Ich habe reserviert«, säuselte ich.

Frau van Breden tippte eine kleine Ewigkeit auf der Computertastatur herum, und mir wurde ein wenig heiß. Hatte ich das Zimmer auf den richtigen Namen bestellt? Aber dann wurde die schöne Isobel doch noch fündig.

»Hier haben wir Sie! Möbliert, richtig? Sie werden Suite 235 im Südturm bewohnen«, flötete sie liebenswürdig. »Das wird Ihnen bestimmt gefallen. Sehr sonnig!«

Das interessierte doch den Heizer, ob das Zimmer sonnig war. Und so fragte ich hastig: »Und wie komme ich dahin?«

»Aber, aber! Nicht so schnell. Wir müssen Sie doch erst noch einchecken.« Nachsichtig lächelte sie über meinen vermeintlich senilen Unverstand. »Ich sehe, Sie haben die ersten drei Monatsmieten und die Kaution bereits überwiesen. Dann benötige ich nur noch Ihren Pass und das Anmeldeformular.«

Bedächtig öffnete ich meine ehrenwert aussehende Handtasche, zog meinen nigelnagelneuen, weil natürlich gefälschten,

Pass und das zu Hause ausgefüllte Anmeldeformular heraus und legte beides kommentarlos auf den Tresen.

Der Pass hatte mir zunächst große Bauchschmerzen bereitet. Ich wollte schließlich Beate nicht zur Urkundenfälschung anstiften. Aber sie hatte nur gelacht, als ich ihr meine Bedenken vortrug. »Mach dir mal nicht in die Hose. Du brauchst den doch nur für die Anmeldung und nicht, um über eine Grenze zu marschieren.« Beate schien ihren in Indien wegmeditierten »Groove« wiedergewonnen zu haben. Sie hatte natürlich recht. Isobel warf nur einen flüchtigen Blick auf die photogeshopte, frisch überklebte und laminierte Passseite mit meinen Personalien. Dann schob sie ihn wieder zu mir rüber.

»Wunderbar!« Sie läutete eine goldene Klingel, und schon bog ein junger Mann in dunkelblauer Uniform um die Ecke. »Adam, geleiten Sie bitte Frau Meyer zu Suite 235?«

Isobel schenkte mir ein unverbindliches Abschiedslächeln. »Bis bald, Frau Meyer. Ich hoffe, Sie werden sich schnell bei uns wohlfühlen.«

So weit, so gut. Ich atmete erleichtert auf. Die erste Hürde war übersprungen.

Adam – gemäß Namen und leichtem Akzent höchstwahrscheinlich polnischer Nationalität – sah so adrett aus, als hätte man ihn gerade erst aus dem Musikantenstadl entführt. Das dunkle Haar brav über dem schmalen Gesicht gescheitelt, wünschte er uns in grammatikalisch einwandfreiem Deutsch einen guten Morgen, bevor er meine Koffer auf ein rollendes Etwas lud. Dann schob er los. Beate und ich folgten unaufgefordert.

»Das Mittagessen wird um elf Uhr dreißig im Sonnensaal serviert, und Abendmahl kann man um siebzehn Uhr dreißig in der Taverne einnehmen«, informierte uns Adam artig im Aufzug.

»Ist das nicht ein bisschen früh?«, fragte Beate verblüfft, während ich mich eingehend im Fahrstuhlspiegel betrachtete.

»Viele unserer Gäste gehen zeitig zu Bett. Und spätes Essen belastet nur unnötig den Organismus«, wurde sie eines Besseren belehrt.

Beate schmunzelte verzückt. Man sah ihr an, dass sie viel Spaß hatte. »Der ist aber süß«, formten ihre Lippen lautlos hinter dem Rücken des Hotelburschen.

Die Fahrstuhltür öffnete sich im zweiten Stock, und wir folgten Adam auf den mit weinroter Seidentapete ausgekleideten Flur. Plötzlich trat aus einem der angrenzenden Zimmer ein aristokratisch aussehender älterer Herr.

»Guten Morgen, Herr Warstein«, grüßte Adam. »Frau Meyer, darf ich Ihnen Ihren neuen Nachbarn, Herrn Warstein, vorstellen?

Adam war stehengeblieben, wahrscheinlich um seine kleine Vorstellungszeremonie mit einem Händeschütteln abzurunden. Aber davon schien Herr Warstein, der verschlossen und nicht übermäßig freundlich wirkte, nichts zu halten: Er nickte einmal kurz in meine Richtung und stolzierte, ohne ein Wort zu verlieren, schnurstracks an uns vorbei.

Adam schaute ihm sichtlich enttäuscht hinterher. Sein Weltbild war eindeutig in Goethes »Edel sei der Mensch, hilfreich und gut« verankert. Schade, dass er damit einer aussterbenden Art angehörte. »Sie werden sich bestimmt später kennenlernen«, tröstete Adam mich. Dann schloss er die Tür von Suite 235 auf und ließ uns eintreten. Das Halbdunkel des Zimmers roch sanft nach Mottenkugeln. Doch Adam machte sich bereits an den schweren Vorhängen zu schaffen. Einen Moment später fluteten warmes Sonnenlicht und Frischluft in das komplett in Beige- und Brauntönen gehaltene Zimmer.

»Voilà!«, rief er wie ein Magier, der seinem Publikum den gerade aus dem Hut gezauberten Hasen präsentierte. »Suite 235.«

Beate und ich blickten uns an. Zumindest der Eingangsbereich sah gar nicht mal so übel aus. Ich würde mich zwar unter normalen Umständen nicht zwingend mit so zierlichen Biedermeier-Möbeln einrichten, aber wenigstens stand hier kein Gelsenkirchener Barock mit Brokatbezug herum.

Unser netter Hotelbursche ließ es sich nicht nehmen, uns auch alle anderen Räume der Suite zu zeigen.

»Hier ist das Badezimmer.« Nobler Marmor bis zum Abwinken.

»Das Schlafzimmer.« Das musste ich mir gleich noch mal genauer anschauen. Sah aber auf den ersten Blick auch ganz passabel aus.

»Und der Wohnbereich.« Oje, da war er, der Klassiker, auf den ich nur gewartet hatte: ein in Öl verewigter röhrender Hirsch hing über dem Sofa. Der würde mir bestimmt gleich mal runterfallen. So etwas Gruseliges konnte ich mir ganz sicher nicht drei Monate lang anschauen.

»In dieser Broschüre stehen alle wichtigen Telefonnummern, und weiter hinten finden Sie das jeweilige Tagesprogramm.« Mein ritterlicher Kofferträger nahm ein dünnes Heftchen vom Tisch und blätterte ein wenig.

»Heute zum Beispiel gibt es einen Aquarell-Malkurs, Bridge für Einsteiger, Wassergymnastik und Nordic Walking durch den Park. Außerdem können Sie sich jederzeit für eine Runde Golf vormerken lassen.«

»Das ist ja ein *tolles* Programm, Tante Karla! Findest du nicht?«, feixte Beate mit halbherzig vorgetäuschtem Enthusiasmus.

Dabei spielten wir eigentlich ganz gerne Golf. Nur vielleicht nicht in dieser Verkleidung. »Klass…«, setzte ich mit meiner normalen Stimme an, doch Beates warnender Blick löste bei Tante Karla einen akuten Hustenanfall aus.

»Herrlich, ganz herrlich«, sagte ich in einer höheren Tonlage und hüstelte noch ein bisschen, um meinen Schnitzer wiedergutzumachen. Aber Adam hatte nichts bemerkt. Er lud meine Koffer ab.

»Haben Sie noch irgendwelche Wünsche?«, fragte er dienstbeflissen.

Ich schüttelte den Kopf. »Nein, danke.«

»Müssen Sie eine bestimmte Diät einhalten?«, erkundigte er sich fürsorglich.

»Nein.« Aus den Augenwinkeln sah ich, dass Beate sich großartig amüsierte.

»Oder benötigen Sie vielleicht Hilfe beim Waschen und Ankleiden?«

»Absolut nicht«, antwortete ich schärfer als beabsichtigt.

»Bist du sicher, Tante Karla?«, fragte das Kameradenschwein Beate leutselig und hob belehrend den Zeigefinger in die Höhe. »Eine helfende Hand soll man nie ablehnen.«

»Nein, danke«, wiederholte ich fest und zeigte Beate hinter meinem Rücken den Stinkefinger.

»Also dann, Frau Meyer, gutes Eingewöhnen, und ich werde Sie rechtzeitig um elf Uhr zwanzig zum Mittagessen abholen«, verabschiedete Adam sich. Den von Beate offerierten Fünf-Euro-Schein ließ er dezent in seiner Hosentasche verschwinden.

»Mannomann!«, flüsterte Beate, als sie Adam außer Hörweite wähnte, und ließ sich mit einem tiefen Seufzer in die beigefarbenen Polster plumpsen.

»So schlimm ist es doch gar nicht«, versuchte ich mir Mut zu machen.

Beate sah plötzlich ganz ernst aus. Fast besorgt. »Ich hoffe nur, dass er das auch wert ist, Lenny.«

»Das ist er«, sagte ich fröhlicher, als ich mich fühlte. »Du wirst sehen ... am Ende bist du Trauzeugin bei unserer Hochzeit.«

Beate schüttelte verwundert den Kopf. »Warum bist du nur so wahnsinnig versessen aufs Heiraten, Lenny? Was versprichst du dir davon? Ewige Glückseligkeit? Also ich an deiner Stelle wäre schon mit einer ganz normalen Beziehung glücklich.«

»Und ich weiß auch schon, mit wem du diese *stinknormale* Beziehung am liebsten führen würdest«, erwiderte ich schnippisch, obwohl ich ewiges Stillschweigen über die Identität von Beates heimlichem Liebesobjekt gelobt hatte.

Doch Beate ließ sich nicht provozieren. »Lenny, wenn du etwas brauchst oder hier wegwillst ...« Sie machte eine Geste, als würde sie telefonieren, »ein Anruf und ich bin da, okay?«

Ich nickte gerührt. »Ich weiß.«

Dann ging Beate, und ich war allein. Allein unter Fremden.

7.

Tim starrte wie in Trance auf den Computerbildschirm. Lenny beschwerte sich regelmäßig, wie sauschwer es war, für »Abgefahren« zu schreiben, da jede Folge mit einem Cliffhanger endete und es die Auflösung der Krimi-Serie immer erst in der allerletzten Sendung der Staffel gab. Sie jammerte darüber, dass jede Folge auf allen vorherigen aufbaute und man sich nicht die kleinste Ungereimtheit leisten durfte. Aber sie hatte ihm leider nie verraten, wie man die erste Szene schrieb.

»Abgefahren« handelte von einer jungen Privatdetektivin namens Lara Kloft, die auf ihre Weise die abstrusesten Fälle löste, während sie von einer Liebespleite in die nächste schlitterte. Klar, dass sie sich jedes Mal in die grundverkehrten Typen verknallte und sich außerdem mit den psychologischen Folgeschäden einer antiautoritären Kindheit in der Hippie-Kommune ihrer Eltern rumschlagen musste. Das musste so sein. Schließlich basierte Laras problematische Hintergrundgeschichte auf Lennys eigener Vergangenheit. Wie sagte sie immer? »Man schreibt halt über das, was man kennt.«

Er kannte Lenjas Vorleben haargenau, schließlich hatte er sie damals oft genug getröstet, wenn sie von ihren durchgeknallten Eltern mal wieder bloßgestellt worden war. Meistens waren diese mit irgendwelchen Plakaten vor ihrer Schule aufmarschiert und hatten gegen »den Kapitalismus« und das »System der Sklaverei« protestiert. Auf den wild herumgeschwenkten Schildern standen dann so peinliche Sprüche wie »Poppen statt Kloppen«, »Bildung krepiert, wenn Dummheit regiert« oder auch »Bürger lasst das Shoppen sein! Steckt die Sachen einfach ein!«.

Nein, theoretisch wusste er, worüber er schreiben *sollte*. Praktisch hatte er sich inzwischen auch die Drehbuch-Software, die gleiche, die Lenja immer benutzte, heruntergeladen, aber viel hatte er trotzdem noch nicht zustande gebracht.

»FADE IN:
INT. CAFÉ – TAG

In einem altmodischen Café sitzt LARA, für ihre Verhält-
nisse ungewöhnlich schick angezogen, einem männlichen
KLIENTEN gegenüber.

LARA
Was wollen Sie von mir?

KLIENT
(schiebt ihr einen Umschlag zu)
Sie werden alles Weitere hier drin finden.

LARA
Um was für ein Vergehen handelt es sich?

Doch der namenlose KLIENT steht ohne ein weiteres Wort
auf. Lara sieht ihm verblüfft hinterher.«

Tims Cursor blinkte auf dem Punkt hinter dem letzten Satz. Er hatte keine Ahnung, um was für ein Vergehen es sich handeln sollte. Er war der verdammte Produzent, nicht der Autor. Wenn er sich wenigstens mit Lenja hätte besprechen können. Aber sie hatte in weiser Voraussicht ihr Handy abgeschaltet. »Ich melde mich, wenn ich Zeit habe«, waren ihre letzten Worte zu ihm gewesen. Und er hatte es nicht übers Herz gebracht, ihr den drohenden Untergang von »Abgefahren« zu beichten. Nein, er wollte sie nicht damit belasten, denn er wusste aus langjähriger Erfahrung, dass Lenja unter Druck panisch reagierte und sogar zeitweilig in eine Schreibblockade verfallen konnte. Deshalb hielt er unerfreuliche Entwicklungen immer so lange wie möglich von ihr fern.

Er hätte nie gedacht, dass es so schwer sein könnte, sich eine schlüssige Handlung aus den Fingern zu saugen und aufs leere Papier zu bringen. Dabei standen Schreiberlinge in dem komplizierten Machtgefüge der TV-Hierarchie eigentlich auf der untersten Stufe. Die Namen der Schauspieler waren dem Publikum bekannt. Die Regisseure und selbst die Produzenten wurden intern von den Sendern hofiert und gefeiert, aber die Drehbuchschreiber vernachlässigte man sträflich. Dabei ging ihm gerade zum ersten Mal auf, dass diese als Einzige wirklich schöpferisch tätig waren, da sie sich etwas komplett Neues ausdachten, während alle anderen *nur* mit dem vorhandenen Material arbeiteten. Ohne die Autoren wären sämtliche Regisseure, Schauspieler und Produzenten arbeitslos.

Eigentlich hatte er immer geglaubt, dass gerade seine Arbeit als Produzent besonders kreativ war. Die meisten Menschen stellten sich wahrscheinlich unter einem »Executive Producer« jemanden vor, der mit dem Scheckbuch wedelte und das benötigte Geld heranschaffte, aber das machte nur einen verschwindend geringen Teil seiner Tätigkeit aus. Nein, er arbeitete mit dem Regisseur das gesamte Drehbuch durch und musste dann geeignete und vor allem erschwingliche Drehorte finden, die richtigen Schauspieler engagieren und schließlich die gesamte Produktion organisieren. Er stellte Kostümbildner und Kameraleute ein, musste jeden Tag beim Filmen am Set anwesend sein und auch kontrollieren, dass bei der

Postproduktion nichts in den Sand gesetzt wurde. Das war ein monströses Arbeitspensum. Und jetzt sollte er zusätzlich noch die verflixte Handlung bestimmen!

Hm. Und wenn er einfach einen anderen Autor verpflichtete? Vertraglich wäre das möglich, aber wie sollte er Lenja erklären, dass er sie ausgebootet hatte? Verdammt. Er wusste genau, warum er sich, abgesehen von Lenja, keine Freunde unter seinen Mitarbeitern suchte. So was ging immer nach hinten los, denn beim Fernsehen war sich jeder selbst der Nächste. Er hatte schon Eheleute über die Leiche ihres Partners gehen sehen, wenn es um ein gutes Rollenangebot oder eine attraktive Regiearbeit ging. Aber Lenny in die Pfanne hauen, nein, das brachte er nicht übers Herz. Also musste er selber ran. Verfickt und zugenäht!

Vielleicht sollte er sich der Sache vom Standpunkt eines Produzenten nähern? Was wäre denn ein interessantes, noch nie dagewesenes Setting für »Abgefahren« und Lara Kloft? Sie hatte ja eigentlich schon in allen möglichen Milieus Fälle aufgeklärt. In Schulen, Bordellen, Adelskreisen.

Verdammt, irgendwie war er wie zugenagelt. Ihm fiel einfach nichts Passendes ein. Er musste sich anderweitig inspirieren lassen. Ob er einen Kriminalfall aus dem echten Leben umarbeiten konnte? Das war die Lösung!

Tim drückte energisch auf den Knopf des Intercoms, das ihn mit seiner Sekretärin verband.

»Muuutz? Ich bräuchte mal dringend alle Zeitungen von dieser und letzter Woche!«

8.

Meine Koffer waren ausgepackt. Ich blickte auf die Uhr. Neun Uhr zwanzig. Noch zwei volle Stunden bis zum Mittagessen. Dem Mittagessen, bei dem ich Ben endlich, nach drei harten Wochen, wiedersehen würde. Was machte ich nur in der endlosen Zeit bis dahin? Sollte ich ihn suchen gehen? Unentschlossen schlenderte ich zum Fenster und spähte hinaus.

Ein kleiner Trupp Senioren praktizierte Tai-Chi in der Morgensonne. Wie auf Kommando hoben alle ganz, ganz langsam ihren rechten Arm, ließen ihn im Schneckentempo einmal durch die Luft kreisen und wieder in die Ausgangsposition zurückkehren. Als Nächstes war der linke Arm dran. Es sah majestätisch, aber auch ein bisschen bescheuert aus. Leider befand sich Ben nicht unter den Möchtegern-Schattenboxern. Mein Gesicht juckte. Ich checkte besser noch mal, dass alle Ersatzteile richtig saßen und mich nicht im Stich ließen. Lag der Waschraum mit dem großen Spiegel hinter dieser Tür?

Das Badezimmer war die Wucht. Vollständig angezogen saß ich im Badewannenlift und ließ mich per Knopfdruck rein- und wieder rausfahren. Cool! Über den Armaturen waren zusätzliche Haltegriffe angebracht. Und ein dicker roter Knopf, auf dem »Notruf« stand. Beim Baden war man hier sicherer als in Abrahams Schoß.

Auch sonst konnte es keine Unfälle geben: Die Toilette funktionierte vollautomatisch. Sobald man aufstand, rauschte auch schon die Spülung, der Sitz wurde einmal durch Desinfektionsmittel gezogen und dann klappte der Deckel von ganz allein wieder runter. Urinstein hatte da keine Chance.

Interessiert fischte ich die lila eingepackte Seife aus der Schale neben dem Waschbecken und las das aufgedruckte Werbeversprechen. Sie sollte bei Altersflecken helfen! Das Shampoo verhieß »Extraglanz im Silberhaar«. Was für Schätze würde ich wohl in den anderen Zimmern finden?

Im Schlafzimmer stand ein Himmelbett: Die Zwei-mal-zwei-Meter-Matratze flankierten vier stabil aussehende Pfosten, zwischen die ein beigefarbener Baldachin gespannt war. Die Fernbedienung lag auf dem Nachttisch. Ein leises Surren ertönte, als ich zuerst das Kopf-, dann das Fußteil in eine fast senkrechte Position brachte. Jetzt war die Matratze u-förmig. Dann entdeckte ich die Massagefunktion.

Schnell schlüpfte ich aus meinen Schuhen und in das wieder flachgesurrte Bett und ließ mich einmal durchkneten. Göttlich! Vielleicht würde mein Aufenthalt hier doch angenehmer als angenommen werden.

Auf dem Nachttisch lag ein Stapel Zeitschriften. »Fit durch Seniorengymnastik« und »Liebe im Alter« waren die interessantesten Titel. Neben dem Lichtschalter war ein weiterer Notrufknopf angebracht. Sicherheit wurde hier wirklich groß geschrieben.

Ich war gerade bei meiner zweiten Massage, als es klingelte. War das an meiner Tür? Ich hopste mit einem Satz aus dem Bett und eilte zum Eingangsbereich. Auf dem Weg dorthin sah ich meine grauhaarige, fast rennende Erscheinung im Spiegel. Sofort bremste ich ab. Wer immer vor der Tür stand, musste daran gewöhnt sein, dass die Bewohner nicht die schnellsten waren. Aber inzwischen klingelte es bereits zum dritten Mal. Gestresst riss ich die Tür auf.

Vor mir stand ein Berg aus Muskeln. Ein junger Adonis, dessen Bizeps und Stiernacken sogar Rocky Balboa neidisch machen würden. Über der Brust im XXL-Format und den kräftigen Armen war seine schneeweiße Krankenpfleger-Uniform bis zum Zerreißen gespannt. Und seine Hose saß ebenfalls recht knackig.

Er lächelte mich freundlich an. Allmählich verstand ich, warum der Aufenthalt in Schloss Winterfreude so teuer war: Es wurde einem wirklich was geboten.

»Ja, bitte?«, flötete ich in Karla Meyers Tonlage.

»Frau Meyer?«, fragte mich das Channing-Tatum-Double.

Ich nickte sanft, wie ich es mit Beate geübt hatte.

»Ich bin Andreas.« Ohne dass ich ihn reingebeten hätte, ging Andreas an mir vorbei ins Zimmer. Erst jetzt bemerkte ich die kleine Krankentasche, die er auf dem Tisch abstellte.

»Sie wünschen, junger Mann?«, erkundigte ich mich betont ehrpusselig. Mir schwante Fürchterliches. Und richtig: Er öffnete seine Tasche und zog eine steril verpackte Spritze heraus.

»Nichts Besonderes. Wir kontrollieren nur Blutdruck, Zucker, Cholesterin und Leberwerte.«

Er legte das Blutdruckmessgerät neben die Spritze und streifte sich ein paar Gummihandschuhe über. »Können wir?«

»Wie bitte?«, sagte ich, um Zeit zu gewinnen.

»Würden Sie kurz Ihren rechten Arm frei machen?«

Aber ich machte ehrlich gesagt lieber zwei Schritte rückwärts. Und das aus gutem Grund: Beate hatte mir aus den Tiefen ihres Schminkarsenals eine Tube »Gera-tex« anvertraut. Damit trimmte ich meine Hände auf alt. Diese Creme entzog der Haut sogenannte Elastine und ließ sie ganz runzelig aussehen. Beate hatte mir nämlich gepredigt, dass man »das Alter eines Menschen immer an seinen Händen ablesen kann« und ich ja schlecht von morgens bis abends Handschuhe tragen könne. Aber mein cleverer Faltenmacher war momentan leider nur bis zum Ansatz der langärmeligen und hochgeschlossenen Bluse aufgetragen, und unter dem dünnen Stoff lag mein glatter, völlig faltenfreier Arm. Ich konnte also auf keinen Fall blankziehen.

»Soll ich Ihnen helfen, den Ärmel hochzukrempeln?« Der Muskelmann kam mir beängstigend nahe. O Gott, wenn der ernst machte, war ich ihm hilflos ausgeliefert.

»Nicht so schnell!« Sicherheitshalber flüchtete ich erst mal hinter den breiten Tisch, der im Eingangsbereich stand.

Andreas sah mich verdutzt an. Dann lächelte er.

»Es wird auch bestimmt nicht wehtun. Versprochen«, versuchte er mich einzuwickeln. Aber da hatte er sich die Falsche ausgesucht!

»Das kann ja jeder sagen«, erwiderte ich aufmüpfig.

»Jetzt stellen Sie sich doch nicht so an. Ich habe jahrelange Erfahrung beim Blutabnehmen. Ein kleiner Piks und schon ist alles gut.« Er ging entschlossen um den Tisch herum, um auf meine Seite zu gelangen.

Warnend hob ich die Hand. »Stopp! Oder ich muss mich zur Wehr setzen.«

Ungläubig sah Andreas mich an. Dann beging er den Fehler, einen weiteren Schritt auf mich zu zu machen.

Blitzschnell ergriff ich den nächstbesten Stuhl bei der Lehne und stieß probeweise mit den Stuhlbeinen in seine Richtung.

»Aber Frau Meyer!«, empörte er sich.

Ich senkte meine Waffe, behielt den Stuhl jedoch einsatzbereit in den Händen.

Der schöne Andreas atmete einmal tief durch. Dann lächelte er wieder. »So etwas ist mir echt auch noch nicht passiert.«

Das glaubte ich ihm aufs Wort, denn bestimmt ließen sich die alten Omis sonst ganz gerne von ihm »frei machen«.

Misstrauisch behielt ich ihn im Auge und sagte mit Nachdruck: »Ich will aber keinen Bluttest.«

»Kommen Sie, das ist reine Routine. Diese Standardtests sind

53

hier beim Einzug Pflicht. Das kann Ihnen wirklich nicht schaden.« Andreas' Stimme klang sexy, verführerisch. Unter normalen Umständen und natürlich vor Bens Zeit hätte ich nicht eine Sekunde gezögert, mich auf eine Ganzkörperbehandlung von ihm einzulassen, aber jetzt musste ich meine Unschuld und meinen nicht Gera-tex-behandelten Körper mit aller Macht verteidigen.

Andreas, die Spritze in der Hand, pirschte sich wieder näher an mich heran.

»Anhalten«, sagte ich drohend.

Aber wie die meisten Männer meinte er es besser zu wissen und hörte nicht auf mich. Kämpferisch den Stuhl von einer Seite zur anderen schwingend, hielt ich ihn auf Abstand.

Doch leider ging dabei die Vase, die auf dem Tisch gestanden hatte, mit einem dumpfen Klirren zu Bruch. Scherben, Blumen und Wasser ergossen sich auf den beigefarbenen Teppichboden und hinterließen Spuren der Verwüstung.

»Also wirklich«, brummte Andreas. »Das geht jetzt aber echt zu weit.«

»Ich habe Sie gewarnt«, verteidigte ich mich.

»Frau Meyer, Sie …!« Er schluckte die wüsten Beschimpfungen, die ich in seinen netten braunen Augen aufblitzen sah, hinunter und kniete sich hin, um die Bescherung zumindest notdürftig zusammenzuklauben.

In diesem Moment klopfte jemand kräftig an meine Tür. Da Andreas sich weiterhin in sicherer Entfernung unter dem Tisch befand, ging ich rüber und sah durch den Spion.

Vor der Tür wartete mein griesgrämiger Nachbar.

»Herr Warstein«, rief ich aus, hocherfreut über die Tatsache, dass es sich bei ihm mit Sicherheit nicht um Verstärkung für den Krankenpfleger handelte. Ich öffnete die Tür.

»Ich habe ein Geräusch gehört. Ist bei Ihnen alles in Ordnung?«, begrüßte mich Herr Warstein etwas steif. Dann entdeckte er das appetitlich knackige, weiß verpackte Hinterteil von Andreas unter meinem Eichentisch.

»Störe ich?«

Ich hätte ihn umarmen können. Wie niedlich. Als ob eine rüstige Sechsundsiebzigjährige ihren schnuckeligen Krankenpfleger mal eben so unterm Tisch beglückte.

»Im Gegenteil«, versicherte ich. »Andreas wollte sowieso gerade gehen.«

Der Krankenpfleger, der in diesem Moment ächzend – solche Muskelberge machten nicht eben gelenkig – zwischen zwei Stühlen hervorkrabbelte, warf mir einen bösen Blick zu.

»Wir sehen uns«, raunte er mir drohend zu, ehe er sich endlich wieder mit seiner Krankentasche verzog.

»Nicht wenn ich es verhindern kann«, flüsterte ich ihm leise hinterher und schlug die Wohnungstür mit Extraschmackes zu. Warstein blieb mit verschränkten Armen an der Tür stehen. Er war ein komischer alter Kauz.

»Danke, dass Sie sich um mich gesorgt haben«, eröffnete ich die Unterhaltung.

Warstein nickte nur. Doch er machte keinerlei Anstalten, das Zimmer wieder zu verlassen.

Verlegen blickte ich ihn an. »Leider kann ich Ihnen nichts zu trinken anbieten. Ich war noch nicht einkaufen, und … «

Wortlos wanderte mein Nachbar zu einem kleinen Schränkchen im Wohnzimmer und holte aus der darin enthaltenen Minibar zwei geschliffene Gläser und eine Whiskyflasche. Er goss zwei großzügige Abmessungen in unsere Gläser und reichte mir eines. Immer noch stumm prosteten wir uns zu und nahmen jeder einen Schluck. Dann begutachtete Warstein, selbstverständlich schweigend, meine mit Beate per Photoshop fabrizierten »Familienfotos«.

»Ihr Mann?« Er verwendete wirklich kein Wort zu viel.

»Mein verstorbener Mann«, erwiderte ich genauso einsilbig.

»Und die Söhne.«

»Ja.«

Stille. Warstein starrte immer noch das Bild meines »Mannes« an. Mist! Hoffentlich kannte er nicht den Fotoband über die Zwanzigerjahre in Berlin, aus dem Beate und ich meinen Göttergatten ausgeschnitten hatten.

»Waren Sie auch mal verheiratet?«, fragte ich schnell, um Warstein abzulenken.

»Nein.« Sein Gesicht schien sich urplötzlich zu verhärten. Man konnte deutlich sehen, wie die Backenmuskulatur hervortrat. Dies gehörte offensichtlich nicht zu seinen Lieblingsthemen. Aber er hatte Pech. Mir wollte leider partout kein anderer Gesprächsgegenstand einfallen, also bohrte ich weiter.

»Haben Sie nie die Richtige getroffen? Oder war die Auswahl zu groß, um sich festzulegen?«

»Weder noch«, antwortete er nach reiflicher Überlegung. Was sollte das denn heißen? Aber sein abweisender, fast drohender Blick verbot weitere Fragen in diese Richtung. Also noch mehr Stille. Minutenlang.

»Spielen Sie Golf?«, erkundigte sich Herr Warstein schließlich.

»Handicap 12.«

»Wirklich?« Er zog anerkennend die Augenbrauen hoch.

»Zumindest früher einmal«, setzte ich hinzu. Ich hatte keine Ahnung, ob sich das Golf-Handicap im Alter verschlechterte.

»Wir spielen morgen früh um sechs Uhr dreißig. Haben Sie Lust mitzukommen?«

Ich schluckte. Eigentlich war ich ja nicht so die Frühaufsteherin, aber wenn ich schon mal hier war, musste ich mich wohl oder übel den lokalen Gepflogenheiten anpassen.

»Sehr gern«, nahm ich seine Einladung an.

Zwei Minuten später klingelte Adam an der Tür und erlöste mich von weiteren Kommunikationsanstrengungen. Es war endlich Zeit fürs Mittagessen. Und für Ben natürlich!

9.

In den letzten Stunden hatte Tim sich durch wahre Berge von Papier gequält und alles gelesen, was auch nur im Entferntesten mit kriminellen Machenschaften zu tun hatte: Mord, Totschlag, Raub und Erpressung. Aber das gefundene Material war meist zu grausam und leider auch schon zu abgelutscht, um von ihm zu einem »Abgefahren«-Fall verwurstet zu werden. Nichts passte.

Schlechtgelaunt biss er von dem Croissant ab, das ihm Frau Mutzenbacher freundlicherweise besorgt hatte. Ob er mal bei der Polizei anrufen sollte? Aber die würden ihm wahrscheinlich auch keine Auskunft über laufende Verfahren geben. Oder?

Endlich hatte er einen Geistesblitz. Er würde Herrn Burkhardt einen Besuch abstatten und ihn über seine aktuellen Fälle befragen! Burkhardt, ein Ex-Polizist, leitete in Köln-Porz eine kleine Privatdetektei, und Tim hatte ihn schon des Öfteren angerufen, wenn sie für »Abgefahren« Fachwissen über den Gebrauch von Schusswaffen oder Ähnlichem benötigten.

Gesagt, getan. Kurze Zeit später parkte er vor einem unscheinbaren Reihenhaus. Tim hatte mit dem Wort »Privatdetektei« immer Hinterhöfe und schäbiges Mobiliar assoziiert, aber von Burkhardts Büroräumen wurde er eines Besseren belehrt. Das Ambiente wirkte überaus gediegen und professionell.

Schließlich saß er dem Privatdetektiv höchstpersönlich gegenüber. Burkhardt war vielleicht fünfzig Jahre alt, sportlich, mit einem wettergegerbten, intelligenten Gesicht. Tim fand ihn auf Anhieb sympathisch.

»Was kann ich für Sie tun?«, eröffnete Burkhardt das Gespräch.

Nachdem Tim sein Anliegen geschildert hatte, blickte er sein Gegenüber erwartungsvoll an.

»Wissen Sie«, unterbrach Burkhardt die gespannte Stille, »vielleicht habe ich ja wirklich einen interessanten Fall für Sie.«

»Ach ja? Und worum geht es dabei?«

»Hm. Im Grunde genommen geht mich besagter Fall gar nichts mehr an«, erklärte Burkhardt etwas umständlich. »Der Auftraggeber hat uns gebeten, die Ermittlungen einzustellen und die Sache zu den Akten zu legen. Aber das ist in meinen Augen die falsche Entscheidung.«

»Um was für eine Art von Verbrechen handelt es sich denn?«, versuchte Tim dem Privatdetektiv weitere Einzelheiten zu entlocken.

»Körperverletzung«, antwortete Burkhardt trocken. »Schwere Körperverletzung.«

»Wer ist verletzt worden? Und hat man schon eine Spur, die zu einem möglichen Täter führt?«, erkundigte sich Tim interessiert. Er konnte es fühlen: Das hier war »sein« Fall, davon würde sein Drehbuch handeln!

»Zwei junge Frauen wurden ziemlich schlimm zugerichtet. Und nein, man hat noch überhaupt keine Ahnung, welches Motiv beziehungsweise welcher Täter dahinterstecken könnte«, erwiderte Burkhardt und öffnete seine Schreibtischschublade. Er zog einen braunen DIN-A4-Umschlag hervor und legte ihn auf den Tisch.

Tim wollte danach greifen, doch im letzten Moment zog der Privatdetektiv ihn aus seiner Reichweite.

»Einen Moment noch«, sagte Burkhardt und nahm ein Formular aus einer anderen Schublade. »Sie müssen erst noch eine Vertraulichkeitserklärung unterzeichnen, denn Sie dürfen selbstverständlich keinen der realen Namen verwenden. Das Gleiche gilt natürlich für den Schauplatz des Verbrechens.«

Tim las sich die standardisierte Erklärung kurz durch, nahm den von Burkhardt offerierten Stift und unterschrieb. Im Gegenzug reichte ihm der Privatdetektiv den Umschlag. Neugierig griff Tim hinein und zog mehrere stark vergrößerte Fotografien heraus. Deren Anblick ließ ihm das Blut in den Adern gefrieren, und er musste energisch die aufsteigende Übelkeit bekämpfen. Nein, das war keine einfache Körperverletzung, das hier war weitaus schlimmer als ein blaues Auge oder eine aufgeplatzte Lippe. Diese Frauen waren so entstellt, dass man sie kaum noch als menschliche Wesen erkennen konnte.

»Haben die Mädels das überlebt?«, fragte er schockiert.

»Ja, sonst wäre es ja Mord, und ich würde mich moralisch verpflichtet fühlen, den Fall an die Polizei weiterzuleiten«, antwortete Burkhardt trocken. »Die beiden werden in ein paar Monaten wieder auf dem Damm sein und laut ärztlichem Bericht auch keine Folgeschäden davontragen. Trotzdem, momentan sehen sie wirklich aus wie Wesen von einem anderen Stern.«

»Womit hat der Täter die beiden denn nur so übel zugerichtet?«, fragte Tim und war sich nicht sicher, ob er die Antwort wirklich wissen wollte. Die Bilder waren einfach zu grausam: zu Schlitzen verengte Augen, grotesk aufgequollene Lippen und diese tischtennisballgroßen Beulen auf der Stirn. Die gesamte Gesichtshaut der Opfer wirkte zudem extrem aufgedunsen, quasi zum Platzen gespannt – wie ein zu fest aufgeblasener Fußball.

»Vermutlich mit einer unter die Haut gespritzten Kochsalzlösung oder so etwas, aber ich weiß es nicht genau. Der Arztbericht war in diesem Punkt etwas vage. Und kurz nach dem ersten Gespräch hat uns der Auftraggeber auch schon wieder zurückgepfiffen.«

»Was haben denn die beiden Opfer gesagt? Sie müssen doch wissen, wer ihnen das angetan hat!«, unterbrach ihn Tim.

Burkhardt musterte ihn kühl, offenbar wurde er nicht gerne bei seinen Ausführungen gestört. »Die Opfer wurden zuerst mit K.-o.-Tropfen betäubt. Angeblich können sie sich an nichts erinnern. Das hat mir zumindest der Auftraggeber mitgeteilt. Ich selbst habe aber keinen direkten Kontakt mit den beiden Frauen gehabt.«

»Und warum ist dieser ominöse Klient jetzt nicht mehr an der Aufklärung des Falls interessiert?«

Burkhardt zuckte mit den Schultern. »Ich gehe mal davon aus, dass man die Sache vertuschen will. So eine private Einrichtung wie die, für die mein Auftraggeber arbeitet, lebt ja größtenteils von ihrem guten Ruf. Wahrscheinlich werden einfach die bestehenden Sicherheitsvorkehrungen erhöht. Zumal der Täter eindeutig im eigenen Umfeld zu suchen ist und jeden Tag erneut zuschlagen könnte. Man muss kein Psychologe sein, um festzustellen, dass hier jemand einen ziemlichen Hass auf Frauen hat.«

»Wie das? Woher wissen Sie denn, dass der Täter jederzeit erneut zuschlagen kann? Und was für eine Einrichtung ist das überhaupt?« »Es handelt sich um ein sehr luxuriöses Seniorenheim. Und weil das Grundstück jetzt schon extrem gut bewacht wird, vermute ich, dass es nur jemand von den Gästen im sogenannten Südturm oder jemand vom Personal gewesen sein kann. Aber da man den Täter nicht dingfest gemacht hat, muss ich annehmen, dass er sich bald ein neues Opfer suchen wird. Wahrscheinlich wieder eine junge Frau.«

»Ein Seniorenheim? Welches denn?«, fragte Tim bestürzt. Er hatte eine dunkle Vorahnung.

»Na, dieses todschicke ... wie heißt es noch mal?« Burkhardt schaute auf seine Notizen. »Ach ja, Schloss Winterfreude!«

Bei Tim stellten sich augenblicklich die Nackenhaare auf. Seine Kopfhaut prickelte unangenehm. Um Gottes willen! Lenny schwebte in akuter Gefahr. Stockend erzählte er Burkhardt von ihrem verrückten Plan.

»Nun, wenn Ihre Freundin als ältere Dame verkleidet ist, sollte sie eigentlich nicht in das Beuteschema des Täters passen.« Herr Burkhardt musterte Tim, und es war eindeutig, dass er Lenjas Vorhaben für eine riesengroße Dummheit hielt. »Falls der Täter oder die Täterin allerdings die Verkleidung durchschaut, sähe die Sache natürlich anders aus. Vielleicht würde derjenige sich in diesem Fall sogar besonders bedroht oder provoziert fühlen und dementsprechende Rachegelüste entwickeln ...«

»Warum sind Sie sich so sicher, dass der Täter es nicht nur auf diese beiden Polinnen abgesehen hatte?«, hakte Tim nach. Das wäre ihm persönlich die liebste Variante.

Burkhardt zuckte mit seinen massigen Schultern. »Man ist sich bei so etwas natürlich nie ganz sicher, aber normalerweise habe ich ein gutes Gespür für diese Dinge. Außerdem sprechen zwei Dinge gegen diese Theorie: Zum einen haben die beiden Frauen gemäß den vorliegenden Informationen noch nicht lange genug in Deutschland gelebt, um sich hier gewaltbereite Feinde zu machen, und zum anderen muss es jemand aus dem Altersheim gewesen sein, also kein Außenstehender, der mit den Opfern noch ein Hühnchen aus grauer Vorzeit zu rupfen hatte.«

Das hörte sich leider sehr logisch an. »Aber was machen wir denn nun? Wir können doch nicht einfach warten, bis der Typ wieder zuschlägt?«

Burkhardt lächelte traurig. »Leider machen *wir* sowieso

nichts. Mir sind die Hände gebunden. Aber an Ihrer Stelle würde ich meine Freundin warnen und versuchen, sie von dieser Schnapsidee wieder abzubringen.«

Burkhardt kannte Lenny nicht, stöhnte Tim innerlich. Die würde sich durch so eine Geschichte garantiert nicht ins Bockshorn jagen lassen. Er könnte eher einen ausgehungerten Löwen davon abhalten, eine fußkranke Antilope zu verspeisen, als Lenja von der Jagd nach ihrem bescheuerten Ben.

Der Privatdetektiv fühlte sich durch Tims Schweigen veranlasst, etwas Aufmunterndes zu sagen. »Ich mache Ihnen einen Vorschlag: Sie können ja auf eigene Faust noch etwas ermitteln, natürlich mit der gebotenen Vorsicht. Falls Sie etwas Interessantes finden, rufen Sie mich an, und wir besprechen die weitere Vorgehensweise. Was halten Sie davon?«

»Danke, Herr Burkhardt. Aber ich glaube, ich muss erst einmal gründlich über alles nachdenken«, antwortete Tim wahrheitsgemäß und verabschiedete sich. Kurz vor der Tür drehte er sich noch einmal zu dem Detektiv um. »Aber mit einem haben Sie sicherlich recht: Das ist tatsächlich ein toller Plot für unsere Serie!«

Nur leider etwas zu gefährlich, um ihm das Leben wirklich leichter zu machen, dachte Tim, als er in den Wagen stieg. Der Einsatz bei Lennys Spiel hatte sich gerade dramatisch erhöht. Und so viel war klar: Er würde sie niemals aus diesem verdammten Heim rauskriegen. Aber wenn er vorgab, diesen Fall als Drehbuchidee auszuarbeiten, und ihn dabei hoffentlich löste, könnte er zumindest in Lennys Nähe bleiben und ein Auge auf sie haben!

10.

Zu meiner großen Enttäuschung befand sich Ben nicht unter den wenigen Gästen, die sich im Sonnensaal eingefunden hatten, um ein relativ fades Süppchen und Königsberger Klopse zu verspeisen.

»Donnerstag ist unser Ausflugstag. Da speisen die meisten Gäste auswärts«, belehrte Adam mich ungefragt. Er saß mir zur Feier meines Einstands in Schloss Winterfreude gegenüber und leistete mir beim Essen Gesellschaft.

Wo die Ärzte aßen, verriet er mir leider nicht. Dumm gelaufen. Dabei hatte sich Adam so gefreut, Herrn Warstein in meinem Zimmer vorzufinden, als er mich um Punkt elf Uhr zwanzig abgeholt hatte. Er hatte ihn sogar spontan eingeladen, uns zum Essen zu begleiten, doch zum Glück hatte Warstein das großzügige Angebot abgelehnt.

Im Sonnensaal, der entgegen seinem Namen nur schummerig beleuchtet war, versuchte Adam, der mir recht feinfühlig zu sein schien und meine kleine »Ben-ist-nicht-da«-Depri-Phase mitbekam, mich nach besten Kräften zu unterhalten.

»Tanzen Sie eigentlich gern?«, wollte er plötzlich von mir wissen.

»Eher nicht«, antwortete ich wortkarg. Denn dieses Thema erinnerte mich leider auch schon wieder an Ben. Ben liebte Standardtänze aller Art und hatte vor unserer Trennung zwei Jahre lang erfolglos versucht, mich zu einem klassischen Tanzkurs mitzuschleifen. Das war damals jedoch ein absolutes No-Go für mich gewesen. Zwar zappelte ich ganz gerne mal in einem Club ab, aber so steif und getragen Walzerkreise drehen? Dagegen hatte ich mich mit aller Entschiedenheit gewehrt.

Was mal wieder ganz fabelhaft Einsteins »Relativitätstheorie« belegte … denn heute würde ich meinen rechten Arm dafür geben, diesen blöden Kurs mit Ben zu absolvieren.

»Schade«, sagte Adam und verzog sein eigentlich ganz attraktives Gesicht in traurige Dackelfalten. »Bald findet unser großer Frühlingsball statt. Da wird immer viel getanzt.«

»Dann werde ich eben zuschauen«, meinte ich gottergeben. Meine Interessen gingen in eine völlig andere Richtung.

»Wohnen Sie eigentlich auch hier in Schloss Winterfreude?«, fragte ich, um das Thema zu wechseln, so völlig apropos.

»Ja«, gab Adam bereitwillig Auskunft. Hoffentlich freute er sich über mein großherziges, wenn auch nicht ganz uneigennütziges Interesse an seiner Person.

»Und die anderen Angestellten ebenso?«

»Die meisten.«

»Wo denn?«, erkundigte ich mich, während ich möglichst nonchalant einen Königsberger Klops zerteilte.

»In dem gelben Dienstgebäude hinterm Golfplatz«, antwortete er ahnungslos.

»Und was ist mit dem Ärzteteam?« Ich kaute angestrengt.

Adam schaute mich zum ersten Mal groß an. Als ob er prüfen wollte, ob ich noch alle Tassen im Schrank hatte. Wobei er diesen Zustand zweifelsfrei netter umschrieben hätte. Er war wirklich ein Gemütsmensch.

»Es gibt zwar einen 24-Stunden-Notfall-Service«, sagte er, während er mich intensiv musterte. »Aber die Ärzte wohnen selbstverständlich nicht auf dem Gelände.«

»Ich verstehe.« Angespannt suchte ich nach dem richtigen Aufhänger, um mich nach Ben zu erkundigen.

»Arbeitet hier nicht seit drei Wochen ein neuer Arzt?«, fragte ich listig mit einem unschuldigen Augenaufschlag. Dann fiel mir ein, dass diese aufreizende Mimik vollkommen für die

Katz war. Denn es war höchst unwahrscheinlich, dass sich mein neuer polnischer Freund von den Augenaufschlägen einer alten Dame wie mir um den Finger wickeln ließ.

»Nicht dass ich wüsste«, antwortete Adam leicht irritiert.

Ich war unglaublich hartnäckig. »Jemand, der eine Schwangerschaftsvertretung macht?«

Adam zuckte wortlos mit den Schultern.

»Ich habe gehört, dass dieser Arzt sogar eine Verwandte hier im Schloss hat.« Viel weiter konnte ich wirklich nicht gehen, ohne dass mein unangemessen großes Interesse an Ben selbst dem unschuldigen Adam auffallen musste.

»Ach, Sie meinen Frau Thorwalds Enkel.« Hurra, der Groschen war gefallen.

Meine betont unbefangene Antwort war definitiv Oscar-verdächtig: »Ich weiß nicht, wie er heißt, aber meine Nichte hat ihn mal erwähnt.«

»Ich glaube, Doktor Hohenfels bleibt uns für einige Zeit erhalten.«

Glauben ist gut, Wissen wäre besser, dachte ich leicht erzürnt über Adams unverbindliche Antwort. »Wie schön für seine Großmutter.«

»Bestimmt.« Warum musste Adam nur gerade jetzt so einen außerordentlichen Appetit entwickeln und seine verdammten Klopse essen?

»Und wo wohnt Frau Thorwalds Enkel? In der Wohnung seiner Großmutter?«

Adam sah mich mitfühlend an. Klar, der dachte, dass ich einen Sockenschuss hatte! »Das darf ich Ihnen leider nicht sagen.«

Okay, jetzt war ich wohl wirklich an der Definition von »normalem Interesse« vorbeigeschossen.

Entschuldigend zog Adam Schultern und Hände hoch.

»Wenn es sie so sehr interessiert, kann ich Ihnen gerne heute

Abend Frau Thorwald vorstellen, und Sie können sie persönlich um eine Antwort ersuchen.«

Allmächtiger, das fehlte mir gerade noch. »Nein, nein. Bitte belästigen Sie Frau Thorwald nicht mit solchen Kleinigkeiten«, beeilte ich mich zu sagen. Ich würde Bens Aufenthaltsort schon noch herausfinden. Da war ich mir völlig sicher.

Nach dem Mittagessen machte ich auf Adams Empfehlung offiziell einen kleinen Verdauungsspaziergang. Inoffiziell wollte ich mir das Dienstgebäude einmal genauer anschauen. Es dauerte unverhältnismäßig lange, bis ich in meinem Greisengang das gewünschte Ziel erreichte. Aber dann stand ich vor dem schmucken gelben Haus, das komplett vom Grün des Golfplatzes umgeben war. Es war still hier. Kein Mensch weit und breit. Ob ich mal kurz reinschauen sollte?

Vorsichtig erklomm ich die drei Stufen zur Eingangstür. War die offen oder verschlossen? Energisch drückte ich die Klinke herunter. Die Tür war offen. Leicht knarrend schwang sie auf. Dann stand ich in einem grauen, gar nicht mehr so schmucken Treppenhaus. Klarer Fall von außen hui und innen pfui. Hoffentlich musste mein armer Ben hier nicht hausen.

Wie magisch angezogen, tigerte ich in den ersten Stock. Dort gab es genau wie im Erdgeschoss eine Unmenge an Türen. Jeder Angestellte wohnte anscheinend in einem relativ kleinen Zimmerchen. Hoffentlich gab es für jeden wenigstens eine anständige Dusche und ein Klo. Meine 12.000 Euro im Monat sollte man mal besser in eine angemessene Behausung der Mitarbeiter stecken. Das Management von Schloss Winterfreude sparte definitiv an der falschen Stelle.

Auf einmal hörte ich Schritte. Jemand kam von unten die Treppe rauf. Was jetzt? Ich mochte ungern hier beim Spionieren erwischt werden. Leise stieg ich noch ein Stockwerk höher.

Der zweite Stock sah genauso aus wie der erste. Ich hielt die Luft an. Tap, tap, tap. Wer immer das war, wollte ebenfalls in den zweiten Stock.

Vorsichtig schlich ich weiter in den dritten. Verdammt! Das Haus hatte nur drei Etagen.

Die Schritte verstummten. Gott sei Dank! Ich wischte mir den Angstschweiß von der Stirn. Aber ich hatte mich zu früh gefreut. Mein Verfolger nahm gerade die dritte Treppe in Angriff, offenbar hatte er sich nur kurz ausgeruht.

Verzweifelt starrte ich auf die vielen Türen. Mir blieb keine Wahl. Lautlos drückte ich die Klinke der ersten runter. Abgeschlossen. Die zweite ebenfalls.

Bei der dritten hatte ich Glück. Und im nächsten Moment stand ich in einer winzigen Kammer. Bis auf ein Bett und einen Schrank war der picobello aufgeräumte Raum allerdings völlig leer.

Mit einem Schritt war ich am Fenster. Mist! Keine Feuerleiter. Ich saß fest, wie ein gehetzter Fuchs im Bau.

Dann, fast im Zeitlupentempo, öffnete sich die Tür. Ich hielt unwillkürlich die Luft an. Dann schwang die Tür ganz auf, und ich atmete wieder aus.

»Herr Warstein …!«, stammelte ich.

Es war schon wieder mein schweigsamer Nachbar, der mitten im Türrahmen meiner Zuflucht stand und mich mit einem schwer zu deutenden Blick musterte.

»Was machen Sie hier?«, fragte er mich lauernd und machte drohend einen Schritt auf mich zu.

»Ich … ich … wollte …« Vor lauter Schreck brachte ich keinen vollständigen Satz raus. Wenn man mich jetzt wegen versuchten Diebstahls aus Schloss Winterfreude warf und ich damit meine allerletzte Chance bei Ben verspielte, würde ich mir das niemals verzeihen.

»Haben Sie sich verlaufen?«, erkundigte sich Herr Warstein plötzlich etwas freundlicher, aber sein Gesichtsausdruck blieb wachsam, als hätte er mich gerade auf frischer Tat bei einem kriminellen Akt ertappt.

In dieser Sekunde ging die Tür, die Warstein merkwürdigerweise hinter sich geschlossen hatte, wieder auf und eine blonde, sportlich aussehende Krankenschwester trat ein. Langsam wurde es eng in der kleinen Kammer.

»Was ist denn hier los?«, erkundigte sich die Krankenschwester streng. »Sie befinden sich unbefugterweise im Personaltrakt.«

»Ich bin neu hier und … habe mich verlaufen«, griff ich nach dem rettendem Strohhalm der Erklärung, die mir Warstein gerade souffliert hatte.

Meine wirr gestammelten Worte schienen Wirkung zu zeigen, denn die Krankenschwester konzentrierte sich nun auf Herrn Warstein. »Und Sie, was machen Sie in diesem Zimmer?« Es hatte etwas von einem Verhör, aber Warstein zuckte nicht mal mit der Wimper.

»Ich könnte Sie das Gleiche fragen«, erwiderte er. »Ich habe Sie noch nie gesehen.«

Plötzlich lächelte die Krankenschwester und streckte ihm die Hand hin. »Sie haben recht. Ich bin auch neu hier. Simone Berneke ist mein Name, und heute ist mein erster Arbeitstag.«

»Warstein.« Mein Zimmernachbar schüttelte kurz die angebotene Hand. »Sehen Sie, ich habe beobachtet, wie Frau Meyer sich verlaufen hat, und bin ihr gefolgt, um sie wieder zum Südturm zu lotsen.« Herr Warstein verzog keine Miene, aber er betonte das Wort »verlaufen« so eigenartig, dass mir ein Schauer über den Rücken lief.

»Dann ist ja alles gut«, murmelte Frau Berneke, die ein hübsches, feingeschnittenes Gesicht hatte und mir bei näherer Betrachtung bekannt vorkam. Oder irrte ich mich?

»Aber was machen Sie hier um diese Uhrzeit?«, hakte Herr Warstein nach. »Müssten Sie nicht eigentlich bei der Arbeit sein?«

Die Krankenschwester zuckte mit den Schultern. »Wie es der Zufall will, stehen wir alle in Zimmer 312, meinem neuen Zuhause.«

»Wie bitte? Dann gehören der graue Anzug auf dem Stuhl, der Rasierapparat und das Herrendeo auf dem Waschtisch also Ihnen?«, fragte Warstein, dessen Beobachtungsgabe mir langsam unheimlich wurde.

»Nein, das tun sie nicht«, gab die blonde Krankenschwester zu. Sie war sichtlich beeindruckt von Warsteins provokanter Frage. »Das Zimmer wird erst heute Abend meines sein, wenn ich mit Doktor Hohenfels getauscht habe.«

Es kostete mich eine fast unmenschliche Selbstbeherrschung, diese Simone nicht mit Fragen nach Bens neuer Unterkunft zu bombardieren. Aber ich spürte, dass das vor dem extrem aufmerksamen Warstein ein Fehler wäre. Nein, ich musste Bens Bleibe anders ausfindig machen. Wenigstens wusste ich jetzt, dass er tatsächlich im Personaltrakt wohnte. In dieser wonniglichen Gewissheit ließ ich mich wie ein Lämmchen von Warstein zurück zum Südturm führen.

11.

Nachdem ich den restlichen Nachmittag darauf verwendet hatte, meinen Herzschlag wieder auf Normalgeschwindigkeit zu senken, betrat ich, erneut an Adams Seite, die »Taverne«, in der gerade das Abendessen zelebriert wurde. Alle Tische waren mit Damasttischdecken und weißem Goldrandgeschirr für jeweils zwei bis sechs Personen gedeckt. Von den schätzungsweise achtzig anwesenden Senioren war die überwiegende Mehrheit weiblich. Die Kleiderordnung reichte von Schlabberhose bis Abendrobe. Im Eingangsbereich hatte sich, bedingt durch das unterschiedliche Gehvermögen der einzelnen Gäste – einige fuhren mit motorbetriebenen Rollstühlen, andere benutzten einen Rollator –, eine kleine Menschentraube gebildet. Adam und ich standen eingekeilt in diesem Meer aus weißhaarigen Senioren. Dann setzte plötzlich mein Herzschlag aus. Denn meine Augen hatten denjenigen ausgemacht, nach dem ich so lange vergeblich gesucht hatte: Ben.

Er saß an einem Sechsertisch zwischen einem Mann im weißen Kittel und der neuen Krankenschwester. Wie hieß die noch mal? Ach ja. Simone. Die restlichen Plätze an seinem Tisch waren leider ebenfalls belegt.

Ich kniff angestrengt die Augen zusammen, um besser sehen zu können. Es schien fast so, als würde sich Ben angeregt mit dieser Simone unterhalten. Unwillkürlich schaute ich sie mir etwas genauer an. Sie dürfte Mitte zwanzig sein und hatte – wie ich schon vorhin in Bens Zimmer bemerkt hatte – ein ganz hübsches Gesicht, das aber ohne jegliches Make-up etwas mausig aussah. Erleichtert rief ich mir ins Gedächtnis, dass sie deutlich stämmiger war als ich. Ihre Haare waren fast männlich kurzgeschnitten und lagen auch nicht ganz perfekt. Keine Konkurrenz, Gott sei Dank! Befriedigt hielt ich nach Gloria Ausschau.

»Da sitzt sie, die große Frau Thorwald. Wollen Sie sie kennenlernen?« Adam war offenbar meinem Blick gefolgt. Ich musste echt ein bisschen vorsichtiger agieren. Zwischen dem Schießhund von einem Nachbarn und diesem intuitiven Polen durfte ich nicht allzu durchschaubar sein.

»… und mein Enkel mittendrin! Er ist schon einmalig, mein lieber Benedikt, nicht wahr?« Gloria blickte beifallheischend in die Runde.

»Nein, nein«, beeilte ich mich zu sagen. »Ich will mich nicht aufdrängen.«

»Aber an ihrem Tisch ist noch ein Platz frei.« Adam ergriff zielstrebig meinen Arm und zog mich zu Glorias Tisch. Ich wehrte mich mit allen Kräften, die eine Karla Meyer besitzen durfte. Es nützte nichts. Im nächsten Moment stand ich vor Gloria wie das sprichwörtliche Kaninchen vor der Schlange. Würde sie mich erkennen? Mein Herz schlug wie ein Hammer in meiner Brust. Aber Gloria war viel zu beschäftigt, um mich wahrzunehmen: Sie hielt Hof.

»Er ist wirklich etwas Besonderes, meine Liebe«, pflichtete ihr eine feine alte Dame zu ihrer Linken bei. »Nicaragua, meine Güte! Aber hat dein Enkel nicht eine Verlobte, die ihn hier festhält?«

»Aber Nora«, Gloria hob theatralisch die Hände. »Das habe ich dir doch schon erzählt. Ben war niemals verlobt. Er hatte nur so eine kleine Freundin, und die hat er jetzt …«, sie grinste niederträchtig, »… in den Wind geschossen, wie man heutzutage sagt.«

»Dann ist er jetzt also wieder zu haben?« Freundlich lächelnd gab Glorias Gesprächspartnerin ihre Zustimmung zu dem größten Debakel meines bisherigen Lebens.

Adam räusperte sich. Die Damen blickten auf. Mir schwirrte der Kopf. Glorias »in den Wind geschossen« geisterte als Echo durch meine Gedanken.

»Diese alte Hexe!«

Auf einmal starrten mich alle Senioren am Tisch etwas befremdlich an. Ach, du lieber Himmel, hatte ich den letzten Satz etwa laut ausgesprochen? Verzagt blickte ich in die Runde. Hoffentlich bezog Gloria das »alte Hexe« nicht auf sich. Ich schluckte verzweifelt, aber mir fiel keine passende Erklärung für mein Verhalten ein.

»Bitte?«, meinte Gloria spitz.

Adam, der bestimmt glaubte, dass bei mir ein paar Schrauben locker waren, rettete die Situation, indem er so tat, als ob gar nichts passiert sei. »Frau Thorwald. Frau Westheimer. Meine Herren. Darf ich Ihnen Frau Meyer vorstellen?« Er vollführte formvollendet eine kleine Verbeugung. Gloria unterzog mich einer kritischen Musterung, und mein Herz rutschte mir kurzfristig in den dunkelblauen Rock, den ich gerade trug. Aber dann streckte sie mir ihre Hand entgegen. »Enchantée.« Glorias Freundin Nora Westheimer und ich reichten uns ebenfalls die Hand. Adam war nun voll in seinem Element. Mit einer ausladenden Handbewegung geleitete er mich zu dem letzten freien Platz am Tisch.

»Das ist Herr Degen.« Ein gemütlich aussehender Mann mit kugelrundem Bierbauch und weißer Halbglatze zwinkerte mir durch seine dicken Brillengläser zu.

»Herr Altmann.« Herr Altmann sah etwas verbissen und ziemlich gestresst aus, als stünde er unter enormem Zeitdruck. Während er mir zunickte, schaufelte er sich weiter Salat in den Mund.

»Und Herr Kempowski.« Ganz in Schwarz gekleidet, stand ein sehr hagerer Mann höflich auf und reichte mir eine ausgezehrte Hand.

»Angenehm. Bitte setzen Sie sich doch.« Herr Kempowski, der trotz seiner filigranen Statur einen festen Händedruck hatte, konnte sich mit einem Wischtuch kämmen. Er hatte kein einziges Haar mehr auf dem Kopf. Adam rückte mir den Stuhl zurecht und wartete, bis ich zwischen Herrn Altmann und Herrn Degen Platz genommen hatte, dann verabschiedete er sich mit einem herzlichen: »Guten Appetit allerseits!«

Vorsichtig lugte ich über die aufwendige Tischdekoration Richtung Gloria. Sie war schon wieder ins Gespräch mit ihrer Freundin vertieft. Alles war gutgegangen. Erleichtert lehnte ich mich zurück.

Die drei Herren unterhielten sich angeregt und in merkwürdig gedämpftem Ton über mich hinweg.

»Angeblich war es eine Überdosis Botox.« Herr Altmann hielt kurz in seiner Salat-Spachtelei inne.

Ich horchte auf. Wer oder was hatte hier eine Überdosis Botox abgekriegt?

»Ich habe gehört, dass die beiden sofort abgereist sind, obwohl ...«, setzte Herr Degen an.

»Bestimmt mit einer saftigen Abfindung fürs Dichthalten.« Herr Altmann klang indigniert.

»... obwohl man das durchaus verstehen kann. Zwei so hübsche junge Dinger vollkommen entstellt«, beendete Herr Degen den angefangenen Satz.

»Es ist jedenfalls schandhaft, dass ein solcher Frevel hier passieren kann«, meinte Herr Kempowski. Er stand auf und entfernte sich wortlos Richtung Toilette. Dabei stieß er fast mit dem Kellner zusammen, der mir gerade ungefragt einen Salatteller vor die Nase stellte.

»Herr Altma…«, setzte ich an und nahm mein Besteck auf.

»Nicht so förmlich.« Herr Degen strahlte im Vergleich zu diesem fahrigen Altmann eine sonnige Ruhe aus. »Ich bin der Leopold.«

»Karla.«

»Dieter.« Herr Altmann schien nicht glücklich über Leopolds flottes Solidarisierungstempo zu sein. Aber er hatte keine Wahl. »Herr Degen … ähm … Leopold, worüber habt ihr euch gerade unterhalten?«

Dieter Altmann warf Leopold einen warnenden Blick zu, der Letzteren aber nicht großartig zu beeindrucken schien, denn er gab mir bereitwillig Auskunft.

»Vor ein paar Tagen ist hier eine ganz schreckliche Geschichte passiert. Zwei der Reinigungskräfte wurden betäubt und mit Unmengen von Botox entstellt! Angeblich sahen die beiden ganz fürchterlich aus. Schlauchbootlippen und alles, was dazugehört.«

»Ist die Polizei verständigt?«, fragte ich interessiert und dachte: *Was es nicht alles gibt.*

Leopold schüttelte den Kopf. »Angeblich wollen Agnieszka und Gosia keine Anzeige erstatten.«

Ich blickte ihn überrascht an und nahm einen Bissen Salat.

»Wahrscheinlich hat man ihr Schweigen erkauft«, mutmaßte Dieter pikiert. »Unsere Welt wird eben immer korrupter.«

Ich kaute etwas schneller. Das Thema hörte sich spannend an.

»Will das Management denn keine Maßnahmen zur Ergreifung des Täters einleiten?«

»Ich glaube kaum. Die tun gerade so, als wäre das lediglich eine Meinungsverschiedenheit unter den polnischen Mitarbeitern gewesen. Der Denkzettel eines gewalttätigen Ex-Freunds oder so«, erklärte Leopold. »Aber davon hätte man doch sicher schon früher etwas spitzgekriegt.«

»Diese Pappenheimer machen es sich halt einfach«, murmelte ich.

Er hielt sich eine Hand ans Ohr. »Wie bitte?«

»Diese Pappenheimer machen es sich halt einfach!«, wiederholte ich ein paar Dezibel lauter. Doch wahrscheinlich drückte sich die durchschnittliche Winterfreude-Insassin etwas gewählter aus, denn plötzlich schauten meine beiden Gesprächspartner mich ziemlich perplex an.

Es war ausgerechnet Gloria, die mich aus meiner selbstverschuldeten Klemme rettete. »Nora, meine Liebe!« Glorias theatergeschulte, glasklare Stimme ließ alle anderen Geräusche in den Hintergrund treten. »Deine neue Frisur ist wirklich ganz bezaubernd! Welcher Künstler hat denn dieses Wunderwerk vollbracht?«

Nora neigte erfreut ihr elegantes, tatsächlich sehr gut frisiertes Haupt. Ihre Antwort konnte ich leider nicht verstehen, denn im Gegensatz zu Gloria hatte sie eine sehr leise Stimme.

Während sich Dieter weiter über die fortschreitende Korrumpierung der Welt im Allgemeinen und von Schloss Winterfreude im Besonderen ausließ, beobachtete ich, wie Leopold sich eine blaue Pille einverleibte.

»Mineralstoffe. Willst du auch eine?«, fragte er mich und zeigte auf den imposanten Vorrat an Medikamenten, den er um seinen Teller drapiert hatte.

Ich schüttelte nur den Kopf, denn ich fand es unhöflich zu antworten, wenn man noch unter verbalem Beschuss von jemand anderem, in diesem Fall von Dieter, stand.

Leopold schien nicht dieser Meinung zu sein. »Vielleicht ein paar Vitamine? Magnesium hochdosiert?«, bot er etwas lauter an, um Dieter zu übertönen. »Heute vorsorgen, erspart den Kummer von morgen!« Er schmunzelte, während er sich eine

Handvoll roter, orangefarbener und weißer Tabletten in den Mund warf. Dann griff er zum Wasserglas.

»… und in der Politik ist alles besonders schlimm«, dozierte Dieter, als Herr Kempowski sich wieder zu uns an den Tisch setzte.

»Wissen Sie eigentlich, dass ausgerechnet der sensible Adam, der sie gerade zu uns an den Tisch gebracht hat, die beiden Frauen gefunden hat?« Herr Kempowski beugte sich über den Tisch, um Blickkontakt mit mir aufzunehmen.

»Wir sind schon per …«, wollte Leopold einwerfen, aber er verschluckte sich. Im nächsten Moment fing er an zu husten. Es hörte sich dramatisch an, als würde er jeden Moment seine Lunge ausspucken, so sehr gurgelte er.

Ohne seine Rede zu unterbrechen oder auch nur hinzugucken, klopfte Herr Kempowski, »Paul für meine Freunde«, ihm kräftig auf den Rücken. »Glücklicherweise sollen die Opfer aber recht bald wieder auf dem Damm sein. Das hat uns jedenfalls Glorias Enkel versichert. Und der ist schließlich Arzt.«

Oh, mein Gott! Ben war auch in diese Sache involviert?

Leopold war inzwischen krebsrot angelaufen. Er schien keine Luft mehr zu bekommen.

»Und Warstein führt sich auf wie Sherlock Holmes höchstpersönlich«, frotzelte Dieter gehässig. Beide ignorierten den kollabierenden Leopold nach besten Kräften. Ich wollte aufspringen und Ben oder einen anderen Arzt zur Hilfe holen, denn Leopold schien mir wirklich kurz vor dem Erstickungstod zu stehen, aber Dieter hatte besitzergreifend seine Hand auf meinen Arm gelegt und hinderte mich daran. »Haben Sie unseren merkwürdigen Kollegen Warstein schon kennengelernt?«, fragte er.

Ich nickte verstört. Was war das denn für ein Panoptikum des

Grauens? War ich hier im Altersheim oder im Irrenhaus gelandet? Warum kümmerte sich niemand um Leopold? Und was war das für eine bizarre Geschichte, die die sie da erzählten? Das könnte doch glatt ein Fall für Lara Kloft sein.

Wenigstens schien es Leopold jetzt etwas besser zu gehen. Er prustete und schnaufte, aber sein Gesicht hatte wieder eine gesündere Farbe angenommen.

»Mir wäre es gar nicht so unrecht, wenn Warstein der Sache auf den Grund geht. Das vermittelt nun nicht gerade ein Gefühl großer Sicherheit, wenn ich hier nächtens allein in meinem Bett liege.« Paul griff nach einem Brötchen.

Im gleichen Moment zuckte ich erschreckt zusammen. Eine Hand hatte sich auf meine Schulter gelegt. Ben? Blitzschnell schaute ich zur Seite. Nein, diese Hand gehörte ganz sicher nicht meinem Ex-Freund. Es war eine fleischige, sehr behaarte Hand. Am feisten Ringfinger blitzte ein protziger, goldener Siegelring. Schlagartig verstummten alle Tischgespräche.

Hinter mir stand eine menschliche Kröte. Vierschrötig und fett. Dunkle Äuglein funkelten mich interessiert an. Die Haarfarbe war genau auf den schmierig grauen Anzug abgestimmt.

»Gloria?«, fragte der Kröterich zuckersüß in die Stille. »Willst du mir nicht diesen attraktiven Neuzugang vorstellen?«

Aber Gloria ignorierte seine Bitte.

Der Widerling liebkoste meine Schulter mit seiner Speckhand. »Sie sind mir sofort aufgefallen!«, flötete er in mein Ohr. Am liebsten hätte ich mich vor Ekel geschüttelt.

»Edgar, sag doch, wie geht es eigentlich Wilhelmine? Ist sie immer noch im Krankenhaus?«, erkundigte sich Gloria in militärisch scharfem Ton.

Mit einem widerwärtigen Grinsen nahm der stämmige Alte seine Hand von meiner Schulter. Ich unterdrückte den Impuls, die Stelle sofort mit einer Serviette abzurubbeln.

»Danke der Nachfrage.« Edgars Stimme klang warnend. Nach kaltem Krieg. »Es geht ihr besser … glaube ich.« Er zwinkerte mir zu. »Falls mich jemand sucht, ich bin bis auf Weiteres an der Bar.«

Ohne ein Wort des Abschieds rauschte er von dannen. Alle meine Tischnachbarn atmeten hörbar auf.

»Ahh, der Schwarze Witwer wittert Frischfleisch.« Leopold grinste und klopfte mir mit seiner Riesenpranke auf die Schulter. »Er hat Geschmack, was, Karla?«

Ich nickte. Was blieb mir sonst auch anderes übrig? Dieser Abend brachte mich irgendwie an meine Grenzen.

12.

Tim hatte die einzige Person angerufen, von der er sich Hilfe und Zuspruch bei seinem schwierigen Unterfangen versprach. Doch leider war diese Person alles andere als zuvorkommend. Ganz im Gegenteil.

»Du hast doch ein Rad ab«, sagte Beate kurz angebunden, nachdem er ihr die Situation geschildert hatte. »Ich stecke mitten in einem Shooting, übrigens mit deiner reizenden Ex-Frau, und habe für so einen Quatsch keine Zeit.«

»Und ich habe immer geglaubt, du wärst Lennys Freundin«, erwiderte Tim bitter. »Aber da habe ich mich wohl getäuscht.«

»Ich bin sogar Lennys *beste* Freundin«, widersprach Beate mit Nachdruck. »Aber Lenny und ich sind eben nicht so hohle Vorstadtnudeln, mit denen du dich sonst so gerne umgibst, sondern echte Frauen. Verstehst du? Mit Grips! Und Mut! Und wenn eine mit so einem Serientäter fertigwird, dann Lenny.«

»Du willst sie echt ganz alleine und ohne Hilfe ihrem Schicksal überlassen?«, fragte Tim fassungslos.

»Hand aufs Herz, Tim! Um was geht es dir hier wirklich? Um dein kostbares Drehbuch? Oder um Lenny?«

»Um beides, wenn du es genau wissen willst. Aber ich muss auf jeden Fall sicherstellen, dass Lenny nichts passiert!«, antwortete Tim.

Am anderen Ende der Leitung blieb es still.

»Beate?«

»Lass mich! Ich muss nachdenken!«

Tim geduldete sich, indem er sich das Handy zwischen Ohr und Schulter klemmte und unablässig das Wort »Lenja« auf die aufgeschlagene Kalenderseite mit Beates Telefonnummer kritzelte. Er saß bereits seit einer geschlagenen Stunde wieder im Büro an seinem Schreibtisch und hatte zunächst die Fakten, die Burkhardt ihm geliefert hatte, schriftlich zusammengefasst. Als er dann wieder auf seine leeren Drehbuchseiten gestarrt hatte, war ihm die rettende Idee mit Beate gekommen. Er kannte sie zwar nicht besonders gut, aber Lenny beschrieb sie immer als unglaublich kompetent. Und jetzt drückte sich diese miese Schlange einfach vor ihrer Verantwortung. Tolle beste Freundin!

»Also gut!«

»Also gut … was?«, fragte Tim, der so schnell den Hörer gar nicht wieder ans Ohr drücken konnte.

»Wir treffen uns heute Abend um sechs im ›Vintage‹ und besprechen das Ganze. Sei bitte pünktlich«, schloss Beate unfreundlich und legte ohne ein Wort des Abschieds auf.

Was für eine eingebildete Pute, dachte Tim ärgerlich. Trotzdem fühlte er sich zutiefst erleichtert, dass er nun eine, na ja, jedenfalls so eine Art Verbündete hatte.

Um Punkt sechs fand Tim sich im schicken Weinlokal »Vintage« ein, das direkt unter den neuen »Kranhäusern« am Rheinufer lag. Aber von Beate war weit und breit nichts zu sehen. Typisch! Zuerst Gift und Galle spucken und dann selbst zu spät kommen. Er wusste schon, warum er grundsätzlich nicht mit Karriereweibern anbandelte. Die stellten ihre Arbeit immer über alles und setzten seiner Meinung nach völlig falsche Prioritäten. Natürlich nötigte ihm jemand wie Beate Respekt ab. Sich in einer Branche durchzusetzen, die so hart war wie das Fernsehen, dazu gehörte schon allerhand. Schließlich gab es dort für die meisten Jobs immer noch eine »Besetzungscouch«, vor der ein nie versiegender Strom hübscher, junger, manchmal sogar begabter Mädchen Schlange stand. Wenn man für diese Couch irgendwann nicht mehr knackig genug war, dann gnade Gott. Die Karteien des Kölner Arbeitsamts waren rappelvoll mit arbeitslosen Aufnahmeleiterinnen, Maskenbildnerinnen und auch Produzentinnen. Bei den männlichen Vertretern dieser Berufe sah das selbstverständlich anders aus, hier griff das sogenannte *»Old-Boys-Network«* oder auf gut Deutsch das »Eine-Hand-wäscht-die-andere«-Prinzip. Wenn es eine Frau in diesem Umfeld nur aufgrund ihrer außergewöhnlich hohen Arbeitsmoral und Top-Leistung schaffte, war das schon etwas Besonderes. Trotzdem hinterließ ein so hart erarbeiteter, dauerhaft zu verteidigender Erfolg Spuren. Beate wirkte schon verdammt resolut. Irgendwie maskulin. Wie die ihn vorhin am Telefon angefaucht hatte!

Genau in diesem Moment legten sich von hinten zwei Hände vor seine Augen, und jemand kreischte »Schaaaaatzi!« in sein Ohr. Das war hundertprozentig nicht Beate. Oder? Tim stellte sein Weinglas ab und griff nach hinten an die Hüften seiner kichernden Angreiferin. Nein, das war nicht Beates zierlicher Körper ... das hier fühlte sich ziemlich proper an! Katja? Nina? Oder doch Jenny?

»Nicht gucken! Du musst raten, wer ich bin«, flüsterte die Frau schmeichelnd in sein Ohr. Gott sei Dank. Jetzt, da ihre Stimme nicht mehr ganz so schrill klang, erkannte er sie. Das war eindeutig Nina, seine derzeitige Flamme.

»Hey, Baby.« Tim nahm Ninas Hände von seinen Augen und zog sie auf seinen Schoß. Doch statt ihn wie gewohnt sofort abzuknutschen, verzog Nina die Lippen zu einem Flunsch. »Warum hast du dich neulich nicht gemeldet? Ich habe den ganzen Abend auf deinen Anruf gewartet. Wir wollten doch deine Scheidung feiern!«

Mist, das hatte er total verschwitzt. Er war zu sehr mit seinen Jobproblemen beschäftigt gewesen. »Sorry, Baby. Ich hing den ganzen Abend in einer Besprechung fest und wollte dich dann auf keinen Fall mehr wecken«, zog er sich aus der Affäre.

Nina musterte ihn kritisch, als zweifelte sie an seiner Geschichte, aber dann fuhr sie ihm mit beiden Händen durchs Haar, krallte sich an ihm fest und küsste ihn leidenschaftlich auf den Mund.

Das Paar am Nebentisch schaute leicht pikiert zu ihnen rüber. *Sollen sie doch,* dachte Tim und erwiderte den Kuss erleichtert. Das mit Nina war vielleicht nichts Ernstes, aber in seiner jetzigen Situation hatte er echt keine Lust auf Beziehungsstress.

Außerdem fiel ihm gerade wieder ein, dass sein kleines Nina-Mäuschen steinreich war. Schlimmstenfalls konnte er sie um ein kleines Überbrückungsdarlehen anpumpen. Ihrem Vater gehörte schließlich ein deutschlandweites Netz an gutgehenden Sanitärbetrieben, und sie war das verhätschelte Einzelkind. Nina strebte in ferner Zukunft eine Karriere als Popsternchen an und hatte noch keinen Tag in ihrem Leben gearbeitet. Aber sie hatte Humor und eine nicht zu verachtende Oberweite. Das reichte ihm vollkommen.

Zu Anfang ihrer eigentlich streng horizontalen Beziehung hatte Nina wohl gehofft, dass er ihr bei ihrem Durchbruch behilflich sein könnte, aber diesen Zahn hatte Tim ihr sofort gezogen. Erstens trennte er grundsätzlich Privates von Geschäftlichem, und zweitens traf jede Schnalle in der Karaoke-Bar die Töne besser.

»Wo kommst du denn her?«, fragte er, als Nina ihre Küsserei unterbrach, um Luft zu holen.

»Ich war shoppen und bin dann auf dem Rückweg ...« Schlagartig wurde Ninas Blick wieder misstrauisch. »Und du? Was machst du hier? Hast du treulose Tomate etwa ein Date?«

»Ich habe eine Besprechung. Kein Date.« Tim wusste, was jetzt kam. Und er behielt recht. Nina steigerte sich sofort und mit Gusto in einen Eifersuchtsanfall hinein. Als ob er ihr ganz persönliches Eigentum wäre. Es war höchste Zeit, die Geschichte mit ihr wieder etwas runterzukochen, sonst bildete sie sich am Ende noch ein, dass daraus mehr werden könnte. Da verzichtete er lieber auf das Darlehen. Seine Freiheit ging vor.

»Lenja«, regte Nina sich auf. »Du hast bestimmt wieder eine Besprechung mit dieser Lenja! Und ich sage dir, die ist hinter dir her.«

»Quatsch«, erwiderte Tim lapidar. Das war ein altbekanntes Problem. Jedes seiner Mädels hatte am Anfang etwas gegen Lenny gehabt. Frauen konnten anscheinend nicht verstehen, dass er einfach einen weiblichen »besten Freund« hatte. Selbst seiner Ex-Frau, die dank ihres blendenden Aussehens nun wirklich nicht zur Stutenbissigkeit neigte, war Lenny immer ein Dorn im Auge gewesen.

»Was müsst ihr denn überhaupt schon wieder besprechen? Und warum machen du und deine tolle Lenja das nicht im Büro?«, zickte Nina rum.

Tim gab ihr einen Schmatzer auf die sorgsam gepuderte Wange und sagte so beiläufig wie möglich: »Baby, das interessiert dich doch nicht wirklich.«

»Und wenn doch?«, maulte Nina.

»Zerbrich dir doch nicht meinetwegen dein hübsches Köpfchen. Es geht ums Geschäft. Und deshalb musst du jetzt auch leider wieder gehen.«

»Lenja, Lenja! Immer diese Lenja! Heute bleibe ich bei eurer dämlichen Besprechung dabei«, gellte Ninas Stimme schrill und gut hörbar durchs Lokal.

In diesem Moment räusperte sich jemand in nächster Nähe.
»Nein, Püppi, dein Liebster hat heute Abend keine Besprechung mit Lenja, sondern mit mir.«

Ninas Kopf fuhr blitzschnell herum, und auch Tim blickte verblüfft auf den ihm gegenüberliegenden Stuhl, der nun besetzt war.

Dort saß Beate. Ausgerechnet. Wie lange schon? Jedenfalls machte sie keinen besonders freundlichen Eindruck. Obwohl ... auf den zweiten Blick zuckten ihre Lippen verdächtig. Verkniff sie sich gerade ein Lächeln?

Nina riss ihre schwarz umrandeten Smokey Eyes auf und starrte wütend die gänzlich ungeschminkte Beate an. Dann fragte sie verdächtig ruhig: »Wie hast du mich gerade genannt?«

»Püppi«, wiederholte Beate gelassen und strich sich die dunklen Haare aus dem Gesicht.

»Ich heiße aber nicht Püppi«, knurrte Nina. Sie klang wie ein gereiztes, wildes Tier, das gerade zum tödlichen Sprung ansetzte.

»Echt nicht?«, erkundigte sich Beate gelassen. »Und ich habe gedacht, dass Tim all seine Betthäschen so nennt.«

Nina stieß einen Zischlaut aus, und bevor Tim eingreifen konnte, hatte sie sein noch fast randvolles Rotweinglas gepackt und über Beates Kopf geleert.

Den Bruchteil einer Sekunde später bot sich allen Anwesenden ein spektakulärer Anblick. Blutrot tropfte der edle italienische »Barolo«, Jahrgang 2004, langsam aus Beates Haar auf ihren beigen, enganliegenden Pulli, von wo aus er sich in einem dünnen Rinnsal über ihre weiße Jeans ergoss und schließlich in einer kleinen Pfütze zu ihren Füßen endete.

Tim schob Nina energisch von seinem Schoß. »Ich glaube, du gehst jetzt besser.« Dann machte er sich auf die Suche nach einer Serviette.

13.

Als ich mich das erste Mal zu Ben umdrehte, war er mitsamt seinen Tischnachbarn verschwunden. Und obwohl ich mich anstrengte und die Ohren spitzte, bekam ich auch nicht wirklich etwas von Glorias und Noras Konversation mit. Ein paarmal glaubte ich, Bens Namen zu hören, konnte aber nicht ausmachen, um was für ein Thema es ging.

Dafür sorgten Leopold, Dieter und Paul, die mich auch während des Hauptgangs – es gab exotisch dekorierte Miniportionen von Fisch, Gemüse und Kartoffelpüree – mit Beschlag belegten. Leopold erzählte äußerst unterhaltsam allerlei Gruselgeschichten, die sich angeblich in anderen Altersheimen zugetragen hatten. Paul unterfütterte dieses Gespräch mit den abstrusesten Vermutungen über das Motiv für die gemeine Verschandlung der beiden Reinigungskräfte. Eifersucht? Rache? Verschmähte Liebe?

Beide ignorierten Dieter, der nach wie vor völlig unbeeindruckt vom allseitigen Desinteresse über den Werteverfall in unserer Gesellschaft referierte.

Nach dem Dessert, Kokosnusscreme, war es gerade mal halb sieben. Zu früh, um ins Bett zu gehen. Das sahen Gloria, Nora und meine neuen Freunde genauso. Sie beschlossen einstimmig, der »Concordia-Bar« noch einen Besuch abzustatten. Da meine Chancen, Ben zu begegnen, in Glorias Begleitung ungleich höher waren, als wenn ich alleine in meinem Zimmer vor mich hin vegetierte, schloss ich mich ihnen an.

Die Bar lag tief im Keller des Hotels versteckt und war im altenglischen Stil eingerichtet: viel grünes Leder und dunkles Holz. Hinter der langen, auf Hochglanz polierten Theke stand ein Barmann in dunklem Anzug. Im Kielwasser von Gloria, die mit ihren wehenden Hermès-Schals wie ein stattliches Schlachtschiff voransegelte, gingen wir an der Bar und dem mir heftig zuzwinkernden »Schwarzen Witwer« Edgar vorbei in einen Nebenraum.

»Mensch«, sagte Leopold. »Nicht schon wieder.« Eine dicke Havanna-Zigarre steckte bereits in seinem rechten Mundwinkel. Doch auf allen Tischen standen kleine »No-Smoking«-Plastikschilder.

»Wir wollen uns eben heute ausnahmsweise mal nicht von dir zuqualmen lassen«, belehrte ihn Dieter, während sich alle in den kreisförmig um einen Couchtisch angeordneten Sesseln niederließen.

»Papperlapapp«, grummelte Leopold. »Geräuchertes Fleisch bleibt länger frisch.«

»Im Leichenschauhaus vielleicht«, fügte Gloria trocken hinzu, und Nora kicherte. Paul studierte die Karte. »Sollen wir uns eine Flasche bestellen?«

Gloria nickte. »Aber nur, wenn sie wieder den 1996er Lafitte auf Lager haben. Der vom letzten Mal war ungenießbar.«

»Herr Ober, ein kühles Blondes, bitte«, posaunte Leopold, der sich erstaunlich schnell wieder gefangen hatte, obwohl er immer noch an seiner nicht angezündeten Havanna nuckelte. »Karla, was nimmst du?«

Aber ich konnte gerade nicht antworten. Ben saß – offenbar in ein Buch vertieft – nur ein paar Tische von uns entfernt. Gloria hatte ihn ebenfalls erspäht und winkte. Als Ben aufstand und zu uns rüberkam, schlug mein Herz so wild, dass mir fast schwindelig wurde.

»Hallo, mein Schatz! Behandeln sie dich in Schloss Winterfreude auch anständig?«, begrüßte Gloria ihren Enkel hocherfreut.

Ben küsste sie auf die Wange. »Jeder ist unglaublich nett zu mir. Du hast mit deinen Lobgesängen wirklich nicht übertrieben«, antwortete er lächelnd und schmatzte dann auch Nora rechts und links auf die leicht plissierte Wange.

»Hallo Nora. Geht's Ihnen gut?«, erkundigte er sich charmant. Die alte Dame strahlte. »Hervorragend! Bei dieser erstklassigen medizinischen Betreuung ist das ja kein Wunder.« Fast ein bisschen kokett zwinkerte sie ihm zu.

»Wer war denn diese attraktive Frau, neben der du beim Abendbrot gesessen hast?«, fragte Gloria interessiert.

»Das war Simone«, antwortete Ben.

Wie, »Simone«? Duzten die sich etwa schon? Er konnte doch unmöglich an dieser grauen Maus Gefallen gefunden haben!

»Das ist die neue Krankenschwester, Fräulein Berneke, richtig?«, ergänzte Nora.

»Richtig.«

»Wie *nett*, dass du bereits jemanden in deinem Alter gefunden hast«, warf Gloria bedeutungsschwanger ein, so als wäre eine Liebesbeziehung zwischen Ben und Simone bereits beschlossene Sache. In mir stieg eine heilige Wut auf, und am liebsten hätte ich Gloria mit ihrem dekorativen Hermès-Schal erwürgt.

Zum Glück lächelte Ben nur unverbindlich und ging nicht weiter auf diese unerhörte Bemerkung ein. »Na, wie läuft das Fernstudium, Paul?«, erkundigte er sich stattdessen und klopfte Paul freundschaftlich auf den Rücken.

»Wenn der Computer keine Faxen macht, klappt es prima«, gab dieser gutgelaunt zurück.

Dann … war ich dran.

»Schatz, das ist Frau Meyer«, stellte mich Gloria vor. Mir zitterten die Knie, obwohl ich saß. Ben reichte mir die Hand. Seine wunderbare, warme Hand hielt meine! Die so vertraute

Mischung aus Nivea-Creme und Bens ganz besonderem Duft stieg mir in die Nase und raubte mir fast den Verstand.

»Guten Abend, Frau Meyer.« Er wollte seine Hand zurückziehen, aber ich behielt sie noch einen winzigen Moment länger in meiner.

»Guten Abend.« Meine Stimme klang heiser. Mehr bekam ich nicht raus. Wenn ich noch ein Wort sagte, würde ich in Tränen ausbrechen.

Und es war auch schon wieder vorbei: Er ging weiter zu meinem Sitznachbarn. Fassungslos sah ich ihm nach.

»Hallo Doktor!« Leopold blinzelte verschmitzt. »Alles paletti?«

Ben nickte.

»Wie viel verdient man denn eigentlich so, wenn man für Ärzte ohne Grenzen nach Nicaragua geht?«, erkundigte sich Dieter bei ihm. Ben zog sich einen Sessel heran, und in null Komma nichts waren die beiden in ein Gespräch über die Vergütung bei Wohltätigkeitsorganisationen vertieft.

Ich war wie betäubt. Das konnte doch nicht wahr sein. Natürlich hatte ich alles darangesetzt, dass er mich nicht erkannte. Aber tief im Inneren war ich mir immer absolut sicher gewesen, dass er es trotzdem tun würde. Zwei Jahre! Wir waren zwei Jahre zusammen gewesen, hatten unzählige Male miteinander geschlafen, und jetzt spürte er nicht, wer sich hinter dieser lächerlichen Verkleidung verbarg?

Sagte man nicht, dass sich Liebende sogar mit verbundenen Augen am Geruch erkannten? Stellte sich bei ihm denn überhaupt kein vertrautes Gefühl ein, wenn er meine Gera-tex-behandelte Hand in seiner hielt?

Wie ein Zuschauer im Theater beobachtete ich, wie Ben mit Gloria scherzte, sich unbeschwert mit den anderen Senioren unterhielt. Dabei hatte er zumindest in meiner Fantasie genauso unter dem Ende unser Beziehung gelitten wie ich. Ich hatte fest daran geglaubt, dass er mich vermisste. Dass er sich nur in meiner Gegenwart stark und beherrscht gab, aber in Wirklichkeit ebenso unglücklich war wie ich. Nur ... dem war nicht so.

Auf einmal stupste Leopold mich mit dem Ellbogen an. »Nun hör schon auf, ihn so anzustarren! Du machst ihn ja ganz verlegen«, flüsterte er.

Erst da wurde mir bewusst, dass ich Ben mit offenem Mund und nicht nur mit wundem Herzen betrachtete. Wie in Trance stand ich auf. Ich musste hier raus. »Entschuldigung«, stammelte ich in die fröhliche Runde. »Ich muss noch einen wichtigen Anruf ... ähm ... Wiedersehen.«

Und schon eilte ich gehetzt an der Bar vorbei. Edgar zwinkerte und nickte mir so enthusiastisch zu, dass sein Haaransatz nach vorne zu rutschen schien. Trug er ein Toupet? Auf dem Barhocker sitzend, versuchte er verzweifelt mit seinen kurzen Beinen wieder festen Boden zu erreichen, vermutlich um sich mir in den Weg zu stellen.

Aber ich war bereits durch die Tür. Auf dem Weg zu meiner Suite verlief ich mich diesmal tatsächlich und irrte eine Weile auf den immer gleich aussehenden Gängen von Schloss Winterfreude herum.

Als ich endlich abgeschminkt in meinem Bett im Südturm lag, erwog ich kurz, aufzugeben und nach Hause zu fahren. Wenn es Ben ohne mich so gut ging, saß ich dann nicht schon längst auf verlorenem Posten? Sollte ich wirklich weiterhin als verliebte Doña Quichota chancenlos gegen Windmühlen kämpfen? Oder wäre es besser, einfach klipp und klar meine Niederlage einzugestehen und mich zu verkrümeln? Selbst auf die Gefahr hin, dass die tiefe Wunde, die Bens Gleichgültigkeit mir in die Seele geschlagen hatte, niemals mehr verheilte?

Ich überlegte unwillkürlich wie es so weit hatte kommen können, dass Ben mich verließ. Es konnte doch unmöglich nur an diesem einmaligen blöden Fremdknutschen gelegen haben, bei dem er mich dieses Jahr im Karneval erwischt hatte. Das hatte ich ihm doch schlüssig erklärt! Das war doch nur eine dumme Wette zwischen Tim und mir gewesen. Niemand hatte ahnen können, dass der TV-Star Tom Schneider tatsächlich auf der RTL-Feier auftauchen würde. Außerdem: Wettschulden waren Ehrenschulden, oder?

Bestimmt hing es eher mit meiner fehlenden »Kinderstube« zusammen, wenn man die Kommune meiner unverheirateten Eltern überhaupt so nennen konnte. Bens Erzeuger waren nämlich ebenfalls Mediziner, und in seiner Kindheit hatte es ganz klare Ansagen gegeben. Feste Essenszeiten. Sonntagsausflüge. Große Familienevents mit Anwesenheitspflicht. Ob er jemals dagegen rebelliert hatte? Keine Ahnung. Ich glaubte eher nicht. Aber wenigstens hatte er etwas gehabt, gegen das er hätte aufbegehren können. Ich selbst hatte immer nur offene Türen eingerannt.

Was sagte man denn als Kind, wenn die eigene Mutter einen jeden Morgen fragte, ob man auch wirklich in die Schule gehen wollte? Wenn jeden Abend gruppendynamisch darüber diskutiert wurde, ob meine »Entwicklungsautonomie« und »die freie Entfaltung meiner politischen Persönlichkeit« so überhaupt noch gewährleistet seien? Was machte man, wenn man als Teenager die gleichen coolen Schuhe wie alle anderen Mädchen tragen wollte und die Kommune dafür keine Kohle rausrückte, weil sie meine »Unterwerfung dem Konsumzwang« nicht subventionieren wollte, die gleichen Leute aber bedenkenlos und sehr großzügig »individualisierende« Tattoos spendierten?

Man sah zu, dass man möglichst schnell erwachsen wurde

und eigenes Geld verdiente. So hatte ich bereits mit fünfzehn Jahren mit einer Sondergenehmigung des Jugendamts meine erste eigene Wohnung bezogen.

Zwischen Bens und meinen Erfahrungen lagen Welten. Besonders augenfällig wurde das, wenn wir unsere Eltern in das sowieso schon fragile Gleichgewicht unserer Beziehung mit einbezogen. Wobei ich ohnehin versucht hatte, diese familiären Treffen auf ein absolutes Minimum zu beschränken. Aber Ben waren sie nun mal sehr wichtig gewesen.

Um den Zündstoff, den solche Begegnungen bargen, zu illustrieren, musste man wahrscheinlich den Hintergrund der Teilnehmer verstehen. Meine Eltern hatten sich auf Europas größtem Hippietreffen, dem Burg Herzberg Festival, kennengelernt. Neun Monate später wurde ich geboren. Seitdem lebten sie auf dem kommuneneigenen Bauernhof in der Eifel und arbeiteten dort gerade so viel, dass sie nicht verhungerten. Verklemmt waren sie auch nicht gerade. Ja, man könnte sogar sagen, dass der Spruch »Wer zweimal mit demselben pennt, gehört schon zum Establishment« von ihnen erfunden wurde. »Sex and the City« war jedenfalls ein Dreck dagegen! Weshalb meine Mutter auch öfters für andere, mir und manchmal auch ihr völlig unbekannte Damen und Herren das Frühstück zubereitete.

Bens Eltern waren sich hingegen zum ersten Mal an der Uni begegnet. Geheiratet hatten sie, nachdem jeder eine eigene Praxis aufgemacht und man gemeinsam einen gediegenen Bungalow in Köln-Müngersdorf bezogen hatte. Als Wunschkind Ben dann auf die Welt kam, war die diplomierte englische Kinderfrau bereits eingearbeitet.

Der Zusammenprall dieser verschiedenen Lebensentwürfe war alptraumartig. Mein Job, meine Manieren, meine Eltern, meine ganze Art hatten Bens Familie mehr Gesprächsstoff geboten, als ich je erwartet hätte. Von Anfang an standen seine Eltern mir kritisch bis ablehnend gegenüber, und das hatte sich in den zwei Jahren unserer Beziehung nie geändert, obwohl Ben immer wieder eloquent für mich Partei ergriffen hatte. Auf den Hohenfelsschen Familienfeiern war ich jedenfalls immer mehr geduldet als willkommen gewesen.

Aber wer sagte denn eigentlich, dass aus mir nichts Anständiges geworden wäre? Bis vor drei Monaten war ich doch drauf und dran, mir meine kühnsten Träume zu erfüllen: Beinahe hätte ich einen wunderbaren, seriösen Mann und Arzt geheiratet und mit ihm eine Familie gegründet. Aber »beinahe« zählte ja bekanntermaßen leider nicht.

Warum konnte ich nicht einfach die Uhr zurückdrehen? Einen unbedachten Kuss, einen kleinen Streit genauso löschen wie eine falsche Eingabe im PC? Den verschossenen Elfmeter doch noch reindonnern? Instant-Karma – nach getaner Abbitte sofort ein besserer Mensch werden?

Plötzlich konnte ich mit meinen verzweifelten Gedanken nicht mehr allein sein. Ich versuchte erst Tim anzurufen, dann Beate. Doch leider ging keiner von ihnen ran.

14.

Wie machst du das nur?«, fragte Beate und goss sich ein Glas Weißwein ein.

»Was?«

»Wo treibst du immer diese gehirnamputierten, komplett durchgeknallten Schnepfen auf? Gibt es da irgendwo einen Treffpunkt im Internet?«

»Nee, die laufen mir ganz von alleine zu ... wie herrenlose Püppis!«, grinste Tim und lehnte sich tiefer in Beates bequemes Sofa. Er hatte sie, selbstverständlich in seinem Auto, damit ihre Wagensitze nicht beschmutzt wurden, nach Hause gefahren und hockte nun neben einer frisch geduschten, umgezogenen und irgendwie viel entspannter wirkenden Beate.

»Hm! Und du bringst es einfach nicht übers Herz, diese armen Geschöpfe ganz allein auf der Straße stehen zu lassen?«

»Genauso ist es. Du hast mich durchschaut«, frotzelte Tim.

Beate schüttelte den Kopf. »Du großherziger Wohltäter, du.«

»Man tut, was man kann. Außerdem fühle ich mich manchmal recht einsam in meinem großen Bett. Besonders, weil ich immer auf getrenntem Aufwachen bestehe.«

Beate verdrehte die Augen. »Mensch, Tim! Wann wirst du endlich erwachsen? Wie lange willst du denn noch als ewiger Peter Pan auf die Pirsch gehen?«

Tim setzte sich abrupt auf. Diese Wendung des Gesprächs gefiel ihm nicht. Beate klang ja fast wie seine Mutter.

»Hey, schieb mal keine Panik«, sagte Beate, die in ihm wie in einem offenen Buch zu lesen schien. »Ich höre ja schon auf. Aber eine Frage musst du mir noch beantworten.«

»Welche?«, erkundigte sich Tim und bereute es im selben Augenblick.

»Lenny und du, ihr seid doch wie füreinander gemacht. Warum lässt du sie nur diesem langweiligen Arzt hinterherrennen, wenn ihr zwei doch richtig glücklich miteinander sein könntet?« Er hörte an Beates leidenschaftlichem Ton, dass ihr das Thema am Herzen lag.

»Hey, wie redest du denn über Lenjas Zukünftigen? Den einzigen, den wahren, den glorreichen Ben.«

»Jetzt zieh die Sache nicht ins Lächerliche. Ich will eine ehrliche Antwort. Warum lässt du das zu?«

Tim hörte auf zu grinsen. »Hat Lenja denn jemals davon gesprochen, dass sie mehr will? Hat sie irgendwann einmal gesagt, dass sie in mich verliebt ist?«

»Nein, dafür ist sie auch viel zu sensibel. Du weißt doch bestimmt selbst, dass sie einen unglaublich weichen, empfindsamen Kern hat. Sie würde das niemals zugeben, wenn es von deiner Seite vollkommen aussichtslos wäre.«

Tim zog die Augenbrauen hoch und warf Beate einen kritischen Blick zu. »Reden wir hier über die gleiche Lenny? Ich meine nämlich die, die sich nicht erst im stillen Kämmerlein über ihre überschwänglichen Gefühle klarwird, sondern sie – erwidert oder nicht – gleich in die ganze Welt hinausposaunt.«

Beate blieb ernst. »Aber du liebst sie doch, oder nicht?«

»Doch. Ich liebe sie. Sehr sogar. Aber nicht auf diese Weise.«

»Du spinnst.« Beate stellte ihr Weinglas abrupt auf dem Couchtisch ab. »Also gut, du Selbstbetrüger, wechseln wir das Thema. Wie wollen wir morgen vorgehen?«

»Du meinst unsere Verbrecherjagd?«, fragte Tim schmunzelnd. Er war insgeheim sehr erleichtert, dass sich die Unterhaltung nun endlich wieder um neutralere, wenn auch weitaus gefährlichere Themen drehte.

»Genau die«, erwiderte Beate lächelnd. »Ich habe mir extra einen Tag freigenommen.«

»Super. Da werde ich es einfach genauso machen. Und da dein Auto wegen Ninas Heldentat ja noch am ›Vintage‹ steht, hole ich dich am besten morgen früh so gegen neun Uhr ab. Okay? Ich habe für zehn Uhr dreißig einen Termin mit dem Direktor von Schloss Winterfreude vereinbart, und dann können wir …«

»Das passt mir gut«, unterbrach ihn Beate kurz angebunden. Offenbar war sie wegen der Sache von vorhin noch immer sauer. Bei der Erwähnung von Ninas Namen war jedenfalls ihr warmes Lächeln wie weggewischt gewesen.

»Hoffentlich gehen die Rotweinflecken aus deinen Klamotten wieder raus. Ich übernehme auf jeden Fall die Kosten der Reinigung«, versuchte Tim die Stimmung zu retten.

Doch Beates Gesichtsausdruck blieb verschlossen. »Mach dir keinen Kopf.«

Unschlüssig blickte Tim auf sein leeres Glas. Die halb volle Weißweinflasche stand genau daneben, aber er hatte nicht das Gefühl, dass er hier noch willkommen war. Gastfreundschaft ging irgendwie anders. »Okay, dann gehe ich jetzt wohl besser …«

»Bis morgen«, sagte Beate und stand umgehend auf, um ihn zur Tür zu bringen.

15.

Es war sechs Uhr dreißig, und ich stand nach einer durchwachten Nacht am Abschlag von Loch eins. Neben mir machten sich Herr Warstein und Dieter mit Aufwärmübungen locker. Mir fehlte dazu die Kraft.

Ich hatte die ganze Nacht gegrübelt. Gegen fünf Uhr morgens hatte ich mich dann doch dazu durchgerungen, in Schloss Winterfreude auszuharren. Noch war Ben in Deutschland. Und solange ich in seiner Nähe sein konnte, würde ich um ihn kämpfen. Dann hatte ich über die richtige Strategie nachgedacht: Es musste unbedingt natürlich aussehen, wenn wir zusammen waren. Am einfachsten wäre es, ein relativ unverfängliches Krankheitsbild wie Rückenschmerzen zu entwickeln und ihn als Arzt aufzusuchen. Leider funktionierte das bei meinem Ersatzteillager von Körper nicht. Aber Ben mochte Musik. Ob ein neu zu gründender Chor vielleicht das Richtige wäre? Nein. Das war nicht intim genug. Man sang da nur und redete nicht. Ein Buchclub? Lesen konnte ich schließlich, und Ben liebte Bücher über alles. Immer lag ein kleiner Bücherstapel auf seinem Nachttisch rum. Das wär's ... wir würden über unsere gemeinsame Liebe zu Büchern wieder zueinanderfinden.

Mit neuem Elan war ich aus dem Bett gesprungen, hatte in aller Ruhe das Make-up auf meiner Latexmaske aufgefrischt und war zum Clubhaus geschlendert.

»Nach Ihnen.« Freundlich gewährte ich den beiden Herren den Vortritt. Die würden sich sowieso noch wundern, wie stark ihre neue Bekannte auch ganz ohne Aufwärmen abschlagen konnte. Das erste Loch war ein Par 5. Herr Warstein nahm trotzdem nur ein Eisen. Steif bückte er sich, steckte die kleine Holzspit ze samt Ball in den weichen Boden und richtete sich umständlich wieder auf. Er machte einen Probeschlag. Dann stellte er sich in Position, holte kurz aus und schlug den Ball kerzengerade, aber maximal sechzig Meter weit aufs Green.

Bei diesem Tempo würden wir für eine Runde sechs Stunden brauchen. Herr Warstein schien trotzdem ganz zufrieden zu sein. Jetzt war Dieter an der Reihe. Er holte einen Driver aus seiner Golftasche, Gott sei Dank.

Zu früh gefreut. Anstatt den Ball mit gigantischer Geschwindigkeit über den Rasen zu treiben, touchierte Dieter ihn mit dem gleichen Kraftaufwand, mit dem ich mein Frühstücksei köpfte. Seine weiße Kugel kam auf diese Weise genau neben der von Herrn Warstein zu liegen.

Siegessicher nahm ich meine »Big Bertha« aus dem Bag. Denen würde ich's zeigen. Ich holte Schwung …

»Der junge Herr Doktor gefällt dir, nicht wahr?«

Ich brach meinen Schlag ab und drehte mich um. Hinter mir stand feixend Dieter.

»Wieso?«, stellte ich mich dumm.

»Weil du ihn gestern so merkwürdig angeschaut hast und dann wie von der Tarantel gestochen abgehauen bist.«

»Lass sie spielen«, brummte Herr Warstein und ersparte mir damit eine Antwort.

Ich machte mich wieder an den Abschlag, aber auf einmal war ich nicht mehr ganz so konzentriert. Was hatten die Alten über mich gequatscht? Ich spannte die Muskeln an, holte aus und ließ meinen Driver auf den Ball zusausen …

»Ich glaube, er hat es auch gemerkt«, sagte Dieter süffisant.

Ungelenk verzog ich den Schläger, berührte den Ball nur minimal und musste zusehen, wie er nach einem jämmerlichen Hüpfer knapp drei Meter rollte.

Meine Begleiter packten wortlos ihre Taschen zusammen.

Aus der Entfernung hörte ich, wie Herr Warstein verbittert »Handicap 12, so, so«, grummelte. Dann stieg er in sein elektrisches Golfkart und fuhr los.

»Du kannst bei mir mitfahren«, bot Dieter großzügig an, als ich zu meinem Ball marschierte und ihn erneut schlagen wollte. »Und wenn du Friedrich nicht zur Weißglut treiben willst, rate ich dir, den Ball aufzuheben und auf gleicher Höhe mit uns weiterzuspielen.«.

Da es sich bei »Friedrich« zweifellos um den bereits wegen mir erzürnten Herrn Warstein handelte, tat ich wie geheißen und stieg zu Dieter ins Kart.

Nach fünf Stunden, einer gefühlten Ewigkeit, war der Spuk vorbei, und wir mussten uns beeilen, um rechtzeitig vor Torschluss zum Mittagessen zu kommen. Obwohl ich ein oder zwei wirklich gute Schläge platziert hatte, war ich ansonsten ernsthaft und vorsätzlich von Dieter sabotiert worden. Er hatte gehustet und gestöhnt, mit lautem Trara seine Golftasche umfallen lassen und grundsätzlich immer genau dann geredet, wenn ich abschlagen wollte. Außerdem musste er spätestens nach jedem dritten Loch in freier Wildbahn urinieren. Meinen Tipp, doch mal einen Blasenspezialisten aufzusuchen, hatte er geflissentlich überhört. Dafür hatte er sich mit der nie versiegenden Unterhaltung über das heißeste Thema schlechthin revanchiert: den Botox-Krimi! Wobei ich meine Ohren nach der dritten Wiederholung aller von ihm ermittelten Fakten auf Durchzug gestellt hatte.

Dieter sollte echt mal bei einem Psycho-Doc vorbeischauen. Offenbar war er krankhaft ehrgeizig. Warstein schien sein Verhalten allerdings nichts auszumachen, denn selbst als Dieter haushoch und vollkommen unverdient unsere Golfrunde gewonnen hatte, schüttelte dieser ihm noch die Hand. Mir gegenüber blieb er reserviert.

Trotzdem waren es nur Warstein und ich, die jetzt dem Sonnensaal zustrebten. Dieter duschte, ich würde ihn nicht vermissen. Als wir gerade um die Ecke vor dem Eingang bogen, traten plötzlich Gloria, Nora und Ben aus der Tür des Sonnensaals.

Herr Warstein blieb bei ihrem Anblick abrupt stehen, während ich noch einen Zahn zulegte, um eine weitere Begegnung mit Ben ja nicht zu verpassen.

»Herr Warstein, was ist denn?«, quengelte ich, denn ich wollte Ben und Anhang nach der gestrigen vergeigten Begegnung ungern allein gegenübertreten.

»Gehen Sie doch schon mal vor«, sagte er leise und bewegte sich keinen Schritt. Was bedeutete das? Doch in diesem Moment schwenkten Ben & Co. auf einmal ab und steuerten direkt auf uns zu. Unwillkürlich schlug mein Herz schneller.

»Ich habe doch keinen Appetit.« Herr Warstein machte abrupt auf dem Absatz kehrt und hastete kurz vor dem Speisesaal zurück Richtung Golfplatz. Hä? Was sollte das?

Währenddessen waren Ben und die beiden Damen bei mir angekommen.

»Und wieder sucht er bei meinem Anblick das Weite.« Glorias glockenklare Stimme war garantiert auch noch von dem davonhastenden Warstein zu hören. »Habe ich es dir nicht gesagt? Er flieht geradezu vor mir. So macht er das immer«, sagte sie rechthaberisch zu Nora, die bekümmert den Kopf schüttelte.

»Ich verstehe das nicht, da muss doch ein Missverständnis vorliegen«, beschwichtigte die kleine Dame ihre erzürnte Freundin.

»Vielleicht ist er einfach schüchtern«, meinte Ben.

»Nein, das glaube ich nicht«, sagten Gloria und ich wie aus einem Mund.

Nora verkündete munter: »Wenn zwei das Gleiche denken, darf man sich was wünschen.«

Gloria hatte dafür nur ein nachsichtiges Lächeln übrig. Aber ich schickte ein Stoßgebet gen Himmel: Bitte lass mich das hier nicht versauen. Mach, dass Ben zu mir zurückkommt!

»Ich glaube, er mag mich einfach nicht«, stellte Gloria lapidar fest. »Trotzdem lassen seine Manieren zu wünschen übrig.«

»Oder er findet dich im Gegenteil mehr als nur nett. Möglicherweise ist er ein großer Fan von dir«, mutmaßte Ben, der in allen Menschen nur das Gute sehen wollte.

»Aber Schatz, wir sind doch nicht in der Primarschule! Wenn dem so wäre, würde er mich das doch wissen lassen.« Gloria blickte Herrn Warstein hinterher, der inzwischen fast wieder am Clubhaus angelangt war. »Nein, nein. Es ist einfach schlechtes Benehmen.«

»Haben Sie eigentlich Ihren Anruf noch erledigen können?«, wandte sich Ben an mich.

Zum ersten Mal in meinem Leben war ich Gloria dankbar. Denn durch die ganze Warstein-Diskussion hatte ich Zeit gehabt, mich auf Bens Nähe einzustellen, und konnte ihn jetzt mit hochkonzentrierter Karla-Meyer-Stimme fragen: »Welchen Anruf?«

»Gestern Abend wollten Sie doch noch einen Anruf erledigen«, meinte Ben mit einem kleinen Lächeln.

»Ach, ja *den* Anruf! Den habe ich erledigt.« Ich errötete unter meiner Latexmaske. Schlafmangel hin oder her, ich musste wirklich mehr auf Zack sein! Zur Ablenkung fragte ich: »Und Sie? Bleibt die Praxis heute zu?«

»Heute früh habe ich frei. Aber um zwei Uhr fängt mein Bereitschaftsdienst an.« Ben wandte sich wieder an die beiden alten Damen. »Wollt ihr jetzt noch spazieren gehen?«

»Selbstverständlich«, entschied Gloria für Nora gleich mit.

Dann blickte sie mich hoheitsvoll an. »Möchten Sie sich uns anschließen, Frau Meyer?«

»Sehr gern«, antwortete ich und jauchzte innerlich vor Freude.

»Aber waren Sie nicht gerade auf dem Weg zum Mittagessen?«, fragte Nora, während sie sich bei Gloria unterhakte.

»Wissen Sie«, sagte ich nonchalant, »ich habe gar nicht so großen Hunger.«

Nach einem recht kurzen Spaziergang waren wir im Clubhaus-Café eingekehrt und hatten jeder einen Kaffee bestellt. Während wir auf die Getränke warteten, wandte ich mich vertrauensvoll an Ben. »Doktor Hohenfels? Ich habe kürzlich bemerkt, dass es hier gar keinen Buchclub gibt. Wäre so etwas nicht interessant?«

»Was für eine großartige Idee, Frau Meyer!«, trompetete Gloria dazwischen. Warum musste sie eigentlich immer das hören, was nur für Bens Ohren bestimmt war? Sollte sie in ihrem Alter nicht etwas schwerhöriger sein?

»Das finde ich auch«, pflichtete Ben ihr bei. »An was für Bücher hatten Sie dabei gedacht?«

»Welches Genre würde Sie denn interessieren?«, erkundigte ich mich. Wenn man nicht mehr weiterwusste, funktionierte nichts besser als eine Gegenfrage.

»Also, ich liebe die englischen und deutschen Klassiker«, antwortete Ben.

»Ich auch«, pflichtete Gloria ihm bei.

»Und ich«, nickte Nora. Huch, da kam wohl bei allen beiden mehr an, als man bei ihrem unbeteiligt lächelnden Gesichtsausdruck vermuten würde.

»Genau wie ich«, unterstützte ich die allgemeine Euphorie.

»Ich könnte am Schwarzen Brett einen Anschlag mit Ihrer

Buchclub-Idee aushängen. Mal sehen, wie viele Leute mitmachen wollen«, sagte Ben hilfsbereit. »Welchen Klassiker wollen Sie als Erstes besprechen?«

Ba-ba-bum und versenkt. Meine Lieblingsbücher waren die »Jason Bourne«-Thriller von Robert Ludlum, aber ich fürchtete, dass die nicht ganz unter »Klassiker« fielen. Verzweifelt versuchte ich mir die Titel auf Bens Nachttisch ins Gedächtnis zu rufen. »Wie wäre es mit ›Der Himmel kennt keine Wüstlinge‹ von Erich ... ähm ... Erich Kästner?«, rief ich mit stolz geschwellter Brust, weil ich mich tatsächlich erinnern konnte.

Ben und die Damen sahen mich pikiert an.

Hinter mir räusperte sich jemand.

»Sie meinen bestimmt ›Der Himmel kennt keine Günstlinge‹ von Erich Maria Remarque, nicht wahr?«

Als ich mich umdrehte, sah ich in das Gesicht der grauen Maus. Krankenschwester Simone. Was wollte die denn hier?

Ben stand auf, holte einen Stuhl und schob ihn ziemlich unsensibel zwischen ihn und mich. Nein, nein und nochmals nein!

»Setz dich doch.« Er strahlte Simone an. Da uns das Servierfräulein gerade den Kaffee brachte, bestellte er ihr auch eine Tasse. Man konnte es ehrlich gesagt mit der Kollegialität auch übertreiben. Aber auf mich hörte ja keiner ...

»Sie ... äh ... du wolltest mich noch einmal sprechen? Ich habe einen Zettel an der Praxistür gefunden«, stotterte Simone unter Bens aufmerksamem Blick. Machte sie etwa auf scheues Reh? Ben würde doch nicht auf so einen vorsintflutlichen Klimbim reinfallen?

Tatsächlich! Ben ging voll darauf ein und legte aufmunternd seine Hand auf ihre. »Jetzt trinken wir erst einmal Kaffee. Wir vier überlegen nämlich gerade, welches Buch wir als Erstes in unserem neu zu gründenden Buchclub lesen wollen. Es muss ein Klassiker sein. Was meinst du, was da in Frage kommt?«

Ich starrte wie hypnotisiert auf die Hand meiner großen Liebe, die immer noch auf der dieser Krankenschwester lag. Wenn Ben jetzt, in diesem Moment, mein Herz untersuchen würde, könnte er es splittern hören.

»Aha«, meinte Simone, während sie den Kaffee entgegennahm, den die Bedienung ihr reichte. Bens Hand wurde zwar durch diese Bewegung glücklicherweise abgeschüttelt, aber es wäre mir wesentlich lieber gewesen, wenn er selbst den viel zu intimen Hautkontakt beendet hätte.

»›Der Himmel kennt keine Günstlinge‹ ist bestimmt eine gute Wahl. Mir gefällt aber auch ›Ungeduld des Herzens‹ von Stefan Zweig«, sagte Simone nach einem Schluck Kaffee.

Blöde Angeberin! Musste sie mit diesen hochtrabenden Buchtiteln und Schriftstellernamen um sich werfen? Alles nur, um bei Ben Eindruck zu schinden. Aber Gloria und Nora waren ebenfalls ganz entzückt von ihren Vorschlägen. Offenbar kannte hier jeder diese ollen Schmöker – bis auf mich.

»Oh ja!«, meinte Ben eifrig. »›Ungeduld des Herzens‹ ist so wunderbar tiefgründig und traurig.«

»Nein«, erklärte ich kategorisch. »Auf keinen Fall nehmen wir ein trauriges Buch! Das Leben ist schon hart genug.« Insgeheim nahm ich mir vor, die Bücher alle mal zu googeln. Wenn Ben so was las, wollte ich auch darüber Bescheid wissen.

»Wie wäre es dann mit Charlotte Brontës ›Jane Eyre‹?«, fragte Simone. »Das hat doch auf seine Weise ein Happy End. Ich meine für den Fall, dass Frau Meyer auf einem Happy End besteht.«

Worauf du Gift nehmen kannst, du Krankenschwestern-Schnucki, du! Ich will mein Happy End, dachte ich, nickte aber nur.

»Oh ja! ›Jane Eyre‹ ist ganz fantastisch«, sagte Gloria. »Ich habe erst kürzlich wieder die Verfilmung mit Orson Welles gesehen.«

»Das Buch ist sogar mit mir hierher umgezogen, so sehr liebe ich es«, freute sich Nora.

»Ich kenne es zwar noch nicht, wollte es aber schon immer mal lesen«, sagte Ben und drehte sich zu mir um. »Einverstanden mit ›Jane Eyre‹, Frau Meyer?«

Als ob ich ihm etwas abschlagen könnte. Ich nickte. »Aber Nora, Sie müssen mir ihr Buch ausleihen. Ich habe es lange nicht gelesen und will mein Gedächtnis lieber noch einmal auffrischen.« Das Lügen klappte immer besser.

»Aber gerne«, flötete Nora. Sie sah heute besonders gepflegt aus. Hatte sie sich irgendwie anders geschminkt?

»Abgemacht. Und ich kümmere mich um den Aushang am Schwarzen Brett«, erklärte Ben und erhob sich. »Komm, Simone, die Arbeit ruft.«

Er beglich die Rechnung für uns alle und zog dann unter den wohlwollenden Blicken von Gloria und Nora mit *seiner* Simone im Schlepptau ab. Ich war so eifersüchtig, dass ich mir auf die Lippe beißen musste, um nicht einen gepfefferten Kommentar hinterherzuschicken.

»Ein schönes Paar«, bemerkte Gloria.

Mir entfuhr ein verächtliches: »Pah«, aber die Damen schienen es nicht zu hören. Sie verzogen sich ebenfalls. Ein Beauty-Treatment wartete.

Ich blieb allein am Tisch zurück. »Von wegen schönes Paar! So ein Blödsinn!« Allein bei der Vorstellung wurde mir schlecht.

Ich war so in Gedanken versunken, dass ich auf das leise hinter mir geraunte »Frau Meyer?« erst beim zweiten Mal reagierte. Ärgerlich drehte ich mich um. Der schon wieder!

Es war der für meinen Geschmack viel zu nette Adam, der, hinter mir sitzend, meinen Namen geflüstert hatte. Er konnte es wohl nicht ertragen, eines seiner Schäfchen einsam zu sehen. Und so beförderte er mich, mit seinem Arm als Gehhilfe, kurzerhand vom Clubhaus-Café wieder auf mein Zimmer.

Das war mir mehr als recht. Unterwegs trafen wir nämlich allerhand Leute, denen ich lieber nicht alleine begegnete. Da war zum einen der »Schwarze Witwer« Edgar, der mir begeistert zuwinkte, und der schöne Krankenpfleger Andreas, wieder mit seinem Arzttäschchen in der Pranke. Diesmal interessierte Andreas sich aber nicht für meine Wenigkeit. Er hatte gerade eine hitzige Unterredung mit Isobel, dem blonden Rezeptionsengel. Ich hätte gerne ein bisschen zugehört, um zu erfahren, worum es bei ihrem Streit ging, doch mein Begleiter war leider nicht ganz so wissbegierig und marschierte gnadenlos weiter.

Als ich mein Zimmer aufschloss, trat Adam kurzerhand mit ein. »Ich habe Sie heute beim Frühstück *und* beim Mittagessen vermisst«, schimpfte er besorgt. »Haben Sie keinen Appetit mehr?«

Genau in diesem Moment knurrte mein Magen. Unüberhörbar laut.

»Das ist auch eine Antwort«, sagte Adam. »Soll ich Ihnen etwas aus der Küche holen lassen?«

»Nein danke, das ist nicht nötig.« Ich wanderte zur Minibar und zog raschelnd drei Tütchen Erdnüsse hervor. »Das reicht mir.«

Adam blickte mich vorwurfsvoll an. »Das akzeptiere ich aber nur heute. Sonst fallen Sie uns noch vom Fleisch. Ich habe übrigens etwas beschlossen.«

»Was denn?« Ich sank auf mein Sofa und knabberte meine

Erdnüsse. Großzügig hielt ich Adam die Tüte hin, aber er schüttelte den Kopf.

»Essen Sie die mal schön selbst. Also ich habe beschlossen, Ihnen morgen eine Tanzstunde zu geben.« Adam strahlte mich an, als hätte er mir gerade einen Heiratsantrag gemacht.

»Nein«, erwiderte ich nachdrücklich. Wenn ich schon nicht mit Ben getanzt hatte, fing ich es sicherlich nicht mit diesem Musikantenstadl-Polen an.

»Doch.«

Mann, war der beharrlich! »Nennen Sie mir einen guten Grund, warum ich mit Ihnen das Tanzbein schwingen soll.«

»Mir fallen gleich mehrere ein. Erstens macht es Spaß. Zweitens werden alle Ihre neuen Freunde auf dem Frühlingsball tanzen. Leopold ist unser kleiner Foxtrott-König, und Gloria wird es bestimmt mit ihrem Enkel aufs Parkett ziehen.«

Diese Informationen musste ich erst mal verarbeiten. Daran hatte ich ja noch gar nicht gedacht. Wenn Ben seine Oma durch die Gegend schwenkte, bestand dann nicht die Chance, dass er sich tanztechnisch auch um ihre Freundinnen kümmern würde? Das wollte ich auf keinen Fall verpassen.

»Okay«, sagte ich deshalb angemessen reserviert. »Aber nichts Akrobatisches wie Tango oder so.«

Adam freute sich sichtlich. Er erinnerte mich irgendwie an einen überenthusiastisch herumspringenden Labradorwelpen: sympathisch, aber anstrengend. »Dann fangen wir morgen mit dem Walzer an. Ich hole Sie nach der Ballprobe ab.« Er winkte mir zu und war schon aus der Tür, bevor ich mich erkundigen konnte, wann und wo diese Ballprobe stattfand.

16.

Leider, leider gibt es keine andere Möglichkeit. Beim Täter muss es sich entweder um jemanden vom Personal oder um einen Gast handeln. Die Fakten sprechen da wohl für sich.« Kurt Geiger, der Generaldirektor von Schloss Winterfreude, musterte Tim und Beate mit Bedauern. Es fiel ihm sichtlich schwer, diese Tatsache zuzugeben.

»Aber wie können Sie sich da sicher sein?«, hakte Beate nach.

»Sehen Sie«, sagte Herr Geiger mit einem leicht schmierigen Grinsen, »wir haben unsere werten Gäste in vier Türmen untergebracht, die nach den vier Himmelsrichtungen benannt sind.«

Tim fiel es schwer, sich auf das Gespräch zu konzentrieren. Er betrachtete fasziniert das schwarze, mit reichlich Gel fixierte Haar des circa vierzigjährigen Altenheimdirektors und dessen kleine, verschlagene Augen. Unwillkürlich überlegte er, mit welchem Schauspieler man diese Rolle besetzen könnte. Es müsste jemand sein, der eine latente Bösartigkeit ausstrahlte, so wie Mads Mikkelsen in »Casino Royale«. Leider fiel ihm gerade kein deutscher Schauspieler ein, auf den diese Beschreibung zutraf. Aber die Casting-Agentur würde sicherlich jemand Passenden finden.

Als er Beate heute früh abgeholt hatte, war sie noch immer sehr zurückhaltend und schweigsam gewesen. Doch ihre Rolle als besorgte Nichte von »Karla Meyer« spielte sie perfekt.

»Sie müssen schon verstehen, dass ich mir Sorgen mache, wenn ich Ihnen für teures Geld meine einzige Verwandte anvertraue und Sie mir verschweigen, dass sich hier so ein grässliches Verbrechen zugetragen hat.« Mit diesen Worten hatte Beate die Diskussion mit Geiger eröffnet und ihn sofort in die Defensive gedrängt. Dieser leistete so gut wie keine Gegenwehr, als Beate sich anschickte, ihm sämtliche Details des Falls aus der Nase zu ziehen.

Auch das Ambiente des Schlosses war als Location absolut erstklassig. Es würde einen fantastischen Hintergrund für die neue »Abgefahren«-Staffel bieten. Exklusiv, unverbraucht, völlig anders als alles bisher Dagewesene. Lara Kloft würde hier wunderbar undercover ermitteln können. Lenny und er bräuchten nur ihre jeweiligen Erfahrungen zusammenfassen und aufzeichnen.

Geigers Stimme, die plötzlich etwas schrill klang, riss Tim aus seinen frohlockenden Gedanken. »Nein, ich kann Ihnen keine Liste der Bewohner des Südturms und eine Übersicht über das ganze Personal zur Verfügung stellen. Das geht ja schon aus Datenschutzgründen nicht. Und ich sehe auch nicht, wie Ihnen so eine Liste mehr Vertrauen in die Sicherheit Ihrer Tante verschaffen sollte.« Geiger wischte sich über die Stirn, als wollte er ein imaginäres Insekt verscheuchen.

Er war wohl doch kein so eitler und dümmlicher Waschlappen wie ursprünglich angenommen. Beate gab klugerweise sofort nach. »Okay, aber mein … äh … Freund Tim und ich werden wohl in den nächsten Wochen öfter mal nach dem Rechten sehen müssen.«

Geiger verzog das Gesicht, als ob er in etwas Saures gebissen hätte. »Es wird uns eine Ehre sein, Sie begrüßen zu dürfen. Aber ich muss Sie bitten, sämtliche Informationen streng vertraulich zu behandeln. Wir wollen die älteren Herrschaften nicht unnötig beunruhigen.«

»Das versteht sich von selbst«, beruhigte Beate ihn. »Dürfen wir jetzt noch kurz mit den zwei Personen sprechen, die die Opfer gefunden haben?«

Tim hielt die Luft an. Das war ziemlich dreist und auch nicht abgesprochen.

Geiger fuhr sich wortlos durchs Haar. »Wissen Sie, wir haben hier keine Geheimnisse. Und wir legen viel Wert auf Transparenz unseren werten Gästen gegenüber, aber das geht nun wirklich zu …«

»Wir wollen uns nur mit ihnen unterhalten. Nichts liegt uns ferner, als Ihnen Probleme zu bereiten«, säuselte Beate.

Der Direktor rang mit sich. Aber ihm fiel offenbar kein Gegenargument ein, und so nickte er schließlich unglücklich. »Wenn es denn sein muss.«

»Wir wissen Ihre Großzügigkeit wirklich zu schätzen«, versicherte Tim treuherzig.

Geiger nickte wieder, doch man sah ihm sein Unbehagen an. »Da ist zum einen Adam, unser polnischer Praktikant. Er hat die beiden Opfer als Erster gefunden. Der Zweite war unser neuer Arzt, der die beiden Frauen nach dem Anschlag untersucht und behandelt hat.«

»War es klug, einen ›Neuen‹ in diese Sache mit hineinzuziehen?«, merkte Beate kritisch an. »Vielleicht gehört er zum möglichen Täterkreis.«

Geiger zog eine Grimasse. »Nein, ich garantiere Ihnen, dass Doktor Hohenfels die beste Wahl war. Er war an dem fraglichen Abend nicht bei uns und ist erst in den frühen Morgenstunden kurz nach dem Zwischenfall zurückgekehrt.«

Tim bemühte sich verzweifelt, einen neutralen Gesichtsausdruck zur Schau zu stellen, dabei hätte er schreien mögen. Lennys Ex war also auch noch in die ganze Sache verwickelt und hatte sich höchstpersönlich um die Opfer gekümmert? Die Geschichte wurde immer besser.

Geiger erhob sich geschmeidig aus seinem Schreibtischstuhl. »Aber das kann er Ihnen gleich selbst erzählen.« Der Direktor erhob sich.

Tim war unter dem Vorwand, einen geschäftlichen Anruf tätigen zu müssen, dem Treffen mit Ben gerade noch entkommen. Nein, mit Lennys Ex wollte er auf keinen Fall zusammentreffen. Am Ende roch der noch Lunte, und das wäre für niemanden gut. Doch glücklicherweise hatte Tim vorgesorgt: Er hockte geduckt und für Außenstehende unsichtbar in seinem Auto, das er so nah wie möglich vor dem Haupteingang von Schloss Winterfreude geparkt hatte, und drehte an dem kleinen Empfänger, den Privatdetektiv Burkhardt ihm in weiser Voraussicht mitgegeben hatte. Beate, ausgestattet mit einem Mini-Mikrofon, das sie noch schnell auf der Toilette aktiviert hatte, war dann mit Geiger allein losgezogen, um Ben zu interviewen.

»Doktor Hohenfels?« Das war eindeutig Geigers Stimme.

»Ja?«

»Diese Dame möchte sich kurz mit Ihnen unterhalten.«

»Beate? Was machst du denn hier?« Ben klang überrascht, aber – zumindest bis jetzt – nicht misstrauisch.

»Sie kennen sich?«, fragte Geiger überrascht.

»Ja.« Ben hörte sich ziemlich kurz angebunden an. »Simone, geh doch bitte schon mal vor. Ich komme gleich nach.« Der gute Doc war also nicht allein unterwegs. Dann wandte er sich wieder Beate zu.

»Was machst du denn hier?«, fragte er zum zweiten Mal. Hatte er Angst, dass Lenja ihm einen Liebesgruß durch ihre beste Freundin zukommen ließ?

»Ich habe meine Großtante vor ein paar Tagen in Schloss Winterfreude untergebracht und eben erst von diesem

111

schrecklichen Vorfall mit den zwei entstellten Frauen gehört. Jetzt mache ich mir große Sorgen, dass meiner Tante auch etwas zustoßen könnte.«

»Und was kann ich da für dich tun?«, fragte Ben nicht besonders mitfühlend. Er schien es eilig zu haben.

»Ich wüsste gerne, ob du glaubst, dass sich dieser Vorfall wiederholen könnte.«

Tim zuckte unwillkürlich zusammen. Das war nicht besonders clever gewesen. Was sollte Ben da groß rumraten? Er war Arzt und kein verdammter Kriminalkommissar! Aber Beate rettete sich, noch bevor Ben antworten konnte, selbst aus dieser verbalen Sackgasse: »Oder erzähl mir doch einfach mal, was in dieser Nacht wirklich passiert ist.«

»Okay«, meinte Ben etwas freundlicher. »Ich war an diesem Abend auswärts eingeladen und bin erst gegen zwei Uhr nachts wieder in Schloss Winterfreude eingetroffen.«

»Das bestätigt übrigens auch das Sicherheitspersonal«, krähte Geiger ungefragt dazwischen, aber weder Ben noch Beate ging darauf ein.

»Als ich vom Parkplatz zum Personalgebäude ging, bemerkte ich Licht und hektische Bewegungen in einem der Zimmer im Erdgeschoss«, erzählte Ben weiter.

»Du wohnst hier?«, unterbrach ihn Beate überrascht.

»Ja, ich habe meine andere Wohnung aufgegeben. Du weißt doch, wegen meines Jobs in Nicaragua.«

»Und als du das Licht und den Trubel gesehen hast, bist du zu dem Zimmer gegangen, um nachzusehen, was los ist?«

Ben schnaubte. »Das wäre mir im Traum nicht eingefallen. Nein, Adam, unser Praktikant, ist in dieser Sekunde aus der Tür zum Personaltrakt gestürzt und wie ein Irrer auf mich zugerannt. Er bat mich, seinen Landsleuten beizustehen.«

»Kanntest du diesen Adam schon?«

»Ja, er wohnt im Zimmer neben mir. Ich kannte übrigens auch Agnieszka und Gosia.«

»Und dann hast du die Opf... ähm, Agnes und Gosia gesehen?«

»Agnieszka«, korrigierte Ben. »Ja. Ich habe die beiden natürlich sofort umfassend untersucht. Sie standen unter dem Einfluss eines sehr starken Schlafmittels. Aber Puls, Atmung und sonstige Vitalfunktionen waren völlig stabil. Man hatte nur ihre Gesichter entsetzlich zugerichtet. Ehrlich gesagt, wenn ich nicht gewusst hätte, wer da vor mir lag, hätte ich sie niemals erkannt.«

»Waren die beiden ansprechbar?«

»Ja, aber schwer angeschlagen und völlig verwirrt. Anfangs haben sie nur polnisch-deutsches Kauderwelsch gesprochen. Erst als Adam ihnen Kaffee einflößte, wurde es langsam besser.«

»Wusstest du sofort, womit man die Frauen so übel zugerichtet hatte?«

»Nein. Ich vermutete zunächst, dass man ihnen Kochsalzlösung unter die Haut gespritzt hatte. Aber dann fiel mir ein, was mir kürzlich bei einer Bestandskontrolle aufgefallen war.« Ben machte eine kurze Pause.

»Ja?«, versuchte Beate ihn zum Weitersprechen zu animieren.

»Anscheinend war kurz vorher eine größere Menge Botox und Hyaluronsäure aus den Lagerbeständen verschwunden, ohne dass die Ärzte das gegengezeichnet hatten. Natürlich habe ich Herrn Geiger sofort darüber unterrichtet.«

»Und Sie, Herr Geiger, haben nicht umgehend die Polizei verständigt?« Beate klang empört.

»Aber es geht doch hier nicht um Rauschgift oder etwas Hochgefährliches«, verteidigte sich Geiger. »Warum sollten wir die Polizei mit so einer Lappalie belästigen? Hyaluronsäure lässt sich im Internet bestellen, und für Botox braucht man auch nur ein normales Rezept.«

»Na ja, diese Stoffe können schon ziemlich gefährlich sein«, warf Ben ein. »Besonders Botulinumtoxin, kurz Botox, ist eines der stärksten Gifte, die wir kennen. Wenn man den Frauen nur eine winzige Menge davon nicht subkutan, sondern intravenös gespritzt hätte, wären sie jetzt mausetot. Auch bei den sogenannten Füllern, die Hyaluronsäure enthalten, können nach der Anwendung schwerste Allergien auftreten. Wir sprechen hier also keinesfalls über Kräuterbonbons, und die Tat ist auch absolut kein Kavaliersdelikt.«

»Papperlapapp. Es ist ja niemand bleibend zu Schaden gekommen«, brummte Geiger übellaunig. »In ein paar Monaten werden die Zimmermädchen wie neu aussehen.«

»Auch das stimmt nur eventuell«, korrigierte Ben. »Denn es ist keineswegs gesagt, dass sich die Füller gleichmäßig abbauen und nicht doch Knötchen und Beulen zurückbleiben.«

Das schien Geiger den Mund zu stopfen.

»Wurde denn das gesamte verschwundene Botox und Halyl... äh, also ... die gesamte Menge des entwendeten Füllermaterials bei den Frauen verwendet?«, wollte Beate jetzt wissen.

»Das kann man nicht genau sagen, weil der Täter keine Spritzen oder Verpackungen zurückgelassen hat.«

»Wir halten jetzt natürlich sämtliches Material streng unter Verschluss«, warf Geiger mit genervter Stimme ein.

»Glaubst du, dass der Täter über detaillierte medizinische Kenntnisse verfügt, wenn er das Zeug so korrekt unter die Haut gespritzt hat?«, fragte Beate. Tim klopfte ihr gedanklich auf die Schulter. Das war eine echt gute Frage!

Man konnte an Bens Tonfall förmlich hören, wie er mit den Schultern zuckte. »Im Zeitalter sogenannter Botox-Partys

114

kann jeder Mensch im Internet nachschauen, wie man sich Botox spritzt. Also um deine Frage zu beantworten: Ich habe keine Ahnung, ob es sich bei dem Täter um einen kosmetischen Amateur oder eine medizinische Koryphäe handelt. Ich weiß nur, dass die beiden Opfer großes Glück gehabt haben.«

»Vielen Dank. Ich will dich auch nicht zu lange aufhalten. Deine Patienten warten sicher schon auf dich.«

»Kein Problem«, sagte Ben. Seine Stimme klang plötzlich richtig herzlich. »Mach dir nicht allzu viele Sorgen wegen deiner Tante. Ich bin mir ziemlich sicher, dass sich der Täter ganz konkret an diesen beiden Polinnen rächen wollte. Alles andere wäre doch absurd, oder?«

17.

Was denkst du über diesen Adam?«, fragte Tim, während er Beate nach Köln chauffierte. Er hatte wieder nur die Audioversion ihres Gesprächs mit Adam mitbekommen und konnte sich kein rechtes Bild von dem polnischen Praktikanten machen.

»Ich weiß nicht, der ist irgendwie merkwürdig«, antwortete Beate zögernd.

»Wieso?«

»Na ja, also zum einen ... was hatte der um ein Uhr nachts in dem Zimmer der beiden Opfer zu suchen?«

Tim lächelte versonnen. »Vielleicht wandelte er auf Amors verschlungenen Pfaden?«

»Du meinst, er wollte mit einer dieser Frauen oder beiden Sex haben? Aber Agnieszka und Gosia sind laut Geigers Informationen Ende dreißig, also rund zehn Jahre älter als dieser Adam.«

»Es kann doch schon mal vorkommen, dass ein junger Hengst sich auch mal über eine ältere Stute ...«, setzte Tim an.

»Ach, halt die Klappe! Ich habe gerade echt keinen Bock auf deine Machosprüche«, wies ihn Beate barsch zurecht.

»Der Gedanke ist gar nicht so abwegig ... Was sagt er denn selbst dazu? Ich habe ja leider nur die Hälfte eures Gesprächs mitbekommen. Nachdem du ihm in diesen Aufenthaltsraum gefolgt bist, war der Empfang sauschlecht.«

»Er hätte ein Geräusch gehört und nach dem Rechten sehen wollen.«

»Und du glaubst ihm nicht?«

»Adam bewohnt ein Zimmer im dritten Stock, die Frauen

116

sind im Erdgeschoss, da müsste der Typ schon extrem sensible Lauscher haben. Das ist doch alles nicht ganz koscher. Der hat irgendetwas zu verbergen.«

»Was?«

»Keine Ahnung. Das ist einfach meine Intuition.«

»Ah, die berühmte weibliche Intuition! Und schon geht es dem armen Kerl an den Kragen«, feixte Tim.

Beate ließ sich nicht provozieren. »Er wirkt jedenfalls auch einen Tick zu alt, um als Praktikant in einem Seniorenheim anzuheuern.«

»Was vermutest du?«

»Hier gibt es viele reiche, alleinstehende alte Damen. Der Bursche sieht ziemlich gut aus. Vielleicht ist er so eine Art Gigolo?«

»Und du meinst, Gosia und Agnieszka sind ihm dabei in die Quere gekommen, und er hat sie aus dem Weg geräumt?« Tim packte das Lenkrad etwas fester. Er dachte an Lenny. Ob er sich doch Sorgen um sie machen musste?

»Das wäre ein Tatmotiv, oder nicht?«

»Eines von vielen. Aber warum hat er dann nach Ben gerufen? Er hätte sich doch auch unbemerkt aus dem Zimmer stehlen können.«

»Dafür kann es tausend Gründe geben. Vielleicht hatte er Angst, dass Ben ihn am Tatort gesehen hat? Oder er wollte sicherstellen, dass die beiden Mädels diese Affentortur überleben«, sinnierte Beate.

»Aber wir können doch nicht einfach den Erstbesten als Täter abstempeln. Es gibt da bestimmt noch eine ganze Reihe anderer Kandidaten.«

Beate zuckte mit den Schultern. »Sicher, aber wie sollen wir als Außenstehende an die rankommen?«

»Als Erstes bräuchten wir unbedingt eine Liste aller verdächtigen Personen, die im Südturm oder im Personaltrakt wohnen. Dann sollten wir dringend einmal mit den beiden Opfern telefonieren. Mal sehen, was die beiden Hübschen uns zu sagen haben.«

»Glaubst du, wir finden diese Listen und die Telefonnummern einfach so im Internet?«, fragte Beate ironisch.

Tim konzentrierte sich eine ganze Weile stumm auf den Verkehr, der rund um Köln immer dichter wurde. »Hm, tja, also ich sehe keine andere Möglichkeit, als unsere Insiderin ein bisschen Miss Marple spielen zu lassen. Was meinst du?«

»AUF GAR KEINEN FALL!«, knurrte Beate und drehte sich kämpferisch zu ihm um.

Tim seufzte. Warum musste eigentlich jede Unterhaltung mit dieser Frau in Streit ausarten?

18.

Hm. Das Telefonat mit Tim und Beate war absolut seltsam gewesen. Die beiden hatten sich gezankt wie die Rohrspatzen. Wegen mir. Ausgerechnet! Dabei würde es mir wahrscheinlich richtig Spaß machen, mehr über diese Botox-Geschichte herauszufinden. Und Tim hatte natürlich recht, das war ein astreiner Drehbuch-Plot. Es juckte mich schon in den Fingern. Außerdem ... ein paar der Leute im Südturm kannte ich sowieso schon, und nach einem ausführlichen Plausch mit dem mitteilsamen Dieter würde ich auch wissen, wer von ihnen verdächtig sein könnte.

Beates Unkenrufe, dass das »Detektivspielen« zu gefährlich für mich sei, waren zwar bestimmt gut gemeint, aber vollkommen überflüssig. Ausgerechnet den sanftmütigen Adam sollte ich dabei meiden? Lachhaft. Adam war ein Schöngeist und eher der Typ, der bei Regen noch schnell die Spinnen im Garten einsammelte! Der würde sich nie, niemals an einer Frau vergreifen.

Doch Beate hatte eben noch nie über eine gute Menschenkenntnis verfügt, ihr ging einfach dieses instinktive Bauchgefühl ab. Bedauerlicherweise hatte sie auch keinen blassen Schimmer, welcher Typ Mann zu ihr passte. Deshalb beschäftigte sie sich auch so viel mit diesem esoterischen Klimbim. Wie hieß es so schön in der Bibel? Man sähe eher das Staubkorn im Auge seines Nachbarn als den Holzbalken bei sich selbst. Da war was dran. Ich hatte jedenfalls keine Angst vor Adam und würde gleich morgen früh mit meinen Krimi-Recherchen anfangen. Heute war ich definitiv zu groggy.

Als ich beim Abendessen in der Taverne erfuhr, dass Ben

119

noch arbeiten musste und deshalb der Concordia-Bar keinen Besuch mehr abstatten würde, ging ich schnurstracks und mit gut gefülltem Magen wieder auf mein Zimmer. Dort schnappte ich mir Noras dicken »Jane Eyre«-Schmöker und pflanzte mich damit aufs Bett. Auf dem Cover prangte der Abdruck eines alten Ölgemäldes, ein junges Mädchen mit altertümlicher Hochsteckfrisur blickte schüchtern zur Seite. Na toll! Es erinnerte mich sofort an Krankenschwester Simone. Und damit an Ben. Ob die zwei wohl gerade zusammen »arbeiteten«? Argh!

Widerwillig las ich die wenigen Zeilen auf der Buchrückseite: »*Das mittellose Waisenmädchen Jane Eyre steht auf der Schattenseite des Lebens. Ihr Kampf um Selbstbestimmung und Liebe und gegen die prüde Doppelmoral der Zeit macht sie zu einer der berühmtesten Frauenfiguren der Weltliteratur.*«

Das klang ja wirklich atemberaubend spannend! So ein kitschiges Zeugs zog sich die liebe Simone rein?

Dann überprüfte ich die Seitenzahl, und mir wurde fast schlecht. 654 Seiten! Die hatten sie doch nicht mehr alle. Das würde ich mir bestimmt nicht antun. Morgen würde ich das Buch googeln und fertig. Dann hatte ich genug Munition für den Buchclub, der laut Bens Anschlag am Schwarzen Brett bereits in zwei Tagen zum ersten Mal stattfinden sollte. Zwecks Diskussion über die Kapitel eins bis dreißig. Die alten Leute schienen ja alle massenhaft Zeit zu haben, um dieses stramme Lesepensum zu bewältigen. Aber ich würde diese endlosen Stunden besser zu nutzen wissen.

Erleichtert schmiss ich das Buch auf den Boden und kuschelte mich auf die Seite, in meine Lieblingsschlafposition. Ich war unglaublich müde. Schließlich hatte ich gestern Nacht wirklich nicht eine Sekunde geratzt. Probeweise machte ich die Augen zu. Tat das gut. Zugedeckt, Licht aus, und schon konnte es losgehen mit dem erholsamen Schlummer.

Ich war bereits halb weggedämmert, als mir etwas einfiel. Ich musste mich noch abschminken! Verschlafen boxte ich gegen den Lichtschalter, aber das Licht ging nicht an. Verdammt! Also quälte ich mich im Dunkeln aus den Federn und tapste blind ins Bad. Hier funktionierte die blöde Beleuchtung wenigstens. Ich pfefferte meine Perücke durch die geöffnete Badezimmertür auf den Flurtisch. Dann schabte ich mir ungeschickt und unter viel zu großzügigem Einsatz von Nivea-Creme das Gera-tex von den Händen und nahm die Latexmaske ab. Falsche Zähne und Kontaktlinsen raus, noch schnell die eigenen Beißerchen geputzt ... geschafft!

Gähnend tastete ich mich durch die Dunkelheit zurück ins Bett und schlief sofort ein.

»Frau Meyer?«

Ich träumte von Bens Stimme. Oder war es doch nur der ewig flüsternde Adam?

»Frau Meyer!«, rief die Stimme lauter.

Nein. Eindeutig Ben. Unruhig wälzte ich mich im Bett. Mein Ben, mein ... Bumm!

Wo kam das Geräusch her? War das etwa Teil des Traums? Nein, ich hätte dann doch lieber wieder den mit der Hochzeit in der kleinen Bergkirche ... hmm ... Ben hielt meine Hand, und der Priester lächelte milde, als er ...

Bumm!

Das passte nun leider so gar nicht zu meinen romantischen Wünschen.

»Frau Meyer, bitte öffnen Sie die Tür!«

Himmel! Das war kein Traum! Ben stand wirklich vor meiner Wohnungstür!

Völlig elektrisiert fuhr ich hoch. Was machte ich jetzt?

»Frau Meyer, wie geht es Ihnen? Es tut mir leid, dass es so lange gedauert hat, aber wir hatten einen Notfall.«

»Einen Moment bitte ... äh ... mir geht es gut«, piepste ich schlaftrunken. Mir war gerade eingefallen, dass ich Ben auf gar keinen Fall reinlassen durfte, denn mein Karla-Meyer-Gesicht lag ja leider »ausgezogen« im Badezimmer. Und als Lenja konnte ich ihm ganz sicher nicht begegnen.

Doch im nächsten Moment hörte ich, wie ein Schlüssel in das Türschloss gesteckt und knarrend umgedreht wurde.

Mit einem Satz war ich aus dem Bett und ins Bad gesprungen. Aua! Nun hatte ich mir auch noch den Fuß an dem dämlichen Flurtisch gestoßen.

»Frau Meyer, ich komme dann jetzt in Ihr Zimmer«, hörte ich Ben sagen. Er klang äußerst besorgt.

Leise fluchend und vor Schmerzen auf einem Bein hüpfend schloss ich die Badezimmertür ab. Dann ging ich in die Hocke und stierte angestrengt durchs Schlüsselloch. Mein Herz veranstaltete einen stürmisch-rasanten Trommelwirbel.

Wie in einem Horrorfilm schwang die Eingangstür bedrohlich langsam auf, und eine mir sehr bekannte Hand betätigte den Lichtschalter. Der Flur erstrahlte in geradezu gleißender Helligkeit, und sofort stach mir die erst kürzlich auf den Tisch gepfefferte Perücke ins Auge. Verdammt und zugenäht.

»Frau Meyer?« Zögernd trat Ben mit umgehängter Erste-Hilfe-Tasche in meine Wohnung.

»Ja? Sie wünschen?«, fragte ich zaghaft, ohne meinen Spähposten hinter der Badezimmertür zu verlassen.

»Geht es Ihnen gut?«, erkundigte sich Ben. Er blickte sich suchend um.

»Ja, ja. Alles okay«, beruhigte ich ihn. Was hatte er um diese Uhrzeit hier verloren? Ob er mir auf die Schliche gekommen

122

war? Kurz erwog ich, das bekloppte Versteckspiel aufzugeben.

»Sind Sie sicher? Wir haben einen Notruf aus Ihrem Zimmer
erhalten«, erklärte Ben und schaute Richtung Badezimmertür. Offenbar hatte er meine Stimme geortet.

Um Himmels willen! Hatte ich Idiot statt auf den Lichtschalter auf den Alarmknopf gehauen?

»Aber nicht absichtlich«, beeilte ich mich zu sagen. Mir wurde auf einmal ganz angst und bange. Ben stand genau neben
meinen falschen Haaren! Glücklicherweise schaute er aber
immer noch hochkonzentriert auf die Badezimmertür. Ich
sah, wie es in seinem Kopf arbeitete. Was sollte er nur mit
dieser wahrscheinlich leicht verwirrten Patientin anstellen?

»Ich warte, bis Sie aus dem Badezimmer kommen«, verkündete Ben das Ergebnis seiner Überlegungen.

»Das kann aber noch etwas dauern.« Durch das Schlüsselloch
sah ich, wie Ben schmunzelte.

»Das macht mir nichts aus«, versicherte er freundlich.

»Aber mir, wenn Sie verstehen, was ich meine.« Ich legte die
gesamte Entrüstung einer beim Toilettengang gestörten
Sechsundsiebzigjährigen in diesen Satz.

Ben zögerte. »Fehlt Ihnen auch ganz sicher nichts?«, fragte er.

»Nein. Ich brauche nur ein bisschen Ruhe«, erwiderte ich gespielt unwirsch. »Die Ergebnisse hier drinnen sind nämlich
alles andere als zufriedenstellend.«

»Dann werde ich Sie wohl besser allein lassen. Ich muss mich
sowieso noch um den Notfall kümmern.«

»Tun Sie das, junger Mann. Tun Sie das«, sagte ich erleichtert.
Hurra! Geschafft.

Beim Rausgehen rückte der sehr ordentlich veranlagte Ben
noch die Vase auf dem Flurtisch gerade. Seine Hüfte streifte
dabei fast das Haarteil, vor Entsetzen kniff ich die Augen zu,

123

aber er ging anstandslos weiter und schloss umsichtig die Tür hinter sich.

Puh! Meine Hände waren schweißnass und zitterig, als ich die Badezimmertür öffnete. Au Backe, war das knapp gewesen!

19.

Als Tim Beate vor dem Eingang des »Vintage« absetzte und sie wütend und ohne ein Wort des Abschieds die Autotür zuknallte, war er unglaublich erleichtert, sie wieder los zu sein. Mann, war diese Braut anstrengend! Die nervigen Diskussionen mit ihr würde er keine zwei Tage aushalten. Andauernd musste man sich rechtfertigen. Immer wollte sie den Ton angeben. Dabei hatte sie ihre Meinung wie ein Fähnchen im Wind geändert: Zuerst war Lenny die starke Frau, die mit allem allein klarkam, und nun musste sie partout vor diesem Adam beschützt werden. Gut, dass sie erst einmal wieder getrennte Wege gingen.

Ob es noch zu früh nach der unseligen Weindusche war, um sich mal wieder bei Nina zu melden? Er hatte irgendwie Lust auf unkomplizierten, stürmischen Sex. Wobei die Betonung eindeutig auf »unkompliziert« lag. Aber ganz ehrlich, heute war ihm sogar Nina zu viel. Er würde lieber unter die Dusche springen und sich dann mal richtig ausschlafen. Morgen musste er schließlich weiter an seinem Drehbuch arbeiten. Hoffentlich stießen Lenny und er bald auf eine heiße Spur.

Apropos Lenny. Beate hatte ihm da wirklich einen Floh ins Ohr gesetzt mit ihrem: »Du und Lenny, ihr seid doch wie füreinander gemacht.« Er musste ständig daran denken, und das ärgerte ihn. Gewaltig sogar. Es bedrückte ihn, dass selbst Lennys beste Freundin auf einmal so einen Blödsinn quatschte. Oder konnte es wahr sein, dass Lenny sich nur so auf ihre Heiratspläne mit Ben versteifte, weil sie … arhh … unglücklich in ihren besten Freund, also quasi in ihn, verknallt war?

Das war doch Quatsch. Oder? Ausgerechnet Lenny! Nach allem, was sie gemeinsam durchgemacht hatten.

Lenny war damals, als er mit seiner frisch geschiedenen, völlig mittellosen Mutter von Köln aufs platte Land gezogen war, die Einzige in der Schule gewesen, die sich mit ihm, dem neuen Scheidungskind, abgegeben hatte. Und das, obwohl er zwei Jahre mehr auf dem Buckel hatte, was im Alter von elf und dreizehn Jahren normalerweise ein unüberwindliches Hindernis darstellte.

Aber an dieser Schule, die in einer gutbürgerlichen Gegend der malerischen Eifel angesiedelt war, gab es außer ihnen nur ganz normale Kinder, die allesamt aus heilen, sehr konservativen Familien stammten. Da verdienten die Papis noch traditionell die Kohle, und die Mamis kümmerten sich hauptberuflich und voller Ehrgeiz um die Aufzucht der Brut. Klar, dass Lenny mit ihren Hippie-Eltern und er mit seiner in Vollzeit arbeitenden Mutter, die weder Zeit noch Geld für ihren pubertierenden Sohn hatte, dort Außenseiter waren. Sie wurden weder zu Geburtstagen noch zu sonstigen PartysPartys eingeladen. Das hatte sie zusammengeschweißt wie Pech und Schwefel.

Als äußere Zeichen ihrer Zusammengehörigkeit hatten sich Lenny und er zeitgleich die Haare blau gefärbt, identische Tattoos stechen lassen und immer die gleichen Klamotten getragen, Bluejeans und selbst designte T-Shirts. Jeden Nachmittag nach der Schule waren sie gemeinsam durch den Ort gezogen, um Zigaretten zu schnorren und ihre wenigen Mark in brüderlich geteilte Hamburger zu investieren. Ab und zu waren sie nachts auch über die Mauer des öffentlichen Schwimmbads geklettert, um mal in aller Ruhe vom Fünfmeterturm zu springen, oder sie hatten sich im Schein eines Grablichts beim Besuch des lokalen Friedhofs gegruselt –

verdammt! Wie sollte denn so was gehen? Sich einfach in seinen besten Freund zu verlieben?

Trotzdem tickten Frauen anders. Das war ihm schon früh aufgefallen. Lenny und er, nun, sie hatten beide viel mit anderen rumgemacht. Aber während es für ihn um den Spaß ging, den Kick, ein neues Mädchen klarzumachen oder eine besonders unnahbare Frau zu erobern, war Lenny immer schon auf der Suche nach der ganz, ganz großen Liebe gewesen. Und die sollte nun ausgerechnet er sein?

Andererseits bedeutete ihm niemand so viel wie Lenny. Sie war sein Kumpel, seine Schwester, seine einzige Verbündete. Er wollte sie glücklich sehen, mehr als jeden anderen Menschen auf der Welt. Und er hatte einen regelrechten Hass auf diesen Spießer Ben entwickelt, wenn er daran dachte, dass Lenny wegen ihm so leiden musste. Aber jetzt sollte er selbst das Ziel ihrer geheimen Wünsche sein? Nein, Beate musste sich irren. Diesen Sinneswandel hätte er bemerkt. Zwischen Lenny und ihm war alles genau wie immer. Oder?

20.

Dass der blonde Rezeptionsengel Isobel nur knapp dem Vergiftungstod entronnen war, war das Thema des Tages. Die Nachricht verbreitete sich wie ein Lauffeuer durch den Frühstückssaal, und die alten Leute diskutierten beim Brötchenaufschneiden darüber, wie so etwas nur hatte passieren können. Salmonellen im Ei? Pestizidverseuchtes Müsli? Kurz wurde ein Essensboykott erwogen, aber dazu schmeckte es allen doch zu sehr, und so griff man beherzt am Büfett zu. Empörung machte eben hungrig.

Gloria wusste natürlich am besten Bescheid und konnte uns allen berichten, dass Isobel anscheinend von verdorbenen Pralinen genascht hatte und Ben gestern Nacht gezwungen gewesen war, ihr den Magen auszupumpen. Hm. Bestimmt kein schöner Anblick!

Ich verkniff es mir aber ganz entschieden, darüber entzückt zu sein, obwohl das wahrscheinlich bedeutete, dass ich eine Konkurrentin weniger hatte. Die alten Leutchen hatten nämlich auch darüber geplaudert, dass Ben ein paarmal mit Isobel ausgegangen war. Hatte ich es doch gewusst! Die drei Wochen, die er vor mir eingezogen war, hatte er offenbar nicht untätig verstreichen lassen. Aber so charakterlos, dass ich mich über so etwas Scheußliches freute, war ich dann doch nicht ... nein, wirklich nicht. Außerdem hatte die schöne Isobel ja überlebt!

Allerdings gab mir dieser neuerliche Anschlag reichlich Gelegenheit, mit meinen Kollegen über mögliche Täter und Tatmotive zu spekulieren. Dabei kamen ganz erstaunliche Dinge ans Licht: So wusste Nora zu berichten, dass Adam sich mit einem der ersten Opfer, Gosia, am Abend vor dem Botox-Anschlag wild gestikulierend gestritten hatte. Worum es bei der Auseinandersetzung gegangen war, konnte sie aber leider nicht sagen. Sie hatte die beiden nur von ihrem Fenster aus im Park gesehen.

Außerdem hatte der »Schwarze Witwer« Edgar mit beiden Polinnen aufs ärgste geflirtet. Das war Leopold aufgefallen. Gloria gab schließlich zum Besten, dass Ben Isobel sofort den Laufpass gegeben hatte, als er erfuhr, dass sie eigentlich mit dem Muskelmann Andreas, meinem Krankenpfleger, verbandelt war. Was für ein Durcheinander! Sodom und Gomorrha war dagegen echt Vanillekeks mit Schokosauce.

Fast nebenbei und völlig unverfänglich fragte ich bei diesen Gesprächen alle von Tim erbetenen Details über Gäste und Personal ab. Dann ging ich auf mein Zimmer und schrieb eine wunderbare Liste. Doch wie sollte ich die nur Tim in die Hände spielen? Wir hatten kein Wi-Fi auf den Zimmern, und im sogenannten Business-Center konnte einem jederzeit jemand über die Schulter schauen. Per Fax ging auch nicht, denn das schickte garantiert jemand von der Rezeption ab. Ich versuchte Tim anzurufen, aber er ging nicht ans Telefon. Wahrscheinlich schwitzte er über den Drehbüchern. Also wählte ich Beates Nummer.

Sie war schon beim ersten Klingeln dran. »Lenja, bist du okay?«, schrie sie ängstlich in den Hörer, obwohl sie nach meinen Berechnungen eigentlich bei der Arbeit sein musste. Ich beruhigte sie und vereinbarte mit ihr, dass sie die Liste, verschlossen in einem Briefumschlag, nachher am Empfang abholte und höchstpersönlich Tim übergab. Damit war zumindest diese Sache zufriedenstellend geregelt.

Nach dem Mittagessen fand die von Adam angekündigte Ballprobe statt. Da es dort eine Gesangseinlage von Gloria geben sollte, die sehr wahrscheinlich auch ihren Enkel anlocken würde, tigerte ich interessiert hinter den anderen alten Herrschaften her.

Schloss Winterfreude besaß tatsächlich einen richtig eleganten Ballsaal, stellte ich überrascht fest. Bodentiefe Fenster erlaubten auf beiden Längsseiten lauschige Ausblicke auf die wunderbare Parklandschaft, in die das Seniorenheim eingebettet war. An der Decke zierte reichlich Stuck den großen, rechteckigen Raum. Das Tanzparkett war mit weißen, römischen Säulen eingefasst, hinter denen man an unterschiedlich großen Tischen Platz nehmen konnte.

»Setzen Sie sich doch bitte«, rief ein gut gegelter Mittvierziger, der allein auf der erhöhten Bühne neben einem schwarzen Konzertflügel stand. Die Senioren folgten brav, und auch ich setzte mich, von Gloria huldvoll herangewinkt, an einen Tisch, der schon mit Nora, Leopold, Dieter und Paul bevölkert war.

»Wer ist das?«, flüsterte ich Leopold zu und deutete auf den Mann auf der Bühne.

Er grinste. »Sag bloß, du kennst den feschen Kurt nicht, unseren allmächtigen Manager? Kurt Geiger heißt er.«

»Habe ich noch nie gesehen«, erwiderte ich wahrheitsgemäß. »Warum allmächtig?«

Doch ehe Leopold antworten konnte, dröhnte die mikrofonisch verstärkte Stimme von Herrn Geiger durch den Raum und verhinderte jegliche weitere Unterhaltung.

»Meine Damen, meine Herren, willkommen! Ich freue mich, dass Sie so zahlreich erschienen sind. Sie wissen ja bereits, worum es geht: Unser Frühlingsball steht *ante portas*, und wie in jedem Jahr dürfen Sie die musikalische Untermalung mitbestimmen. Ich lasse gleich eine Liste durch Ihre Reihen gehen und bitte Sie, Ihre tanzbaren Lieblingsmelodien darauf zu vermerken.«

Er reichte einem Kellner einen Stapel Papier, der den Packen unzeremoniell auf dem erstbesten Tisch ablud. Unserem.

»Wir benötigen auch noch freiwillige Helfer, um den Ballsaal wie gewohnt mit Blumen zu dekorieren. Selbstverständlich geht es dabei nur um die künstlerische Verantwortung. Sie müssen also nicht selbst auf Leitern steigen.« Herr Geiger lachte unangenehm gekünstelt.

Während der Hotelmanager weitere unglaublich interessante Informationen verkündete, schielte ich zu Leopold, der gerade seine Lieblingsmelodien aufschrieb. Ich versuchte, sein Gekritzel zu entziffern, um mir Anregungen zu holen, denn leider kannte ich keine einzige seniorentaugliche Melodie. Dann machte ich große Augen: »Smoke on the water«, las ich ungläubig. Deep Purple? Echt jetzt? Er sah meinen verblüfften Blick, formte mit Zeige- und kleinem Finger die Metalhand und sang leise den Text vor sich hin. Hatte man Töne. Wenn das so war, fiel mir bestimmt auch noch etwas Gutes ein.

Herr Geiger stand anscheinend kurz vor dem Ende der organisatorischen Durchsagen, denn er unterbrach seine leicht monoton vorgetragenen Sätze und rief stolz wie ein Zirkusdirektor: »Und jetzt, meine Damen und Herren, erwartet uns ein wahrer musikalischer Leckerbissen. Die große Gloria Thorwald wird für uns singen! Frau Thorwald, darf ich bitten?«

Paul erhob sich und begleitete Gloria über eine kleine Treppe auf die Bühne. Dann nahm er am Klavier Platz, während sie in ihrem schlichten schwarzen Kleid weiter zum Mikrofon schritt, Herrn Geiger die Hand schüttelte und sich dann dem

131

Publikum zuwandte. Sie lächelte kurz in eine bestimmte Richtung. Ich folgte ihrem Blick und bemerkte Ben, der lässig an einer der Eingangstüren lehnte.

Yes, dachte ich und streckte in Gedanken meine geballte Siegerfaust in die Höhe. Vielleicht würde ich nachher ein paar Worte mit ihm wechseln können! Dafür ließ ich sogar Glorias Singsang klaglos über mich ergehen.

»Ich werde Ihnen heute ein Lied von Alexander Kuno vortragen. Dabei begleitet mich mein Freund Paul Kempowski am Klavier.« Man merkte Gloria keinerlei Aufregung an. Sie war ein Profi.

Das Publikum klatschte. Dann griff Paul in die Tasten, und Gloria begann ihren Vortrag.

> *»Gegangen bist Du, und nichts ist mehr wie es vorher mal war,*
> *was früher in Deiner Wärme blühte, liegt kahl und bar.*
> *Der Stern der Liebe ist ausgebrannt, erloschen für Dich,*
> *aber ohne Dein Herz macht alles keinen Sinn mehr*
> *für mich.«*

Ich wusste nicht genau, was ich erwartet hatte, aber Glorias Darbietung traf mich bis ins Mark. Mit der Präzision eines Chirurgen erreichte sie meine vom Liebeskummer gebeutelte Seele. Sie hatte eine dunkle, tiefe Stimme, fast männlich in der Färbung. Und sie betonte jedes einzelne Wort mit so viel Leidenschaft und Hingabe, dass es mir vorkam, als würde das Lied mir ganz alleine gelten. Als wäre es eine geheime Botschaft.

> *»Nur in Träumen, in Gedanken bist Du mir noch nah,*
> *kann nicht verstehen, was mit uns geschah.*

*Diese Sehnsucht nach Dir, nach einem Wunder
treibt mich an,
die Hoffnung auf Versöhnung allein, weshalb ich
atmen kann.
Liebeslänglich, es ist schwer Dich zu verlieren ...«*

Bei dieser letzten Zeile schwoll Glorias Stimme in einem Crescendo an.

*»Doch ich kämpfe mich zurück an Deine Seite,
werde alles tun, damit die Vergangenheit aufersteht,
niemals vergessen, was das Schicksal uns prophezeite,
dafür beten, dass unser Märchen weitergeht.«*

Ein Schauer lief mir über den Rücken, und unwillkürlich blickte ich zu Ben. Ich sah ihn wie durch einen Schleier, denn mir stand das Wasser in den Augen, und eine Träne lief bereits ungehindert über meine Wange. Jemand, vielleicht Leopold, reichte mir ein Stofftaschentuch.

*»Warum hast du dich abgewandt, war es ein
falsches Wort?
Konntest Du nicht in meinem Augen lesen, bitte
wisch es fort.
Lass alles, was uns trennt, ungeschehen sein.
Denn meine Seele erfriert ohne Dich, unendlich allein.«*

Ich blinzelte, um durch meine nun wasserfallartig strömenden Tränen etwas zu erkennen, und sah, dass Bens Mund immer noch von einem kleinen, belustigten Lächeln umspielt wurde. Er schien jedenfalls diesem altmodischen, aber den Nagel auf den Kopf treffenden Text keinerlei persönliche Bedeutung beizumessen. Verzweifelt schluchzte ich auf und versuchte, mein letztes bisschen Selbstbeherrschung zusammenzuklauben. Verdammt! Seit wann war ich so eine sentimentale Heulsuse?

»Haltlos treibe ich in einem Meer aus Tränen,
spürst Du nicht mein unendliches Sehnen,
wie kann unser Verlangen nacheinander sterben,
warum verblieben von all den Gefühlen nur glitzernde
Scherben?«

Mein Körper wurde von einem Heulkrampf geschüttelt, und ich hielt mir panisch Leopolds Taschentuch vors Gesicht. Hoffentlich war Beates Latexmaske wasserfest und wurde nicht weggeschwemmt. Leopold tätschelte mir beruhigend den Rücken, aber das machte alles noch schlimmer, während Gloria ausdrucksstark das Lied zu Ende schmetterte.

»Liebeslänglich, es ist schwer Dich zu verlieren ...
doch ich kämpfe mich zurück an Deine Seite,
werde alles tun, damit die Vergangenheit aufersteht,
niemals vergessen, was das Schicksal uns prophezeite,
dafür beten, dass unser Märchen weitergeht.«

Nach der letzten Zeile setzte tosender Applaus ein, und ich verließ fluchtartig den Ballsaal, wobei ich mir immer noch das Taschentuch vors Gesicht presste. Als ich durch den Ben entgegengesetzten Ausgang rannte, sah ich jemanden, der ebenfalls mit nassen Wangen und tropfenden Augen andächtig zur Bühne starrte. Überrascht hielt ich für den Bruchteil einer Sekunde inne. Der? Bei dem hätte ich nun so gar keine emotionale Tiefe erwartet.

Glücklicherweise begegnete mir niemand auf dem Weg zu

meinem Apartment. Doch kaum hatte ich die Tür hinter mir zugemacht, hämmerte schon wieder jemand dagegen.

»Frau Meyer!?«

Mit der im Katalog von Schloss Winterfreude so viel gepriesenen Beschaulichkeit war es anscheinend nicht weit her. Ich hatte mich noch nie zuvor so gestresst gefühlt.

»Adam«, sagte ich deshalb durch die geschlossene Tür. »Ich will heute nicht tanzen! Mir geht's gerade nicht gut. Ich lege mich hin.«

Aber gegen den beharrlichen Adam konnte ich nichts ausrichten. Der Typ quatschte mich jedes Mal an die Wand. Beim nächsten Mal blieb die Tür zu, und ich würde so tun, als ob ich nicht da sei, beschloss ich griesgrämig, als wir wenig später gemeinsam auf dem Weg zu unserem Übungsraum waren. Wenigstens hatte ich Zeit gehabt, meine Verkleidung auf Vordermann zu bringen und meine Tränen zu trocknen.

Das sogenannte Tanzstudio war bis auf eine Stereoanlage und eine Wandtafel kahl. Besagte Wandtafel war nun allerdings vollgekritzelt mit dem theoretischen Wissen, das mir mein zukünftiger Tanzpartner vermitteln wollte. Offenbar ging es heute um den langsamen Walzer. Und der hatte Tradition. Er war 1920 in England entwickelt worden. Drehfiguren, Turniertanz, Dreivierteltakt. Zwischen diesen Informationsbrocken schaltete ich ab und dachte insgeheim darüber nach, warum ausgerechnet dem etwas unheimlichen und so eiskalt wirkenden Herrn Warstein bei Glorias Gesang die Tränen gekommen waren. Traurige Erinnerungen? Aber wenn man solch ewig brodelnde Gefühle andauernd unter Verschluss hielt, musste man dann nicht irgendwann explodieren? Und war das nicht das perfekte *Täterprofil*? Diese Überlegungen sollte ich unbedingt mal mit Tim und Beate teilen.

»Können wir?«, erkundigte sich Adam freundlich und holte mich aus meinen Gedanken. Im Hintergrund dudelte bereits leise Walzermusik.

Adam legte seine rechte Hand unter mein linkes Schulterblatt und ergriff mit seiner linken meine Rechte. Unwillkürlich betrachtete ich unsere ineinander verschränkten Finger. Seltsam, seine gebräunte, glatte Haut an meiner schrumpeligen zu sehen. Sein Griff war warm und trocken. Angenehm. Als er mich näher an sich heranzog, zuckte ich zusammen.

»Was haben Sie?«, erkundigte sich Adam sofort. Dem entging aber auch rein gar nichts.

»Nichts«, sagte ich abwehrend. Mir war gerade aufgefallen, dass ich schon seit einer gefühlten Ewigkeit nicht mehr so liebevoll im Arm gehalten worden war. Plötzlich wurde ich von einer Welle des Selbstmitleids überrollt und kämpfte schon wieder mit den Tränen. Aber vor Adam durfte ich mir keine Blöße geben.

Deshalb: Brust raus, Bauch rein, Rücken möglichst gerade. Ich schaute ihm fest ins Gesicht. »Wirklich alles okay.«

»Dann kann's ja losgehen«, antwortete Adam lächelnd. Er lauschte kurz dem Rhythmus der Musik und machte dann einen Schritt nach vorn.

Damit er mir dabei nicht versehentlich vors Schienbein trat, ging ich wie geübt gleichzeitig einen Schritt zurück. Adam tanzte daraufhin mit dem linken Fuß seitlich nach vorne und stellte den rechten daneben ab, ich folgte spiegelverkehrt. So weit, so gut. Und jetzt?

Anstatt weiterzutanzen, hielt Adam inne. »Sie sind viel zu verkrampft. Bitte entspannen Sie sich. Tanzen tut doch nicht weh.«

»Bis jetzt jedenfalls nicht«, gab ich zu. Ich wollte gerade sagen: »Aber das kann ja noch kommen«, als mir die Worte im

Hals steckenblieben. Denn Adam ließ mich los und legte stattdessen seine Hände locker um eben jenen – meinen – Hals. Was zum Teufel …?

»Sie müssen loslassen«, sagte er leise. Seine Finger glitten fast zärtlich zu meinen krampfhaft hochgezogenen Schultern und drückten sie sanft nach unten. Dann massierte er mir ein wenig den Rücken. Meine Nackenhaare stellten sich auf. War er etwa doch ein Gigolo? Einer, der sich als Frauenversteher an alte Omis ranschmiss und sie dann ausnahm wie eine Weihnachtsgans? Man las ja immer wieder solche Schauergeschichten in der Zeitung. Dennoch konnte ich mir den liebenswürdigen Adam einfach nicht in der Rolle des Halunken vorstellen. Hastig wich ich einen Schritt zurück und entzog mich so seinem Zugriff, denn Adam massierte zu allem Unglück ausgerechnet meine zwar vollständig bedeckten, aber trotzdem Gera-tex-freien Zonen. Nicht dass er meine jugendliche Haut unter dem dünnen Rollkragenpulli fühlte!

»Also tanzen wir jetzt, oder was?«, fragte ich ihn streng.

»Mit dem allergrößten Vergnügen.« Adam grinste. Dieses Grinsen stand ihm gut. Heute hatte er die Haare auch nicht ganz so brav gescheitelt. Im Gegenteil. Ein paar dunkle Strähnen fielen ihm verwegen ins Gesicht und verdeckten fast seine von sehr dunklen Wimpern umrahmten hellgrünen Augen. Ob er Beates Typ wäre? Sie hatte zumindest früher mal auf so lässige Orlando Blooms gestanden. Aber dafür müsste ich sie wahrscheinlich erst einmal von Adams Unschuld im Botox-Fall überzeugen.

Dann fingen Adam und ich wieder von vorne an und schafften eine ganze Runde Walzer, bis mein Tanzpartner erneut anhielt.

»Sie müssen sich schon von mir führen lassen«, sagte er mit einem Lächeln.

»Wie meinen Sie das?«, fragte ich überrascht.

»Na ja, beim Tanzen gibt nun mal der Mann den Ton an.«

»Ist das so? Ich stehe aber auf eigenen Beinen. Und wenn ich tanze, dann nur wie im wahren Leben als absolut gleichberechtigte Partnerin«, antwortete ich recht pampig. Das wäre ja noch schöner, mich hier von ihm unterbuttern zu lassen. Schließlich kämpfte ich mich seit frühester Jugend eigenständig und vollkommen unabhängig durchs Leben.

Adam musterte mich sehr intensiv und wissbegierig – fast wie ein seltenes Insekt unter dem Mikroskop. »Schön, dass Ihre Partnerschaft so modern und emanzipiert war«, sagte er mit einem merkwürdigen Unterton.

Meine Partnerschaft? War meine Beziehung mit Ben wirklich derart gleichberechtigt gewesen? Beate war da eindeutig anderer Ansicht. »Du bist immer für ihn da«, pflegte sie zu sagen, »aber hat er jemals auch nur eines deiner Drehbücher gelesen?«

Natürlich hatte ich Ben in solchen Augenblicken aufs heftigste verteidigt. Er hatte als Arzt einfach nicht so viel Zeit. Aber es stimmte schon, er hätte mir trotzdem etwas mehr Aufmerksamkeit schenken können.

»Das war in Ihrer Zeit sicherlich ungewöhnlich, oder?«, fragte Adam und drehte sich mit mir im Arm wieder relativ harmonisch im Walzerkreis.

Inzwischen beherrschte ich die wenigen Schritte perfekt und konnte dabei sogar nachdenken.

»Ähm … ja, bestimmt«, sagte ich leicht verunsichert, denn Adam meinte natürlich meinen imaginären Ehemann.

»Wie haben Sie Ihren Mann kennengelernt?«, wollte mein neugieriger Tanzlehrer wissen.

Ich überlegte kurz, aber wenn ich bei der Wahrheit bliebe, würde es mir später leichterfallen, meine Lügen zu wiederholen. »Beim Skilaufen. Ich hatte einen Unfall, und mein Mann hat sich um mich gekümmert.«

»Wie romantisch.«

»Ja«, sagte ich mit einem kleinen Seufzen, das natürlich sofort von Adam registriert und richtig interpretiert wurde.

»Vermissen Sie Ihren Mann?«

»Jeden Tag«, antwortete ich im Brustton der Überzeugung.

»Aber es ist doch sehr tröstlich, dass Ihnen so viele schöne Erinnerungen im Gedächtnis verbleiben.«

»Hm, hm«, erwiderte ich verhalten. Was nützten mir schöne Erinnerungen?

Adam konnte offenbar Gedanken lesen. »Wissen Sie, schöne Erinnerungen sind so viel wert. Man weiß dann wenigstens, dass man seine kostbare Lebenszeit nicht an die falsche Person vergeudet hat. Dass man alles richtig gemacht hat.«

Oje, jetzt wurde es aber geradezu poesiealbummäßig kitschig!

Ich nickte dennoch.

»So eine partnerschaftliche Beziehung ist ja auch nicht selbstverständlich«, sagte Adam. »Erst neulich habe ich gehört, wie Frau Thorwald anmerkte, dass ihre Freundin Nora seit dem Tod ihres tyrannischen Ehemanns richtiggehend aufgeblüht sei.«

Für was sich dieser Adam so alles interessierte, dachte ich pikiert. War er also doch auf Frauenfang? Ich sollte ihm mal auf den Zahn fühlen.

»Und was führt einen jungen Mann wie Sie nach Schloss Winterfreude? Ich glaube ja fast, dass Sie uns etwas verheimlich…«

Bevor ich meinen Satz zu Ende sprechen konnte, verpasste der ansonsten so geschickte Adam einen Walzerschritt und trat mir unsanft auf den Fuß. Autsch!

»Entschuldigung!« Das Missgeschick schien ihm äußerst peinlich zu sein.

»Kein Problem«, erwiderte ich freundlich und dachte mir meinen Teil. Fürs Erste würde ich es gut sein lassen, aber vielleicht hatte ich ihn doch etwas vorschnell von der Liste der Verdächtigen gestrichen.

21.

Obwohl er Beate vor Kurzem noch zum Teufel gewünscht hatte, war Tim jetzt sehr froh, sie wiederzusehen. Ihre Anwesenheit lenkte ihn von den quälenden Gedanken ab, die ihn nun, da er als frischgebackener Drehbuchautor an den Schreibtisch gefesselt war, beschäftigten. Außerdem würde die Liste, die sie von Lenny mitbrachte, ihre Detektivarbeit ordentlich vorantreiben, da war er sich ganz sicher.

»Sie hat sogar die Nachnamen der ersten beiden Opfer rausgefunden«, freute sich Beate.

»Gosia Radwanska und Agnieszka Kulcik. Beide aus Warschau«, las Tim vor. Er hatte Kaffee gekocht und studierte nun mit Beate die Liste. »Mit dieser Info bekommen wir garantiert auch die Telefonnummern raus.«

»Wollen wir zunächst noch schnell die Gäste durchgehen?«, schlug Beate vor.

»Okay«, antwortete Tim auf Harmonie bedacht. Zwar hätte er lieber sofort die beiden Opfer angerufen, aber wenn Beate wollte, dass man sich an eine von ihr vorgegebene Reihenfolge hielt ... mein Gott, dann tat er ihr eben den Gefallen.

Es gab insgesamt sieben Gäste auf der Liste, und Lenny hatte zu fast jedem eine kurze Bemerkung hinzugefügt. Ganz oben stand Gloria Thorwalds Name, doch Beate und Tim waren sich schnell einig, dass sie nicht zum verdächtigen Personenkreis gehörte, obwohl Beate zu bedenken gab, dass gerade Schauspieler gerne mal eine ausgewachsene, wenn auch selten gewalttätige Meise hätten.

»Was hat die Zahl hinter dem jeweiligen Namen zu bedeuten?«, fragte Tim.

»Das könnte sich darauf beziehen, wie lange die Person bereits in Schloss Winterfreude lebt, denn hinter Frau Thorwalds Namen steht eine fünf. Das müsste ungefähr hinkommen.«

»Also lebt Nora Westheimer seit vier Jahren dort.«

»Genau. Lenja hat außerdem vermerkt, dass sie eine reiche Witwe ist, und den Rest kann ich wegen Lenjas Sauklaue nicht lesen.«

»Gib her. Ich habe das jahrzehntelang geübt.« Tim nahm Beate mit einem Lächeln das Blatt aus der Hand. »Wow! Diese Nora hat offenbar Adam, den Praktikanten, dabei beobachtet, wie er sich kurz vor dem ersten Anschlag mit Gosia gestritten hat.«

»Ich habe ja gleich gesagt, dass der dringend tatverdächtig ist«, meinte Beate triumphierend, und Tim klopfte ihr gutmütig auf die Schulter.

Dann las er weiter. »Also, Paul Kempowski ist ein emeritierter Philosophieprofessor und ebenfalls seit vier Jahren dort. Er spricht fließend Polnisch und findet die Opfer sympathisch.«

»Das ist interessant«, unterbrach ihn Beate. »Ob er die beiden von früher kennt?«

Sie schnappte sich eine Karteikarte von Tims Schreibtisch und schrieb mit einem ebenfalls stibitzten Kugelschreiber darauf: »a. Opfer anrufen, b. Kannte Paul K. die Opfer schon?« Danach bat sie Tim weiterzulesen.

»Der Nächste auf der Liste heißt Leopold Degen. Zu ihm hat Lenny nur geschrieben, dass er verwitwet und Firmenbesitzer ist und vor drei Jahren seine Zelte im Schloss aufgeschlagen hat.«

Beate zuckte mit den Schultern. »Wir können nicht gleich alle Senioren verdächtigen.«

»Dieter Altmann, erst seit einem Jahr dort, ist geschieden, Golfspieler und, in Großbuchstaben, ein sehr ehrgeiziger Ex-Manager bei einem Pharmaunternehmen«, murmelte Tim amüsiert über diese willkürlichen, Lenny-typischen Zusätze. »Dafür ist Herr Edgar Zwickel sehr interessant! Er ist pensionierter Lateinlehrer ...«

»Wie kann sich dieser Zwickel denn so ein teures Altenheim leisten?«, warf Beate ein.

Tim blickte sie vorwurfsvoll an. »Das wüsstest du, wenn du mich nicht unterbrochen hättest.«

Beate schaute kurz zur Decke. »Jetzt mach es nicht so spannend.«

»... pensionierter Lateinlehrer, der seit zwei Jahren das Geld seiner bettlägerigen Frau Wilhelmine durchbringt und mit jedem Rock flirtet, unter anderem mit Gosia und Agnieszka. Man nennt ihn auch den Schwarzen Witwer.«

Tim sah auf. »Den sollten wir unbedingt mal googeln.«

Beate nickte. »Und? Einer fehlt noch, oder?«

»Richtig. Ein Herr Friedrich Warstein ist der Letzte. Aber Lenny weiß leider nichts über ihn, außer dass er Golf spielt und ihr ein bisschen unheimlich ist.«

Beate ergänzte ihre Aufstellung um die Punkte »c. Zwickel googeln« und »d. Warstein googeln«. Dann wandte sie ihre Aufmerksamkeit wieder Tim zu. »Welche Nummer hat die internationale Auskunft?«

Kurze Zeit später waren sie um ein paar Informationen reicher. Laut der internationalen Auskunft gab es keine Agnieszka Kulcik in Warschau. Aber die Nummern von drei verschiedenen Gosia Radwanskas wurden Tim und Beate anstandslos übermittelt. Beate wollte gerade die polnische Vorwahl eintippen, als Tims Telefon klingelte.

Sie reichte es Tim. »Falls es eine von deinen Püppis ist, fasse dich bitte kurz!«

Tim schnitt eine Grimasse. Dann bellte er »Larsen!« in den Hörer und lauschte den Worten seines Anrufers. Mit einem Grinsen gab er Beate den Hörer zurück. »Für dich.«

»Ben? Danke, dass du mich anrufst«, sagte Beate. Nur wenige Minuten später erstarb das Lächeln auf ihren Lippen und ihre Gesichtszüge versteinerten. »Das kann doch nicht wahr sein«, stöhnte sie auf.

Tim hatte sich dezent Richtung Küche verzogen, um Beate etwas mehr Privatsphäre zu gewähren, aber jetzt befürchtete er das Schlimmste. Ben hatte bestimmt Lennys Verkleidung durchschaut. Verdammt!

Dann durchströmte ihn tiefste Erleichterung. Zum ersten Mal seit Tagen konnte er wieder richtig durchatmen; es war, als ob eine immense Last von ihm abfiel: Lenny würde zurückkommen!

Er brauchte sich keine Sorgen mehr wegen ihr und dieser Botox-Geschichte zu machen. Stattdessen würden sie gemeinsam die Drehbücher zusammenschustern und Dragetin überreichen. Damit wäre seine Firma vor dem Bankrott gerettet. Und zu guter Letzt – quasi als Bonus – würde Lenny nun auch nicht den hoffentlich bald nach Nicaragua entschwindenden Ben heiraten. Sie und Tim konnten genauso weiterleben wie bisher. Best friends forever!

In diesem Moment legte Beate den Hörer auf und drehte sich zu ihm um. Tim sah sofort, dass etwas nicht stimmte.

»Gut, dass Lenny noch immer in diesem verfluchten Seniorenheim steckt«, zischte sie aufgebracht. »Wenn sie jetzt hier wäre, würde ich ihr den Hals umdrehen!«

»Aber was ist denn passiert?«, fragte Tim entgeistert.

»Es hat einen neuen Zwischenfall in Schloss Winterfreude gegeben. Deswegen wollte Ben mir wegen meiner ›Großtante‹ Bescheid sagen.«

»Um Himmels willen! Was für einen Zwischenfall?« Tim hörte das Blut in seinen Ohren rauschen.

»Eine gewisse Isobel van Breden, die an der Rezeption arbeitet, ist mit Pralinen vergiftet worden.«

»Aber warum hat Lenny dir nichts davon gesagt?«, stammelte Tim. »Ihr habt doch erst vorhin miteinander telefoniert.«

»Das Gleiche frage ich mich auch gerade.«

»Kann diese Isobel nicht aus Versehen …? Ich meine, kann nicht einfach das Haltbarkeitsdatum der Pralinen abgelaufen gewesen sein?«

Beate schüttelte den Kopf. »Nein, die Pralinen wurden ihr mit einer gefälschten Karte *in Bens Namen* geschickt und enthielten vermutlich Botox!«

»Botox?«

Beate nickte. »Ben will die restlichen Pralinen überprüfen lassen, aber er ist sich ziemlich sicher.«

»Und dieser Direktor-Fuzzi will immer noch nicht die Polizei verständigen?«

»Ganz genau. Er glaubt nicht an Bens Botox-Theorie und will das Ergebnis der Laboruntersuchung abwarten.«

Tim raufte sich die sowieso immer in alle Richtungen abstehenden Haare. »Wie geht es dieser Isobel?«

»Den Umständen entsprechend. Obwohl sie wohl zu keiner Zeit in Lebensgefahr schwebte«, antwortete Beate. »Aber das liegt wahrscheinlich nur an der Dosis. Wenn sie alle Pralinen auf einmal aufgefuttert hätte, sähe die Lage vermutlich anders aus.«

»Lenny muss unbedingt wieder nach Hause! Und wenn ich sie eigenhändig da rausschleifen muss.«

»Genau!«

22.

Nein, nein und nochmals nein!« Nachdem ich damit meine
endgültige Meinung zu einem möglichen Auszug aus
Schloss Winterfreude unmissverständlich dargelegt hatte,
konnte ich endlich Beate mit meinen Fragen löchern. Sie hatte
gerade ausführlich und von Angesicht zu Angesicht mit Ben
gesprochen, während Tim in meinem Zimmer versucht hatte,
mich zum Aufgeben zu überreden.

»Aber bei dem ersten Vorfall wurde das Botox doch den beiden Frauen ins Gesicht injiziert. Wie kommt es nun in Isobels
Pralinen? Und ist das Zeug echt so giftig?«

Beate warf mir einen entnervten Blick zu. »Dreimal darfst du
raten! Mit einer Spritze natürlich! Und glücklicherweise ist
das zu kosmetischen Zwecken aufbereitete Botox nicht ganz
so toxisch wie das in der Natur vorkommende Gift. Aber gefährlich ist es trotzdem, denn es kann durch den Magen in die
Blutbahn gelangen.« Sie nagte nachdenklich an ihrer Unterlippe. »Falls es überhaupt Botox war. Ben war sich immer
noch nicht sicher, und die Laboranalyse kann wohl dauern.«

»Und Isobel dachte tatsächlich, die Pralinen kämen von
Ben?«, fragte ich eifersüchtig.

»Ja.«

»Wen hält Isobel denn für den Täter?« Tim rieb sich die Augen. Er sah ziemlich mitgenommen aus. Das war bestimmt
die elende Drehbuch-Schreiberei. Angeblich hatte er sogar
schon ein erstes Konzeptpapier fertiggestellt, das er mir morgen zur Durchsicht schicken wollte.

»Sie behauptet, sie hätte keinen blassen Schimmer, wer ihr etwas Böses will. Aber Ben nimmt ihr das nicht ab.«

»Wieso?«, wollten Tim und ich gleichzeitig wissen.

Beate zuckte mit den Achseln. »Keine Ahnung. Das hat er mir nicht auf die Nase gebunden. Ist auch egal. Tatsache ist, dass hier eindeutig jemand den jungen Frauen im Schloss an den Kragen will und dass du, Lenja, besonders gut auf dich aufpassen musst.«

Nachdenklich rieb ich mir das Kinn. »Ich glaube, die fürsorgliche Karla Meyer wird der armen Isobel morgen mal einen Besuch am Krankenbett abstatten.«

Kurz darauf ließen Tim und Beate mich allein. Natürlich nur unter Protest und der Drohung, mir auf ewig ihre Freundschaft aufzukündigen, wenn ich auch nur einen Tag länger in Schloss Winterfreude bliebe. Ich sollte auch auf gar keinen Fall mehr Detektiv spielen. Aber ich wusste ja, wie die beiden es meinten.

Inzwischen war ich schon so im Einklang mit dem alltäglichen Trott hier im Schloss, dass selbst mein Magen sich an die zeitige Nahrungsaufnahme gewöhnt hatte. Deshalb saß ich bereits um neunzehn Uhr, kurz nach dem Abendessen, wieder in meinem Zimmer und grübelte.

Das Tanzen mit Adam hatte mir Spaß gemacht und mein von Glorias Gesang ausgelöstes Trübsalblasen beendet. Hm. Vielleicht war Ben einfach nicht so sensibel. Vielleicht waren ihm die Parallelen zwischen dem Liedtext und unserer Beziehungsrealität gar nicht aufgefallen. Er war ja schließlich nur ein Mann. Die gaben nun mal nichts auf romantische Liedtexte. Bei denen kam es nicht zum emotionalen Supergau, bloß weil Whitney Houston – Gott hab sie selig – herzzerreißend und absolut tonsicher »And I will always love you« schmetterte! Außerdem hatten wir sowieso nicht den gleichen Musikgeschmack. Das war von Anfang an so gewesen. Ben liebte Freestyle-Jazz, vorzugsweise atonal, und ich stand nach mei-

147

ner jugendlichen Punkphase nun auf Ultramelodisches. Im Grunde genommen hatte ich sogar mehr so einen Teenie-Geschmack: Justin Timberlake gefiel mir sehr gut oder auch Olly Murs. Na ja, egal.

Jedenfalls war noch nicht alles im Eimer. Nein, ganz sicher nicht. Morgen würde endlich das erste Buchclub-Treffen stattfinden. Ich war gut vorbereitet, weil ich vor dem Abendessen noch diverse Rezensionen und eine Zusammenfassung von »Jane Eyre« im Business-Center gegoogelt hatte. Hoffentlich lockte der Club nicht allzu viele Leute an, denn ich musste dringend ein Einzelgespräch mit Ben führen, quasi von alter Frau zu jungem Mann. Ich hatte inzwischen gemerkt, dass man als Seniorin auch locker mal Themen anschneiden konnte, die ansonsten gesellschaftstechnisch völlig tabu wären. So zum Beispiel die Frage: »Lieben Sie eigentlich Ihre Ex-Freundin noch?«

Ich war mir ziemlich sicher, dass Ben einer Freundin von Gloria die Antwort auf diese doch etwas aufdringliche Frage nicht schuldig bleiben würde. Aber warum sollte ich eigentlich bis morgen warten?

Mit neu entfachtem Elan perfektionierte ich schnell mein Make-up und bürstete meine Perücke. Auf meinem Tisch warteten zwei eisgekühlte Champagner-Piccolos aus der Minibar. Zwei ordentlich gespülte und polierte Gläser, Ben legte auf solche Kleinigkeiten großen Wert, standen daneben. Das Licht war gedimmt. Dann konnte es ja losgehen.

Schon saß ich in meinem besten Flanell-Nachthemd im Bett, während mein Zeigefinger vor Aufregung leicht zitternd über dem Notrufknopf schwebte. Das Einzige, was mich noch zögern ließ, auf die »Ben frei Haus liefern«-Taste zu drücken, war die Frage, ob er wohl darauf bestehen würde, mich zu untersuchen.

Doch dann betätigte ich todesmutig und so fest es nur ging den Notruf. Schließlich war ich mir ziemlich sicher, dass der überkorrekte Ben niemanden gegen seinen ausdrücklichen Willen medizinisch durchleuchten würde.

Zwanzig Minuten waren bereits vergangen. Und passiert war rein gar nichts. Frustriert drückte ich noch ein paarmal auf den roten Knopf. Mann, wenn ich jetzt wirklich einen Herzinfarkt hätte, wäre ich inzwischen schon längst abgekratzt! Wo blieb Ben denn bloß? War etwa wieder jemand vergiftet worden?

Irgendwann klopfte es an der Tür. Vor Vorfreude machte ich mir fast ins Hemd. In meinem Bauch vibrierte eine ganze Wolke von Schmetterlingen. Doch ich bremste mich. Eine alte Frau war schließlich kein D-Zug.

Ganz langsam stieg ich aus meinem Bett und wanderte zum Eingang. Ich legte meine Hand auf die Klinke, atmete noch einmal tief durch ... dann riss ich freudig die Tür auf.

Ein Blick auf die erbarmungswürdige Kreatur vor mir und mein erwartungsvolles Lächeln fiel wie ein Kartenhaus in sich zusammen.

Es war Andreas. Der schöne, muskelbepackte Krankenpfleger. Nur sah er heute leider gar nicht so schön aus. Eher völlig deprimiert und antriebslos. Der Erste-Hilfe-Beutel baumelte lustlos in seiner rechten Pranke, aber er machte keinerlei Anstalten ihn zu öffnen. Seine Augen waren stark gerötet, als hätte er stundenlang geweint. Ganz in sich zusammengesackt, mit hängenden Schultern stand er vor mir wie ein Häufchen Elend.

»Was fehlt Ihnen?«, fragte er mich mit einer so trost- und hoffnungslosen Stimme, dass mir ganz kalt ums Herz wurde.

»Gar nichts«, beeilte ich mich zu sagen. »Ich habe den Notruf nur aus Versehen betätigt.«

»Dann ist es ja gut«, erwiderte Andreas zombieartig und wandte sich ab, um wieder von dannen zu ziehen.

Ich rang mit mir und meiner Mitmenschlichkeit. Hier benötigte ganz offensichtlich jemand dringend Hilfe. Außerdem wüsste ich zu gerne, warum heute Andreas und nicht Ben Nachtdienst hatte. Deshalb rief ich ihm hinterher: »Hallo, Sie! Andreas. Nicht so schnell!«

Kurz darauf saßen wir uns bei einem Glas Champagner gegenüber.

»Warum haben Sie heute Nachtdienst?«, eröffnete ich mein Verhör.

»Na, der Doktor … der Doktor …«, stammelte Andreas, und ihm kullerten plötzlich zwei Tränen über die Wange.

»Was ist mit dem Doktor?«, soufflierte ich und holte eine Packung Taschentücher.

»Der Doktor hat heute frei und ist mit der Neuen, dieser Simone, aus, genauso wie er es vorher mit mei… mei… meiner Isobel gemacht hat«, heulte der Muskelprotz.

Was? Da hörte ja alles auf. Ben hatte sich seit unserer Trennung zu einem richtigen Casanova gemausert! »Wo sind sie denn hin?«

»Keine Ahnung«, flüsterte Andreas. »Mit Isobel war er in der ›Fledermaus‹! Weil es da *so* romantisch ist! Aber das ist jetzt alles egal, weil Isobel gerade mit mir Schluss gemacht hat.«

Das Champagnerglas zitterte in seiner riesigen Hand, und ich nahm es ihm vorsichtshalber ab.

Gott, dem ging es ja fast schlechter als mir. Aber ich hatte auch mehr Zeit gehabt, mich an die Trennung zu gewöhnen.

»Warum ist denn alles aus?«, erkundigte ich mich mitfühlend und legte tröstend meine Hand auf seine.

»Weil sie denkt, dass ich, ausgerechnet ich, ihr diese vergifteten Pralinen geschickt hätte!«

»Warum sollten Sie das tun?«

»Aus Eifersucht und um sie vor diesem feinen Pinkel bloßzustellen! Weil er ihr doch dann den Magen ausgepumpt hat«, schniefte Andreas. »Außerdem will sie lieber wieder mit dem Doktor zusammen sein.«

Unter dem Tisch ballte ich eine Faust. Na warte, Isobel-Herzchen! Ich hatte es doch gleich gewusst. Äußerlich versuchte ich ruhig zu bleiben, während ich gespielt pikiert fragte: »Was findet sie nur an diesem Arzt?«

Andreas schüttete mir sein gekränktes Herz aus. »Der Kerl hat Geld und sieht gut aus, offenbar reicht das ja heutzutage. Dabei kennt sie ihn noch nicht mal richtig.« Er zog die Nase hoch. »Erst vorgestern habe ich ihr einen Antrag gemacht.«

»Und sie hat abgelehnt?«

»Sie würde nur einen Akademiker heiraten, hat sie gesagt. Ein Krankenpfleger wäre ihr nicht gut genug.«

»Ja wie oberflächlich ist das denn?«, ereiferte ich mich. »Diese blöde Pute hat Sie gar nicht verdient, Andreas!«

Er winkte ab. »Danke. Sie haben bestimmt recht. Aber ich liebe sie trotzdem.« Er goss sich den Rest seines Piccolos ins Glas, leerte es in einem Zug und ging.

Als ich wieder im Bett lag, kam ich ins Nachdenken. Weshalb verliebten wir uns in jemanden? Gab es die berühmte Liebe auf den ersten Blick? Machte uns Liebe tatsächlich blind, oder checkten wir »ihn« nicht vielmehr anhand einer vorgefertigten Liste von Eigenschaften ab, die »er« unserer Meinung nach besitzen sollte?

Und war es dabei wirklich sinnvoll, ganze Gruppen von Männern, bei Isobel die Nichtakademiker, bei mir alle Bart- und Brusthaarträger, aufgrund dieser Kriterien von vornherein auszuschließen?

Ich hatte mich ja auch in einen, genauer gesagt in denselben bart- und brusthaarlosen Akademiker verliebt. War das Zufall? Berechnung? Biologie?

Waren wir Frauen darauf gepolt, das Optimum bei unserer Partnerwahl rauszuholen? So wie in der Steinzeit, als sich die Neandertalerinnen alle um den größten und stärksten Mammutjäger geprügelt hatten?

Und warum bei Bildungsgrad und Haarwuchs aufhören? Hand aufs Herz. Wäre ich jetzt auch hier, wenn Ben hässlich und arm wäre? Oh verdammt, war das kompliziert!

23.

Tim war an diesem sonnigen Samstagmorgen ungewöhnlich früh aufgestanden und sehr fleißig gewesen. Er hatte endlich das Konzeptpapier für »Abgefahren« fertiggestellt, obwohl er damit nur bedingt zufrieden war. Dann hatte er die Herren Edgar Zwickel und Friedrich Warstein ausführlich recherchiert und längere Zeit mit Lenny telefoniert.

Jetzt starrte er auf die vielen ausgedruckten Internetseiten, die vor ihm auf dem Schreibtisch lagen, und überlegte, inwieweit die gefundenen Informationen Beate und ihm weiterhelfen würden. Von Edgar Zwickel, einem Lateinlehrer aus Bremen, existierte nur ein relativ unscharfes Hochzeitsbild. Es zeigte einen zwergenhaften älteren Herrn, der stolz wie Oskar neben seiner einen Kopf größeren, pferdegesichtigen Angetrauten posierte. Die Bildunterschrift lautete: »Wilhelmine Freifrau von Lenbach heiratet in vierter Ehe einen Mann aus dem Volke.«

Herr Zwickel hatte es also geschafft und in gutbetuchten Adel eingeheiratet. Wusste der Himmel, wo sich diese beiden Turteltäubchen begegnet waren. Aber die Freifrau wirkte auf dem Foto weder besonders nett noch besonders verliebt. Kein Wunder also, dass Edgar »aushäusig« auf die Pirsch ging. Doch dass Zwickel seine goldene Gans für eine polnische Reinigungskraft oder ein hübsches Rezeptionsfräulein aufgeben würde, glaubte Tim auf keinen Fall.

Trotzdem wusste Lenny, die heute früh die vergiftete Isobel an ihrem Krankenbett besucht hatte, zu berichten, dass die junge Rezeptionistin von Zwickel regelrecht gestalkt worden war. »Früher oder später werden Sie einen *richtigen* Mann

153

wie mich zu schätzen wissen«, hatte Zwickel ihr anscheinend immer wieder zugeraunt. Wahrscheinlich litt der kleine Senior am Napoleon-Syndrom.

Aber Tim hatte eigentlich immer die Erfahrung gemacht, dass extrovertierte, geltungssüchtige Personen viel seltener zur Gewalttätigkeit neigten als stille und frustrierte Menschen. Hundertprozentig konnte man sich da allerdings nicht drauf verlassen. Wenn eine der angeflirteten Damen Zwickel zum Beispiel gedroht hätte, alles seiner Ehefrau zu verraten, dann wäre der »Schwarze Witwer« wahrscheinlich ausgerastet.

Mit Friedrich Warstein hatte Tim bei der Recherche noch weniger Glück gehabt, denn er wusste viel zu wenig über diesen Herrn. Weder seinen Beruf noch seine Heimatstadt. Wenn man nur seinen Namen bei Google eingab, wurden viel zu viele Einträge angezeigt, wobei die meisten sich auf die gleichnamige Stadt in Nordrhein-Westfalen bezogen. Es gab auch einen Grafen, der offenbar in Leipzig wohnte und sehr hochtrabend Hubertus Friedrich Adelbert Graf Warstein zu Alden hieß. Da es aber sehr unwahrscheinlich war, dass es sich bei diesem um Lennys Bekannten handelte, hatte Tim die Suche erst einmal aufgegeben.

Lenny hatte ihm zugesagt, sich noch einmal ausführlicher mit diesem Warstein zu beschäftigen und mehr über ihn herauszufinden. Denn leider hatte ihr die schöne Isobel in dieser Beziehung auch nicht weiterhelfen können und Friedrich Warstein nur als alten, einsamen Eigenbrötler beschrieben.

Seine beste Freundin war am Telefon ziemlich einsilbig gewesen. Das einzige Thema, das sie mit dem gewohnten Enthusiasmus anging, war das Buchclub-Treffen mit ihrem Ex. Als ob ihn das interessierte! Warum bestand sie darauf, ihm das ganze Trauerspiel so ausführlich zu schildern? Wollte sie ihn damit etwa eifersüchtig machen und aus der Reserve locken?

Nun, falls das ihr Plan war, ging er allmählich auf. Denn er konnte den Namen »Ben« nicht mehr hören.

Eigentlich hätte er gerne mit jemandem über dieses verwirrende Dilemma gesprochen. Aber die einzige Person, bei der er sich getraut hätte, ein so heikles Thema anzuschneiden, war Lenny selbst. Und das ging nun auf keinen Fall.

Glücklicherweise betrat Beate in genau diesem Moment seine nur selten abgeschlossene Wohnung.

»Na, bist du bereit?«, fragte sie gewohnt resolut und kam zu ihm an den Schreibtisch.

»Aber klar doch!«, lächelte Tim und griff nach dem Telefonhörer. Er wählte und reichte den Hörer sofort an Beate weiter.

Sie hatten Glück: Gleich bei der ersten polnischen Nummer, die die Auskunft zu Gosia Radwanska rausgerückt hatte, stießen sie auf Gold. Doch das Gespräch mit der Polin gestaltete sich wesentlich zäher als erwartet. Das lag nicht etwa an Gosias mangelnden Deutschkenntnissen. Nein, Beate musste der jungen Frau jegliche Information förmlich aus der Nase ziehen.

»Hatte man Ihnen vor dem Überfall auch Pralinen geschickt?«, fragte sie gerade einfühlsam.

»Dazu ich nichts sagen«, antwortete Gosia verstockt.

Da das Telefon auf Lautsprecher geschaltet war, bekam Tim alles mit. Beate warf ihm einen entnervten Blick zu, der ihn dazu veranlasste, nach dem Hörer zu greifen. Beate zögerte, denn es war eigentlich ausgemacht, dass sie das Gespräch mit Gosia führen sollte. Sie hatten dies in der Annahme entschieden, dass eine weibliche Stimme weniger bedrohlich wirken würde. Aber Lenjas Freundin war offenbar mit ihrem Latein am Ende und reichte daher das Telefon widerstandslos an Tim weiter.

»Hier spricht Kommissar Tim Larsen«, meldete er sich.

Beate sah verdutzt zu ihm herüber und tippte sich dann sehr bezeichnend an die Stirn.

»Ich hätte einige Fragen«, fuhr Tim ungerührt und in bester Tatortmanier fort.

»Polizei?«, scholl es vom anderen Ende der Leitung. »Warum Polizei? Ich denken, Verwandte von Frau aus Altenheim mich anrufen!«

»Da müssen Sie wohl etwas falsch verstanden haben«, erwiderte Tim lässig. »Nachdem bereits eine dritte Angestellte zu Schaden gekommen ist, hat sich das Management von Schloss Winterfreude entschieden, die Polizei einzuschalten.«

Beate verdrehte die Augen Richtung Zimmerdecke, aber das war Tim egal. Er konzentrierte sich.

»Was Sie wollen wissen?«, fragte Gosia nun deutlich kooperativer.

»Zunächst einmal: Wie geht es Ihnen?«

»Besser. Haut schon weniger geschwollen.«

»Gut. Also dann. Haben Sie beide vor dem Überfall eine Schachtel Pralinen zugeschickt bekommen?«

»Tak. Das heißt ja«, übersetzte die Polin.

»Von wem?«

»Von Adam.«

»Von dem polnischen Praktikanten?«, fragte Tim hoffnungsfroh. Auch Beate frohlockte sichtlich, dass ihr favorisierter Täter weiter belastet wurde.

»Ja«, gab Gosia zu Protokoll.

»Warum?«

Nun zögerte die junge Frau mit der Antwort. »Gab Streit. Am Tag vorher Streit mit Adam, und Pralinen waren Entschuldigung«, erwiderte sie schließlich.

Von diesem Streit haben wir bereits gehört, mein Schätzchen, dachte Tim grimmig. Schließlich hatte Beate die Polin gerade danach gefragt. »Worum ging es bei dem Streit?«

Diesmal dauerte die Gesprächspause länger. So lange, dass Tim sich genötigt sah, nachzufassen. »Frau Radwanska, wieso haben Sie sich mit Adam gestritten?«

»Ich dazu nichts sagen. Das private Sache.« Gosia wirkte ziemlich firm.

Tim warf Beate einen fragenden Blick zu, und sie zuckte mit den Schultern. Vielleicht sollte er Gosia erst ein paar andere Fragen stellen und später noch einmal auf Adam zurückkommen.

»Okay, eine weitere Frage: Haben Sie kurz vor dem Überfall von den Pralinen genascht?«

»Ja.«

»Also war das Betäubungsmittel in den Pralinen enthalten«, vermutete Tim.

»Vielleicht.« Das klang nicht gerade interessiert.

»Kennen Sie Doktor Hohenfels?« Da Ben angeblich Isobel die Pralinen zugeschickt hatte, wollte Tim nachforschen, ob die beiden Frauen auch Kontakt zu Lennys Ex gehabt hatten.

»Ja, guter Doktor, nette Mann«, lautete Gosias Antwort.

»Woher kannten Sie ihn?«

»Doktor uns paarmal einladen zum Kaffeetrinken«, gab Gosia bereitwillig zur Antwort.

»Aha. Und was ist mit den anderen Gästen? Mit wem hatten Sie da Kontakt?«

»Mit alle Gäste aus Südturm und Personal aus Klinik. Agnieszka und ich dort sauber machen.« Auch dies teilte sie ihm schnell und unbesorgt mit.

»Hatten Sie mit jemandem dort Probleme?«

»Nein, keine Mal.«

Beate hielt Tim einen Zettel hin. »Was ist mit Zwickel und Warstein?«, stand darauf.

»Auch nicht mit Herrn Zwickel oder Herrn Warstein?«, horchte Tim nach. Statt zu antworten, lachte Gosia kurz auf.

»Wieso lachen Sie?«

»Ach, Herr Zwickel, kleine Mann, sehr komisch. Immer machen Spaß.«

»Und Herr Warstein?«

»Ich nichts wissen über ihn. Sehr allein, sehr einsam diese Mann.«

Langsam gingen Tim die Fragen aus. Auch Beate schien nichts mehr einzufallen. Also musste er noch mal wegen Adam nachhaken. »Frau Radwanska, hatten Sie eine intime Beziehung zu Adam?«

»Nein«, kam es wie aus der Pistole geschossen.

»Also war es kein Beziehungsstress, den Sie mit ihm hatten?«

»Nein!« Das klang genervt.

»Hatte es mit Geld zu tun?«

»NEIN!« Gosia schien sauer zu werden.

»Aber wenn Sie zu diesem Mann keine engere Beziehung hatten, worum ging es dann bei Ihrem Streit? Das kann doch nichts allzu Geheimes sein.« Tim versuchte so streng wie möglich zu klingen.

»Hören Sie, Herr Kommissar, falls Sie tatsächlich für die Polizei arbeiten, was ich stark bezweifele. Denn dann wüssten Sie, dass Sie mich nicht zu einer Antwort zwingen können. Man kann nämlich nach deutschem Recht die Aussage verweigern«, führte Gosia plötzlich in absolut perfektem Deutsch aus. »Ich wünsche Ihnen noch einen guten Tag und hänge jetzt auf!« Was sie umgehend in die Tat umsetzte.

Piep, piep tönte das Freizeichen, während Tim konsterniert in den Hörer starrte.

»Was sollte das denn?« Beate raufte sich die Haare. »Warum spricht sie auf einmal so gut Deutsch? Und warum verweigert sie so hartnäckig eine Aussage?«

»Vielleicht will sie sich selbst nicht belasten, weil sie Adam erpresst hat?«, schlug Tim vor.

»Womit?«

»Da kämen doch viele Dinge in Betracht. Möglicherweise wusste sie, dass er sich als Gigolo betätigen wollte. Oder er hat einen Gast bestohlen. Vielleicht hat sie ihn auch von einem polnischen Fahndungsfoto wiedererkannt, was weiß ich?«

Beate warf ihm einen kritischen Blick zu. »Na ja, aber dann stünde ja seine Aussage gegen ihre, und man würde doch bestimmt eher Gosia Glauben schenken als ihm. Schließlich muss selbst Lenny zugeben, dass Adam sie mit ungewöhnlich viel Aufmerksamkeit umgarnt.«

Tim zuckte mit den Schultern. »Eventuell will Gosia ihn auch einfach schützen, weil er ihr Landsmann ist. Oder sie hat Angst vor ihm.«

»Wir müssen unbedingt rausfinden, ob bereits eine alte Frau durch Adam zu Schaden gekommen ist.« Beate nagte wie immer, wenn sie aufgebracht war, an ihrer vollen Unterlippe. »Denn eins ist klar: Dieser Typ stinkt!«

Tim nickte. »Und Lenny hängt praktisch Tag und Nacht mit ihm rum. Ich sollte dem echt mal auf den Zahn fühlen. Eigentlich hätte ich nicht schlecht Lust, das sofort zu erledigen. Dann kann ich gleichzeitig sicherstellen, dass Lenny auch nichts fehlt.«

»Dann mach das«, erwiderte Beate plötzlich wieder pampig. »Ich habe eh noch Wichtigeres zu tun, als mit euch beiden auf Verbrecherjagd zu gehen.«

Tim blickte sie verblüfft an. Selbstverständlich hatte er Beate zu Lenny mitnehmen wollen, aber wenn sie lieber rumzickte … dann eben nicht! Da sollte wirklich mal einer die Frauen verstehen. Die hatten doch allesamt einen Sprung in der Schüssel.

Tatsächlich raffte Beate ihren Terminkalender, ihre Handtasche und den Autoschlüssel zusammen, sprang auf und war zur Tür raus, bevor er bis drei zählen konnte. Natürlich wie immer ohne eine Verabschiedung.

Also gut, dann würde er sich eben allein zu diesem Adam aufmachen. Doch genau in diesem Moment klingelte sein Handy. Das war bestimmt Beate, die ihr mickriges Verhalten bereute.

Mit einer gewissen Genugtuung ging Tim ran. »Na, junge Frau, du bist wohl doch etwas zu schnell zur Tür raus, was?«

»Herr Larsen?«, erkundigte sich eine sonore Männerstimme.

»Ja?«, antwortete Tim verblüfft. Wer war das?

»Doktor Voosen hier«, löste der Anrufer das Rätsel auf.

Tim war wie vom Donner gerührt. Der Direktor seiner Bank rief ihn an einem Sonntagnachmittag auf seinem Handy an? Das konnte nichts Gutes bedeuten. Aber so schnell würde er sich nicht aus der Ruhe bringen lassen. »Doktor Voosen«, sagte er jovial. »Was verschafft mir die hohe Ehre Ihres Anrufs?«

»Sie haben wahrscheinlich nicht bemerkt, dass ich bereits die gesamte letzte Woche versucht habe, Sie zu erreichen. Täglich! Da dachte ich mir, dass ich sonntags bei einem so viel beschäftigten Mann wie Ihnen vielleicht etwas mehr Glück habe.«

»Und so ist es auch«, warf Tim betont munter ein. Er hatte sich mehrfach von der äußerst indignierten Frau Mutzenbacher verleugnen lassen.

»Richtig. Sehen Sie, wir haben ein kleines Problem und würden uns gerne mit Ihnen unterhalten.«

»Was für ein kleines Problem?«

»Wie Sie wissen, haben wir Ihnen unsere Kredite auf der Grundlage Ihres Vertrags mit RTL gewährt, und nun höre ich, dass diese Verträge von Ihrer Seite nicht eingehalten werden und RTL darüber nachdenkt, sie aufzukündigen.«

Tim hatte plötzlich einen Eisklumpen im Magen. »Von wem haben Sie das gehört?«

Dr. Voosen hüstelte. »Aber, aber, das spielt doch jetzt keine Rolle. Wir haben es nun mal gehört, und da so ein Umstand uns das Recht gäbe, Ihre Kredite fristlos zurückzufordern ...«

»Aber RTL hat die Verträge noch nicht gekündigt!«, rief Tim.

»Das stimmt, aber trotzdem.« Dr. Voosen blieb gleichbleibend freundlich. »Ich denke, dass wir uns mal treffen sollten.«

Tim stöhnte innerlich auf. Auch das noch! »Okay. Wann passt es Ihnen?«

»Wie wäre es gleich morgen früh? Um zehn Uhr?«

»Aber sicher. Bis morgen, Doktor Voosen.« Tim hängte auf.

24.

Also, wer von euch hat das Buch komplett gelesen?«, fragte Gloria diktatorisch. Alle Anwesenden außer mir hoben die Hand. Da wollte ich mich nicht lumpen lassen, schließlich hatte ich die gesamte Zusammenfassung des Buches gelesen. Skrupellos zeigte ich auf.

Neben Gloria und mir waren noch Nora, Leopold, Dieter, Paul und Adam in der Bibliothek. Letzterer schob ein paar Stühle in eine diskussionsfördernde Formation zusammen, und wir setzten uns.

Adam war mir heute früh im Gang vor Isobels Zimmer – man hatte die Kranke bereits wieder in den Personaltrakt verlegt – über den Weg gelaufen. Er hatte sofort die Gunst der Stunde nutzen wollen, um mir eine weitere Tanzstunde aufzuschwatzen, aber stattdessen hatte ich ihn erst zum Mittagessen und nun mit zu unserem Buchclub geschleppt. Quasi als moralische Unterstützung, denn er übte auf mich irgendwie eine sehr beruhigende Wirkung aus. Außerdem hatte er mir glaubhaft versichert, »Jane Eyre« gelesen zu haben. Was mich bei ihm ehrlich gesagt auch nicht weiter wunderte.

»Wie findest du eigentlich das Bild vorne auf dem Einband?«, wurde ich plötzlich von Dieter gefragt. »Ist das nicht aus einem alten Gemälde von Oskar Kokoschka?«

Ich nickte uninteressiert. Denn mir ging etwas viel Wichtigeres durch den Kopf: Wo steckte Ben? War er mit dieser Schnepfe von Simone versackt? Nein, da bog er auch schon im schnieken weißen Kittel um die Ecke.

»'tschuldigung«, murmelte Ben und biss verstohlen von einem Brötchen ab. Klar, das hier war wahrscheinlich seine

Mittagspause! Er setzte sich auf den leeren Stuhl zwischen Nora und Gloria, und ich durchforstete sein Gesicht nach Spuren übermäßigen Alkoholkonsums und, ich gab es ehrlich zu, nach Knutschflecken, wurde aber zum Glück nicht fündig.

Für einen Moment saßen wir alle stumm im Kreis und schauten uns etwas planlos an. Dann riss Gloria wieder einmal das Wort an sich.

»Da wir alle das Buch schon gelesen haben, können wir als Auftakt unsere persönlichen Eindrücke schildern. Warum fängst du nicht damit an, Ben?«, bestimmte sie.

»Es tut mir wahnsinnig leid, Gloria. Aber ich hatte die letzten Tage nicht genug Zeit, um mich in das Buch einzulesen«, gab Ben etwas zerknirscht zu.

Du warst wohl zu viel auf der Piste, Casanova, dachte ich. Das hast du nun von deinen Frauengeschichten. Doch ich hielt vornehm den Mund.

»Aber das macht doch nichts«, piepste die – sonst eigentlich immer nur in Glorias Windschatten segelnde – Nora, noch bevor jemand etwas anderes sagen konnte. »Wir können doch auch allgemein über die Liebe und charakterfeste Frauen sprechen. Darum geht es schließlich in dem Buch.«

Das war die längste Äußerung, die ich je von ihr gehört hatte, und vor lauter Aufregung hatte sie ganz rote Wangen bekommen. Wie süß!

Leopold und Paul warfen sich bedeutungsvolle Blicke zu. Ich glaubte kaum, dass die zwei hier aufgekreuzt wären, wenn sie über diese Themenänderung vorher informiert worden wären. Aber mir persönlich kam das Ganze äußerst gelegen.

»Genau«, sekundierte nun auch Gloria. »Und über die gesellschaftlichen Moralvorstellungen im Wandel der Zeit. Wer fängt an?«

Stille. Dann hob ausgerechnet Adam die Hand. Gloria erteilte ihm mit einem würdevollen Nicken das Wort.

»Der römische Philosoph Seneca hat einmal gesagt, dass es nicht darauf ankommt, wie eine Beziehung von außen wirkt, sondern wie sie sich von innen anfühlt. Das ist doch auch die Botschaft des Buches. Ein Edelmann wie Edward Rochester verliebt sich in das unscheinbare Kindermädchen Jane. Gesellschaftlich eine Mesalliance, aber für die beiden Liebenden perfekt.« Er holte kurz Luft. »Leider berücksichtigen immer weniger Menschen Senecas Leitspruch.« Adam schaute bescheiden in unsere kleine Runde, bis sein Blick ausgerechnet an meiner Wenigkeit hängenblieb.

Wow! Manchmal machte mich dieser Kerl einfach fertig. Sagte einfach so einen Satz, über den man stundenlang nachdenken könnte. Wie sich eine Beziehung von innen anfühlte? So eine Frage hatte ich mir noch nie gestellt. Aber es stimmte: Ich war schon sehr stolz gewesen, wenn meine Freunde Ben und mich immer als das ideale Paar bezeichnet hatten. Ausgerechnet das sollte nun verwerflich sein?

Während alle anderen wohl ebenfalls über das Gesagte nachdachten, deklamierte Nora plötzlich schelmisch:

»Nehm'n se 'n Alten, nehm'n se 'n Alten,

einen der noch gut erhalten!

Hat er auch 'n Doppelkinn?

Macht nichts, greifen se zweimal hin!

Hat er auch 'ne Glatze? Macht nichts!

Der eine kriegt'se, der andere hat 'se!«

Sie kicherte, ausgelassen wie ein Teenager. »Das hat man bei uns früher gesagt!«

Gloria blickte sie erstaunt an. Nora schien ihr heute etwas suspekt zu sein. »Hast du deswegen einen zwanzig Jahre älteren Mann geheiratet?«

Genauso plötzlich, wie es angefangen hatte, verstummte Noras Gekicher. »Nein«, sagte sie traurig. »Das hatten meine Eltern arrangiert.«

Ich musste unwillkürlich wieder daran denken, was Adam mir über Nora erzählt hatte, nämlich dass sie erst nach dem Tod ihres tyrannischen Ehemanns so richtig aufgeblüht sei. Auf einmal tat mir die alte Dame sehr leid.

Aber sie war tapfer. Denn anstatt Trübsal zu blasen, fragte sie Gloria: »Warum hast du denn nie geheiratet? Dir als berühmter Schauspielerin lagen die Männer doch bestimmt scharenweise zu Füßen.«

Gloria wirkte nachdenklich. Sie antwortete nicht, zuckte lediglich mit den Schultern.

»Nein wirklich, Gloria«, hakte jetzt auch Ben nach. »Das würde mich auch interessieren. Hast du nie Mr. Right gefunden?«

»Einmal«, antwortete Gloria leise. »Einmal habe ich, wie du sagst, Mr. Right gefunden. Aber das ist sehr, sehr lange her und tut hier nichts zur Sache.«

Keiner traute sich, ihr zu widersprechen. Dann räusperte sich Leopold und wandte sich an Ben und Adam. »Bei uns Alten spielt dieses Thema ja sowieso nur noch eine sehr begrenzte Rolle. Wir müssen uns mit der Erinnerung begnügen, dass auch wir einmal schneidig, fesch und leidenschaftlich waren. Auch wenn das gefühlte hundert Jahre her ist. Aber so junge Leute wie ihr beiden müsst euch über das alles keine Gedanken machen. Also, wie schaut's aus? Habt ihr zwei Jungspunde schon die große Liebe gefunden?«

Ich hielt vor lauter Erregung die Luft an. Würde Ben mich vor all diesen Leuten als seine große Liebe bezeichnen?

Doch gerade als er den Mund aufmachen wollte, sagte Paul: »Die heutige Jugend ist so fürchterlich oberflächlich. Allein diese widerwärtige Castingshow. Wie heißt die noch mal? Ich meine dieses Junggesellen-Trara, bei dem sich fünfundzwanzig hübsche Frauen um einen Mann schlagen.«

»Der Bachelor«, warf ich tonlos ein. Ich könnte ihn erwürgen. Warum musste er gerade jetzt – in diesem für mich so entscheidenden Moment – einen Redeflash kriegen?

»Danke, Karla.« Durch seine runden Brillengläser blinzelte Paul mir freundlich zu. »Also, wenn diese hübschen Frauen da weinen, weil sie von dem fotogenen Holzkopf keine Rose bekommen, frage ich mich immer, warum bei denen jegliche Erziehung versagt hat? Wie kommen diese armen Frauen auf die Idee, dass man ausgerechnet im Fernsehen einen anständigen Partner findet? Jemanden, mit dem man das Leben in all seinen Facetten, mit allen Höhen und Tiefen teilt.«

Ich rümpfte beleidigt die Nase. »Der Bachelor« war eine meiner Lieblingsshows, und ich fieberte immer mit, welche Frau die begehrte letzte Rose ergatterte.

»Schönheit vergeht, wie man an mir sehen kann«, schmunzelte Leopold und tätschelte seinen kugelrunden Bierbauch. »Ich denke oft, dass bestimmte Paare, wenn sie sich zwanzig Jahre und einige Falten später kennengelernt hätten, niemals vor den Traualtar getreten wären.«

Jetzt hatte ich aber die Nase gestrichen voll von diesen moralischen Volksbedenkenträgern. Ich wollte endlich wissen, woran ich war. Tiefgründig blickte ich Ben an und fragte mit klopfendem Herzen: »Sind Sie nun noch in Ihre Ex-Freundin verliebt oder nicht?«

»Woher wissen Sie …?«, murmelte Ben verdattert.

»Ach, das pfeifen hier doch die Spatzen von den Dächern«, erwiderte ich so nonchalant wie möglich.

»Nun, also …«, setzte Ben an.

»Aber Karla«, fiel ihm Gloria ins Wort. »Das ist jetzt aber etwas zu persönlich, findest du nicht?«

Ich erwog ernsthaft, ihr einen gezielten Tritt vors dürre Schienbein zu geben. Doch dieses Mal ließ Ben sich nicht unterbrechen. Er öffnete seine wunderbaren Lippen und sprach endlich den Satz, der über mein weiteres Leben entscheiden sollte. »Natürlich hänge ich noch an meiner Ex-Freundin«, sagte Ben. »Alles andere wäre gelogen.«

Auf einmal spielte eine Big Band in meinem Kopf, ein buntes Freudenfeuerwerk böllerte wild in meinem Herzen, und meinen Körper durchflutete ein unglaubliches Glückgefühl. Zum ersten Mal seit meinem Einzug in Schloss Winterfreude wusste ich, dass ich auf dem richtigen Weg war. Dass ich ganz einfach die Zähne zusammenbeißen und durchhalten musste.

Leider verpasste ich in meinem Freudentaumel Bens restliche Worte. Aber das war momentan nicht so wichtig. Ich hatte endlich wieder Hoffnung. Große Hoffnung! Er hing noch an mir! Das durfte man beziehungsmathematisch getrost gleichsetzen mit »Ich liebe dich noch«, was nur eins bedeuten konnte: Versöhnung! Mit anschließender Hochzeit. Hurra!

Das restliche Buchclub-Treffen zog wie im Rausch an mir vorbei. Ich war völlig high, schwebte praktisch auf Wolken! Ganz am Rande bekam ich zwar mit, dass man sich zu einer weiteren Sitzung verabredete, aber da würde ich höchstwahrscheinlich schon gar nicht mehr hier sein. Denn in Gedanken hatte ich Bens und meine Zukunft fix und fertig geplant. Er würde natürlich nicht nach Nicaragua gehen, sondern hier in Köln seinen Facharzt machen. In Kinderheilkunde oder so. Dann würde ich mich ihm und unserer Familie zuliebe aus dem liederlichen Fernsehgeschäft zurückziehen und anständige, hochliterarische Bücher schreiben. Na ja, oder auch nicht. Vielleicht nur Kriminalromane, aber auf jeden Fall würde ich zu Hause arbeiten. Ohne jegliche Versuchung, noch einmal vom Pfad der Tugend abzukommen. Ohne feuchtfröhliche Karnevalsfeiern und Tims dumme Wetten, bei denen ich mit irgendwelchen Schauspielern rumknutschen musste. So etwas kam mir nicht noch einmal in die Tüte beziehungsweise vor oder in den Mund. Schließlich lernte ich aus meinen Fehlern.

»Darf ich Sie in einer Stunde zum Foxtrott abholen?«, fragte Adam, nachdem er mich ordnungsgemäß auf mein Zimmer geleitet hatte. Damit brachte er mich endgültig auf den Boden der Tatsachen zurück. Die Schlacht war ja noch nicht geschlagen. Ich musste irgendwie an Ben rankommen, um unsere Versöhnung einzuleiten. Und was wäre romantischer, als ihm bei einem flotten Foxtrott auf dem Frühlingsball meine wahre Identität zu offenbaren?

»Sehr gerne«, hauchte ich deshalb und nickte Adam hoheitsvoll zu.

»Dann komme ich gleich wieder, ich muss nur noch …«, sagte mein hilfsbereiter Praktikant auf dem Weg zur Tür. Sein Blick fiel plötzlich auf Tims Konzeptpapier, das ich dummerweise einfach so auf dem Tisch liegen gelassen hatte.

»Abgefahren. Lara Kloft im Seniorenheim – ein Botox-Thriller«, las er und warf mir einen seltsamen Blick zu. »Was ist das?«

Verdammt! Verzweifelt zermarterte ich mein immer noch auf Liebeshoch gepoltes Hirn nach einer annehmbaren Erklärung. Aber mir fiel nichts ein.

Adam nahm das Konzeptpapier und blätterte darin. Das weckte mich aus meiner Schockstarre, ich ging zu ihm hin und nahm ihm Tims Werk aus der Hand.

»Da steht mein Name drin«, murmelte Adam anklagend und blickte mich verwirrt an. »Warum? Schreiben Sie etwa ein Buch über die Vorfälle hier im Schloss?«

»Nein, natürlich nicht«, antwortete ich ohne zu zögern und mit fester Stimme – gleichsam als vertrauensbildende Maßnahme. Meine grauen Zellen schienen auch wieder einwandfrei zu funktionieren. Gott sei Dank! »Das hat mein Neffe wohl bei mir vergessen. Er arbeitet fürs Fernsehen. Schreibt dort für eine Vorabendserie. Wahrscheinlich haben ihn die Vorfälle hier inspiriert.«

Adam blickte mich stumm mit großen Augen an.

»Außerdem schreiben die Fernsehmacher doch auch extra in den Abspann, dass jegliche Ähnlichkeit mit lebenden oder toten Personen oder realen Begebenheiten rein zufällig und nicht beabsichtigt ist«, leierte ich auswendig runter. Erst danach fiel mir auf, dass eine Karla Meyer diesen Kram wahrscheinlich nicht ganz so verinnerlicht haben sollte.

»Aha«, erwiderte Adam und drehte sich endlich erneut zur Tür um. »Ich komme dann später wieder.«

Mist! Dabei war Tims Arbeit sowieso völlig verkorkst. Vollkommen unbrauchbar. Seine Charaktere sprachen hölzern und wirkten unecht. Lara kam wie ein weiblicher Rambo rüber. Der ganzen Handlung fehlte Hand und Fuß, von Logik keine Spur. Außerdem war in seiner Version tatsächlich Adam der Täter und wurde in der allerletzten Szene, noch vor seiner Festnahme, von Titelheldin Lara erschossen.

Mir graute davor, Tim die Wahrheit mitzuteilen. Er war so stolz gewesen, als er mir am Telefon von seinem grandiosen Opus erzählt hatte. Diesen Zahn musste ich ihm nun leider ziehen. Er war wirklich ein phänomenaler Produzent, aber ein lausiger Autor.

Am besten nutzte ich die Zeit, bis Adam mich abholte, und setzte mich selbst daran. Denn Tim hatte so durch die Blume angedeutet, dass Dragetin, unser zuständiger Redakteur, allmählich anfing mit den Hufen zu scharren. Und ich wusste selbst, auch wenn ich es bisher erfolgreich verdrängt hatte, dass wir mit den Büchern ganz schön im Verzug waren.

25.

Adam und ich tanzten Foxtrott. Es klappte viel besser als gedacht. Nachdem ich meinen generellen Widerwillen gegen Standardtänze abgelegt hatte, fiel es mir irgendwie viel leichter, diese Schrittfolgen zu erlernen. Außerdem war es wirklich ganz angenehm, in Adams erstaunlich muskulösem Arm zu liegen und mich von ihm führen zu lassen. So machte mir das Tanzen richtig Spaß.

»Ich muss Sie etwas fragen«, fing Adam an, während wir harmonisch übers Parkett glitten. Sofort war ich wieder auf der Hut. Wollte er mich über Tims Geschreibsel aushorchen? »Ja?«, sagte ich deshalb gedehnt und tat so, als wäre ich gerade wahnsinnig mit dem Zählen meiner Tanzschritte beschäftigt.

»Glauben Sie an das Sprichwort ›Im Krieg und in der Liebe sind alle Mittel recht‹?«

Vor lauter Schreck blieb ich stehen. Hatte Adam meine wahre Identität entdeckt? Wusste er, weshalb ich mich hier aufhielt? Ach herrje.

»Was haben Sie?«, fragte Adam überrascht. »Warum tanzen Sie nicht weiter?«

Seine Reaktion beruhigte mich ein wenig. Wahrscheinlich war seine Frage doch eher generell gemeint gewesen. Oder? Vorsicht war ja bekanntermaßen die Mutter aller Porzellankisten, und deshalb sagte ich sicherheitshalber: »Ich wollte nur kurz verschnaufen. Aber wie kommen Sie auf dieses alte Sprichwort?«

Adam blickte mich besorgt an »Wenn Sie nicht mehr weitertanzen können ...«

»Nein, nein. Es geht schon wieder«, versicherte ich. Jetzt wollte ich der Sache auf den Grund gehen.

Adam legte seinen Arm um meine Taille, und wir tanzten aufs Neue los. Doch leider blieb mein Partner stumm.

Ergo musste ich den Bohrer wieder ansetzen: »Glauben Sie denn daran, dass im Krieg und in der Liebe alle Mittel recht sind?«

»Im Krieg sicherlich nicht …, dafür gibt es ja schließlich die Genfer Konventionen, aber in der Liebe …, ja, ich denke schon«, entgegnete Adam grüblerisch.

»Ich auch«, stimmte ich erleichtert und aus vollem Herzen zu. »Wieso fragen Sie mich das?«

»Kann ich mich auf Ihre Diskretion verlassen?«

»Selbstverständlich«, sagte ich so überzeugend wie möglich und schaute ihm treuherzig in die Augen.

»Ich habe etwas herausgefunden«, fing er an. »Eine unbeschreiblich traurige Geschichte, die zwei Personen betrifft, die wir beide kennen.«

Schon wieder wurde mir ganz anders! Meinte er etwa Ben und mich? Ich heuchelte trotzdem nur ein moderates Interesse. »Ach ja? Und um wen geht es?«

»Erinnern Sie sich an die Ballprobe, bei der Frau Thorwald gesungen hat?«

»Ja«, sagte ich mit einem mulmigen Gefühl im Magen. Hatte Adam mich dort etwa wie ein Schlosshund heulen sehen?

»An diesem Nachmittag hat etwas mein Interesse geweckt, und ich habe herausgefunden, was es damit auf sich hat.«

»Und?«, fragte ich atemlos.

»Dazu komme ich gleich. Ich muss erst noch einmal betonen, dass ich, wenn ich Ihnen davon erzähle, ein Schweigegelübde breche.«

Ich blickte ihn mit großen Augen an. »Wem gegenüber haben Sie sich zum Stillschweigen verpflichtet?«

Adam presste seine schön geschwungenen Lippen aufeinander. »Den Namen behalte ich erst einmal für mich. Aber Sie sollen wissen, dass ich Ihnen das niemals erzählen würde, wenn ich nicht felsenfest davon überzeugt wäre, zwei Personen sehr helfen zu können. Sie müssen mir glauben, dass mein Motiv für diesen Vertrauensbruch vollkommen uneigennützig ist. Verstehen Sie?«

Ehrlich gesagt verstand ich nur noch Bahnhof! Doch das behielt ich wohl lieber für mich und sagte schlicht: »Ja.«

Adam wirkte erleichtert. »Was haben Sie am 13. August 1961 gemacht?«

Da war ich noch gar nicht auf der Welt, du Döskopp!, wollte ich ihm zurufen. Aber das wäre wohl eher kontraproduktiv. Außerdem kam mir das Datum schon irgendwie bekannt vor. Deshalb setzte ich mein bestes Pokerface auf. »Lassen Sie uns nicht vom Thema abschweifen«, sagte ich streng. »Würden Sie bitte auf den Punkt kommen?«

Adam lächelte. »Okay. Es war einmal ein Mann, der …«

Doch genau in diesem Augenblick wurde die Tür zu unserem Trainingsraum überaus schwungvoll, geradezu rabiat geöffnet, und jemand, den ich ziemlich gut kannte, rief: »Also hier steckt ihr!«

26.

Tim fühlte sich unerwünscht. Lenja schaute ihn so böse an, als ob er sie gerade bei etwas wahnsinnig Wichtigem gestört hätte. Aber mal ehrlich. Wie wichtig konnte schon eine Tanzstunde mit diesem Hampelmann sein?

»Sorry, wenn ich euer kuscheliges Tête-à-Tête hier unterbreche, aber ich würde deinem Tanzpartner gerne ein paar Fragen stellen.«

Adam blickte ihn fragend an. »Ich vermute, Sie sind der Neffe von Frau Meyer?«

»Nein«, rief er genau im gleichen Moment, als Lenny perfekt synchronisiert »Ja« krähte. Verdammt!

»Also was jetzt, ja oder nein?«, erkundigte sich Adam verwirrt.

»Ich bin der Freund ihrer Nichte, also de facto ihr Neffe«, rettete Tim die Situation und warf seinem Gegenüber einen bösen Blick zu.

»Sind Sie dann nicht auch der Autor, der für diese Fernsehserie, ›Abgefahren‹, schreibt?«, fragte Adam plötzlich.

Woher wusste er das? Lenny schaute alarmiert zu ihm rüber. Aber sie musste sich keine Sorgen machen. Er würde schon nichts Falsches sagen. Schließlich war er auf Zack.

»Das ist doch egal«, brummte Tim grimmig. »Antworten Sie einfach auf meine Fragen.«

»Sie haben ja noch gar keine gestellt. Außerdem ... warum sollte ich das tun?« Adam lächelte ihn unverbindlich an.

»Um zu demonstrieren, dass Sie nichts zu verbergen haben?«, schlug Tim vor.

Doch Adam stellte sich – absichtlich oder unabsichtlich – dumm. »Was sollte ich denn vor Ihnen verbergen?«

»Nun, es sind hier im Altersheim ziemlich schlimme Dinge passiert. Da werden Sie doch bestimmt verstehen, dass wir uns um unsere Verwandte sorgen.«

»Und Sie denken, dass ich etwas damit zu tun habe?«

Tim zuckte mit den Schultern. »Unter diesen Umständen muss man einfach vorsichtig sein.«

Adam atmete tief durch. »Wenn Sie Frau Meyers Neffe sind und sich Sorgen um Ihre Tante machen, werde ich Ihnen gerne ein paar Fragen beantworten.«

»Danke«, erwiderte Tim knapp. »Wollen wir unser Gespräch dann nicht in die Cafeteria, diesen Sonnensaal, verlegen? Ich spendiere uns zur Feier des Tages allen einen Kaffee.«

Nachdem sie sich an einem der Tische niedergelassen hatten und jedem ein heißes Getränk gebracht worden war, legte Tim sofort los. »Woher kommen Sie eigentlich?«

»Aus Polen«, antwortete Adam knapp.

»Woher aus Polen?«

»Aus Wrocław.«

»Und warum sprechen Sie so gut Deutsch?«

»Meine Mutter ist nach der Scheidung von meinem Vater nach Deutschland ausgewandert. Sie lebt in Hamburg, und ich habe in meiner Jugend alle Ferien bei ihr verbracht«, erwiderte Adam, immer noch erstaunlich freundlich, obwohl Tim sich keine Mühe gab, sein Misstrauen zu verhehlen. Zu freundlich für jemanden, der nichts zu verbergen hatte. Einem unschuldigen Menschen wäre doch garantiert schon die Hutschnur gerissen, konstatierte Tim grimmig.

»Aha. Und warum machen Sie dann ausgerechnet hier im Kölner Raum ein Praktikum?« Tim fühlte, wie Wogen der Missbilligung aus Lennys Ecke zu ihm herüberschwappten. Sie war »clearly not amused«. Dabei wollte er diesen polnischen Schleimer doch gerade ihr zuliebe einmal gründlich durchleuchten.

»Ich habe vorher bereits ein Praktikum in einem Altenheim für Bedürftige in Hamburg-Altona gemacht«, erklärte Adam bereitwillig. »Jetzt wollte ich sehen, wie das andere Ende des sozialen Spektrums aussieht. Das Angebot von Schloss Winterfreude richtet sich ja eindeutig an eine betuchtere Kundschaft.«

Tims Augenbrauen wanderten nach oben.

Doch bevor er die nächste Frage formulieren konnte, fügte Adam hinzu: »Ich studiere Sozialwissenschaften und interessiere mich dafür, wie die Gesellschaft mit ihren Alten umgeht.«

»Das finde ich aber ganz fabelhaft von Ihnen«, warf Lenny viel zu überschwänglich ein. Ihr Anblick und ihre verstellte Stimme irritierten Tim immer noch. Er konnte sich einfach nicht daran gewöhnen. Sie würde doch hoffentlich niemals *wirklich* so alt aussehen.

Adam lächelte ihrem auf Methusalem getrimmten Gesicht herzlich zu.

Dieses Lächeln ärgerte Tim irgendwie und stachelte seinen Jagdinstinkt nur noch zusätzlich an. »Wir wollen die Kirche doch im Dorf lassen. Sind Sie nicht ein wenig zu *alt*, um hier den Praktikanten zu spielen?« Er würde sich keinesfalls von diesem Gigolo einwickeln lassen.

Komischerweise lief Adam bei dieser Aussage merklich rot an. Tim konnte nicht sagen, ob aus Wut oder verletzter Eitelkeit, oder weil er damit voll ins Schwarze getroffen hatte. Aber er nutzte diese Schwäche seines Gegners sofort für einen weiteren Angriff. »Worüber haben Sie sich vor dem ersten Botox-Zwischenfall mit der Reinigungskraft Gosia gestritten? Und wo wir gerade dabei sind: Wie stehen Sie zu Isobel van Breden?«

Adam wurde wieder blass, sogar um eine Schattierung bleicher als zuvor.

»Sie verdächtigen mich also ernsthaft, etwas mit diesen beiden Übergriffen zu tun zu haben?«, fragte er überflüssigerweise.

»Kann schon sein«, gab Tim lapidar zur Antwort.

Lenny war dieser hitzigen Kommunikation wie ein Zuschauer bei einem Tennismatch gefolgt. Doch jetzt konnte sie offenbar nicht mehr an sich halten. »Was meinst du damit, Tim? Du willst doch nicht etwa andeuten, dass Adam ein psychopathischer Frauenschänder ist?«

»Bitte halte dich da raus, Lenny ... ähm ... Karla«, sagte Tim autoritär. »Adam hat noch nicht auf meine Fragen geantwortet.«

»Also gut«, sagte Adam, dem diese aggressive Atmosphäre allmählich etwas zuzusetzen schien. »Ich beantworte Ihre Fragen. Auch wenn ich es nicht schätze, auf diese Art und Weise völlig grund- und beweislos angeklagt zu werden. Wie ich ...«

Doch Lenny unterbrach ihn. »Nur damit eines klar ist: Ich halte Sie jedenfalls für absolut unschuldig«, zwitscherte sie Adam zu, und Tim hätte ihr am liebsten den Mund verboten. Was fand sie nur an diesem Kerl?

Aber Lenny hielt ihre Verteidigungsrede offenbar immer noch nicht für beendet, denn sie sagte – zu Tim – gewandt: »Ich meine ..., welcher gutaussehende, knapp dreißigjährige Mann arbeitet schon freiwillig in einem Altersheim und bringt ollen Omis wie mir das Tanzen bei? Hm? Ein soziales Gewissen zu haben und auf diese Weise gesellschaftliche Verantwortung zu übernehmen ist vielleicht heutzutage nicht unbedingt ›in‹, aber hochanständig und achtbar. Außerdem liegen Welten zwischen einem brutalen Kriminellen und einem notorischen Weltverbesserer! Nur einer davon gehört weggesperrt. Nee, da musst du dir einen anderen Täter suchen. Wirklich, Tim!«

Tim ließ sich seinen Ärger über Lennys taktisch unkluges

Parteiergreifen nicht anmerken. Er blieb bei der Sache. »Also Adam, was haben Sie zu Ihrer Verteidigung vorzubringen?«

»Wie ich zu Isobel van Breden stehe? Ich kenne sie kaum. Als ich vor sechs Wochen hier angefangen habe, war sie sehr freundlich zu mir. Aber sie scheint eindeutig mehr mit ihrem Privatleben beschäftigt zu sein als mit ihrer Arbeit.«

»Wie meinen Sie das?«, fragten Lenja und Tim schon wieder gleichzeitig.

»Eigentlich geht es mich ja nichts an, aber die Kollegen erzählen sich, dass sie eine Affäre mit dem Boss, also Herrn Geiger, hatte, obwohl sie mit Andreas zusammen war.«

Tim drehte sich zu Lenny um. »Ist das nicht die, mit der auch Ben ausgegangen ist?«

Sie nickte. »Die gute Isobel scheint allerlei Eisen im Feuer zu haben. Andreas hat jedenfalls zu mir gesagt, dass Isobel sehr an Doktor Hohenfels interessiert sei.«

»Das habe ich auch gehört.« Man sah Adam an, dass er dieses Thema lieber heute als morgen beenden wollte.

»Also war dieser Geiger bestimmt auch nicht so wahnsinnig gut auf Isobel zu sprechen«, fasste Tim den Sachverhalt zusammen.

Adam nickte.

»Und wie stand Herr Geiger zu den ersten beiden Opfern?«

»Er war ihr Boss. Aber ich habe keine Ahnung, wie er privat zu ihnen stand. Neutral?«, antwortete Adam mit einem etwas zu saloppen Schulterzucken.

»Aber Sie waren weit weniger neutral, was? Sie haben sich mit Gosia gestritten. Worum ging es dabei?«, provozierte Tim sein Gegenüber. Der Typ war nie im Leben unschuldig.

Adam seufzte tief. »Das kann ich Ihnen leider nicht sagen, aber ich gebe Ihnen mein Ehrenwort, dass es nichts mit diesen zwei Verbrechen zu tun hatte.«

»Sie geben uns Ihr *Ehrenwort!* Da bin ich jetzt aber beruhigt. Dann muss ja alles in Butter sein«, frotzelte Tim.

»Ich glaube Ihnen, Adam«, meinte die treulose Lenny mit fester Stimme. »Und du, Tim, hörst jetzt sofort mit diesem Blödsinn auf!«

»Vielen Dank für Ihr Vertrauen, Frau Meyer. Falls Sie keine weiteren Fragen an mich haben, werde ich Sie jetzt mit Ihrem Neffen allein lassen.«

Er stand auf und war bereits auf dem Weg zum Ausgang, als Lenja ihm hinterherrief: »Aber Sie wollten mir doch noch diese andere Geschichte erzählen!«

»Morgen!«, sagte er mit einem für Tims Geschmack zu vertraulichen Lächeln, dann war er weg.

»Also du spinnst ja heute mal total«, machte Lenny ihn an. »Was soll denn das? Du kannst doch nicht diesen netten, anständigen Kerl verdächtigen, bloß weil du ihn in deinem völlig missratenen Drehbuchkonzept als Täter abgestempelt hast!«

»Aber alles deutet doch darauf hin, dass er der Täter ist! Beate sieht das ganz genauso«, verteidigte sich Tim. «Und du bist genau wie Lara Kloft, immer verliebst du dich in den Falschen!«

»Ich bin doch nicht in Adam verliebt!« Lennys Stimme überschlug sich fast vor Entrüstung.

»Warum verteidigst du ihn dann so?«

»Weil du ihn völlig grundlos verdächtigst!«

Voller Wut blickten sie einander an.

Dann musste Tim plötzlich laut lachen. Die Situation war selbst für Lennys und seine Verhältnisse einfach zu absurd: eine alte Dame, die sich um ein Haar mit ihrem »Neffen« wegen eines anderen prügelte.

»Du bist mir einer«, grinste jetzt auch Lenny. »Sag mal, hast du echt nichts anderes zu tun? Wie läuft es denn mit den ›TV-Junkies‹?«

»Frag nicht«, antwortete Tim düster. »Also ist mein Konzept für die neue Staffel echt so grottenschlecht?«

»Na ja, willst du die nackte Wahrheit, oder …?«

»Die splitterfasernackte Wahrheit, bitte!«

»Sagen wir es mal so: Wir können es in *dieser* Form auf keinen Fall zu Dragetin schicken«, murmelte Lenny verlegen.

»Verdammt!« Tim stützte den Kopf in beide Hände.

»So schlimm ist das nicht. Dragetin wartet bestimmt noch ein paar Tage, und ich setze mich gleich heute Abend an eine neue Fassung«, tröstete ihn seine beste Freundin.

Tim schaute weiter auf den Boden. »Du wirkst irgendwie so angespannt. Gibt es sonst noch Wolken am Horizont?«, erkundigte sie sich mitfühlend.

Er antwortete nicht.

»Du solltest einfach mal wieder mit einem deiner Mädels weggehen«, schlug sie eifrig vor. »Wie heißt deine aktuelle Braut noch mal?«

Aber dieses sensible Thema wollte er auf keinen Fall anschneiden. »Lass gut sein«, sagte er müde. »Irgendwann scheint bestimmt auch wieder die Sonne.«

27.

Karla?«, sagte eine Frauenstimme hinter mir.

Tim war gerade gegangen, und auch ich strebte dem Ausgang zu, als jemand von hinten mein Handgelenk packte und es festhielt. Erschreckt drehte ich mich um. Doch es war nur Gloria.

»Gehen wir gemeinsam eine Runde durch den Park?«, fragte sie, und mir war klar, dass es schon allein der Anstand gebot, ihrem Wunsch Folge zu leisten. Und so fügte ich mich mit so viel Charme und Anmut wie nur möglich in das Unvermeidbare.

Kurz darauf spazierten wir Arm in Arm auf dem weißen Kiesweg, der Schloss Winterfreude umgab. Wir kamen gut voran, denn Gloria schlug ein ziemlich flottes Tempo an.

»Wo ist Nora?«, erkundigte ich mich neugierig, da die beiden alten Damen sonst immer im Doppelpack auftraten.

»Sie lässt gerade eine längere Anti-Aging-Behandlung über sich ergehen.« Ich hörte an Glorias missbilligendem Tonfall, was sie darüber dachte.

»Wie stehst du denn zu Anti-Aging?«, wollte Gloria plötzlich wissen.

Das war nicht gerade mein Spezialgebiet. Eher das genaue Gegenteil. Ich zuckte hilflos mit den Schultern.

»Also, ich glaube ja, dass das einzige Mittel, das einem hilft, auch in späteren Jahren jung und schön zu bleiben, nicht *Anti-Aging,* sondern *Early Dying* heißt. James Dean und Marilyn Monroe haben es vorgemacht. Sie wird man ewig jung in Erinnerung behalten. Ich selbst habe ebenfalls kurz über so ein vorzeitiges, meine Schönheit konservierendes Ende nachgedacht, aber ich hänge wohl doch zu sehr an meinem kostbaren alten Leben.« Gloria lachte silberhell.

Mir schauderte. Was war das denn für ein moroses Geschwätz? Das sah der eleganten, selbstbewussten Gloria überhaupt nicht ähnlich.

»Heutzutage tut man ja gerade so, als ob Frauen, denen man ihre Lebenserfahrung ansieht, auf irgendeine Weise versagt hätten. Uns wird suggeriert, dass man für immer wie fünfundzwanzig aussehen könnte, wenn man sich nur genügend im Sportstudio abstrampelt und quält, wenn man nur streng genug fastet. So ein ausgemachter Blödsinn! Dabei ist Altern das Natürlichste auf der ganzen Welt. Wir leben nun mal nicht für immer.«

Sie holte kurz Luft, aber ich würde den Teufel tun, sie zu unterbrechen. Die ruhige Intensität, mit der sie mir diese Sätze entgegenschleuderte, ließ mich ganz automatisch verstummen.

»Als ob solche faltenfreien und rappeldürr gehungerten Demi Moores und Madonnas Göttinnen wären, bloß weil sie uns mehr oder weniger überzeugend vorspielen, sie hätten tatsächlich Spaß mit ihren strohdummen ›Boytoys‹ oder wie immer man die nennt. Dabei kann ich deren gebotoxte und mit Füllern aufgeblasene Gesichter kaum anschauen, so gruselig sind die. Wie Wachsfiguren. Wie lebende Tote«, echauffierte sich Gloria. »Es gibt nichts Lächerlicheres auf der Welt, als eine ältere, gestandene Frau, die versucht, mit der Generation ihrer Töchter oder Enkelinnen zu konkurrieren.«

In meinem Kopf hatte es bei den Wörtern »gebotoxt«, »lächerlich« und »Töchter« *klick* gemacht, und mir kam auf einmal ein unglaublicher Gedanke. Konnte es sein, dass Gloria etwas mit den scheußlichen Vorfällen in Schloss Winterfreude zu tun hatte?

Während ich weiterhin Seite an Seite mit der nun schweigenden Gloria spazierte, versuchte ich die Puzzleteile in meinem Kopf zu sortieren. Hätte Gloria die Gelegenheit und die nötige Körperkraft gehabt, um diese Taten zu verüben? Leider lautete die Antwort darauf: ja, absolut.

Gloria, die wegen ihres geliebten Ben sowieso sehr oft in der hauseigenen Geriatrie-Klinik verweilte, hätte ohne Weiteres die Möglichkeit gehabt, an das Botox und die Hyaluronsäure zu kommen. Es war bestimmt auch kein großer Aufwand, die Pralinen mit Schlafmittel zu füllen und dann den betäubten Mädels das verdammte Nervengift in die Visage zu spritzen. Bei Isobel war sie noch viel feiger vorgegangen und hatte das Botox lediglich in die Schokolade gestopft.

Aber halt. Da steckte doch ein Logikfehler drin. Das Wort »feige« passte nicht zu Gloria. Wenn ich sie mir als Täterin vorstellte, dann nur aus Leidenschaft oder gekränktem Stolz. Und bestimmt würde sie die Person in diesem Fall nicht so hinterhältig und heimtückisch dahinmetzeln. Gloria würde ihrem Opfer hocherhobenen Hauptes eine Pistole auf die Brust drücken und gnadenlos den Abzug ziehen.

Was für ein Motiv hätte sie überhaupt? Hatte sie diese Mädchen verunstaltet, weil sie deren jugendliche Schönheit nicht mehr ertragen konnte? Die beiden Polinnen und Isobel waren schon länger hier angestellt, warum sollte Gloria ausgerechnet jetzt so ausrasten? Nein, das machte alles keinen Sinn.

»Weißt du, ich bin alt«, nahm Gloria unsere Konversation wieder auf. Ich bewunderte ihren sechsten Sinn, mit dem sie instinktiv zu spüren schien, dass ich in dieser Sekunde meine Gedanken zu Ende gedacht hatte.

»Ich bin bereits seit sechsundsiebzig Jahren auf dieser Welt. Aber natürlich fühle ich mich nicht *wirklich* alt. Das ist man doch erst mit neunzig!«

Sie lächelte. »Oder, falls ich neunzig werden sollte, dann sind eben die Hundertjährigen *wirklich* alt, wenn du verstehst, was ich meine. Aber für einen richtig jungen Menschen stehe ich schon mit einem Fuß im Grab. Da muss ich doch ein bisschen reifer über die Dinge des Lebens urteilen, oder?«

Ich überlegte kurz, ob ich ihr höflich widersprechen sollte, aber offiziell war ich ja genauso alt, deshalb ließ ich es bleiben.

»Weißt du, ich kann das Gejammere über das Älterwerden nicht mehr hören. Mittvierziger heulen rum, weil sie ein paar Falten haben. Mittfünfzigjährige grämen sich, dass sie nach der Menopause ein paar Kilo mehr auf die Waage bringen. Was soll das? Man wird jeden Tag ein bisschen älter, also ist das Hier und Heute in jedem Fall besser als das Morgen! Man sollte einfach jeden einzelnen Tag genießen. Jedes Alter hat auch seine wunderschönen Seiten.«

Gloria blickte mich fragend an, und ich ließ sie durch ein aussagekräftiges Nicken wissen, dass ich ihr uneingeschränkt zustimmte. Was blieb mir schon anderes übrig?

»Ja, mein vormals so straffes Dekolleté gleicht inzwischen eher einem zerklüfteten Pfirsichkern, und im Vergleich zu früher bin ich wahrscheinlich gute drei Zentimeter ›eingelaufen‹, aber in der großen Lotterie des Schicksals habe ich Glück gehabt. Ich lebe noch. Relativ gesund sogar. Und ich genieße diese zweite Blüte meines Lebens in vollen Zügen. Wenn die Beziehung zum anderen Geschlecht, die körperliche Liebe und das Erreichen von beruflichen Zielen in den Hintergrund treten, kann man sich doch erst so richtig am Leben freuen. Über den Frühling, jeden Sonnentag, ein schönes Konzert, ein interessantes Buch. Weißt du, Lenja, ich mache jeden Monat eine Liste mit den Sachen, die ich vermissen würde, wenn ich jetzt abtreten müsste, und eine andere mit den Dingen, die mir überhaupt nicht fehlen würden.« Sie schmunzelte vergnügt. »Und die Dinge auf der zweiten Liste versuche ich weitestgehend zu vermeiden.«

»Was steht denn auf diesen Listen?«, fragte ich Gloria neugierig. Doch noch bevor sie mir antworten konnte, explodierte auf einmal eine ganz andere Erkenntnis wie eine Leuchtrakete in meinem Kopf. Meine Stimme klang außergewöhnlich zittrig, als ich murmelte: »Wie hast du mich gerade genannt?«

»Lenja.« Gloria blickte mich spöttisch an. »Hast du kleiner Sonnenschein wirklich geglaubt, du könntest deine Identität ausgerechnet *vor mir* verbergen?«

28.

Meine Beine zitterten so sehr, dass ich mich setzen musste. Gloria steuerte hilfreich eine Parkbank an, und wir ließen uns darauf nieder.

»Woher … wie …?«, stammelte ich entsetzt. Erst jetzt wurde mir die Tragweite ihrer Eröffnung bewusst. Ben würde unweigerlich erfahren, wer hinter »Karla Meyer« steckte, und …

»Jetzt mach dir bitte keine Sorgen.« Gloria legte ihre Hand auf meine. »Ich werde Ben *selbstverständlich* nichts von deinem Geheimnis erzählen.«

Vor lauter Erleichterung fing ich an zu weinen. »Wi… wieso machst du das?«, schluchzte ich. »Du magst mich doch noch nicht einmal!«

Gloria tätschelte meine Hand. »So ein Blödsinn. Warum um alles in der Welt soll ich dich nicht mögen?«

Dieser Satz verschlug mir nicht nur die Sprache, sondern ließ auch meine Tränen versiegen, so überrascht war ich.

»Weil du nicht willst, dass ich mit Ben zusammen bin«, sagte ich leise, als ich endlich wieder sprechen konnte.

Gloria nickte. »Nun, das stimmt. Aber ich mag dich trotzdem.«

Ich sah sie entgeistert an. Sie gab es sogar zu! Dann fasste ich mir ein Herz. »Aber wieso? Wieso willst du nicht, dass aus uns wieder ein Paar wird?«

»Aber mein Kind«, erwiderte Gloria mindestens ebenso überrascht. »Das ist doch ganz offensichtlich … ihr passt einfach nicht zusammen.«

Schon wieder liefen mir Tränen übers Gesicht. Und Gloria tätschelte aufs Neue meine Hand.

Ich war zu seelenwund, um mich nach den Gründen für ihr hartes Urteil zu erkundigen, aber etwas anderes wollte ich doch noch wissen. »Woran hast du mich erkannt? Woher wusstest du, dass ich es bin? Und vor allem ... seit wann?«

Die alte Dame neigte ihr vornehmes Haupt. »Ich bin Schauspielerin, liebe Lenja. Wir sehen viele Dinge anders als gewöhnliche Menschen. Konkreter. Plastischer. Ich beobachte die Bewegungsabläufe meiner Mitmenschen, ihre Mimik, ihre Gestik. Und deshalb war mir schon am ersten Abend klar, wer sich hinter der Kunstfigur ›Karla Meyer‹ versteckt. Ich konnte es mir auch nicht verkneifen, dich ein klein wenig zu provozieren.« Sie fügte mit einem fast liebevollen Lächeln hinzu: »... mein Enkel hat seine kleine Freundin *in den Wind geschossen* ...«

Ich war baff! Sie hatte es die ganze Zeit über gewusst. Warum hatte sie mich nicht schon vorher »geoutet«? Warum sprach sie mich erst jetzt darauf an?

Gloria hatte wohl schon wieder meine Gedanken erraten. »Ich wollte einfach wissen, weshalb du auf eine so verrückte Idee verfällst. Was du wohl damit bezweckst.«

»Und zu welchem Schluss bist du gekommen?«

»Na ja, du scheinst ihn wirklich, auf deine Weise, sehr gern zu haben.«

»Ich *liebe* ihn«, erwiderte ich mit Nachdruck und zog zur Bestätigung einmal die Nase hoch.

»Ich bin sicher, dass du felsenfest davon überzeugt bist, ihn zu lieben«, erwiderte Gloria mysteriös. »Aber das ist eben nicht das Gleiche. Ich würde sogar wetten, dass du gar nicht weißt, wie richtige Liebe sich anfühlt. In vielerlei Hinsicht bist du noch ein Kind. Außerdem sollte man auch den weiblichen Jagdtrieb nicht unterschätzen. Manchmal verrennen wir uns alle etwas. Und manchmal sogar so sehr, dass uns nicht auffällt, dass das atemlos verfolgte Objekt unserer Begierde eigentlich der Falsche ist.«

»Das Kind« hörte sich diesen Quatsch überhaupt nicht gerne an. In mir brodelte es. Da sie mich jedoch momentan komplett in der Hand hatte und anscheinend guten Willens war, meine Scharade weiterhin aufrechtzuerhalten, wollte ich ihr nicht allzu viel Kontra geben. Also brummte ich nur säuerlich: »Wenn du meinst …«

Doch Gloria war noch nicht fertig. »Schuld daran sind natürlich diese vermaledeiten Medien. Wir sehen, lesen und hören von gewissen ›Standards‹; verinnerlichen diese Standards, ohne sie in Frage zu stellen. Das sind aber nichts als Flausen, die uns in den Kopf gesetzt werden. Sie sagen uns, wie wir auszusehen, wann wir zu heiraten und Kinder zu bekommen haben, was wir anziehen und welche Rolle wir spielen sollen.« Sie blickte mich herausfordernd an. »Es ist unsere Pflicht, diesem Druck niemals nachzugeben, ihm mit aller Macht zu widerstehen, hörst du? Wir müssen authentisch bleiben, unserem eigenen Kopf, unserem eigenen Herzen folgen. Doch das, mein Kind, ist natürlich unglaublich schwer.«

Ich sah sie mit großen Augen an. Was hatte das alles mit mir zu tun?

Gloria deutete meinen Blick richtig. Sie nahm meine Hand. »Ich weiß, dass du meine Predigt momentan nicht einordnen kannst, aber denk einfach mal darüber nach. Überlege, warum ein gutaussehendes, erfolgreiches Mädchen wie du sich so verkleiden muss, nur um einem ganz normalen Mann zu gefallen. Wirst du das für mich tun?«

Ich nickte verschämt. So ganz konnte ich mich an diese mütterliche Gloria noch nicht gewöhnen. »Und du wirst Ben wirklich nichts sagen?«, versuchte ich mich zu vergewissern.

»Nein«, bestätigte Gloria. »Ich werde dein Experiment nicht

gefährden. Trotzdem solltest du dich vielleicht fragen, warum selbst ich dich durchschauen kann, aber Ben nicht.«

»Männer sind halt ganz allgemein nicht so aufmerksam«, verteidigte ich Ben.

»Da magst du recht haben. Doch sollte er nicht genauso unermüdlich um dich kämpfen wie du um ihn?«

Aua! Das hatte gesessen. »Er hängt noch an mir«, jaulte ich auf. »Das hat er im Buchclub selbst zugegeben!«

Gloria wirkte nachdenklich. »Ja, das hat mich auch überrascht.«

Pah. Sagte ich es doch. Er liebte mich. Ich behielt diese Gewissheit jedoch für mich, weil mich noch eine andere Frage umtrieb. »Warum sagst du mir das alles gerade jetzt? Warum hast du nicht einfach weiter abgewartet?«

»Weil ich Angst um dich habe«, erklärte Gloria ernst.

»Angst?«

»Wenn derjenige, der hier etwas gegen junge, attraktive Frauen hat, rausfindet, wer du wirklich bist, wird ihm das bestimmt nicht gefallen.«

»Nicht du auch noch«, seufzte ich.

»Wieso? Wer macht sich denn noch Sorgen um dich?«

»Tim und Beate, meine besten Freunde.«

»War Tim der hübsche junge Mann, mit dem du dich vorhin gestritten hast?«

»Genau der«, brummte ich finster. Verdammt. Hoffentlich hatten nicht zu viele andere Gäste diese Szene mitbekommen. Doch dann fiel mir noch etwas ein. »Wenn du schon von einem ›ihm‹ als Täter sprichst, an wen denkst du?«

»Da kommt doch nur ein Einziger in Frage. Nur einer schleicht hier Tag und Nacht so geheimnisvoll herum und geht mir und meinen Freunden auf diese penetrante, sonderbare Weise aus dem Weg«, rief Gloria hitzig. »Dieser entsetzliche Warstein natürlich.«

29.

Warum haben Sie uns nicht über Ihre Affäre mit Isobel informiert?«, fragte Tim sein Gegenüber inquisitorisch. Er hatte sich entschlossen, den feinen Herrn Direktor unverzüglich mit seinen Verfehlungen zu konfrontieren.

Geiger grinste schmierig. »Was würden Sie denn machen, wenn sich so eine hübsche, geschmeidige Blondine an Sie ranschmeißt? Außerdem«, er zeigte auf seinen goldenen Ehering, »wusste sie genau, worauf sie sich einlässt.«

»Sie wussten aber auch, dass Isobel einen festen Freund hat, oder? Ich persönlich finde das ziemlich geschmacklos«, sagte Tim voller Überzeugung. Er selbst war niemals auf der Jagd nach verheirateten oder liierten Frauen gewesen. Das war sein ganz persönlicher Ehrenkodex. Beide »Spieler« sollten frei und ungebunden sein. Keine Frau sollte wegen einer heißen Nacht mit ihm ihre Beziehung riskieren. Das war der Spaß nicht wert.

»Aber dieser Krankenpfleger, dieser Andreas, ist doch kein Mann für so ein Vollweib wie Isobel.« Geiger fuhr sich mit einer Hand übers gegelte Haupt und leckte sich nervös die wulstigen Lippen.

»Nein, sie eignet sich sicherlich besser als Teilzeitgeliebte«, spottete Tim. »Ist Ihnen eigentlich klar, dass man das sogar als sexuelle Belästigung am Arbeitsplatz auslegen könnte? Noch dazu mit einer Untergebenen?«

»I wo! Außerdem steht sie ja jetzt auf diesen arroganten Lackel von einem Doktor.«

Da muss sie sich aber hinten anstellen, dachte Tim schlecht gelaunt. Lenny hatte eindeutig die älteren Rechte. Laut sagte er: »Und das ist Ihnen natürlich sauer aufgestoßen. Vielleicht

189

waren Sie deshalb sogar eifersüchtig. So eifersüchtig, dass Sie der guten Isobel mal einen richtigen Denkzettel verpassen wollten … und ihr die vergifteten Pralinen im Namen genau dieses Doktors geschickt haben. Oder irre ich mich?«

Geiger wurde so rot im Gesicht, dass er seiner edlen Bulgari-Krawatte Konkurrenz machte. »Soll das vielleicht ein Scherz sein? So etwas habe ich nicht nötig! Ich würde niemals meine Karriere, mein ganzes *Standing* wegen … *so einer* aufs Spiel setzen!«

Tim musterte den Hoteldirektor von oben bis unten. Was für ein armes Würstchen! Zu Hause machte er bestimmt einen auf braven Ehemann, und im Job markierte er den vor Testosteron überschäumenden, wilden Stier. Aber er konnte sich dieses larmoyante Weichei trotzdem nicht als Täter vorstellen. Dazu hatte der doch viel zu viel Schiss, entdeckt zu werden. Obwohl … »Was lief denn da eigentlich mit den beiden Polinnen? Hatten Sie mit denen auch eine Affäre?«, erkundigte er sich in einem Ton, der keine Ausflüchte zuließ.

Geiger zögerte eine Millisekunde, bevor er antwortete: »Nein, absolut nicht!«

Tim klingelte Sturm. Er war mit dem Taxi zu Nina gefahren, da er definitiv zu blau war, um sich selbst noch hinters Steuer zu klemmen.

»Hallo?«, fragte Nina durch die Sprechanlage.

»Hallo, schöne Frau! Eh, mach mal auf!«, säuselte Tim nonchalant zurück.

»Hast du getrunken?«

»Quaaatsch!«

»Na, dann komm hoch.«

Sie betätigte den Summer, und Tim drückte die Tür mit einem siegessicheren Lächeln auf.

Nachdem er von Lennys Altenheim wieder nach Hause gegondelt war, hatte er zuerst noch einmal bei der unfreundlichen Gosia in Polen angerufen, um herauszufinden, ob sie nicht doch eine Affäre mit diesem widerwärtigen Geiger gehabt hatte. Aber die Polin wies diese Mutmaßung entschieden zurück.

Dann hatte Bankdirektor Voosen mehrmals versucht, ihn zu erreichen, vermutlich um ihn erneut wegen seiner finanziellen Schwierigkeiten zu löchern. Aber Tim hatte das permanente Klingeln seines Handys standhaft ignoriert, obwohl ihn das schlechte Gewissen geplagt hatte. Irgendwie war ihm alles zu viel geworden: die drohende Insolvenz, sein von Lenny abgelehntes Drehbuchkonzept, der Streit mit Lenny, seine Scheidung ... Selbst Beate fehlte ihm auf eine merkwürdige Art und Weise, denn sie hätte ihn in seiner derzeitigen Verfassung bestimmt gehörig in den Allerwertesten getreten. Jedenfalls hatte er dann genau das getan, was wohl jeder in seiner Situation getan hätte: Er holte die Wodkaflasche aus dem Gefrierfach.

Eine Flasche Wodka auf ziemlich leeren Magen später hatte er eine unbändige Lust verspürt, sich in Ninas weichen Armen zu verlieren. Glücklicherweise schien sie ihm diese Rotwein-Sache verziehen zu haben. Denn als er aus dem Lift trat, stand die Tür zu Ninas riesiger Duplexwohnung bereits einladend offen. Nur von ihr selbst war weit und breit nichts zu sehen. Dabei waren ihre Begrüßungen sonst immer recht spektakulär.

»Nina?«, fragte Tim verwirrt.

»Einen Moment! Ich komme gleich. Hol dir schon mal was zu trinken«, scholl es aus der ersten Etage.

Das ließ er sich nicht zweimal sagen. Und da man auf einen Wodka-Rausch eigentlich alles kippen konnte, ohne einen

Brummschädel zu riskieren, goss er sich erst mal eine gute Hand breit Single Malt Whisky aus Ninas »Hausapotheke« ein. Dann setzte er sich samt dem schweren Bleikristallglas in einen von Ninas Designersesseln und harrte der Dinge, die da kommen würden.

»Ich habe heute früh übrigens deine Ex-Frau getroffen.«

Plötzlich stand Nina, in einen seidenen Morgenmantel mit Tigermuster gehüllt, direkt vor ihm. Ihre Augen glitzerten kalt. Mist, das hatte er sich aber anders vorgestellt.

»Und? Müssen wir jetzt wirklich über eure Begegnung der dritten Art quatschen? Ich wüsste da nämlich etwas viel, viel Besseres ...«, sagte Tim so verführerisch wie möglich und versuchte, sich tunlichst elegant aus dem tiefen Sessel zu erheben. Doch Nina drückte ihn unsanft wieder hinunter. »Nein, mein Freundchen, du hörst mir erst einmal gut zu.«

Tim nahm einen tiefen Schluck aus seinem Whiskyglas und murmelte so gestärkt und, wie er fand, recht heroisch: »Na, dann mal los. Ich bin ganz Ohr.«

»Stimmt es, dass du Geld brauchst?«, fragte Nina streng.

Er hatte ja mit allem gerechnet, aber nicht mit diesem leidigen Thema.

»Davina sagt, du hättest dir von ihr Geld leihen wollen«, blaffte Nina ihn an, als er nicht sofort antwortete.

Jetzt war er wirklich sprachlos. Davina hatte sich mit Nina über seine Geldsorgen ausgetauscht? Na warte, wenn er diese falsche Schlange von einer Ex-Frau noch mal in die Finger kriegen sollte, würde er ihr aber Bescheid stoßen! Bei den Worten »Bescheid stoßen« musste er dann allerdings ungewollt grinsen.

Das brachte Nina noch mehr in Rage, denn sie kreischte aufgebracht: »Bist du etwa pleite? Wie kannst du mir nur so etwas Wichtiges vorenthalten?«

Was sollte er darauf nur antworten?

Doch Nina löste dieses Dilemma auf ihre ganz persönliche Art, indem sie wie eine Furie brüllte: »Du dummer Gorilla, warum willst du ausgerechnet Geld von *dieser* blöden Nuss? Wie stehe ich denn jetzt da! Bin ich etwa keine hervorragende Partie? Oder ist dir mein Geld nicht gut genug?«

Tim schluckte. Es mochte ja am Alkohol liegen, aber irgendwie kam er sich gerade wie ein Callboy oder ein gut bestückter Zuchtbulle vor. Obwohl es wahrscheinlich Schlimmeres gab …

»Liebelein, dein Geld ist perfekt für mich, ich wollte nur nicht …«, stammelte er. Vor Schreck hatte er nun auch noch einen Schluckauf bekommen.

Aber Nina war bereits auf ihn gesprungen und verschloss ihm mit einem leidenschaftlichen Kuss den Mund. Sie ignorierte sogar, dass sein Körper auch weiterhin im Rhythmus des Schluckaufs erbebte, was sich jedoch glücklicherweise bald wieder legte.

Nachdem sie ihn ausgiebig geküsst hatte, legte sie ihm ihren wohlparfümierten Finger auf die Lippen. »Dann ist ja alles gut. Über das Geld sprechen wir morgen. Jetzt haben wir erst mal etwas Spaß.«

Irritiert von diesem schnellen Stimmungswechsel – Frauen! –, beobachtete Tim, wie Nina mit wiegendem Schritt, einer kleinen Raubkatze gleich, zur Stereoanlage spazierte. Wenig später war ihr – hoffentlich schallisoliertes – Wohnzimmer vollkommen von der rauchigen Stimme Shirley Basseys erfüllt. Zu den Klängen von »Hey Big Spender« drehte Nina sich um und strich lasziv ihre roten Locken aus dem Gesicht. Dann tanzte sie mit flatternden Negligé-Schößen auf ihn zu. Bei dem Wort *»joint«* kam – sehr pointiert – der erste Hüftschwung.

Mit gespitzten Lippen sang sie – glücklicherweise lautlos – den anzüglichen Text mit und entblößte dabei aufreizend langsam ihre Schultern und den Ansatz ihrer wohlproportionierten Brüste.

Tim lehnte sich zurück und genoss die Aussicht. Da! Noch einer von diesen gekonnten Hüftschwüngen! Ihre Tanzstunden zahlten sich echt aus.

Während Shirley Bassey den »big spender«, also ihren reichen, spendablen Kerl, aufforderte, etwas Zeit mit ihr zu verbringen, hopsten Ninas Brüste wild von einer Seite zur anderen. Inzwischen konnte man sogar den Goldlamé-BH erblicken, in dem die beiden Prachtstücke sehr appetitlich verpackt waren. Tims Augen wanderten weiter nach unten, zu ihrem süßen, runden Popo, der sinnlich im Takt der Musik wackelte. Langsam wurde es echt eng in seiner Hose.

Doch dann – ganz plötzlich – durchfuhr Tim ein schrecklicher Gedanke. Er war ja gar kein *»big spender«* mehr! Er war noch nicht mal mehr ein *»little spender«*. Ganz im Gegenteil, er war bestimmt schon bald ein *»real big Pleitegeier«!* Verdammt! Er musste sich dringend konzentrieren. Auf den Sex. Ja, genau. Er würde jetzt Sex mit der ultraheißen Nina haben. Doch gegen seinen Willen stand auf einmal das Bild einer ganz anderen Frau vor seinem geistigen Auge. Und dann war leider Schluss mit lustig, und es gab auch wieder ausreichend und recht gemütlich Platz in seiner Jeans. VERDAMMT!

Beim letzten Hüftschwung fiel Ninas Bademantel von ihr ab. Das war bestimmt das Signal für ihn. Tim wusste, was er zu tun hatte: Er würde sie jetzt hollywoodmäßig in seine Arme reißen, die Treppe hochtragen und ihr fachkundig eine ordentliche Reihe astreiner Orgasmen bescheren. Also worauf wartete er noch? Sie guckte schon ganz komisch. Dabei hatte er über *so etwas* noch nie lange nachgedacht. Das war einfach

nicht seine Art, er war kein Sensibelchen. Er war ein Macher!
Einer, dem die Weiber zu Füßen lagen.

Tim stellte sein Glas auf den Boden, stieg aus dem Sessel und
ging mit einem leisen »Du, sorry, aber ich kann das heute
nicht« zur Tür.

Da er Nina den Rücken zugedreht hatte, erwischte ihn das
schwere Whiskyglas, das sie ihm wütend hinterherwarf, ohne
Vorwarnung am Kopf, gerade als Shirley Bassey fulminant
zur letzten Note ansetzte.

30.

Hellwach lauschte ich in die Dunkelheit. Gerade war ich aus dem Schlaf hochgeschreckt. Jetzt hörte ich es schon wieder! Mein Herz schlug plötzlich wie wild.

Da atmete jemand – keine zwei Schritte von mir entfernt! Auf einmal wusste ich hundertprozentig, dass da noch jemand außer mir im Zimmer war.

Mein erster Impuls war es, laut loszuschreien, aber dann beherrschte ich mich. Das war bestimmt dieselbe Bestie, die auch hinter den drei anderen jungen Frauen her gewesen war. Und da stellte ich mich wohl besser schlafend! Ja, ich musste Zeit gewinnen, denn ich lag vollkommen schutzlos und selbstverständlich ohne Latexmaske im Bett.

Bis jetzt hatte ich mich in Sicherheit gewiegt, weil ich keine Pralinenschachtel bekommen hatte. Schließlich wäre ich viel zu schlau gewesen, um auf diesen alten Trick reinzufallen.

Doch auf die Idee, dass mir der Täter einfach so – quasi unangekündigt – einen Besuch abstatten würde, war ich dämliche Kuh nicht gekommen.

Auf einmal polterte es direkt neben mir. Schob der Kerl tatsächlich einen Stuhl durchs Zimmer? Das konnte doch nicht wahr sein! Wollte er mich daran fesseln? Meine Nerven waren bis zum Zerreißen gespannt.

Wie war er überhaupt hier reingekommen? Die Zimmer verfügten doch alle über Sicherheitsschlösser. Und ich hatte vor dem Einschlafen ganz bestimmt abgeschlossen.

Warstein!, dachte ich mit wachsender Verzweiflung. Zu seinem Zimmer gab es tatsächlich eine nur durch einen Vorhang verdeckte Verbindungstür. Aber die war doch auch abgesperrt gewesen. Ob er irgendwie an den Schlüssel gekommen war?

Also hatte Gloria mit ihren Anschuldigungen recht behalten. Was machte ich jetzt nur? Sollte ich aufspringen, den Überraschungseffekt nutzen und flüchten?

Durch meine halb geschlossenen Lider sah ich, wie das Licht einer Taschenlampe durchs Zimmer geisterte. Wie dreist! Dabei könnte ich jederzeit aufwachen. Oder hatte der Mistkerl mir etwas ins Essen gemischt?

Ich fühlte mich allerdings kein bisschen betäubt. Doch auf einmal musste ich an Adams merkwürdig wechselnde Gesichtsfarbe denken, als Tim ihn heute Nachmittag zur Rede gestellt hatte. Adam, der wie alle Angestellten einen Universalschlüssel besaß. Ob er sich damit Zugang zu meinem Zimmer verschafft hatte? Was wollte er von mir? Ich hatte ihm doch nichts getan!

Na ja, das hatten die anderen Mädels wahrscheinlich auch nicht. Aber Adam hätte mich viel problemloser beim Tanzen abmurks...

Ein Hüsteln. Dann zischte jemand: »Pst!«

Mein Gott, es gab zwei Eindringlinge? Steh mir bei, Allmächtiger, waren die jetzt auch noch in der Überzahl!?

Bis eben hatte ich ja noch instinktiv darauf gehofft, dass mein Gegner der schon ältere Warstein war. Den hätte ich zur Not noch kräftemäßig in den Griff bekommen. Aber wenn er sich nun Verstärkung mitgebracht hatte, war ich verloren.

»Du willst ihr doch nicht allen Ernstes dieses Taschentuch da in den Mund stopfen! Was, wenn sie daran erstickt?«, flüsterte plötzlich eine erregte Stimme, die mir bekannt vorkam.

»Jetzt stell dich halt nicht so an. Bist du ein Mann oder eine Memme?«, tuschelte jemand anderer sonor zurück. »Was soll ich denn sonst machen, wenn sie gleich losschreit?«

»Ich war ja von Anfang an dagegen. Ist mir doch egal, wer hinter dieser ...«

»Pst! Sie wird sowieso gerade wach. Kein Wunder, bei dem Krach, den ihr hier veranstaltet«, sagte eine dritte Stimme in normaler Lautstärke.

»Paul?«, fragte ich verblüfft und machte das Licht an.

»Oh, wie ich es hasse, mit Amateuren zu arbeiten!«, schrie der dicke Leopold und zog sich eine schwarze Strumpfmaske vom Kopf.

»Aber du hast mir doch versprochen, dass wir alle anonym bleiben«, jammerte eine weitere, wesentlich schlankere Gestalt, die ihr Gesicht noch immer hinter einer gleichartigen Maske verbarg. Ich erkannte sie aber trotzdem, es war Dieter. Und Paul stand sowieso ganz ohne Tarnung neben mir und blinzelte im hellen Schein der Lampe irritiert durch seine Brille.

Langsam beruhigte sich mein Herzschlag wieder. Die drei Herren schienen mir nicht gerade gemeingefährlich zu sein. Trotzdem war ich zu überrascht, um zu sprechen.

Dann wandte sich Leopold an mich, und sein Ausdruck war völlig verändert, bis auf seine rundliche Figur erinnerte rein gar nichts mehr an den sonst so friedfertig wirkenden Mann. Er kam mir irgendwie gnadenlos und sehr kaltblütig vor, als er fragte: »Wer sind Sie, und was machen Sie hier?«.

»L-l-lenja Schätzing, Drehbuchautorin und Ex-Freundin von Ben Hohenfels«, flüsterte ich verschüchtert und – ja, ich gab es zu – auch ein bisschen ängstlich.

Dieter schlug mit der flachen Hand auf den Tisch und krähte: »Habe ich es doch gleich gewusst!«

»Was hast du neunmalschlauer Besserwisser jetzt schon wieder gewusst?«, fragte ihn Leopold, und Dieter schaute ziemlich beleidigt drein.

»Na, dass die Giftmischerin irgendwie mit dem Doktor zu-
sammenhängt. Die ganzen Machenschaften haben doch alle
erst angefangen, als dieser Kerl hier aufgekreuzt ist.«

»Wie jetzt?«, wagte ich einzuwerfen. »Ihr denkt, dass ich die
Botox-Hexe bin?«

Alle drei nickten, und ich brach in befreites Gelächter aus.

»Also, ich kann daran schlechthin überhaupt nichts Lustiges
finden«, sagte Dieter eingeschnappt und zog sich jetzt doch
seine Mütze vom Haupt.

»Ich habe dasselbe von euch gedacht«, prustete ich. »Jede Sekunde habe ich damit gerechnet, dass einer von euch die
Spritze zieht. Schließlich seid ihr ja in mein Zimmer eingebro-
chen! Und nicht umgekehrt.«

»Das stimmt. Und wenn Sie tatsächlich unschuldig sein sollten, tut uns das natürlich sehr leid«, sagte Paul mit einer ange-
deuteten Verbeugung.

»Aber wozu diese dumme Verkleidung? Da stimmt doch etwas nicht!«, wandte Leopold ein, der mich nach wie vor sehr
kritisch musterte.

»Wenn ich mir kurz einen Bademantel überwerfen dürfte,
stehe ich euch gerne Rede und Antwort«, bot ich an.

Zehn Minuten später saßen wir alle vier bei einem Glas Rotwein, während ich meine Ausführungen zu der etwas unor-
thodoxen Wiedereroberung meines Ex-Freunds beendete.

Daraufhin herrschte erst einmal betretenes Schweigen. Dann
brummte Leopold: »Okay, dann entschuldigen wir uns eben
in aller Form für den nächtlichen Überfall.« Er schaute aber
trotzdem noch etwas skeptisch drein.

»Wie romantisch!«, sagte Paul mit leuchtenden Augen. »Du
musst wirklich sehr verliebt in ihn sein.«

Dieter nickte mit offenem Mund, während er lüstern auf das
winzige Stückchen Dekolleté starrte, das in meinem Bade-

mantelausschnitt zu erkennen war. Leopold trat ihn dezent unterm Tisch! »Autsch!«, sagte Dieter und rieb sich das Schienbein.

Ich nickte ebenfalls. Dann fragte ich heute schon zum zweiten Mal: »Wie seid ihr mir denn auf die Spur gekommen?«

»Ha!«, schrie Dieter. »Mir sind ja schon beim Golfspielen so meine Zweifel gekommen. Du warst viel zu beweglich für dein Alter. Und bei dem Buchclub-Treffen habe ich dich überführt.«

Ich schaute ihn fragend an.

»Das Bild auf dem Einband von ›Jane Eyre‹ ist doch nie im Leben von Oskar Kokoschka. Der war ein Expressionist … und das müsste eine pensionierte Kunsthändlerin auf jeden Fall wissen.« Dieter strahlte wie eine Tausendwattbirne.

»Ja, uns ist das natürlich auch aufgefallen, und da haben wir beschlossen, dich zur Rede zu stellen. Was, ehrlich gesagt, gar nicht so leicht war«, fügte Paul hinzu.

Mann! Da war ich aber von ein paar alten Füchsen ganz locker ausgetrickst worden. »Was genau war denn schwer daran, eine wehrlose, schlafende Frau zu überfallen?«, erkundigte ich mich pikiert.

»Nun … erst einmal mussten wir an den Universalschlüssel kommen«, erzählte Leopold.

»Ich habe deshalb so getan, als ob ich meinen Schlüssel verloren hätte, und mir den von Andreas geborgt«, fügte Dieter hinzu.

»Und dann haben wir Adam, der offenbar die ganze Nacht vor deinem Zimmer Wache schiebt, unter einem Vorwand weggelockt … sonst hätten wir es niemals geschafft«, beendete Leopold seine Erklärungen.

»Adam … schiebt Wache vor meinem Zimmer?«, fragte ich entgeistert.

»Anscheinend … das hat uns ehrlich gesagt auch ziemlich gewundert«, warf Paul ein.

»Oder hat er selbst nur auf die Gelegenheit gewartet, in mein
Zimmer einzubrechen?«, erkundigte ich mich verstört.

Leopold, der mir vorhin mitgeteilt hatte, dass er vor seinem
Ruhestand Besitzer einer privaten Sicherheitsfirma gewesen
war, zuckte mit seinen massigen Schultern. »Kann sein, muss
aber nicht!«

Oje, würde ich jemals wieder in meinem Zimmer beruhigt
einschlafen?

31.

Tim wachte mit unsäglichen Kopfschmerzen auf. Sein Rachen brannte wie Feuer, und er verspürte einen wahnsinnigen Durst. Was war passiert? Wo war er? Er blinzelte. Leider machte das helle Tageslicht alles noch schlimmer, und so kniff er schnell wieder beide Augen zu.

Doch die Umgebung, die er da eben schemenhaft erkannt hatte, sah ganz nach seinem eigenen Schlafzimmer aus. Er hätte angesichts dieser Schmerzen eher auf Krankenhaus getippt. Aber gut.

Langsam fiel ihm auch der gestrige Abend wieder ein. Er war zu Nina gefahren, sie hatte einen Goldlamé-BH getragen, ihre hüpfenden Brüste waren auf ihn zugetanzt ... und dann hatte er schlagartig keine Lust mehr gehabt. Warum nur? Selbst das Nachdenken tat weh! Das war alles irgendwie wesentlich ärger als ein stinknormaler Kater.

Mit geschlossenen Augen tastete er vorsichtig seinen Kopf ab. Da! Er hatte es doch gewusst! Da hatte ihm tatsächlich irgend so ein Doc einen Verband verpasst. Plötzlich zuckte Tim erschreckt zusammen. Jemand hatte seine Hand ergriffen und sie ganz sanft wieder auf die Bettdecke gezogen. Nina?

»Ich an deiner Stelle würde den lädierten Schädel lieber in Ruhe lassen.«

Beate! Was machte denn Beate hier?

»Willst du was trinken?«, fragte sie, als ob es das Natürlichste auf der Welt wäre, dass sie morgens einfach so in seiner Wohnung rumhing.

»Musst du heute nicht arbeiten?«, nuschelte Tim und versuchte dabei seine Lippen so wenig wie möglich zu bewegen.

»Nein«, antwortete Beate knapp, aber nicht vollkommen unfreundlich. »Also, willst du was trinken?«

»Ja, bitte. Ich hätte gern einen Schluck Wasser«, sagte Tim und war insgeheim sehr dankbar, dass er nicht selbst aufstehen musste. Er konnte sich lebhaft vorstellen, wie die leichteste Erschütterung seine Höllenqualen noch verstärkte.

Wenig später kam Beate mit einem Glas Wasser zurück. »Ich habe das Schmerzmittel schon darin aufgelöst«, informierte sie ihn und setzte ihm das Glas an die Lippen. Göttlich. So musste sich ein Verdurstender in einer Oase fühlen!

Er war müde. Unglaublich müde. Irgendwo in den hinteren Windungen seines Hirns wusste er, dass heute früh wichtige Meetings mit seiner Bank und mit seinem Team anstanden, aber jedes Mal, wenn er Beate um sein Handy bitten und alles absagen wollte, schoss ihm eine Art Blitz durch den Kopf, und er sank ermattet zurück auf sein Kissen.

Dann musste er wohl wieder eingeschlafen sein. Denn als er erneut aufwachte, war sein Kopfweh bis auf ein dumpfes Ziehen verschwunden. Ob er es wagen sollte, sich anzuziehen? Er schob sein linkes Bein langsam zum Rand des Betts und stellte es auf den Boden auf.

»Würdest du mir bitte erklären, was du da machst? Leg das Bein sofort wieder unter die Decke«, sagte Beate mit schneidender Stimme. Wie? War sie etwa immer noch da?

»Du, ich hab Termine. Ich muss aufstehen«, erklärte Tim, doch er befolgte ihre Anordnung und zog sein Bein brav zurück aufs Bett.

»Diese Termine kannst du dir aber so was von abschminken«, erwiderte Beate streng. »Du hast eine schwere Gehirnerschütterung und darfst auf keinen Fall aufstehen.«

Tim zog fragend die Augenbrauen hoch, ließ es dann aber sein, weil es einfach zu wehtat. »Wie ist das denn passiert?

Und wie kommt es, dass ausgerechnet du bei mir Wache hältst?«

»Na, einer musste sich ja wohl oder übel erbarmen«, erwiderte Beate schnippisch. »Nachdem dein Sex-Püppi ganz offensichtlich austesten wollte, wie dickköpfig du wirklich bist.«

»Nina hat mich so zugerichtet?«, fragte Tim entgeistert.

Beate nickte. »Vielleicht hat ihr aber auch nur die Farbe deiner Boxerhorts nicht zugesagt. Was weiß ich? Ich habe ja den Anfang dieses Trauerspiels leider, leider verpasst.«

»Aber wie komme ich dann in mein Bett, und wieso bist du hier?«

»Stell dir vor ... nachdem du in Püppis Wohnung ohnmächtig zusammengebrochen bist, hat die Kleine wohl tatsächlich Panik geschoben und hysterisch die zuletzt gewählten Telefonnummern auf deinem Handy durchprobiert. Dabei ist sie dann auf mich – ›die Tante aus dem Weinlokal‹ – gestoßen ... was sie allerdings auch nicht so richtig glücklich gemacht hat!«

»Und du hast mich dann ganz allein in mein Bett verfrachtet?« fragte Tim verblüfft.

Beate warf ihm einen mitleidigen Blick zu. »Nein, natürlich nicht, du verhinderter Romeo! Ich habe mir schon echt Mühe gegeben und bin das ganz große Programm gefahren ...« Sie zählte an ihren schmalen Fingern auf: »Erstens Krankenwagen, zweitens Krankenhaus, hm, Blutalkohol gemessen, der bei guten zwei Promille lag. Dann Röntgen, danach ab in die MRI-Röhre ... dabei bist du kurz aufgewacht und hast uns allen erklärt, dass du auf jeden Fall nach Hause willst ... bis vier Uhr morgens auf den Befund gewartet, dem Arzt versprochen, auf dich aufzupassen, Taxi ... tja und dann, zu guter Letzt ... habe ich dich zusammen mit dem Taxifahrer die Treppe raufgetragen. Und das, mein lieber Scholli, war eigentlich das Anstrengendste von allem.«

Tim starrte sie an.

Beate lächelte maliziös. »Ist schon okay! Du kannst mir später danken. Jetzt musst du dich erst mal gesundschlafen. Der Doktor meinte, dann wärst du in einer Woche wieder ganz der Alte. Obwohl, mir persönlich hast du so still und stumm eigentlich ganz gut gefallen. Wer schläft, sündigt nicht, heißt es doch immer, gell?« Ihre Augen funkelten vor Spott.

Sie sah zum Anbeißen aus, doch Tim bemerkte das nur am Rande. Ihn quälten ganz andere Sorgen. »Aber das geht nicht«, jammerte er. »Ich habe heute wirklich wichtige Termine, und wenn ich die nicht wahrnehme, dann sind die ›TV-Junkies‹ spätestens Ende der Woche Geschichte!«

Beates Lächeln gefror. »Wie meinst du das?«

»Ach, ich stehe mit einem Bein im Bankrott!«, presste Tim hervor. Sein Kopf hatte wieder angefangen fürchterlich zu pochen.

Beate setzte sich vorsichtig zu ihm aufs Bett. »Jetzt erzähle mir bitte mal in aller Ruhe, was genau da los ist!«

Als Tim das nächste Mal aufwachte, saß ein ihm völlig unbekannter junger Mann an seinem Bett und las in einer Zeitschrift.

»Wer sind Sie?«, fragte Tim überrascht. Er war noch immer unglaublich müde. Ob Beate ihm nicht nur ein Schmerzmittel, sondern auch noch Schlaftabletten ins Wasser gemischt hatte?

»Johannes. Beates Bruder. Sie musste kurz weg«, informierte ihn der Jüngling wortkarg. Dann schmökerte er weiter in seiner Zeitschrift.

Beate übertreibt ihre Samariter-Nummer nun aber echt ein bisschen!, dachte Tim ärgerlich. Ihren Bruder in seiner Wohnung zu installieren! Er war doch kein Kleinkind, das man nicht allein lassen konnte.

»Ich soll Sie übrigens fragen, ob Sie etwas essen oder trinken wollen«, leierte Johannes wie auswendig gelernt herunter, ohne von seiner Lektüre aufzusehen.

»Ist schon gut. Ich bin Selbstversorger. Du kannst gehen. Ich werde aufstehen, mich anziehen und ...«

Aber der junge Kerl sprang plötzlich auf und verstellte ihm ganz frech den Weg. »Husch, husch ins Körbchen!«, sagte er und drängte ihn mit sanfter Gewalt zurück ins Bett.

»Was soll das?«, schrie Tim aufgebracht.

»Beate hat mir einen Bonus in Aussicht gestellt, wenn Sie die ganze Zeit brav in Ihrem Bett bleiben!«, rechtfertigte sich Johannes.

Tim riss die Augen auf und bereute es sofort: Die Kopfschmerzen wurden wieder stärker. Aber er musste seinen Unwillen trotzdem äußern. »Wie? Beate bezahlt dich dafür, dass ich im Bett liegen bleibe?«

Der Jüngling nickte.

»Und was machst du, wenn ich trotzdem aufstehe?!«

Johannes rollte wortlos seine Zeitschrift zusammen –»Karate heute«, wie Tim nun auffiel – und schwang sie wie eine Keule.

»Dann habe ich Beates Genehmigung, Ihnen eins aufs Dach zu geben.«

Tim war außer sich. »Gib mir dein Handy! Ich werde jetzt deiner lieben Schwester mal ein paar Takte über Nötigung und Freiheitsberaubung erzählen!«

Johannes schüttelte den Kopf. »Nee, geht nicht. Beate arbeitet und darf nicht gestört werden.«

Entkräftet sank Tim wieder auf sein Kissen. Gott, diese Bräute schafften ihn momentan wirklich: Nina stellte sich als gewalttätige Furie heraus, Beate war ein verkappter Diktator, und Lenja ... Mensch, an die durfte er gar nicht denken. Denn er hatte gerade wieder diesen Traum gehabt. Total abgedreht!

Wenn er nur daran dachte, fing er an zu schwitzen. Vor Stress wohlgemerkt.

In seinem Traum hatten sie nämlich beide in einer kleinen Bergkirche gestanden, er im Smoking und sie in so einem bauschigen weißen Kleid. Ihm lief ein Schauer durch den Körper. Verdammt, er hatte tatsächlich geträumt, dass Lenny und er heirateten! Sein Kopf schien stärker in Mitleidenschaft gezogen worden zu sein als gedacht.

Er starrte an die Zimmerdecke. Lenny und er! Sie waren Freunde und nichts weiter. Aber hatte Lenny nicht schon früher einmal davon gequatscht, dass sie heiraten sollten, wenn sie beide mit vierzig noch Single wären? Damals hatten sie zusammen über diese unrealistische Aussicht gelacht. Lenny als alte Jungfer – eine absurde Vorstellung! Aber die Trennung von Ben schien bei ihr eine richtiggehende Lawine an lausigen Emotionen losgetreten zu haben. So unsicher hatte er sie noch nie erlebt. Das erklärte Fundament für Lennys zukünftiges Glück schien tatsächlich das Heiraten zu sein.

Wahrscheinlich musste man kein Psychologe sein, um zu begreifen, dass Lenny unter ihrer unbeständigen Kindheit gelitten hatte. Aber wie man an der Ehe seiner Eltern sehen konnte, bedeutete eine Hochzeit noch lange kein Happy End. Nein, die meisten verheirateten Paare ließen sich heutzutage doch noch vor dem Erreichen des zehnten Jahrestages wieder scheiden. Das war ein Fakt. Nur wie sollte er das Lenny beibringen, ohne neuerliche Panikattacken und Schreibblockaden auszulösen? Er hatte keinen blassen Schimmer.

Das Rascheln von Johannes' Zeitschrift riss ihn aus seinen Überlegungen. Nun … egal wie er es auch drehte und wendete, als Erstes musste er seinem Gefängniswärter entkommen.

32.

Jetzt hatte ich über Nacht gleich drei Verbündete gewonnen. Und das machte einen himmelweiten Unterschied, wie ich merkte, als ich am nächsten Morgen Arm in Arm mit Ben spazieren ging und mich mitfühlend erkundigte: »Wie haben Sie eigentlich Ihre Ex-Freundin kennengelernt?«

Meine neuen Helfer waren wirklich mit allen Wassern gewaschen und setzten ihre zusammengenommen zweihundertneunundzwanzig Jahre Lebenserfahrung selbstlos für mich ein. Dieter hatte durch einen Anruf herausgefunden, dass Ben heute früh noch einen Termin frei hatte. Daraufhin war Leopold in die Praxis gestiefelt und hatte meinen Ex gebeten, »mit ihm eine längere Runde durch den Park zu drehen, da ihm *immer erst nach einiger Zeit der Bewegung* eine bestimmte Stelle im Rücken so wehtäte«. Im Park waren die beiden dann ganz zufällig auf Paul und mich gestoßen. Paul hatte Leopold an ihren gemeinsamen Malkurs erinnert, der bedauerlicherweise bereits in zwei Minuten anfinge, und die beiden Herren hatten sich daraufhin mit einem fürsorglichen »Sie kümmern sich doch um Karla, Herr Doktor Hohenfels?« vom Acker gemacht. Spiel, Satz, Sieg für mich und meine lieben Senioren.

»Sie wollen wissen, wie ich meine Ex-Freundin kennengelernt habe?«, fragte Ben leicht irritiert.

»Wenn es Sie nicht stört, darüber zu sprechen. Ich liebe romantische Geschichten!«, antwortete ich und zauberte ein Lächeln auf meine latexmaskierten Züge.

Ben schüttelte den Kopf. »Stören tut mich das nicht. Aber finden Sie das wirklich interessant?«

Innerlich frohlockte ich, denn ich hatte recht gehabt: Ben war viel zu höflich, um einer alten Dame diesen kleinen Wunsch abzuschlagen. Nun würde ihn die Erinnerung an den wunderbaren Auftakt unserer Romanze vielleicht dazu verleiten, endlich wieder diplomatische Beziehungen zu mir aufzunehmen.

»Mich interessiert das wirklich brennend«, versuchte ich ihn zum Reden zu animieren.

»Wir haben uns im Skiurlaub kennengelernt«, erklärte er nüchtern.

Das war viel zu knapp. Ich musste wohl deutlicher werden.

»Aber es war doch sicherlich Liebe auf den ersten Blick?«

Unsere erste Begegnung war tatsächlich in meinem gesamten Bekanntenkreis legendär. Dieses »wir sahen uns in die Augen, und da war es um uns geschehen« war das Fundament unserer Beziehung. Wir waren nämlich füreinander bestimmt, weil das Schicksal es so gewollt hatte. Jawohl!

Nur weil sich unsere jeweiligen Glückssterne für einen kurzen, fantastischen Augenblick zu einer ganz außergewöhnlichen Konstellation zusammengefügt hatten, konnten sich die Seelen zweier Kölner, die sich sonst ihr Lebtag nicht begegnet wären, ausgerechnet im Urlaub, ausgerechnet in Lech, ausgerechnet auf meiner eigentlich allerletzten Abfahrt ineinander verlieben! Happy End! Vorhang! Applaus!

Beate und ich hatten damals auf der Skihütte wohl bereits den einen oder anderen Almdudler-Wodka zu viel erwischt. Jedenfalls waren wir nach der dreistündigen Mittagspause mutig und beschwingt genug gewesen, dem attraktivsten Skilehrer, der gerade gemeinsam mit uns gebechert hatte, auf eine schwarze Piste zu folgen. Leider war »Toni« dann mit einem gutturalen »Pfürti, ihr Madels!« rasend schnell zu Tale gewedelt, während wir beide jammernd im Steilhang festhingen.

209

Beate hatte sich schließlich als Erste ein Herz gefasst und war vorsichtig im Schneepflug ein Stück den Berg hinabgerutscht. Dann hatte sie nach oben geblickt und gebrüllt: »Komm schon, Lenny! Du schaffst das!«

Im Angesicht des Todes hatte ich meinen Skiern freien Lauf gelassen ... was sie leider dazu genutzt hatten, schnellstmöglich gegen den nächsten Schneebuckel zu donnern, sich mit einem bösartigen Ruck von meinen Füßen zu befreien und dem blöden Skilehrer auf direktem Weg zu folgen, während ich in hohem Bogen durch die Luft gesegelt war und unsanft auf der Piste landete. Glücklicherweise genau neben Ben! Seine warmen braunen Augen hatten in meine blauen geblickt und schon war's ...

»Na ja, da gibt's nicht viel zu erzählen! Meine Ex ist mir sturzbesoffen vor die Füße geplumpst!«, sagte Ben mit einem Schmunzeln. »Und ich konnte sie ja schlecht dort liegen lassen.«

Für einen Moment war ich sprachlos. Das war wirklich alles, was ihm dazu einfiel?

Warum erwähnte er nicht die liebevolle Zärtlichkeit, mit der er meinen Körper auf Unversehrtheit überprüft hatte? Wie er mit mir im Arm ganz langsam weiter den Abhang hinuntergefahren war? Warum teilte Ben mir nicht mit, dass er mich sanft auf das Bett in seinem Hotelzimmer gelegt hatte, weil ich zu müde und angeschlagen gewesen war, um noch in meine eigene Pension umzuziehen? Dass er das Essen mit Freunden für mich abgesagt und uns beim Zimmerservice Sandwiches bestellt hatte? Und wie er dann moralisch einwandfrei auf dem Sofa eingeschlafen war, mich aber trotzdem vorher so lieb und auffordernd angelächelt hatte, dass ich mitten in der Nacht »zu Besuch« gekommen war und wir uns leidenschaftlich und vollkommen selbstvergessen ...

Ich versuchte mich zusammenzureißen und überlegte, was eine ältere Dame wohl zu seinen einsilbigen Antworten sagen könnte. »Ja, aber das kann doch unmöglich alles gewesen sein. Wie ist es denn dann weitergegangen?«

»Ich habe sie in meinem Zimmer ausgenüchtert, wie es als Arzt wohl meine Pflicht ist, aber …«, Ben brach urplötzlich mitten im Satz ab.

»Aber?«, hakte ich nach.

»Ach, wie heißt es so schön … ein Gentleman genießt und schweigt! Sie sah in dieser Nacht so hübsch, aber auch so verloren und verletzlich aus, und deshalb …« Er zuckte mit den Schultern. »Ich wollte ihr nicht wehtun, und der Rest – wir wohnten praktischerweise in derselben Stadt – ergab sich dann halt so.«

Meine Beine versagten mir den Dienst, und ich musste mich richtiggehend an Bens Arm festklammern.

»War es Ihnen doch zu viel?«, fragte er mich fürsorglich.

»Keine Sorge, es ist nicht mehr weit bis zum Südturm!«

33.

Aus Mitleid! Ben war also aus reinem Mitleid mit mir zusammengekommen!

Ich lag abgekämpft auf meinem Bett. Mein Herz und mein Magen schmerzten. Meine Gedanken liefen in einer düsteren Endlosschleife. Ich glaubte nicht, dass mir jemals zuvor so elend zumute gewesen war.

Kein Wunder, dass Ben mich nicht zurückhaben wollte. Er war wahrscheinlich erleichtert, mich endlich los zu sein! Vielleicht hatte er schon länger mit mir Schluss machen wollen und mein Fremdknutschen nur als heiß ersehnten Anlass gesehen, sich meiner ganz ohne schlechtes Gewissen zu entledigen.

Es klopfte an meine Tür. Ich stand trotzdem nicht auf. »Geh weg, Adam«, schrie ich. »Heute fällt das Tanzen aus!«

Doch das energische Klopfen hielt an. Jetzt würde ich diesem Kerl aber mal ordentlich die Meinung geigen! Erst nachts vor meiner Tür rumlungern und dann endlos klopfen. Also wirklich! Auch alte Leute hatten ein Recht auf Privatsphäre. Wutentbrannt rannte ich zur Tür und riss sie auf.

Es war Gloria.

Sie sah mein total verheultes Gesicht und trat sofort ins Zimmer. »Kind, was ist denn jetzt schon wieder los?«

Unter einem ganzen Schwall neuer Tränen erzählte ich ihr von meiner Begegnung mit Ben und der traurigen Gewissheit, dass er mich nie geliebt hatte.

»Also wissen Leo, Paul und Dieter nun auch, wer du bist?«, fragte Gloria. Offenbar hatte sie den Kernpunkt meines Berichts verkannt.

»Ja«, bestätigte ich unwirsch.

»Hm, das ist wahrscheinlich in Ordnung. Aber bitte sag es niemandem sonst. Hörst du, Lenja? Ich habe es nicht mal Nora erzählt. Je weniger Leute Bescheid wissen, desto sicherer bist du vor diesem Verbrecher. Ich werde auch deine neuen Freunde bitten, absolutes Stillschweigen zu bewahren.«

»Von mir aus! Aber hast du eigentlich gehört, was ich gerade gesagt habe? Ben hat mich nie geliebt!«, schleuderte ich ihr leicht hysterisch um die Ohren.

»Tststs, Lenja!«, tadelte mich Gloria. »Du fällst wirklich von einem Extrem ins andere. Wenn Ben sagt, dass er noch an dir hängt, schmiedest du himmelhoch jauchzend Zukunftspläne. Wenn er dir verrät, dass er am Anfang nicht ganz so verliebt in dich war, wie du gedacht hast, versinkst du zu Tode betrübt im Elend. Liebes, du musst wirklich etwas reifer und stabiler werden.«

»Meinst du, ich soll jetzt aufgeben?«, fragte ich sie mit hängendem Kopf.

Gloria zögerte. »Ich bin mir zwar nicht sicher, ob es gut ist, dich in deinen Bemühungen zu bestärken, aber ich weiß, dass er traurig war, als er dich knutschend mit diesem ... Schauspieler gesehen hat.«

»Echt?«, hakte ich nach und schöpfte augenblicklich neue Hoffnung.

Sie nickte. »Ja. Er hat mir davon erzählt. Aber da er wesentlich weniger gefühlsduselig ist als du, hat er versucht, dein Verhalten eher analytisch zu durchleuchten.«

»Wie meinst du das?«

»Er hat sich gefragt, was in eurer Beziehung nicht stimmt, wenn du dich veranlasst siehst, andere Männer zu küssen.«

»Das war doch nur eine blöde Wette!«, brach es aus mir heraus. Ich fasste jenen alkoholseligen Abend kurz für Gloria zusammen.

Die alte Dame musterte mich kritisch. »Eine Wette? Etwa mit diesem gutaussehenden Kollegen von dir?«

Ich nickte beschämt.

»Bist du sicher, dass du dir die ganze Sache nicht etwas zu einfach machst? Wärst du denn auch auf diese ›Wette‹ eingegangen, wenn in deiner Beziehung mit Ben alles perfekt gewesen wäre?«

Eigentlich wollte ich sofort »Ja!« schreien, aber dann geriet ich ins Grübeln. Es stimmte. Ben war in den Monaten vor dieser dummen Karnevalsfete wesentlich weniger verschmust gewesen als vorher. Immer war seine dämliche Arbeit vorgegangen. Abends hatte er müde in den Seilen gehangen und morgens früh raus gemusst. Am Telefon war er ganz fürchterlich kurz angebunden. Wir hatten uns deswegen viel gestritten. Und vielleicht stimmte es: Eventuell hatte ich ihn insgeheim eifersüchtig machen wollen oder bei diesem anderen Typen Bestätigung gesucht.

Gloria schien mir meine Gedanken mal wieder anzusehen. »Weißt du, Liebes, vielleicht solltest du mit ihm wirklich noch etwas mehr über eure Beziehung sprechen. Das ist wohl das einzige Gute, was du hier mit deiner verrückten Verkleidung bewerkstelligen kannst.«

Es war schon spät am Abend, als mir auffiel, dass mich Adam gar nicht wie ursprünglich angedroht heimgesucht hatte. Die angekündigte Tanzstunde war offensichtlich ausgefallen. Nicht dass ich deswegen traurig gewesen wäre, es kam mir ganz gelegen. Ich fand es nur etwas merkwürdig. Eigentlich hätte ich ihn für verlässlicher gehalten. Aber gut.

Denn ich saß seit Glorias Abzug an Tims verhunztem Drehbuchkonzept und versuchte es so umzuschreiben, dass Dragetin daran Gefallen finden könnte. Bisher mit wenig Erfolg.

Vor lauter Grübeln kam ich leider nur sehr bedingt zum Arbeiten. In Gedanken bereitete ich schon den Aufhänger zu meinem nächsten Gespräch mit Ben vor: Woran ist die Beziehung mit Ihrer Ex eigentlich gescheitert?

Vorhin hatte Leopold angerufen und mir vorgeschlagen, heute Nacht in meinem Zimmer Wache zu halten. Doch ich hatte sein großzügiges Angebot dankend abgelehnt. Schließlich brauchten die alten Herrschaften ihre Nachtruhe. Und, ehrlich gesagt, konnte ich mir, wenn ich bei Tageslicht darüber nachdachte, weder Warstein noch Adam ernsthaft als Täter vorstellen.

Plötzlich hörte ich gedämpfte Schritte auf dem Gang. Sofort eilte ich zum Spion und blickte hindurch. Und wen sahen meine Augen? Niemand anderen als den treulosen Adam. Was hatte dieser Kerl nur vor meinem Zimmer zu suchen? Allerdings stand mir gerade der Sinn wirklich nicht nach einem Schwätzchen, und so ging ich unverrichteter Dinge wieder zu meinem Schreibtisch.

Ich fischte einen Stift aus meiner überdimensionierten Oma-Strickjacke und steckte ihn mir zum besseren Nachdenken in den Mund. Wen sollte ich nun zum Täter in meinem Drehbuch machen? Es musste natürlich jemand total Unverdächtiges sein. Schon allein deshalb kam Adam nicht in Frage. Das wäre doch viel zu offensichtlich. Den würden die Zuschauer schon in der vierten Folge auf dem Kieker haben – einen gutaussehenden, übermäßig freundlichen Ausländer. Viel zu klischeehaft.

Dagegen drängte sich der fiktive Ben geradezu als Täter auf. Ein introvertierter, intelligenter Arzt, in den sich alle Weiber verliebten. Aber stille Wasser waren ja bekanntermaßen tief. Und wer konnte schon wissen, was Ben zu verbergen hatte? Außerdem hatte er die ersten beiden Opfer noch in der Tatnacht untersucht. Er hätte dabei also ganz bequem Beweise vernichten können. Die Pralinen für Isobel waren auch in seinem Namen geschickt worden. Nur was könnte sein Motiv sein? Enttäuschte Liebe? Frauenhass? Ich kaute auf meinem Stift herum und musste plötzlich aus unerfindlichen Gründen niesen. Ärgerlich suchte ich in meiner Hosentasche nach Taschentüchern, wurde fündig und putzte mir die Nase. Dann zielte ich mit dem zusammengeknüllten Tuch auf den Papierkorb in der Ecke.

Natürlich daneben. War ja klar! Mit einem kleinen Seufzer stand ich auf, wanderte hinüber und versenkte das Taschentuch im Abfalleimer. Dabei fiel mein Blick auf eine leere Zahnpastatube, die dort bereits lagerte. Merkwürdigerweise stammte die aber gar nicht von mir. Hatte die Putzfrau etwa vergessen, diesen Abfalleimer vor meinem Einzug zu leeren? Oder hatte sie ganz absichtlich darauf gewartet, dass ich auch etwas wegschmiss, damit sich das Entleeren lohnte? Auf einmal kam mir eine zündende Idee.

Wenig später huschte ich durch die dunkle Nacht Richtung Personaltrakt. Glücklicherweise hatte ich Adam nicht mehr auf dem Gang angetroffen und kam so gänzlich ungesehen zum Ausgang des Südturms.

Leider war heute Neumond, deshalb musste mein Handy als Taschenlampe herhalten. Der Kiesweg vor mir war nämlich nicht beleuchtet, und im Dunkeln konnte ich so gut wie nichts erkennen.

Mehrmals bildete ich mir ein, dass mir jemand folgte. Voller Aufregung hörte ich, wie es hinter mir knirschte und tapste. Doch jedes Mal, wenn ich mich umblickte, sah ich nur undurchsichtiges Schwarz, so dass mir nichts anderes übrig blieb, als weiter dem dünnen Lichtstrahl meines Handys hinterherzugeistern.

Schließlich stand ich vor dem Personaltrakt. Alle Fenster waren dunkel. Kein Wunder, es war fast zwei Uhr morgens und das Personal von Schloss Winterfreude musste bestimmt früh aus den Federn.

Mit klopfendem Herzen drückte ich die Klinke hinunter. Die Eingangstür schwang leise knarrend auf. Gott sei Dank, dass man hier nicht größere Achtsamkeit walten ließ und die Tür nachts abschloss. Vorsichtig schlüpfte ich aus meinen Schuhen, die auf den Fliesen bestimmt klappern würden, und trat nur in Strümpfen ein.

Es war still im Gebäude. Als ich neulich Isobel hier am Krankenbett besucht hatte, war es wesentlich belebter gewesen: Eine kleine Gruppe von laut miteinander schwatzenden Frauen hatte auf der Treppe gesessen, Radiomusik war aus verschiedenen Zimmern gedrungen, und auch die eine oder andere Tür hatte man zuschlagen hören. Jetzt hätte man sogar das Fallen einer Stecknadel vernommen. Nicht einmal ein entferntes Schnarchen drang an mein lauschendes Ohr.

Mein Herz schlug schneller, als ich an den vielen Türen im Erdgeschoss vorbeischlich und mich dem Tatort näherte. Isobel hatte mir während unseres Gesprächs die Zimmernummer genannt, und natürlich hatte ich es nicht versäumt, dort gleich auf dem Rückweg einmal vorbeizuschauen. Doch vielleicht hatte ich dabei etwas Wichtiges übersehen.

Ich ärgerte mich über meine Nervosität, denn hinter diesen harmlosen Türen gab es bestimmt nichts Böses mehr. Nur die netten Angestellten von Schloss Winterfreude schliefen hier den Schlaf der Gerechten. Na ja, vermutlich. Endlich stand ich vor dem Zimmer, das ich gesucht hatte. Hier hatte der Anschlag auf Gosia und Agnieszka stattgefunden.

Wo ging es nun gleich wieder zum Hinterausgang? Den hatte ich mir damals doch auch angeschaut. Im Dunkeln sah alles

ganz anders aus, doch plötzlich erinnerte ich mich: Ich musste da hinten links abbiegen.

Und richtig … ich hatte mich nicht getäuscht. Dort stand tatsächlich ein kleiner Mülleimer. So einer mit Deckel, den man
mit einem kleinen Pedal öffnen konnte.

Ich wollte auf keinen Fall riskieren, dass der Mechanismus
ausgerechnet jetzt quietschte. Deshalb kniete ich mich hin,
öffnete den Eimer mit der Hand und lugte hinein.

Großer Gott, da war tatsächlich etwas drin!

Ich griff danach, als sich plötzlich – ohne jede Vorwarnung –
eine Hand auf meine Schulter legte und mich der Strahl einer
Taschenlampe blendete.

34.

Frau Meyer?«

»Adam!«, krähte ich erleichtert. »Sie hätten mir ja fast einen Herzinfarkt beschert.«

»Aber Frau Meyer! Was machen Sie denn hier?« Adam klang plötzlich gar nicht mehr so freundlich wie sonst.

»Ich war auf der Suche nach etwas … und ich habe es sogar gefunden!«, rief ich und reckte die Hand, die meine Ausbeute umklammerte, steil nach oben.

»Was ist das?«, fragte er mich streng.

»Das, mein lieber Adam, sind viele leere und eine halbvolle Verpackung«, sagte ich stolz.

»Ja und? Wie rechtfertigen ein paar leere Kartons und eine angebrochene Pralinenschachtel so einen hochgefährlichen nächtlichen Ausflug? Ihnen hätte ja wer weiß was passieren können!«

Adam schien stinkwütend zu sein, seine Stimme zitterte. Aber lag das wirklich nur daran, dass ich nachts aus meinem Zimmer geschlichen war und mich im Personaltrakt aufhielt, wo Senioren nichts verloren hatten? Und wie, verdammt noch mal, war er selbst so schnell hierhergekommen? Ich hatte ihn doch erst vor einer knappen halben Stunde vor meiner Tür gesehen. War er mir etwa gefolgt? Am besten ignorierte ich diese Problemstellung fürs Erste.

»Das ist kein Müll«, belehrte ich ihn stattdessen. »Das sind Indizien. Da waren nämlich vorher die Botox-Spritzen und das ganze Filler-Zeugs drin. Und das hier sind bestimmt die Pralinen, die die beiden Polinnen in ihrem Zimmer gefunden haben.«

Adam sah plötzlich ganz blass aus. Ob das an dem schummrigen Licht seiner Taschenlampe lag?

»Dann ist es ja sehr sinnvoll, dass Sie diese Sachen ohne Handschuhe anfassen«, bemerkte er spitz.

Mist. Da hatte er eindeutig recht. Aber jetzt war es eh schon zu spät. Ob ich wirklich die Fingerabdrücke des Täters verwischt hatte?

»Und was wollen Sie jetzt mit Ihrem überaus wichtigen Fund machen?«, erkundigte er sich.

War das ironisch gemeint? Ich hatte mir darüber natürlich auch schon Gedanken gemacht, war aber bisher zu keinem rechten Schluss gekommen. »Sollen wir vielleicht den Hoteldirektor wecken?«, schlug ich vor.

»Herrn Geiger?«, fragte Adam. »Warum nicht? Obwohl er wahrscheinlich nicht gerade erfreut sein wird.«

»Oder sollen wir lieber Doktor Hohenfels Bescheid sagen?«

Ach, wenn ich mich jetzt doch einfach in Bens Arme werfen könnte.

»Das würde Ihnen gefallen, was?«, sagte Adam und es klang seltsam bitter. Aber dann nickte er. »Ja, das ist definitiv besser. Ich traue Geiger nicht über den Weg.«

Adam nahm mich am Arm und half mir aus meiner immer noch vor dem Abfalleimer hockenden Position. Dann geleitete er mich zu Bens Zimmer. Richtig, Krankenschwester Simone hatte ja mit Ben das Zimmer getauscht. Natürlich musste sie ursprünglich das zuletzt frei gewordene Zimmer bekommen haben … also bewohnte Ben jetzt den Tatort. Dass mir das nicht vorher aufgefallen war! Sonst hätte ich ihn schon früher einmal besuchen können. Adam klopfte leise an Bens Tür, während ich weiterhin meine Beute umklammerte.

Die Tür schwang auf, und dann stand plötzlich Ben – ganz verschlafen – im hell erleuchteten Zimmerflur. Mit vor Müdigkeit zusammengekniffenen Augen musterte er Adam und mich. »Gibt es einen Notfall?«

»So etwas Ähnliches«, meinte Adam trocken und zeigte auf die Verpackungen in meinem Händen.

»Was zum Teufel …?«, murmelte Ben. »Sind das wirklich …?« Weiter kam er nicht, denn plötzlich rührte sich etwas hinter ihm. Gebannt starrte ich an Ben vorbei in das nicht ganz so gut beleuchtete Innere seines Zimmers. Und im nächsten Moment trat eine eindeutig weibliche Gestalt an Bens Seite.

»Was ist? Braucht jemand Hilfe?«, fragte Simone im blau-weiß gestreiften Schlafanzug und mit vom Schlaf zerzaustem Haar.

Auf einmal blieb mir die Luft weg! Mein Herzschlag setzte sekundenlang aus. Fassungslos stierte ich auf Ben und sein robustes Betthäschen! Wie konnte er mir das antun?

Dann machte ich einen Schritt nach vorn, um mich auf sein Krankenschwester-Liebchen zu stürzen.

Doch im gleichen Augenblick ergriff Adam meinen Arm und umklammerte ihn wie ein Schraubstock. »Nein«, antwortete er freundlich. »Alles okay. Wir können die ganze Sache sicherlich auch noch morgen früh regeln!«

Mit diesen Worten zerrte er mich energisch weg von Bens Zimmer und wieder Richtung Ausgang.

35.

Beate lag schlafend neben ihm im Bett. Sie war wirklich unerbittlich, denn sogar sein Handy hatte sie ihm abgeluchst. Dabei hatten Klaus, sein kaufmännischer Leiter, und Dr. Voosen, der Direktor seiner Bank, wahrscheinlich schon tausendmal angerufen. Auch die heutigen Meetings hatte er nicht absagen können. Keine Ahnung, was das für die »TV-Junkies« und seine Kredite bedeutete. Bestimmt nichts Gutes!
Natürlich war es ihm auch bis jetzt nicht gelungen, seinem jungen Gefängniswärter zu entwischen. Tim hatte nicht gewagt, sich mit ihm anzulegen, denn der konnte ja gemäß seiner martialischen Lektüre sogar Karate. Als Beate endlich am späten Nachmittag wieder bei ihm eingetrudelt war, hatte er sich bitterlich beschwert: »Weißt du eigentlich, dass ich ein Unternehmen zu führen habe? Du kannst mich doch nicht so einfach von allem Wichtigen fernhalten!«
Dabei war er insgeheim ein wenig erleichtert, dass Beate ihn so abschirmte. In geschäftlich kritischen Situationen wie der jetzigen steckte er gerne mal den Kopf in den Sand. Auch wenn das wahrscheinlich alles nur noch schlimmer machte.
Wenigstens musste er sich nicht allzu große Sorgen um seine Mitarbeiter machen. Die waren alle so hervorragend in ihrem Job, dass sie sofort eine neue Anstellung finden würden. Außerdem würden seine Gläubiger die Rechte an seinen anderen Sendungen bestimmt meistbietend verhökern, höchstwahrscheinlich sogar mit dem bestehenden Mitarbeiterstamm. Eventuell ließe sich sogar ein Käufer für das Gesamtpaket finden, so dass die »TV-Junkies« überleben könnten, wenn auch mit einem anderen Besitzer.

Es war jedenfalls gut zu wissen, dass es in erster Linie ihm selbst an den Kragen gehen würde, wenn seine Firma morgen unterginge.

Seiner geschäftlichen Insolvenz würde die private auf dem Fuße folgen. Wahrscheinlich bescherte ihm das Ganze einen lebenslänglichen Schuldenberg, und von einer weiteren Karriere beim deutschen Fernsehen konnte er sich dann wohl auch verabschieden.

Und wenn schon! Er war jung und ungebunden. Ihm stand die Welt offen. Eigentlich hatte er sich schon immer mal Australien ansehen wollen. Vielleicht konnte er dort irgendwo als Tauchlehrer anheuern. Sonne satt, täglich frischen Fisch und hübsche Touristinnen. Das hörte sich doch gar nicht schlecht an.

Ob Lenny sich ihm anschließen würde? Sie würde garantiert erst einmal fuchsteufelswild sein, dass er ihr das drohende Ende von »Abgefahren« und den »TV-Junkies« verschwiegen hatte. Aber wenn sie erst einmal darüber hinweg war, konnte er bestimmt ihr Ticket gleich mitbuchen. Schreiben konnte sie ja schließlich überall auf der Welt. Und hatte sie sowieso nicht immer davon geträumt, dem TV-Business den Rücken zu kehren und stattdessen Romanautorin zu werden? Nun, jetzt würde sie dazu reichlich Gelegenheit haben. Denn dass sie ohne ihn weiter für RTL arbeiten würde, war undenkbar.

Wirklich, er war frohen Mutes. Schließlich fiel er immer wieder auf die Füße. Egal, aus welcher Höhe. Er war zäh. Ein Überlebenskünstler!

Doch warum lag er dann schon seit Stunden grübelnd neben Beate, lauschte ihren ruhigen Atemzügen und fand einfach keinen Schlaf?

223

Sein Arm prickelte. Als Tim langsam aufwachte, wusste er auch warum: Er hielt die noch immer schlafende Beate eng umschlungen. Sogar in der schnulzigen Löffelchen-Stellung. Vorsichtig versuchte er sich zu befreien und schob sie behutsam einige Zentimeter von sich weg.

So etwas war ihm echt noch nie passiert! Genau deshalb übernachtete er prinzipiell nicht bei seinen Mädels! Nina und Konsorten würden so einen intimen Akt bestimmt missverstehen. Und selbst Davina hatte immer auf einem ungestörten Schönheitsschlaf in ihrem eigenen Bett bestanden. Aber das Gefühl vorhin war eigentlich ganz nett gewesen. So warm und kuschelig. Andererseits …

Beate rührte sich. Wahrscheinlich hatte er sie geweckt, als er sie weggeschoben hatte. Denn sie setzte sich urplötzlich auf und musterte desorientiert die ungewohnte Umgebung. Dann fiel ihr wohl wieder ein, wo sie war, und sie fragte ihn mit einem süßen, verschlafenen Lächeln: »Na, wie geht es meinem widerspenstigen Patienten heute früh?«

»Viel besser«, sagte Tim und streckte sich. »Danke!« Gott, er war echt verlegen. Diese Situation war einfach zu ungewohnt. Dass er eine solche Premiere ausgerechnet mit der toughen Beate erleben musste … Obwohl sie in diesem Moment eigentlich überhaupt nicht so tough aussah. Eher sexy. Aber diesen Gedanken verbannte er sofort. Nein, so etwas würde nur im allerschlimmsten Chaos enden. Außerdem passte Beate auch gar nicht in sein Beuteschema.

»Was hättest du denn gerne zum Frühstück?«, fragte sie merkwürdig sanft. In seinen Ohren klang das fast schon anzüglich. Und sah sie ihn nicht auch so erwartungsvoll an? Herausfordernd? Er musste sich das einbilden. Beate war bestimmt nicht locker genug, um sich auf einen unverbindlichen Quickie am Morgen einzulassen. Oder?

»Bekomme ich jetzt eine Antwort? Oder ist dein armes Hirn immer noch zu angegriffen?«

Da war er wieder, Beates normaler, leicht spöttischer Ton. Jetzt konnte er endlich seinen Blick von ihren dunklen Augen losreißen. »Ähm … ein paar Eier könnte ich schon vertragen.«

»Spiegeleier mit Speck?«

»Du, gib mir einfach, was immer du in meinem Kühlschrank findest. Normalerweise ist der nicht gerade gut bestückt.«

»Dann ist es ja gut, dass ich gestern einkaufen war.«

Bei jeder anderen Braut wären bei Tim sämtliche Alarmglocken losgeschrillt, wenn sie sich in *seiner* Wohnung so hausfraulich betätigt hätte. Aber bei Beate fühlte er sich sicher. Sie würde bestimmt nicht bei der nächsten Gelegenheit bei ihm einziehen wollen.

Eine Viertelstunde später frühstückten sie gemeinsam im Bett. Knusprige Brötchen, leckere Spiegeleier, Honig, Aufschnitt, Käse und schaumiger Milchkaffee … es schien Tim, als ob er noch nie eine köstlichere Mahlzeit zu sich genommen hätte.

»Du, heute muss ich aber wieder arbeiten gehen«, sagte er zwischen zwei Bissen.

»Nein«, erwiderte Beate kategorisch. »Wir halten uns an die vom Arzt vorgeschriebene Bettruhe. Eine Gehirnerschütterung soll man nicht auf die leichte Schulter nehmen.«

Tim schwieg. Er fühlte sich besser und würde später definitiv mal im Büro vorbeischauen. Er war schließlich ein Mann und – selbst angeschlagen – der zarten Beate kräftemäßig haushoch überlegen. Zur Not würde er sich eben mit Gewalt aus der Wohnung befreien!

Dann klingelte plötzlich Beates Handy. Sie kletterte, nur mit einem T-Shirt bekleidet, aus dem Bett, was Tim eine unverhofft schöne Aussicht auf ihre wohlgeformten Beine bescherte, und kramte das Handy aus ihrer Jackentasche.

»Hey, nicht so hastig, Lenny!«, rief sie, als sie sich den Hörer ans Ohr geklemmt hatte. Dann lauschte sie und sagte schließlich ganz gefasst: »Bleib bitte erst einmal da. Ich muss noch kurz auf Tims Babysitter warten. Dann komme ich sofort!« Sie legte auf.

Tim tippte sich bedeutungsvoll gegen die Stirn, aber Beate ignorierte die provozierende Geste.

»Lenny hat gestern Abend allerhand aufgedeckt«, sagte sie und weihte ihn dann in die neuesten Neuigkeiten ein.

»Dieser Dünnbrettbohrer von einem Arzt schläft tatsächlich mit seiner Krankenschwester?«, rief Tim aufgebracht. »So ein Klischee! Echt klassisch!«

»Na ja«, versuchte Beate ihn zu beruhigen. »Seiner Großmutter gegenüber hat er wohl beteuert, dass diese Simone nur aus Angst vor dem Botox-Typen – also ganz harmlos – bei ihm auf dem Sofa übernachtet hätte.«

Tim sah sie ungläubig an. »Und das nimmst du der alten Dame ab? Glaubst du auch noch an den Schokoeier legenden Osterhasen? Das sagt diese Gloria doch bestimmt nur, damit Lenny nicht völlig ausrastet und ihrem kostbaren Enkel und seinem Krankenschwester-Hühnchen die Augen auskratzt.«

»Wie dem auch sei«, erwiderte Beate ruhig. »Was machen wir jetzt mit Lennys Fund?«

Tim kratzte sich das unrasierte Kinn. »Soll ich das Zeugs mal bei dem Privatdetektiv vorbeibringen? Vielleicht kann der uns was dazu erzählen.«

Beate nickte. »Gute Idee. Aber du bleibst natürlich im Bett. Ich hole alles bei Lenny ab und fahre dann selbst zu Burkhardt.«

»Nur über meine Leiche«, murmelte Tim erbost.

»Sei bloß vorsichtig. Mein Bruder hat 'nen schwarzen Gürtel in Karate. Ein Handgemenge mit ihm kann tatsächlich gut mit deiner Leiche enden …«, meinte Beate spöttisch. Genau in diesem Moment klingelte es an der Tür. »Wenn man vom Teufel spricht …«

36.

Nachdem Beate mit meiner nächtlichen Ausbeute zu Tims Privatdetektiv aufgebrochen war, saßen wir »Senioren« alle in meinem Zimmer und hielten Kriegsrat.

»Diese Simone ist nicht halb so hübsch wie du«, brummte Leopold und zwinkerte mir zu. »Also ich an seiner Stelle hätte viel lieber bei dir übernachtet.«

Ich warf ihm eine Kusshand zu. So ein Charmeur!

»Vielleicht besitzt sie andere Qualitäten«, gab Dieter zu bedenken.

»Blödsinn!«, fuhr Leopold ihn an und sprach mir damit aus der gepeinigten Seele.

»Oder sie hat wirklich nur aus Angst bei Ben übernachtet«, wiederholte Gloria nun bereits zum dritten Mal, doch ihre Stimme klang nicht so entschieden wie sonst.

»Und wenn nicht?«, fragte ich beklommen. Ich war mir darüber im Klaren, dass Gloria mit dieser Aussage sowieso nur meine Gefühle schonen wollte.

»Wir sollten die beiden in jedem Fall beobachten«, schlug Paul vor. »Früher oder später erfahren wir, woran wir sind.«

»Gute Idee«, gab Leopold zu. »Außerdem muss unsere Kleine hier mehr Zeit mit ihrem Liebsten verbringen. Die beiden Turteltäubchen sollten sich einmal anständig aussprechen.«

Das eine »Turteltäubchen« nickte zustimmend. »Aber wie soll ich das bloß anstellen?«

»Lass das mal unsere Sorge sein«, antwortete der rundliche Senior und lächelte mich zuversichtlich an.

Leopold und seine »Gang« hielten Wort. Keine zwei Stunden später ging ich wieder mit Ben spazieren. Diesmal hatte Dieter das Rendezvous sogar ganz allein eingefädelt: Ben hätte sich Dieters »Golf-Arm« anschauen sollen, doch natürlich kam dem Patienten in letzter Minute etwas dazwischen, so dass Ben mit mir vorliebnehmen musste.

»Ich wollte mich noch einmal aufrichtig dafür entschuldigen, dass ich Sie gestern mitten in der Nacht aus dem Bett geholt habe«, eröffnete ich unsere Unterhaltung.

»Das war nicht weiter schlimm, aber es tut mir sehr leid, dass ich Ihnen wegen der Fingerabdrücke nicht weiterhelfen kann. Die Sache sollte meines Erachtens wirklich von Herrn Geiger geregelt werden. Haben Sie ihm das Beweismaterial übergeben?«

»Ja«, log ich, ganz ohne schlechtes Gewissen. Erst jetzt fiel mir auf, dass Ben sich gar nicht darüber gewundert hatte, was ich als alte Dame gestern Nacht im Personaltrakt zu suchen hatte. Aber wahrscheinlich war er voll und ganz damit beschäftigt gewesen, seine blöde Krankenschwester zu beschützen!

Gedankenverloren gingen wir einige Schritte nebeneinanderher, ohne dass ein weiteres Wort gewechselt wurde. Ich zermarterte mir das Hirn, wie ich am besten das Thema wieder auf unsere Beziehung lenkte, doch mir wollte partout nichts Unverfängliches einfallen.

»Simone ist übrigens auch gleich wieder eingeschlafen«, verkündete Ben plötzlich und machte mir damit unmissverständlich klar, um wen seine Gedanken kreisten.

»Seit wann ängstigt sich die arme Simone denn so, dass sie in Ihrem Zimmer Zuflucht suchen muss?«, erkundigte ich mich gespielt mitfühlend. Vielleicht war es ja nur diese eine Nacht gewesen. Hoffentlich.

»Erst seit sie hier ist und von dieser Botox-Geschichte gehört hat. Früher ... in Köln ... schien sie mir überhaupt kein Angsthase zu sein«, meinte Ben arglos.

Ich war wie vor den Kopf gestoßen. »Ihr kennt euch schon von früher?«, entfuhr es mir schriller als beabsichtigt.

»Ja. Ich habe sie Herrn Geiger empfohlen. Simone und ich haben schon zwei Jahre in der Uniklinik zusammengearbeitet. Als sie dann einen neuen Job suchte, war ich ihr natürlich gern behilflich. Sie ist nämlich eine ganz ausgezeichnete Fachkraft.«

Mein lieber Herr Gesangsverein, dachte ich wütend. *Dieses hinterhältige Luder.* Die hatte es also schon länger auf meinen Freund abgesehen. Ich konnte mir die Frage nicht verkneifen: »Was hat denn Ihre Ex-Freundin zu dieser Simone gesagt?«

Ben blickte mich überrascht an. »Wie meinen Sie das?«

»Na, war sie gar nicht eifersüchtig?«

»Nein. Meine Ex-Freundin hat sich eigentlich nie besonders für meine Arbeit interessiert. Ich vermute mal, dass sie gar nicht wusste, dass ich Simone kenne.«

Da kannst du aber Botox drauf nehmen, Schätzchen. Und ich hätte mich nicht für seine Arbeit interessiert? Das war ja die Höhe. Dabei hatte ich mich aus reiner Liebe durch seine Doktorarbeit gequält. Durch alle 244 Seiten! Mit dem so ellenlangen wie unverständlichen Titel »*Vergleich von 2-D und 3-D-Gefäß-Ultraschalls an Carotiden für die Plaqueanalyse mit etablierten bildgebenden Methoden der Gefäßdiagnostik–Korrelation mit zerebralen Ereignissen*«. Natürlich hatte ich kein Wort kapiert, aber es zählte doch die gute Absicht, oder nicht?

»Lenja hätte allerdings auch keinen Grund gehabt, auf Simone eifersüchtig zu sein«, fügte Ben beruhigend hinzu.

»Warum?«, fragte ich verstockt.

»Weil ich ihr immer treu war«, sagte Ben mehr zu sich als zu mir.

Das war mal ein schöner Satz, auch wenn Ben die Vergangenheitsform gewählt hatte. »Was haben Sie eigentlich an Lenja geliebt?«

Ben überlegte kurz. »Wir sind grundverschieden, haben uns aber ganz gut ergänzt. Ich bin eher ruhig und zurückhaltend. Lenja hat mir mit ihrer spontanen Art …«

Er brach den Satz in der Mitte ab, denn plötzlich kam uns ausgerechnet Simone entgegen.

»Hey, Ben! Entschuldige die Störung, aber ich brauche dich in der Praxis!«, rief sie schon von Weitem. Dann fügte sie etwas herablassend hinzu: »Entschuldigung, Frau Meyer, aber Sie müssen wohl alleine weiterspazieren.«

Wir standen inzwischen genau vor der Terrasse des Sonnensaals, und da es Mittag war und die Sonne schien, hatten wir jede Menge Zuschauer. Das Essen war anscheinend heute auch nicht so der Brüller, denn wir waren eindeutig die Hauptattraktion.

Während Ben sich umständlich und etwas verlegen von mir verabschiedete, sah ich aus den Augenwinkeln, wie eine einzelne Dame resolut vom Mittagstisch aufstand und auf unser kleines Grüppchen zusteuerte: Gloria.

»Wozu brauchen Sie meinen Enkel denn gerade so dringend?«, erkundigte sie sich angriffslustig bei Simone. »Ich wollte mich ihm und Frau Meyer nämlich gerade zu einem kleinen Spaziergang anschließen.«

Es war offensichtlich, dass Simone von dieser Nachfrage nicht begeistert war. Man sah ihr an, dass sie Gloria am liebsten mit einem zackigen »Das geht Sie gar nichts an« abgefertigt hätte. Aber Gloria war eine Ben sehr nahestehende Verwandte, und so traute sich Simone wohl nicht, die Krallen vollständig auszufahren. Stattdessen musterte die umtriebige Krankenschwester ihre unerwartete Kontrahentin abwartend und überlegte anscheinend, welche Ausrede am besten ziehen würde. Denn dass Ben ausgerechnet in der Mittagspause so dringend in der Praxis benötigt wurde, nahm ihr weder Gloria noch ich ab.

»Oder wollen Sie vielleicht nur mit meinem Enkel zu Mittag essen?«, erkundigte sich Gloria überfreundlich. »In diesem Fall könnten Sie ja Ihren Appetit noch ein wenig zügeln und *nach* unserem Spaziergang mit ihm speisen.«

Es war, als ob sich zwei Hündinnen um einen besonders delikaten Knochen stritten. Keine wollte loslassen oder nachgeben.

Mir hingegen wurde auf einmal richtig warm ums Herz. Mir ging nämlich gerade auf, dass Gloria das alles für mich machte. Nur meinetwegen legte sie sich hier so ins Zeug! Sie wollte mich also doch als Schwieger-Enkeltochter.

Aber Simone beabsichtigte offenbar ihre Ehre zu retten. Sie blickte Ben hilfesuchend an: »Ben, würdest du bitte deiner Stief-Großmutter erklären, dass wir uns über Mittag noch eine Patientenakte ansehen wollten?«

Aber jetzt hatte sie Ben auf dem falschen Fuß erwischt, denn statt bei ihrer Lügengeschichte mitzuspielen, erwiderte er nur etwas verwirrt: »Äh, welcher Patient war das noch mal? Ich kann mich gar nicht erinnern.«

Unwillkürlich musste ich grinsen. Auch Gloria sah sehr belustigt aus. Simone hatte noch viel zu lernen. Ben war einfach zu ehrlich für solche Spielchen, so etwas konnte bei ihm nur schiefgehen.

Simone gab sich allerdings immer noch nicht geschlagen, und ich musste ihr für ihren Kampfgeist Respekt zollen. Sie zischte leise: »Aber Ben! Du erwartest doch nicht, dass ich hier die Namen unserer Patienten hinausposaune.«

Nicht schlecht, wie sie sich aus der Affäre zog. Ben schien jedenfalls hin und her gerissen zu sein: Sollte er seine ärztliche

Pflicht erfüllen oder dem ausdrücklichen Wunsch seiner Großmutter entsprechen?

In diesem Moment stieß noch jemand anderer zu unserem Scharmützel hinzu: Adam.

Und der machte schließlich kurzen Prozess. »Frau Meyer, haben Sie schon wieder unseren Tanzkurs vergessen?«

Bevor ich etwas erwidern konnte, hakte sich Adam bei mir unter und marschierte schnurstracks Richtung Übungsraum.

37.

W as sollte das denn?«, fuhr ich ihn ehrlich erzürnt an. »Sie können mich doch nicht einfach so entführen!«
Adam machte sich gerade an der Stereoanlage des Übungsraums zu schaffen und schien so etwas wie »Was finden die Weiber nur alle an diesem Hohenfels?« zu murmeln. Ganz genau hatte ich es aber nicht verstanden.

»Würden Sie bitte Ihr Verhalten rechtfertigen?«

»Liebe Frau Meyer, falls ich Sie wirklich gegen Ihren Willen entführt haben sollte, tut es mir sehr leid. Aber für mich sah es so aus, als ob Schwester Simone Doktor Hohenfels sowieso anderweitig verplant hatte ... und da wollte ich die Zeit nutzen, um Ihnen noch schnell den Cha-Cha-Cha beizubringen. Schließlich ist schon in drei Tagen der Frühlingsball. Außerdem ...«

Adam machte eine einladende Verbeugung. »... sind Sie denn gar nicht an der Geschichte interessiert, die ich Ihnen neulich erzählen wollte?«

»Die, bei der es um den 13. August 1961 geht?«, fragte ich neugierig. Ja, ich ließ mich viel zu leicht ablenken, aber als Autorin war ich nun einmal sehr an menschlichen Schicksalen interessiert.

»Genau die!«, lächelte Adam. »Wissen Sie jetzt, welches geschichtliche Ereignis auf dieses Datum fiel?«

»Ja«, sagte ich etwas überrascht, denn es war mir tatsächlich gerade wieder eingefallen. »Ist das nicht das Datum, an dem die Mauer gebaut wurde? Der Tag, ab dem man die Ostdeutschen nicht mehr aus der DDR rausgelassen hat?«

»Das ist richtig«, lobte Adam.

»Und davon handelt Ihre Geschichte?«

»Ja, absolut«, nickte er.

»Wessen Geschichte ist das denn? Ist sie tatsächlich jemandem hier aus Schloss Winterfreude passiert?«, erkundigte ich mich.

»Das behalte ich vorerst für mich, aber wahrscheinlich werden Sie es sowieso gleich erraten«, ließ Adam geheimnisvoll verlauten. »Wollen wir uns nicht setzen?«

Er nahm meine Hand und führte mich zu den zwei Stühlen, die im hinteren Teil des Übungsraums standen. Die waren letztes Mal aber nicht da gewesen. Hatte er dieses Szenario von langer Hand geplant? In meinem Hinterkopf hörte ich Beates und Tims Stimmen, die mich eindringlich davor warnten, irgendwo allein mit Adam hinzugehen. Aber ich blendete sie geschickt aus.

»Es waren einmal eine junge Frau und ein junger Mann, beide Anfang zwanzig, die lebten 1961 sehr glücklich in Potsdam und liebten sich. Ja, sie wollten sogar heiraten«, fing Adam – fast wie bei einem Märchen – an und hielt dabei seltsamerweise immer noch meine Hand fest. »Doch dann kam der 13. August, und plötzlich waren die Grenzen zum Westen dicht. Gerüchteweise hatte man zwar bereits von so einem Vorhaben wie dem Mauerbau gehört, aber niemand hatte es für möglich gehalten, dass Chruschtschow und Ulbricht tatsächlich etwas so Drastisches beschließen könnten. Zum Glück gelang in den ersten Tagen nach der Abriegelung noch relativ vielen Menschen die Flucht, und auch die junge Frau aus unserer Geschichte wollte unbedingt in den Westen. Sie besuchte gerade eine Schauspielschule und konnte sich einfach nicht vorstellen, ab sofort in einem von aller westlichen Kultur abgeschotteten Land zu leben.« Adam holte tief Luft und musterte mich. Hm, Schauspielschule. Das erinnerte mich doch an jemanden. Er sprach weiter. »Doch der Verlobte der jungen Frau war

235

absolut gegen eine Flucht. Er war seiner Heimat und seiner Familie sehr verbunden und wollte beides nicht im Stich lassen. So stritten sie sich jeden Abend. Schließlich gab der Mann nach. Er liebte seine künftige Ehefrau einfach zu sehr, um ihrer glücklichen Zukunft im Wege zu stehen. So verabredeten sie sich für die darauffolgende Nacht, um zusammen über die immer stärker bewachte Grenze zu gehen.«

»Handelt die Geschichte etwa von Gloria?«, fragte ich atemlos.

Adam nickte.

»Und wie geht es weiter?«, drängte ich ihn.

»Gloria wartete um Mitternacht wie vereinbart gemeinsam mit ihrem Bruder auf ihren Verlobten, aber der kam und kam einfach nicht. Sie war krank vor Sorge. Hatte er in letzter Minute seine Pläne geändert? War er von einem Familienmitglied an der Flucht gehindert worden?«

»Oh, nein!«

Adam fuhr fort, ohne sich von meinem Einwurf ablenken zu lassen. »Glorias Bruder drängte sie zum Aufbruch, denn sie konnten jederzeit entdeckt und verhaftet werden. Doch Gloria weigerte sich standhaft, ohne ihren Freddy zu gehen. Schließlich beschloss ihr Bruder, das Risiko auf sich zu nehmen und Freddy vom nächsten Münzfernsprecher aus anzurufen. Gloria wartete solange alleine, um ihren Liebsten nicht zu verpassen, falls er doch noch auftauchen sollte.«

»Oh Gott, wurde sie etwa festgenommen?«, spekulierte ich.

»Nein. Ihr Bruder kam stattdessen mit der frohen Botschaft zurück, dass Freddys Mutter ihm berichtet hätte, dass ihr Sohn bereits im Westen sei. Er hätte seinerseits seine Schwester ›rübergebracht‹ und würde nun in Westberlin sehnsüchtig auf Glorias Ankunft warten.«

»Aber das stimmte nicht, richtig?«

Adam nickte wieder. »Gloria schaffte es, mit ihrem Bruder ungesehen über die Grenze zu kommen. Was sie nicht wusste, war, dass man Freddy festgenommen hatte. Ein Freund hatte ihn verraten.«

»Oh nein!«, entfuhr es mir schon wieder.

»Oh ja. Gloria saß nun in Westberlin und hörte die schreckliche Nachricht. Daraufhin zerstritt sie sich mit ihrem Bruder, der den Anruf nur erfunden hatte, um Gloria zur Flucht zu bewegen, und schrieb Freddy so oft es nur ging, dass sie auf ihn warten würde. Egal, wie lange sein Gefängnisaufenthalt dauern würde! Tagsüber arbeitete sie am Theater, nachts als Kellnerin, um finanziell über die Runden zu kommen.«

»Und sind sie dann wieder zusammengekommen?«

Adam schüttelte den Kopf. »Republikflüchtende galten in der DDR als ganz normale Kriminelle, und Freddy wurde in einer lächerlichen ›Gerichtsverhandlung‹ zunächst zu achtzehn Monaten Zuchthaus in Bützow bei Rostock verurteilt.«

»Aber das war ja gar nicht so schlimm! Warum hat sie denn nicht auf ihn gewartet?«

»Leider wurde er auch nach seiner Haftzeit aufs strengste überwacht und immer wieder festgesetzt. Wegen ›Spionageverdachts‹. Wegen ›Staatsverleumdung‹. Er verfing sich immer mehr in dem dichten Netz von Staatssicherheit, Volkspolizei und FDJ-Ordnungsgruppen. Und dann geschah Anfang der Siebzigerjahre das Unerwartete.«

»Freddy wurde freigelassen?«, rief ich beglückt.

»Nein. Gloria wurde quasi über Nacht ein großer Star.«

»Oh«, sagte ich enttäuscht. »Und da hat sie ihn vergessen?«

»Nein, das hat sie – zumindest glaube ich das – bis heute nicht. Jedenfalls hat sie nie geheiratet. Aber …«

»Aber was?«, rief ich. Die Anspannung schnürte mir fast die Kehle zu.

»Als Freddy erfuhr, was für ein herrliches Leben Gloria nun offenstand, glaubte er, dass er ihr dabei nur ein Klotz am Bein sein würde ... und er bat seine Familie ihr zu schreiben, dass er in der Haft verstorben sei!«

»Nein!«, sagte ich, und mir schossen ganz plötzlich Tränen in die Augen, denn auf einmal wusste ich, wer dieser »Freddy« war. »Es ist Herr Warstein, nicht?«

Adam nickte bestätigend. »Freddy oder Friedrich ist als gebrochener Mann Anfang der Achtzigerjahre schließlich endgültig freigekommen und wurde sofort ausgewiesen. Völlig mittellos kam er damals in Westberlin an. Mitte vierzig, ohne abgeschlossenes Studium und mit nur wenigen Hilfstätigkeiten in seinem mageren Lebenslauf.«

Adams Worte bildeten eine Klangkulisse, vor der unwillkürlich mein eigenes Kopfkino anlief. In Schwarz-Weiß, mit wabernden Nebelschwaden wie in dem Film »Der dritte Mann« stellte ich mir die Szene vor:

Es regnete in Strömen. Ein abgemagerter, vorzeitig gealterter Mann wartete in einem schlechtsitzenden Anzug vor dem Bühnenausgang eines Theaters. Er hielt einen kläglichen, völlig durchnässten Blumenstrauß in der Hand. Auf einmal hörte er begeisterten Applaus hinter der verschlossenen Tür aufbranden. Die Vorstellung schien zu Ende zu sein. Ein Lächeln huschte über sein hageres Gesicht, doch umgehend machte sich wieder ein mutloser, gequälter Ausdruck darin breit. Er hatte den Glauben an Wunder längst verloren. Seine Hoffnungen und Wünsche waren zu oft enttäuscht worden. Doch er konnte sich nicht von ihr fernhalten, musste mit eigenen Augen sehen, dass es ihr gutging.

Ein Trupp von Reportern schwärmte heran und drängte den armseligen Mann mehr und mehr in den Hintergrund. Doch er wehrte sich nicht. Plötzlich öffnete sich die Tür und eine strahlend schöne Frau mit platinblondem Haar trat heraus. Sie trug ein elegantes Abendkleid und einen wehenden Nerzmantel. Ihr teures Parfüm stieg dem Mann selbst auf diese Entfernung in die Nase. Konnte diese »Grande Dame« wirklich seine geliebte kleine Gloria sein?

Erfolgsverwöhnt lächelte die bekannte Schauspielerin den Reportern zu, die alle wie auf Kommando schrien: »Frau Thorwald, Frau Thorwaaald!« Der einsame Mann war geblendet vom gleißenden Licht der Kameras um ihn herum. Tapfer versuchte er sich mit seinem Blumenstrauß einen Weg nach vorne zu bahnen, aber er wurde immer wieder zur Seite gestoßen.

Eine Limousine rollte heran. Die fast überirdisch schöne Frau war bereits im Begriff einzusteigen, als sich ihre Blicke doch noch begegneten ...

Für einen winzigen Augenblick meinte der Mann, etwas in ihren Augen aufleuchten zu sehen. Dann saß sie auch schon in ihrem Luxusschlitten und fuhr davon.

Mit hängenden Schultern blieb der Mann im Regen zurück. Der Blumenstrauß entglitt seiner Hand und fiel in eine Pfütze. Sie hatte ihn nicht erkannt! Sie hatte ihn nicht einmal erkannt!

Als ich Adam durch meinen Tränenschleier wieder sehen konnte, stellte er mir eine Frage. Mit einem kaum zu unterdrückenden Schluchzen nickte ich nachdrücklich. Ja, ich würde ihm helfen, die beiden wieder zusammenzubringen! Und wenn es das Letzte war, das ich in Schloss Winterfreude tat.

38.

Frau Mutzenbacher, ich brauche dringend ein paar frische Klamotten«, sagte Tim fast so lässig wie sonst und sah seiner Sekretärin zu, wie diese aus dem stattlichen Bestand an Männerkleidung, den sie im Schrank ihres Vorzimmers verwahrte, ein Paar Boxershorts, Socken, ein Hemd und eine Jeans hervorzog. Es passierte natürlich nicht zum ersten Mal, dass er keine Zeit gehabt hatte, nach einer ereignisreichen Nacht zum Umziehen nach Hause zu fahren. Dass er jedoch nur mit Jogginghose und T-Shirt bekleidet aus seinen eigenen vier Wänden fliehen musste, war eine absolute Premiere.

Kommentarlos reichte Frau Mutzenbacher ihm die Sachen, und Tim verzog sich damit in sein Büro. Er war Beates Bruder nur um Haaresbreite entkommen. Auf dem Rückweg von einem genehmigten Toilettengang hatte er kurz einen Abstecher in seine Küche gemacht und dort heimlich, still und leise den Rest der Milch in die Spüle entleert. Dann hatte er Johannes einkaufen geschickt.

Doch vor lauter Panik, dass der Kerl diese Aufgabe in weniger als fünf Minuten erledigen würde, hatte er sich einfach nur seinen Autoschlüssel geschnappt, war schnurstracks auf die Straße gerannt und in sein Auto gesprungen.

Leider war ihm auf der Fahrt ins Büro tatsächlich etwas schwindelig geworden. Er schob das auf seinen durch die Bettlägerigkeit geschwächten Kreislauf. Und das erklärte bestimmt auch, dass er die rote Ampel vorhin so verschwommen wahrgenommen hatte. Egal! Er musste sich nun dringend um sein Geschäft kümmern. Ungeschickt knöpfte er sich das nach Frau Mutzenbachers Weichspüler duftende

240

Hemd zu. Verdammt, das war auch schon mal schneller gegangen.

Dann wählte er die Nummer seines Finanzchefs.

»Tim? Was machst du im Büro?«, fragte Klaus ihn überrascht. Hä? Wieso machte Klaus ihm keine Vorwürfe, dass er gestern alle Treffen hatte platzen lassen? »Du, Klaus, es tut mir echt leid wegen …«, startete Tim seine Erklärungen.

Doch Klaus unterbrach ihn. »Kein Problem. Die Gesundheit geht nun mal vor. Außerdem hat Beate uns ja alles …«

»Beate?«, rief Tim in den Hörer. »Was hat die denn damit zu tun?«

»Na, die war doch gestern hier und …«

»Wie? Sie war *hier*? Im Büro?«

»Ja, klar!«, sagte Klaus verwirrt. »Sie hat doch in deinem Namen an den Treffen teilgenommen.«

»Sie … hat was?«, stammelte Tim. Ihm war, als würde sich ein riesengroßes Loch direkt vor ihm auftun. Was sollte das denn bitteschön heißen? Wollte Beate ihm die Firma etwa unter seinem invaliden Hintern wegklauen?

»Ja, sie hat heute früh sogar noch eine von dir unterschriebene Vollmacht nachgereicht. Sag bloß, damit stimmt etwas nicht …?«, erkundigte sich Klaus verunsichert.

Eine Vollmacht? Von ihm selbst unterschrieben? Hatte sie die etwa von seinem Brief an den Privatdetektiv? Die Frau war ja unglaublich durchtrieben.

»Weißt du, mir kam es schon etwas spanisch vor, dass du uns so sang- und klanglos eine Vertreterin präsentierst, aber Beate kannte sich dermaßen gut aus mit dem ganzen Schlamassel, dass ich d-dachte …«, stotterte Klaus.

»Denken scheint nicht deine Stärke zu sein. Du hättest mich ja mal anrufen können«, sagte Tim schneidend. Er wusste immer noch nicht, was er von der ganzen Sache halten sollte.

»Hab ich doch!«, verteidigte sich Klaus. »Da ging ja nie jemand dran.«

Das stimmte. Beate hatte schließlich sein Handy einkassiert! Und wohl auch noch ganz frech das Festnetz ausgestöpselt. Na, warte. Aber erst einmal musste er wissen, was genau bei diesen Meetings herausgekommen war. »Wie stehen wir denn jetzt da vor RTL und den Banken?«, fragte er deshalb hastig. Doch bevor Klaus antworten konnte, hörte Tim einen tumultartigen Radau vor seiner Bürotür. Es klang wie eine wildgewordene Büffelherde. »Einen Moment bitte, Klaus«, unterbrach er seinen Kollegen und stürzte zur Tür, um nach dem Rechten zu sehen. Als er sie öffnete, sah er zu seinem Schrecken niemand anderen als Beate, die mit den Worten »Hier steckst du also!« an seiner – sich ihr mit allen hundertsechzig Pfund Lebendgewicht entgegenwerfenden – Sekretärin vorbei auf ihn zustürmte. Der Schwarze-Gürtel-Söldner Johannes folgte seiner Schwester dabei mit einer forschen »Dich mach ich platt«-Attitüde. Verdammt! Was sollte er nur tun? Die Polizei rufen?

39.

Die nächsten drei Tage vergingen wie im Flug. Ich arbeite-te viel an den Drehbüchern für »Abgefahren«, denn Be-ate machte auf einmal richtig Druck. Sie deutete sogar an, dass Tim ziemlichen Stress mit RTL bekäme, wenn ich nicht bis spätestens Ende nächster Woche damit fertig wäre. Aber das hielt ich für ein Gerücht. Ansonsten hätte Tim doch auch et-was in diese Richtung angedeutet.

Ich wusste auch immer noch nicht, wer nun der Bösewicht in meiner Geschichte sein sollte. Bis auf Simone hatte ich hier niemanden kennengelernt, dem ich so viel kriminelle Energie zutrauen würde. Und Simone kam ja leider nicht als Täterin in Frage, da sie erst nach dem ersten Botox-Anschlag in Schloss Winterfreude angekommen war. Obwohl ... ihrer Ri-valin Isobel einen Schuss Botox in die Schokolade zu sprit-zen, würde dieser Hexe durchaus ähnlich sehen.

Wenigstens hatte ich jetzt eine herzzerreißende Liebesge-schichte in mein Drehbuch eingebaut. Die Inspiration dafür war mir ja dank Adam quasi frei Haus geliefert worden! Ach, ich war schon so gespannt, wie die Sache ausgehen würde und fieberte dem Frühlingsball regelrecht entgegen! Ob es nach all den Jahren tatsächlich noch eine Chance für die beiden gab? Am liebsten hätte ich jetzt schon einmal mit Gloria über alles geredet. Doch leider hatte ich Adam versprechen müs-sen, kein Sterbenswort verlauten zu lassen, und daran hielt ich mich natürlich. Das war doch Ehrensache!

Irgendwie hatte ich mir früher nie vorstellen können, dass man jenseits einer gewissen Altersgrenze überhaupt noch so etwas wie Leidenschaft und Begehren empfand. Doch seit ich selbst unter die Senioren gegangen war, dachte ich darüber ein bisschen anders. Ich musste zugeben, dass mein neuer, älterer Freundeskreis sich gar nicht so grundlegend von meinem jungen unterschied. Auch hier gab es Eifersüchteleien und Neid, aber ebenso viel Humor und Spaß. Gloria und Herrn Warstein sah ich seit Adams Offenbarung sowieso mit völlig neuen Augen. Beide waren für ihr Alter noch ausgesprochen attraktiv, und … na ja, wir würden sehen.

Ben und ich trafen uns sehr oft, was ich natürlich ausschließlich meinen ritterlichen Senioren verdankte. Heute Abend hatten wir sogar zusammen gegessen, an einem intimen Zweiertisch! Wir waren uns auch mehrmals »zufällig« bei einem Drink in der Concordia-Bar oder auf dem Golfplatz begegnet.

Wann immer ich ihn sah, lenkte ich das Gespräch auf unsere Beziehung. Und das war wirklich sehr aufschlussreich. Denn ich lernte auf diese Weise einen völlig neuen Ben kennen. Einen Ben, der mir so redselig sogar noch besser gefiel als der wunderschöne, aber leicht unterkühlte und verschlossene Arzt, mit dem ich zwei Jahre zusammen gewesen war. Wenn ich ehrlich war, erfuhr ich auch ziemlich viel über gewisse Diskrepanzen zwischen Bens und meiner Sicht der Dinge.

Zum Beispiel wusste ich jetzt, warum Ben der Meinung war, dass ich mich nicht für seine Arbeit interessierte:

»Jedes Mal, wenn ich nach Hause gekommen bin, hat Lenja mich regelrecht über den Zustand meiner Patienten gelöchert. Aber wenn ich ihr dann meine Behandlungsmethode und die medizinischen Fortschritte erklären wollte, hat sie immer das Thema gewechselt und mich stattdessen über das Privatleben dieser Leute ausgefragt«, hatte er mir erst gestern Abend leicht frustriert erzählt.

Es stimmte, ich interessierte mich nun mal mehr für das Zwischenmenschliche. Ob die einsame Frau X endlich Besuch bekommen hatte, war für mich interessanter als die ultramoderne Methode, mit der man ihr einen bösartigen Tumor entfernt hatte. Und Hand aufs Herz – bei Bens detailverliebten Schilderungen von Form, Farbe und Konsistenz des wegoperierten Gewebes war mir sogar öfter etwas flau im Magen geworden. Da grenzte es doch nicht an ein Wunder, dass ich bei so etwas eher weghörte.

Außerdem wurde mir nun eines der größten Mysterien unserer Beziehung erläutert: warum Ben nie auf meine »Zettel« reagiert hatte. Ich hatte ihm nämlich als unerschütterlichen Beweis meiner Liebe jeden Tag aufs Neue gelbe Post-its mit kleinen Botschaften überall hingeklebt. Zum Beispiel auf seinen Joghurtbecher, den er immer mit ins Krankenhaus nahm. Auch andere persönliche Gegenstände hatte ich auf diese Weise »verschönt«. Aber Ben hatte sich nie mit einer selbstverfassten Nachricht revanchiert. Niemals! Und das hatte ich ihm immer ein wenig übel genommen und als Desinteresse ausgelegt.

Doch auf meine Frage, wie er denn seine Liebe gegenüber seiner Ex-Freundin ausgedrückt hätte, antwortete er mir Folgendes:

»Wissen Sie, meine Ex, Lenja, war sehr kreativ, immer hat sie mir so nette Nachrichten zukommen lassen. Aber da konnte ich natürlich nicht mithalten, schließlich schreibt sie von Berufs wegen. Deswegen habe ich versucht sie mit praktischeren Sachen zu erfreuen. Zum Beispiel habe ich regelmäßig das Öl in ihrem Auto nachgefüllt, damit der Motor in ihrem Uralt-Golf nicht komplett den Geist aufgibt. Jeden Samstagmorgen, wenn sie noch komatös nach einer Partynacht im Bett lag, bin ich einkaufen gegangen. Sogar ihre Steuererklärung habe ich für sie gemacht.«

Aha! So etwas musste einem ja gesagt werden. Frau kam ja nicht unbedingt von alleine drauf, dass »er« »ihr« das Auto aus Liebe flickte. Man selbst hätte vielleicht eher an ein romantisches Essen bei Kerzenschein oder an einen Rosenblätterregen aus einem Helikopter gedacht. Egal, im Grunde zählte nur die gute Absicht, und die schien bei Ben eindeutig vorhanden gewesen zu sein.

Zum Glück fanden wir auch allerhand Gemeinsamkeiten. So hatte uns zum Beispiel beiden das gemütliche Kuscheln vor dem Fernseher gefallen. Oder dass wir öfter mal zusammen Sport gemacht hatten. Wir erinnerten uns gerne an die Sushi-Abende bei unserem Lieblingsjapaner und gaben jeweils Rotwein den Vorzug vor allen anderen Spirituosen!

Insgeheim machte ich mir sogar schon eine Liste der Dinge, die ich in unserer zukünftigen Beziehung anders machen würde.

- Ich würde meinen empfindlichen Magen durch den Genuss medizinischer Fachlektüre (selbst die mit den Schauerfotos) abhärten.
- Ich würde generell versuchen, Bens Motive besser zu ergründen und nachzuvollziehen.
- Bens Liebesbeweise würden mir ab sofort – und in jeglicher Form – völlig ausreichen.

So weit, so gut. Doch wie sollte ich diese zukünftige Beziehung zwischen ihm und mir einläuten? Wie würde er darauf reagieren, dass die nette alte Dame, der er so fleißig sein Herz ausschüttete, in Wirklichkeit seine Ex war? Würde er meine Beweggründe verstehen oder sich als Stalking-Opfer fühlen? War er überhaupt zu einer neuerlichen Beziehung mit mir bereit? Denn diese alles entscheidende Frage hatte ich ihm noch nicht gestellt. Dafür hatte ich einfach zu viel Muffensausen. Aber wie hieß es so schön: Kommt Zeit, kommt Rat ... und dann vielleicht auch wieder Liebe.

40.

Weißt du eigentlich, wie schwer es ist, ein hochgeschlossenes, langärmeliges Abendkleid zu besorgen?«, fragte Beate beiläufig, während sie ihm das Tablett mit dem leeren Teller abnahm.

Aha, dachte Tim, der gerade sein Abendbrot beendet hatte. *Wir machen also nach drei Tagen des Sichanschweigens wieder einen auf »ganz normal«!*

Dann antwortete er ruhig: »Nein, das weiß ich nicht. Wozu brauchst du denn so etwas?« Er war nicht der Typ, der lange schmollte.

»Na, Lenny braucht das doch für diesen Frühlingsball, bei dem sie mitmachen will«, antwortete Beate ebenso abgeklärt. Ganz so, als hätte der Streit neulich in seinem Büro nie stattgefunden. Sehr cool, diese Braut, das musste er ihr lassen. Andere Mäuse hätten da bestimmt länger dran zu knabbern gehabt.

»Sag mal, hat Lenny eigentlich erwähnt, wie weit sie mit dem Drehbuch für Dragetin ist?« Hm, vielleicht war das keine gute Frage, vielleicht ging das doch ein klein wenig zu sehr in Richtung neuer Streit …

»Nö«, antwortete Beate locker. »Aber mach dir da mal keine Sorgen.«

Das war ihre Standardantwort auf alles, was mit dem Geschäftlichen zu tun hatte. Wohlgemerkt seinen – und nicht etwa ihren – Geschäften. Es war zum Aus-der-Haut-Fahren! Leider war er beim letzten Mal dann wohl doch etwas zu schnell zu seiner Bürotür gerannt, so dass ihm blöderweise schon wieder schwindelig geworden war. Er hatte sich sogar kurz auf den Boden setzen müssen. Beate hatte diesen kleinen Schwächeanfall zum Vorwand genommen, ihn mit Hilfe ihres Bruders geradewegs zurück in seine Wohnung zu verfrachten und ins Bett zu stecken.

Übrigens mit der ausdrücklichen Ermutigung seines Finanzchefs, der es sich nicht hatte nehmen lassen, den Kopf aus seinem Büro zu strecken und das ganze Spektakel live zu verfolgen. »Die Gesundheit geht vor!«, hatte er dabei immer wieder gerufen. Nur was nützte einem die beste Gesundheit, wenn man pleite war?

Was ihn am meisten ärgerte, war, dass Beate Klaus verboten hatte, ihn über die aktuelle Lage seiner Firma zu informieren. Wie ein indischer Guru speisten die beiden ihn mit dem Mantra »Jetzt mach dir mal keine Sorgen!« ab. Dabei verstärkte gerade dieser Satz seine Sorgen mehr als alles andere. Wenn wirklich alles in Butter wäre, müssten sie doch kein Geheimnis daraus machen.

Aber gut. Der Arzt hatte ihm ja tatsächlich eine Woche Bettruhe verordnet, also würde er sich gezwungenermaßen daran halten. Außerdem schien Lenny ihn ohnehin im Stich zu lassen. Er hatte schon seit Tagen nichts von ihr gehört. Und wenn es nicht bald ein gutes Drehbuch gab, würde sich Dragetin nicht mehr besänftigen lassen, und seine Kredite wären auch futsch. Also konnte er genauso gut tatenlos im Bett liegen bleiben. Es würde sowieso keinen Unterschied machen. Plötzlich klingelte Beates Telefon und unterbrach Tims schwarze Gedanken. Sie nahm ab, ging wortlos ins Nebenzimmer und telefonierte dort eine ganze Weile. Als sie wiederkam, warf sie ihm einen prüfenden Blick zu. »Gut, ich werde es dir nicht verschweigen«, sagte sie ernst. »Das war Burkhardt, der Privatdetektiv. Er hat die Schachteln untersucht. Die einzigen Fingerabdrücke darauf sind von Lenny.«

»Das wird ja immer merkwürdiger«, sagte Tim. »Jemand muss das Zeug doch erst kürzlich weggeschmissen haben, denn du hast dir doch genau diesen Papierkorb schon vor Tagen im Beisein von Herrn Geiger angesehen, als er dich zu Adam gebracht hat. Wenn keine Fingerabdrücke drauf sind, muss die Person, die die Schachteln entsorgt hat, Handschuhe getragen haben ... ergo war es der Täter und nicht etwa eine Putzfrau. Oder ist da noch ein Denkfehler drin?«

»Nein, das ist richtig. Es wird also immer wahrscheinlicher, dass der Täter im Personaltrakt wohnt, und das deutet – wie wir ohnehin schon vermutet haben – unanfechtbar auf ... Adam hin!«

Tim nickte. »Bestimmt hatte der die Verpackungen in seinem Zimmer versteckt und dann kalte Füße bekommen, dass doch noch jemand eine anständige Durchsuchung anordnet! Oder aber unser Gespräch von neulich hat ihn aufgeschreckt.«

»Burkhardt hat auch noch die übrig gebliebenen Pralinen untersucht«, sagte Beate. »Die waren aber leider alle clean. Keine Spur von Gift.«

»Hm, aber das muss ja nicht unbedingt bedeuten, dass die verzehrten Pralinen auch okay gewesen sind. Vielleicht hat der Täter nur ein paar Pralinen mit dem Betäubungsmittel präpariert und die Schachtel dann so gehalten, dass die beiden Frauen diese als Erste nahmen.«

Beate nickte zustimmend. »Eine Sache wird dich bestimmt ebenfalls brennend interessieren: Burkhardt hat auch die Schachtel, in der die Pralinen verpackt waren, gründlich untersucht. Jetzt rate mal, was er dabei entdeckt hat.«

Tim zuckte mit den Schultern.

»Auf der Schachtel muss wohl ursprünglich noch eine Grußkarte geklebt haben, denn Burkhardt hat Reste von Klebstoff gefunden. Der Täter hat zwar in weiser Voraussicht die Karte

250

entfernt … aber da diese direkt auf der Schachtel geschrieben worden ist, haben sich die Schriftzüge ganz leicht in die Pappe eingedrückt, und …«

»Burkhardt hat sie wieder sichtbar gemacht. Genial!«, freute sich Tim.

»Genau. Weißt du, was dort steht?«, fragte Beate und gab sich gleich selbst die Antwort: »›Vielen Dank für Ihr Vertrauen, Ihr Adam Kowalski!‹«

Tim setzte sich im Bett auf. »Nein! Dann ist dieser Adam ja überführt!«

»Gut kombiniert, Sherlock.«

41.

Der Ballsaal war traumhaft schön mit Blumen und Kerzen geschmückt. Eine Band spielte auf. Die Atmosphäre war gediegen und wirklich sehr romantisch. Doch als ich mich in meinem Abendkleid aus nachtblauem Samt leicht verspätet am Tisch von Gloria und Co. niederließ, nahm ich das kaum wahr. Denn meine ganze Aufmerksamkeit galt Nora.

Ich hatte die alte Dame schon seit ein paar Tagen nicht mehr gesehen, und jetzt wusste ich auch warum: Sie hatte ganz offensichtlich eine »Rundum-Erneuerung« an sich durchführen lassen und musste sich bestimmt aus rein medizinischen Gründen eine Zeitlang vor uns verstecken.

Ihr Gesicht war wie glattgebügelt, die Wangen unnatürlich aufgepolstert, und auch ihre Lippen wirkten irgendwie voller. Und obwohl sich das im Einzelnen vielleicht nicht mal so schlecht anhörte, war das Gesamtresultat einfach grausam. Nora wirkte tatsächlich wie eine Wachsfigur! Mitleiderregend. Ihr koketter Gesichtsausdruck und ihre schmale Figur ließen sie wie die Karikatur eines jungen Mädchens aussehen, und das gab mir dann den Rest. Arme, arme Nora!

Gloria sah dagegen in ihrer silbernen Valentino-Traumrobe umwerfend, doch verständlicherweise – Nora war schließlich ihre beste Freundin – nicht besonders glücklich aus. Aber das würde sich hoffentlich bald ändern, wenn Adams und meine Pläne aufgingen.

Denn dass ich diese kostbaren Pläne aufgab, nur weil irgend so ein Privatschnüffler auf einer Pralinenschachtel, die – man stelle sich das mal vor – tatsächlich nichts außer Schokolade enthielt, Adams Namen entdeckt hatte …, also das konnten

252

sich Tim und Beate abschminken! Die beiden schienen allmählich echt durchzudrehen. Sie hatten mir sogar angedroht, hier auf dem Ball aufzukreuzen. Aber diese Drohung hatte ich ein für alle Mal abgeschmettert: In diesem Fall würde ich nämlich umgehend alle Arbeiten an den »Abgefahren«-Drehbüchern einstellen und meine bisherigen Seiten vernichten. Ha! Damit war Ruhe im Schacht!

Unwillkürlich suchte ich den Ballsaal nach Adam ab und machte ihn wenig später auf der Tanzfläche aus. Er tanzte mit Isobel, die eigentlich schon wieder ganz proper aussah. Als Adam meinen Blick bemerkte, zuckte er dezent mit den Schultern. Er wusste also auch nicht, wo Warstein steckte. Ob ich mal in seinem Zimmer nachschauen sollte?

Doch in genau diesem Moment erblickte ich Ben und Simone ebenfalls auf der Tanzfläche, Wange an Wange. Es sah sehr innig und vertraut aus und gab mir einen gehörigen Stich ins Herz. Warum tat Ben mir das nur an? Was fand er bei ihr, das er an mir vermisste?

»Darf ich bitten?«

Ich schreckte hoch und sah plötzlich Leopold vor mir, der mich mit einem Augenzwinkern zum Tanz aufforderte.

»Du, Leopold, mir ist gerade nicht so danach ...«, versuchte ich sein bestimmt lieb gemeintes Angebot abzulehnen.

Aber er zog mich schwungvoll vom Stuhl und in seine Arme. »Papperlapapp, jetzt wird erst einmal mit Vati das Tanzbein geschwungen«, grummelte er und führte mich aufs Parkett. Dort angekommen, schwoften wir schon bald inmitten der anderen Paare.

Doch Leopold schien noch etwas anderes im Schilde zu führen, denn er dirigierte mich stetig und unerbittlich in Richtung Ben und Simone.

»Was hast du vor?«, zischte ich ihm ins Ohr.

»Das wirst du gleich sehen«, flüsterte er zurück.

Im nächsten Moment rumpelten wir »versehentlich« gegen meinen Ex und seine Krankenschwester. Leopold blieb sofort stehen. »Oh, das tut mir aber leid! Habt ihr euch wehgetan?« Der korrekte Ben hielt notgedrungen natürlich auch an und Simone – mit einem säuerlichen Ausdruck im Gesicht – ebenso. »Nein, selbstverständlich nicht«, versicherte Ben treuherzig, während Simone uns vorwurfsvoll musterte.

»Dann ist es ja gut!«, brummte Leopold. Gerade als Ben weitertanzen wollte, fiel ihm scheinbar so ganz apropos ein: »Mein lieber Junge, was hältst du denn von einem kleinen Partnertausch?«

Und bevor Ben auch nur den Mund aufmachen konnte, hatte er sich Simone geschnappt und mich stehen gelassen. Verblüfft sah Ben seiner entschwindenden Partnerin nach, die sich sichtlich widerwillig von Leopold im Kreise schwenken ließ. Herrlich! Der alte Herr hatte es wirklich faustdick hinter den Ohren.

»Dann sollten wir wohl auch weitertanzen!«, meinte Ben lächelnd und zog mich näher zu sich heran. Schon lag ich wie hingegossen in seinen Armen. Danke, lieber Leopold! Danke, lieber Gott! Anscheinend waren meine Gebete doch noch erhört worden. Wohlig schmiegte ich mich an Bens Brust – und zuckte im gleichen Moment wie von der Tarantel gestochen wieder zurück: Verdammt, hoffentlich färbte mein Make-up nicht ab!

»Ist was?«, fragte Ben besorgt. »Ihnen macht dieser Partnertausch doch hoffentlich nichts aus? Sonst kann ich Sie auch gerne wieder zu Ihrem Tisch bringen.«

Ha! Wenn Ben ahnen würde, wie viel mir dieser Moment insgeheim bedeutete! Aber so sagte ich nur sanft: »Nein, das ist schon in Ordnung.«

»Leopold ist nämlich ein richtiger Schlawiner! Bei der letzten Tanzveranstaltung hat er mir auch schon meine Tanzpartnerin ausgespannt«, erzählte Ben und fügte galant hinzu: »Aber damals hat er mir nicht so charmanten Ersatz besorgt.«

Oh! »Mit wem haben Sie denn das letzte Mal getanzt?«, erkundigte ich mich interessiert.

»Ich glaube, Sie kennen sie nicht, denn sie ist noch vor Ihrer Ankunft abgereist. Aber es war eine junge Dame namens Gosia.«

Vor lauter Schreck verpasste ich einen Schritt, doch Ben fing mich geschickt auf. Wie? Was hatte Ben denn von dieser Polin gewollt? Laut erkundigte ich mich: »War das nicht eines der beiden Zimmermädchen, die so durch Botox entstellt wurden?«

»Ja, leider«, sagte Ben und machte eine forsche Drehung, bei der mir fast die Perücke flöten ging. Also Adam tanzte da wesentlich harmonischer.

»Wie sahen die beiden denn aus? Waren sie hübsch?«, fragte ich eifersüchtig, denn ich hatte ja nur die entstellten Bilder gesehen.

Ben lächelte. »Gosia und Agi sind wohl das, was man gemeinhin ›heiße Feger‹ nennt. Knackige Figuren, die sie mit relativ knappen Röckchen und Pullovern noch betonen, und immer perfekt geschminkt. Doch, ich glaube schon, dass ihnen die meisten Herren hier gerne hinterhergeschaut haben.«

»Sie etwa auch?«, rutschte es mir heraus.

»Na ja, wie Sie wissen, bin ich gerade frisch getrennt. Da flirtet man doch immer ein bisschen gegen den Liebeskummer an. Die beiden Damen waren allerdings um einiges älter als ich.«

Er hatte also doch meinetwegen Liebeskummer, dachte ich verzückt, *und die beiden Polinnen waren ihm zu alt! Hurra!*

Meine Glückseligkeit währte leider nicht allzu lange, denn schon war »unser« Lied zu Ende, und Ben brachte mich brav zu Glorias Tisch zurück. Dort wurden wir anscheinend schon sehnsüchtig von Nora erwartet, denn sie sprang so heftig von ihrem Stuhl auf, dass es glatt ihre Handtasche vom Tisch fegte. »Jetzt bin ich aber auch mal an der Reihe, mit unserem lieben Doktor zu tanzen«, sagte sie und strahlte Ben an.

»Mit dem größten Vergnügen!«, erklärte Ben galant, nachdem ihn ein schneller Blick auf die Tanzfläche belehrt hatte, dass Simone immer noch von Leopold mit Beschlag belegt wurde. Er wollte sich bücken, um die Sachen, die aus Noras Handtasche gekullert waren, aufzuheben.

Aber da ich gerade in äußerst großzügiger Stimmung war, sagte ich zu ihm: »Ich räume das schon auf. Geht ihr mal ruhig tanzen.« Auf diese Weise sündigte Ben wenigstens nicht mit Simone.

42.

Sie saßen wie ein altes Ehepaar gemeinsam vor dem auf stumm geschalteten Fernseher und machten sich Sorgen. Um Lenny natürlich. Wie immer.

»Meinst du nicht, ich sollte doch bei diesem Ball vorbeifahren?«, fragte Beate bestimmt schon zum dritten Mal. Sie räumte gerade die Teller von ihrem gemütlichen Abendessen zusammen, und eines musste Tim ihr wirklich lassen: Diese Frau kochte wie ein Göttin! Heute hatte sie irgendetwas Asiatisches gezaubert, und schon beim Gedanken daran lief ihm wieder das Wasser im Mund zusammen.

»Beate, das haben wir doch schon mehrfach durchgekaut«, antwortete Tim geduldig. »Mir gefällt es zwar genauso wenig wie dir, dass sie heute mit diesem polnischen Verbrecher abhängt, aber erstens *will* sie uns ja ausdrücklich nicht dabeihaben, und zweitens – was noch schwerer wiegt – sind die beiden heute ja wenigstens nicht miteinander allein. Auf dem Ball sind jede Menge andere Leute, da wird dieser Adam garantiert nicht zuschlagen.«

»Dein Wort in Gottes Gehörgang«, sagte Beate und trug mit einem kleinen Seufzer die Teller in die Küche.

Als sie sich wieder zu ihm aufs Sofa setzte, legte Tim seinen Arm um ihre Schultern. »Warum verbringst du eigentlich deine ganze Freizeit ausgerechnet mit mir langweiligem Invaliden? Hast du denn niemanden, der zu Hause auf dich wartet?«

Beate schenkte ihm ein kleines, schiefes Lächeln. »Ach, du weißt doch, wie das ist als Freundin von Johnny Depp. Der Kerl dreht einen Film nach dem anderen! Und lässt mich dabei immer mutterseelenallein zurück.«

»Wie? So eine Traumfrau wie du hat keinen festen Freund?«, erkundigte sich Tim überrascht.

Vielsagend tippte sich Beate gegen die Schläfe. »Hör mal, also verarschen kann ich mich selbst ... da brauch ich bestimmt nicht so einen Hirngeschädigten wie dich dazu.«

»Du, ich meine das voll im Ernst!«, beteuerte Tim aufrichtig. »Du siehst fantastisch aus, bist top in deinem Job, jemand, auf den man sich hundertprozentig verlassen kann, witzig, kochst wie ein Weltmeister ... also, zumindest auf meiner Traumfrau-Skala wärst du ganz weit oben.«

Beate legte ihm ihre kühle Hand auf die Stirn. »Oje, jetzt hast du armer Kerl auch noch Fieber. Am besten bringe ich dich schnell ins Krankenhaus. Oder was meinst du?«, fragte sie ihn lächelnd.

Tim blieb ernst. »Ja, schon klar ... jetzt wirst du sofort wieder ironisch. Das ist bestimmt deine altbewährte Masche, um dir die Verehrer vom Hals zu halten. Denn wenn Frauen so spöttisch und verbal überlegen sind, ziehen wir Männer immer gleich den Schwanz ein, nicht?«

Beate senkte verlegen den Blick. »Das ist doch Quatsch. Als ob bei mir die Kerle Schlange stehen würden.«

»Das würden sie bestimmt, wenn du sie nur lassen würdest.«

»Aber was sollte ich denn mit so vielen Männern, ich brauche ja nur einen einzigen«, antwortete Beate mit einem Schulterzucken.

»Na ja, so ein bisschen Auswahl kann doch nicht schaden, oder? Dann musst du wenigstens deine Abende nicht mehr mit so einem Mängelexemplar wie mir verbringen.«

»Hm, aber das ...«, Beate schien noch etwas auf dem Herzen zu haben, aber dann schloss sie ihren Mund wieder, ohne den Satz zu beenden.

»Wie lange liegt denn deine letzte Beziehung zurück?«, wollte Tim wissen.

»Zwei Jahre.«

»Und wer hat mit wem Schluss gemacht und warum?

»Ich habe mit ihm Schluss gemacht, weil mein Ex ein mieses kleines Schwein ist.«

»Das klingt ja jetzt nach *wahrer* Liebe! So à la ›Sie küssten und sie schlugen sich‹! Hast du ihn denn gar nicht mehr gern?«

Beate machte ein angewidertes Gesicht. »Er will mich immer noch zurück ... was bestimmt mehr mit seinem angeknacksten Selbstbewusstsein als mit ehrlichen Gefühlen für mich zu tun hat.«

»Warum so bitter? Warum gibst du ihm nicht noch eine Chance?«

»Nur über meine Leiche.«

»Das sind aber harte Worte. So etwas kann der arme Kerl doch gar nicht verdient haben.«

Beate lächelte spöttisch. »Du kennst ihn. Also kannst du das vielleicht sogar selbst beurteilen.«

Tim blickte überrascht auf: »Wie, echt? Wie heißt denn dein toller Ex?«

»Markus Dragetin.«

Tim kniff ungläubig die Augen zusammen. »Wie? Der RTL-Redakteur, der für ›Abgefahren‹ zuständig ist?«

»Genau der.«

43.

Am Boden kniend, raffte ich das Zeug aus Noras Handtasche zusammen und versuchte alles wieder ordnungsgemäß zu verstauen – was aber leider viel länger dauerte als angenommen. Herrschaftszeiten, was nahm die gute Frau nur alles mit auf einen Ball? Allein diese vielen Pillendosen! Eine angebrochene Packung Schokodrops. Taschentücher, Ohrenstöpsel und, und, und …

»Kann ich Ihnen behilflich sein?«, hörte ich Adams dunkle Stimme hinter mir. Einen Augenblick später kniete er auch schon neben mir.

»Danke«, hauchte ich ihm zu, obwohl ich eigentlich gerade fertig mit Aufsammeln war. »Was machen wir denn jetzt mit Gloria und Wa…?«

»Pst! Warstein steht draußen vor dem Saal und raucht eine Zigarette«, flüsterte Adam konspirativ. »Sie sollten ihn da irgendwie weg und auf die Tanzfläche lotsen, denn wenn ich das mache, durchschaut er mich vielleicht.«

»Ich glaube, dann müssen wir erst einmal Gloria aus dem Verkehr ziehen. Wenn Warstein denkt, dass sie bereits gegangen ist, haben wir eine größere Chance, ihn in den Ballsaal zu locken. Und dann kommst du … äh … Sie … einfach mit Gloria zurück.«

»Tolle Idee! Sie können mich übrigens ruhig duzen«, wisperte Adam.

Er hielt Wort. Wenig später geleitete er Gloria aus dem Ballsaal, und ich beobachtete, wie Herr Warstein, der übrigens Smoking trug, den beiden hinterherschaute. Ganz salopp und völlig unaufgefordert stellte ich mich neben ihn, folgte seinem Blick und stöhnte bedeutungsschwanger: »Ojemine!«

Warstein reagierte sofort. »Ist etwas mit Frau Thorwald?«, erkundigte er sich besorgt.

»Nein, ich finde es nur schade, dass sie schon so früh geht. Dabei fängt der Ball doch gerade erst an«, log ich und machte einen Schritt auf ihn zu. Doch ich stolperte so ungeschickt, dass ich Herrn Warstein geradewegs in die ausgebreiteten Arme segelte.

»Holla«, rief er aus. »Sind Sie in Ordnung?«

Mit gespielt schmerzverzerrtem Gesicht nickte ich und humpelte einen Schritt zurück. »Aua!«

»Kann ich Ihnen vielleicht behilflich sein?«, fragte Warstein höflich. Wenig später brachte er mich in den Saal zurück. Bingo!

»Das ist übrigens meine Lieblingsmelodie«, flötete ich Herrn Warstein zu, als wir schon kurz vor meinem Tisch waren. Sehnsüchtig betrachtete ich die Tanzfläche. »Ich würde so gerne nur noch einmal dazu tanzen.«

»Aber Ihr Fuß?« Warstein zog die Stirn kraus. Hoffentlich witterte er nicht meine Finte.

»Schon wieder gut. Hier, schauen Sie«, strahlte ich und trat zur Illustration fest mit meinem »schicken« Gesundheitsschuh auf. Aus dem Augenwinkel sah ich Adam und Gloria, die gerade wieder in den Ballsaal zurückkehrten. Jetzt oder nie. »Tun Sie mir den Gefallen?«

Warstein wirkte alles andere als begeistert. Aber gegen meine Bettelei war er machtlos. Stumm streckte er mir die Hand entgegen, und wir strebten im gleichen Moment wie Gloria und Adam zur Tanzfläche.

Adam lenkte Gloria versiert an den anderen tanzenden Paaren vorbei immer näher zu uns hin. Um Warstein abzulenken, betrieb ich Konversation oder versuchte es zumindest.

261

»Ähm … wissen Sie eigentlich, wie diese Melodie heißt?«, fragte ich, verzweifelt um ein Thema bemüht, bei dem Warstein auch tatsächlich antworten musste.

»Wie? Ich denke, das ist Ihr Lieblingslied!«, brummte er.

Dumm gelaufen. Aber mein fortgeschrittenes Alter rettete mich erneut: »Ja, schon, aber mir will der Titel gerade partout nicht einfallen.«

»Moon River«, erwiderte Warstein.

»Wie bitte?«

»Ihr Lieblingslied heißt ›Moon River‹ und stammt aus einem Film mit Audrey Hepburn namens …«

Warstein sprach nicht weiter, denn in diesem Moment bemerkte er, dass wir genau neben Gloria tanzten. Sofort steuerte er uns in eine andere Richtung …, aber da hatte er seine Rechnung ohne Adam gemacht. Der versperrte uns durch eine geschickte Drehung den Weg und sagte: »Ach, Frau Meyer! Mit Ihnen muss ich ganz dringend etwas besprechen.«

Schon ergriff er meine Hand. »Herr Warstein, wären Sie so lieb, an meiner Stelle diesen Tanz mit Frau Thorwald zu beenden?«

Warstein schien vor Schock vollkommen erstarrt zu sein. Sekundenlang stand er einfach so da, offenbar unfähig, sich zu bewegen. Mit einem unbeschreiblichen Ausdruck in den Augen musterte er Gloria, die allerdings nur spöttisch lächelte.

»Wollen Sie hier Wurzeln schlagen, oder trauen Sie sich doch noch? Ausnahmsweise bin ich heute ganz zahm und unbewaffnet«, sagte sie.

Bei ihren Worten ging ein Ruck durch Warstein und er verbeugte sich formvollendet, wenn auch etwas steif, vor Gloria. Dann reichte er ihr die Hand. Mit spitzen Fingern ergriff sie sie. Und schon tanzten die beiden los.

Atemlos beobachteten Adam und ich das weitere Geschehen halbverdeckt hinter einem Vorhang.

»O Gott«, sagte ich erschüttert. »Sie erkennt ihn schon wieder nicht!«

»Warten wir es ab«, meinte Adam ruhig und starrte unbeirrt auf das elegante Paar, das miteinander tanzte, ohne sich auch nur eines Blickes zu würdigen. Doch der anfänglich fast armlange Abstand zwischen den beiden Tänzern schwand zusehends, während sie sich langsam, aber sicher immer harmonischer und schließlich im perfekten Gleichklang bewegten. Dann schloss Gloria auf einmal die Augen und lehnte ihren Kopf vertrauensvoll an Warsteins Schulter ... und plötzlich schien sie von einem Stromschlag getroffen zu sein: Sie blieb stehen, machte einen Schritt zurück und starrte ungläubig ihren Tanzpartner an.

»Nein ... das kann nicht sein ... wie sollte ...«, stammelte sie mit vor Erregung weit aufgerissenen Augen. »Freddy? Bist du das? Wie ...?«

Warstein hielt ihrem fragenden Blick stand, obwohl ihm selbst eine schier überwältigende Ergriffenheit ins Gesicht geschrieben stand ... und während er langsam nickte, füllten sich seine Augen mit Tränen.

Gloria schien zu erschüttert zu sein, um auch nur ein weiteres Wort von sich zu geben. Auch ihre Augen glitzerten verdächtig feucht. Vorsichtig – gerade so, als wäre Warstein eine Fata Morgana, die sich bei einer unbedachten Bewegung in nichts auflösen könnte – hob sie die Hände und berührte ganz sanft sein Gesicht, strich über seine Wangenknochen.

»Gloria ... meine Einzige ... meine Gloria«, flüsterte Warstein heiser.

Die beide standen selbstvergessen auf der Tanzfläche, inmitten der anderen Paare, die langsam anfingen zu tuscheln. Aber

Gloria und Friedrich waren viel zu sehr miteinander beschäftigt, als dass es ihnen aufgefallen wäre.

»Freddy, aber ... deine Familie hat mir doch geschrieben ... du seist ...?« Gloria fuhr ihrem so lange verstorben geglaubten Verlobten ungemein zärtlich durchs volle weiße Haar.

»Gloria!« Es lag so verdammt viel Gefühl in der Art, wie Warstein ihren Namen aussprach. Es klang wie eine Lobpreisung, ein Gebet, ein Zauberwort! Das war es wohl, was Gloria gemeint hatte, als sie neulich von echter Liebe gesprochen hatte.

Mir schnürte es vor lauter Gefühlsüberschwang fast die Kehle zu, und ich griff instinktiv nach Adams warmer Hand. Er überließ sie mir und erwiderte sogar meinen wahrscheinlich viel zu kräftigen Druck. »Alles okay mit dir?«, fragte er leise. Ich nickte, ohne den Blick von der romantischen Szene vor mir abzuwenden.

Friedrich hatte nun beide Arme um Gloria geschlungen und hielt sie so fest, als wollte er sie nie wieder loslassen. »Gloria, meine Liebe, ich war immer bei dir ... in meinen Träumen ... und egal, wo ... selbst in finsterster Dunkelheit, in tiefstem Leid hat mir der Gedanke an dich Linderung gebracht ... und Hoffnung.«

»Aber warum? Warum ... so eine lange Zeit?«, schluchzte Gloria.

»Ich ... ich habe dir viel zu erklären ...« Friedrich hielt Gloria ein Stück von sich weg und betrachtete sie wie in Trance. »Du bist so schön, meine Gloria. Ich habe dich so unendlich vermisst.« Seine Stimme brach bei diesem letzten Wort, und er zog sie wieder an sich.

Gloria legte ihren Kopf auf seine Schulter und flüsterte – für die Umstehenden fast unhörbar: »Lass uns gehen, Freddy. Ich will ... allein mit dir sein.«

Und unter den verwunderten Blicken der restlichen Gäste, die die beiden nun unverhohlen anstarrten, hakte Gloria sich bei ihrem Friedrich ein, und die beiden verließen den Ballsaal.

Ich war so begeistert von diesem Happy End, dass ich mich dazu hinreißen ließ, Adam um den Hals zu fallen. »Oh, das war ganz unglaublich! Mein Gott, ich freue mich so für die beiden!«

»Ja, es hätte nicht besser laufen können«, bestätigte Adam mit einem befreiten Lachen und umarmte mich ebenso herzlich.

»Wie bist du nur darauf gekommen? Ich meine, woher kanntest du ihre Geschichte?«, fragte ich ihn.

Wir standen noch immer so nah beisammen, dass ich merkte, wie sich Adam bei meiner Frage verkrampfte. Oder bildete ich mir das nur ein? Auf einmal fühlte sich die Stimmung irgendwie anders an. Angespannter. Intensiver.

»Komm, lass uns noch etwas tanzen«, sagte er und zog mich zurück zur Tanzfläche, die inzwischen so voll war, dass man fast nur noch stehend Klammerblues tanzen konnte.

»Also, wie war das?«, hakte ich nach.

»Ich bin da durch Zufall draufgestoßen, als ich altes Material von Gloria durchgesehen habe …«

»Altes Material von Gloria? Wieso das denn?«

»Ach, ist doch nicht so wichtig«, antwortete Adam. »Das erkläre ich dir ein andermal. Hauptsache, es ist alles gut ausgegangen. Außerdem … kennst du eigentlich diesen Song, den die Band da spielt?«

Ich schüttelte den Kopf und wollte gerade noch einmal nachfragen, als Adam anfing leise und gefühlvoll mitzusingen. Er hatte eine schöne Stimme und schien den gesamten Text auswendig zu kennen. Konnte es sein, dass er genauso ein Liedtext-Junkie war wie ich? Für mich machte nämlich erst ein aussagekräftiger Text eine schöne Melodie zum perfekten Kunstwerk. Ein Instrumentalstück konnte noch so gefühlvoll sein ... es war erst dann vollkommen, wenn es auch eine Botschaft hatte. Ich war eben ein Schreiberling durch und durch. Plötzlich zuckte ich erschreckt zusammen. Was war das denn?

Hatte Adam mir da gerade wirklich einen Kuss auf meine graue Echthaarperücke gegeben? Es hatte sich fast so angefühlt.

War er also doch ein Gigolo? Er konnte doch unmöglich etwas von mir alter Schachtel wollen!

Unwillkürlich schaute ich hoch in sein Gesicht. Er erwiderte meinen Blick. Seine schönen grünen Augen waren irgendwie noch dunkler als sonst. Geheimnisumwittert. Sein Gesichtsausdruck so merkwürdig intensiv, dass ich wegschauen musste. Verdammt, was hatte das zu bedeuten ...

Doch im nächsten Moment wurde all das zur Nebensache, denn ich sah etwas, das mir den Atem stocken ließ.

44.

Es war erst sieben Uhr morgens, aber Beate und Tim hatten beide nicht sonderlich gut geschlafen und lagen hellwach nebeneinander im Bett.

»Weißt du was? Jetzt wo Ben eine Neue hat, sollten wir mit Lenny mal wieder so richtig auf die Piste gehen. Vielleicht lernt sie ja dann endlich jemanden kennen und geht freiwillig nie mehr in dieses Altersheim und zu diesem Verbrecher zurück«, überlegte Beate.

»Tolle Idee. Morgen Abend hab ich noch nichts vor«, grinste Tim.

Beate schnitt eine Grimasse, »Nein! Du hältst noch brav deine letzten zwei Tage Bettruhe ein und erst danach gehen wir aus.«

»Alles klar, Frau Kapitän. Mir ist deine dominante Art schon richtig ans Herz gewachsen!«, spottete Tim. »Hast du eigentlich mal deinen Testosteronspiegel überprüfen lassen? Nicht dass dir aus Versehen ein Adamsapfel wächst.«

Beate streckte ihm die Zunge raus. »Immer noch besser als so ein blinder dummer …« Sie sprach den Satz nicht zu Ende.

»Was?«, fragte Tim neugierig. Doch Beate stand mit einem gleichgültigen Schulterzucken auf und ging ins Bad. Frauen! Während sie duschte, klingelte ihr Handy. Das musste Lenny sein, wahrscheinlich um ihnen alles haarklein vom gestrigen Abend zu erzählen.

»Beate?«, rief Tim, doch sie antwortete nicht. Wahrscheinlich konnte sie ihn in der Duschkabine nicht hören. Tim kontrollierte das Display. Genau wie bei Lenny war die Anzeige der Anrufer-ID unterdrückt. Das musste sie einfach sein. Kurzerhand griff er sich Beates Telefon und ging dran: »Lenny?«

267

Aber leider war doch nicht seine Freundin am anderen Ende der Leitung. »Wer ist da, bitte?«, fragte eine mürrische, eindeutig männliche Stimme.

»Falsch verbunden«, sagte Tim kleinlaut, weil er plötzlich wusste, wen er da an der Strippe hatte.

»Oh nein, das glaube ich nicht«, erwiderte Dragetin säuerlich. »Schließlich kenne ich die Nummer meiner Ex-Freundin auswendig.«

Tim wusste nicht, was er darauf erwidern sollte, und blieb stumm.

»Außerdem kann ich mir schon denken, mit wem ich da die Ehre habe … dem lieben Herrn Larsen, nicht wahr? Na, Ihrem Brummschädel scheint es ja richtig gut zu gehen, wenn Sie schon wieder Frauen beglücken können. Deshalb hat mich meine Ex also so herzzerreißend angefleht, Ihnen noch eine letzte Chance mit Ihrem verdammten Drehbuch zu geben! Süß, sie beide haben tatsächlich etwas hinter meinem Rücken am Laufen.«

»Das stimmt nicht, Herr Dragetin. Beate hat nur gestern Abend ihr Telefon bei mir liegen lassen!«, sagte Tim beschwörend. In was für ein Hornissennest war er da nur hineingeraten? Der Kerl schien völlig außer sich vor Wut.

»Und das soll ich Ihnen glauben?«, fragte Dragetin gedehnt. Leider kam Beate genau in diesem Moment zurück ins Schlafzimmer. Tim versuchte ihr verzweifelt ein Zeichen zu geben, damit sie den Mund hielt …

»Mann, hat die Dusche gut getan«, sagte Beate lächelnd, bevor er sie stoppen konnte. Dann bemerkte sie, dass Tim telefonierte. »Ist das Lenny? Hat sie tatsächlich schon ausgeschlafen?«

»So, so«, meinte Dragetin kalt. »Beate hat also gestern Abend ihr Handy bei Ihnen vergessen … und heute Morgen sucht sie es unter Ihrer Dusche, was?«

»Da ist nichts zwischen uns! Ich schwöre es Ihnen bei allem, was mir heilig ist!«, schrie Tim nervös.

»Und ich schwöre Ihnen, dass Ihre beschissene Serie nie wieder bei RTL laufen wird! Hören Sie! Nie wieder!«

45.

Am nächsten Morgen saß ich auf gepackten Koffern und diskutierte hitzig mit meinen neuen Freunden.

»Ich glaube, ihr versteht einfach nicht, was ich sage!«, rief ich entnervt. »Er hat sie geküsst! Ben hat dieser Simone gestern Abend mitten auf der Tanzfläche die Zunge in den Hals gesteckt! Das ist für ihn bestimmt schon so was wie eine feste Beziehung, sonst würde er doch nicht vor allen Leuten ..., und ich habe das mit eigenen Augen gesehen.«

»Ja, und?«, fragte Leopold lapidar.

»Das heißt, ich habe verloren! Aus, Schluss, vorbei. Er liebt eine andere! Ich kann meine Zelte hier abbrechen«, schrie ich noch ein wenig lauter. Vielleicht war das Ganze ein reines Verständigungsproblem. Vielleicht musste mein altersmäßig schon etwas fortgeschrittenes Publikum mal an den verdammten Hörgeräten schrauben.

»Gibst du eigentlich immer so schnell auf?«, erkundigte sich Paul freundlich und nahm mir mit seiner Gelassenheit irgendwie den Wind aus den Segeln.

»Meiner Meinung nach seid ihr jetzt quitt ... Du hast einen anderen geküsst und dafür hat er sich revanchiert«, warf Dieter ein.

»Das war doch nur eine Wette«, wiegelte ich ab, nun in normaler Lautstärke. »Das hatte nichts zu bedeuten, aber bei ihm ist das doch ...«

»... etwas völlig anderes. Schon klar! Frauenlogik, gell?«, entgegnete Leopold spöttisch. »Nein, ich an deiner Stelle würde jetzt auch sofort alles hinschmeißen. Absolut! Scheint mir das einzig Richtige zu sein.«

»Jetzt geh nicht so hart mit ihr ins Gericht, Leo. Natürlich hat ihr das wehgetan. Aber Lenja, bist du sicher, dass dieser Kuss wirklich der einzige Grund ist, warum du so plötzlich nach Hause fahren willst?« Paul nahm seine Brille ab und putzte sie umständlich.

»Wie meinst du das?«, fragte ich entgeistert. »Was für einen Grund sollte es denn da sonst noch geben?«

»Na ja, du hättest dich zum Beispiel auch in einen anderen verlieben können«, antwortete Paul, ehe er sich die Brille wieder aufsetzte.

»In wen denn? Hier gibt es doch außer euch gar keine Männer. Oder…«, ich wurde ein bisschen rot, »… meinst du, dass ich mich in einen von euch verguckt habe?«

»Bestimmt nicht. Aber was ist mit diesem Tim?«, erwiderte Paul.

Ich verdrehte die Augen. »Tim kenne ich, seit ich elf bin! Ich liebe ihn wie einen großen Bruder. Das würde ja fast schon an Inzest grenzen. Außerdem hätte ich dann die letzten achtzehn Jahre, die ich auf der Suche nach dem Richtigen war, komplett vergeudet. Der ganze Herzschmerz wäre umsonst gewesen.«

»Und Adam?«, fragte Leopold verschmitzt. »Wie ich euch da gestern Abend habe tanzen sehen, mein lieber Scholli, das sah doch schon mal gar nicht so schlecht aus.«

Ich dachte kurz nach. »Adam scheint mir ein feiner Kerl zu sein, aber mit dem stimmt doch auch irgendwas nicht so ganz. Entweder ist er ein Gigolo und sieht in mir einfach eine gute Partie, oder er steht tatsächlich auf wesentlich ältere Frauen. In beiden Fällen passe ich nicht zu ihm, denn ich bin weder reich noch alt.«

»Stimmt«, stellte Dieter fest. »Also fährst du jetzt heim und überlässt deinen Doktor dieser Simone?«

Mutlos ließ ich die Schultern sinken. »Was soll ich denn sonst noch tun? Die beiden arbeiten zusammen. Er scheint sie zu mögen …«

»Ja, aber dich hat er geliebt! Schon lange bevor er diese Simone kennengelernt hat«, sagte Leopold. »Ich meine, jetzt, wo wieder ein bisschen Gras über deine Fremdknutscherei gewachsen ist und er Zeit zum Nachdenken hatte, müsste er dich einfach mal wieder in jung und knackig sehen. Am besten neben dieser Simone. Dann kann er wirklich beurteilen, was er an dir hat.«

»Warst du nicht derjenige, der gesagt hat, dass sich die Leute besser mit ein paar Falten mehr im Gesicht kennenlernen sollten?«, bemerkte ich kritisch.

Doch Leopold ließ sich nicht beirren. »Deine inneren Werte kennt er doch schon, jetzt musst du ihn nur noch an deine äußeren erinnern.«

»Aber ich kann nicht einfach meine Perücke lüpfen und schreien: ›Huhu, schau mal, wer ich bin‹!«

»Nein, du musst natürlich ein bisschen subtiler vorgehen«, meinte Paul nachdenklich. »Kannst du ihn nicht auf einen Drink außerhalb von Schloss Winterfreude einladen?«

»Am besten mit Simone, oder wie?«, fragte ich sarkastisch. Dann schüttelte ich den Kopf. »Er würde sich bestimmt nicht darauf einlassen. Er will sich nicht mehr mit mir treffen, das hat er mir äußerst glaubwürdig versichert.«

»Mhm«, murmelten Dieter, Paul und Leopold unisono.

»Da seht ihr's: Es ist hoffnungslos.«

»Nein, du musst nur auf eine passende Gelegenheit warten. Ab und zu geht er doch mit Simone aus. Dann musst du einfach Zeit und Ort rausfinden und ebenfalls dort auftauchen. Das kann so schwer nicht sein, schließlich verfügst du ja über eine stattliche Anzahl an loyalen Spionen.« Leopold schien sich tatsächlich niemals geschlagen zu geben.

»Außerdem musst du sowieso noch das Drehbuch fertig schreiben, und das kannst du schließlich hier genauso gut wie in deiner Wohnung«, gab Dieter zu bedenken.

»Aber das ist immer noch nicht der Hauptgrund, weshalb du nicht nach Hause gehen kannst«, sagte Paul mit einem geheimnisvollen Lächeln.

»Wieso, was gibt es denn da noch?«, fragte ich zappelig.

»Na, unsere schöne ›Julia‹ kann uns doch nicht vor dem Schlussakt verlassen! Wir wollen schließlich alle wissen, wie dieses Liebesdrama ausgeht!«

Ich lächelte, aber Leopold zog einen Flunsch: »Also Paul, das war jetzt kein guter Vergleich. Shakespeares Julia stirbt doch am Ende.«

46.

INT. LARAS ZIMMER – NACHT

Leise öffnet sich die Tür. Eine vermummte Gestalt schleicht herein. Doch Lara bekommt davon nichts mit – sie liegt schlafend in ihrem Bett.

Die Gestalt lauscht Laras gleichmäßigen Atemzügen, dann erst wagt sie sich näher heran. Ohne Lara, ihre letzte verbliebene Feindin, aus den Augen zu lassen, greift die Einbrecherin mit einer Hand in ihre Umhängetasche und zieht eine Spritze hervor. Die Flüssigkeit glitzert unheilvoll im Mondlicht, das sich durch die zugezogenen Vorhänge stiehlt. Das sind bestimmt keine Vitamine. Es ist der Tod, der in dieser Spritze lauert!

Noch ein Schritt und die Gestalt steht direkt neben Lara. Sie hebt die Spritze, und man ahnt, dass sich die lange Nadel im nächsten Moment in Laras linken Arm bohren wird, als …

… plötzlich Laras rechte Hand hochschnellt und das Gelenk ihrer Angreiferin umklammert. Die beiden ringen miteinander. Doch ihre Gegnerin scheint stärker zu sein, denn die Nadel schwebt schon wieder verdammt dicht über Laras Oberarm. Dann – urplötzlich – beugt Lara sich vor … man sieht kurz ihre Zähne aufblitzen … ein Aufschrei … und die Spritze fliegt in hohem Bogen auf den Boden.

Doch die vermummte Gestalt gibt nicht auf. Blitzschnell lässt sie sich fallen und greift nach der todbringenden Waffe. Lara springt hinterher.

Es ist ein Kampf auf Leben und Tod. Im Dämmerlicht wirkt er wie ein brutales und dennoch elegantes Schatten- ballett. Anhand der tanzenden Silhouetten lässt sich nicht ausmachen, wer als Sieger aus diesem Duell hervorgehen wird.

Die beiden Kontrahentinnen schenken sich nichts: Ein Tritt ans Kinn, ein Faustschlag in die Magengrube. Schließlich liegt eine von ihnen überwältigt am Boden. Ist es Lara? Oder ihre Angreiferin?

Die Siegerin greift nach der Spritze.

LARA

Das Zeug werden wir untersuchen müssen. Aber es würde mich nicht wundern, wenn es sich dabei um das verschwundene Botox handelt. Doch jetzt will ich erst einmal wissen, mit wem ich hier die ganze Zeit über das Vergnügen gehabt habe!

Mit einem Ruck reißt sie ihrer Angreiferin die Strumpfmaske vom Kopf. Es ist … Simone!

LARA

Wusste ich es doch! Du hast einfach alle deine Nebenbuhle- rinnen aus dem Weg geräumt. Fast hätte ich mich durch das falsche Alibi täuschen lassen, aber dann ist mir aufgefallen, dass der Mann vom Sicherheitsdienst dein Bruder …

Es klopfte an meiner Tür. Gerade jetzt, wo ich so gut in meinem Drehbuch drin war. Ich riss mich trotzdem vom Computer los, denn das war hoffentlich Adam. Er hatte sich schon seit zwei Tagen nicht mehr bei mir blicken lassen. Dabei tat es mir inzwischen wahnsinnig leid, dass ich ihn beim Anblick meines knutschenden Ex einfach so Knall auf Fall hatte stehen lassen. Das hatte Adam garantiert nicht verdient. Besonders nicht, nachdem wir beide gerade so erfolgreich und gewieft bei Gloria und Warstein Amor gespielt hatten. Der verletzte Ausdruck in seinen Augen, als ich dummes Huhn weggerannt war, hatte mich heute Nacht sogar bis in meine Träume verfolgt.

Doch als ich die Tür öffnete, war es Gloria, die vor mir stand. Sie strahlte wie ein Honigkuchenpferd, und von ihrer kühlen, hoheitsvollen Art war kaum noch etwas übrig. Sie wirkte wie ein verknallter Teenager.

»Gloria! Komm rein. Na, was macht die Liebe?«, fragte ich.

»Ach, Lenja! Dass ich das auf meine alten Tage noch erleben darf«, sagte sie glücklich.

»Habt ihr euch ausgesprochen?«

»Ja, Friedrich hat mir alles erklärt«, nickte Gloria.

»Willst du es mir erzählen?«

Gloria lächelte. »Du müsstest mich schon mit Gewalt davon abhalten.«

Dann erzählte sie mir den zweiten Teil von Friedrichs Geschichte. Nachdem er sich nicht getraut hatte, seine Angebetete am Bühneneingang anzusprechen, war Friedrich ihr nach Köln gefolgt und hatte dort eine winzige, schäbige Mietwohnung bezogen. Kurz darauf war es ihm gelungen, eine Anstellung als Nachtwächter bei einer Versicherung zu finden.

Tagsüber hatte er versucht, Gloria so nah wie möglich zu sein.

Er hatte ihr zugesehen, wenn sie täglich vor ihrem Haus ins Taxi stieg, um zur Theaterprobe zu fahren. Er hatte gewusst, welche Restaurants sie frequentierte, mit welchen Kollegen sie befreundet war und wie und wo sie die Feiertage verbrachte. Selbstverständlich hatte er auch Ben schon als kleinen Jungen gekannt und sein Heranwachsen beobachtet. Auf diese Weise waren dann einige Jahre vergangen, bis Friedrich genügend Geld beisammen hatte, um seinen Job an den Nagel zu hängen, Gloria vollzeitmäßig hinterherzureisen und schließlich in denselben Kreisen zu verkehren.

»Wie hat er das mit seinem Nachtwächter-Gehalt geschafft?«, fragte ich verblüfft.

»Anscheinend hat er mit seinem bescheidenen Salär und viel Fortune an der Börse spekuliert«, erläuterte Gloria stolz. »Bis zum Jahr zweitausend ist der Dax immer weiter gestiegen, und Friedrich hat auf diese Weise ein kleines Vermögen verdient.« Ich nickte. »Und schließlich ist er dir nach Schloss Winterfreude gefolgt?«

»Ja. Er sagt, er wollte immer in meiner Nähe sein, um mich zu beschützen.«

Hm, warum passierte mir nur nie so etwas Romantisches! Ben schien sich jedenfalls keine sonderlich großen Sorgen um mich zu machen. Mein weiteres Schicksal interessierte ihn nicht die Bohne.

Dann musste ich noch etwas anderes loswerden. »Aber warum hast du ihn denn nicht an seinem Namen erkannt? Und was ist mit deiner vielgerühmten Beobachtungsgabe? Ist dir an dem geheimnisvollen Herrn Warstein wirklich nichts Vertrautes aufgefallen?«

Gloria schaute beschämt zu Boden. »Nein, Lenja, mir ist leider gar nichts aufgefallen und das hat einen sehr traurigen Grund: Den Mann, den ich vor mehr als einem halben Jahrhundert kennen- und lieben gelernt habe, gibt es so natürlich nicht mehr. Dieser Friedrich hatte Schwung und Elan, er war weltgewandt, charmant und offen. Aber seine Haft und das damit verbundene Leid haben ihn verbittert und hart werden lassen. Man muss schon gehörig an seiner Schale kratzen, um auf den alten Kern aus Gold zu stoßen! Aber für mein restliches Leben wird genau das meine Aufgabe sein: Ich will versuchen, wieder so viel wie möglich von meinem alten Freddy zutage zu fördern.«

Ich musste schlucken. So schwere Schicksale hauten mich immer aus den Socken. Dann erinnerte ich mich an meine erste Frage. »Aber sein Name … der muss dir doch aufgefallen sein? Er heißt doch wirklich Friedrich Warstein, oder etwa nicht?«

Gloria schmunzelte. »Freddys vollständiger Name lautet ›Friedrich Graf Warstein zu Alden‹, aber ich habe ihn immer nur als Freddy Graf zu Alden gekannt. Auf die Idee, dass hinter diesem Eigenbrötler Warstein mein Freddy stecken könnte … darauf wäre ich mein Lebtag nicht gekommen.«

Wir lächelten uns an. »Wo steckt Freddy denn eigentlich? Dass er dich so lange …« Ich blickte gespielt besorgt auf meine Uhr. »Geschlagene zehn Minuten lässt er dich jetzt schon aus seinen Argusaugen!«

»Er …«, Gloria stieg doch tatsächlich etwas Röte in die vornehmen Wangen, »… erkundigt sich gerade bei Direktor Geiger nach einer größeren Wohnung für uns beide.«

Wie süß, dachte ich. Trotzdem wedelte ich missbilligend mit dem Zeigefinger. »Tststs, ihr wollt also in wilder Ehe zusammenleben? Also wirklich … die Jugend von heute!«

Gloria lachte befreit auf. »Ja, ich weiß … meine Mutter würde sich im Grabe umdrehen. Es hat auch seine guten Seiten, wenn man nicht mehr die Allerjüngste ist und solche Sachen selbst entscheiden darf.«

Dann fiel mir plötzlich etwas ein. »Sag mal, weißt du eigentlich, wie Adam nun auf eure Geschichte gestoßen ist?«

Glorias Gesicht wurde ganz weich, als sie mir antwortete: »Wir verdanken Adam so viel. Er ist wirklich ein ganz außergewöhnlicher Mensch!«

»Aber wie hat er das nur alles rausgefunden?«

Gloria zuckte mit den Schultern. »Das ist doch egal. Die Hauptsache ist, dass Adam Friedrich auf den Kopf zugesagt hat, dass er früher einmal mit mir verlobt war, und dass er dann mit eurer kleinen Tanzeinlage den Stein ins Rollen gebracht hat.«

Ich wollte gerade noch etwas nachbohren, als Gloria auf einmal leicht schuldbewusst dreinblickte. »Da sitze ich hier und vergesse ganz, dass ich dir von Leopold etwas ausrichten soll. Er hat vorhin ein Gespräch zwischen Simone und Adam mit angehört und erfahren, dass Ben und Simone heute Abend ausgehen wollen.« Sie runzelte die Stirn. »Ja, um zweiundzwanzig Uhr dreißig, Treffpunkt: ›Petit Prince‹, Köln.«

Und plötzlich konnte ich nicht mehr stillsitzen. Denn da war sie: Meine wirklich allerletzte Chance! Ich musste Ben zeigen, dass ich und nicht Simone die einzig Richtige für ihn war!

47.

In den vergangenen zwei Tagen war Tim unglaublich niedergeschlagen gewesen. Der Eklat mit Dragetin lastete auf ihm wie ein Felsbrocken. Dass ihn ausgerechnet jetzt so ein blödes Missverständnis bei RTL schachmatt setzte, war einfach unfassbar.

Beate hatte natürlich versucht, ihn zu trösten. »Markus ist ein Schlappschwanz! Der meint das nie im Leben ernst. Du weißt doch: ›Hunde, die bellen …‹«

Aber es war ja nicht nur Dragetin, der Tim in seinem Elend bestätigte. Herr Walter, der Medienexperte von der Boulevard-Zeitung, hatte auch noch einmal versucht ihn zu kontaktieren. Und natürlich Dr. Voosen von der Bank. Der wollte sicherlich die Fälligstellung seiner Kredite verkünden.

Damit ging er also tatsächlich bankrott. »Abgefahren« war bereits Geschichte, und die »TV-Junkies« wankten angezählt in der letzten Runde. Auch wenn Beate das nicht wahrhaben wollte.

»Jetzt mach dir nicht solche Sorgen! Das kommt alles wieder ins Lot. Ich werde Markus noch einmal anrufen«, versuchte sie ihn zu beruhigen, während sie sein Kissen aufschüttelte.

Tim ergriff bewegt ihren Arm. »Bitte tu das nicht. Der Mann ist rachsüchtig. Und du bist mit deiner Firma bestimmt auch auf RTL angewiesen.«

Beate zuckte lässig mit den Schultern. »Auf RTL vielleicht, aber ganz sicher nicht auf diesen jämmerlichen Markus.« Sie wandte sich zur Tür. »Bis später!«

»Halt, wo gehst du hin? Bitte sag mir, dass du nicht zu Dragetin gehst!«

Beate schüttelte mitleidsvoll den Kopf. »Ich geh nur schnell zu meinem Fundus und besorg Lenny ein Kleid zum Ausgehen.«

»Dann will sie heute Abend echt das Date von ihrem Ex sabotieren und ins ›Petit Prince‹ gehen?«, fragte Tim besorgt.

»Du kennst sie doch. Wenn es nur den Hauch einer Chance gibt, dass Ben dort auftaucht, würde sie auch ein Rendezvous in der Hölle in Kauf nehmen.«

»Stimmt. Und du hast es ihr natürlich nicht ausreden können?«

»Ehrlich gesagt … ich hab's erst gar nicht versucht. Lenny muss diese Sache mit Ben auf irgendeine Weise endgültig abhaken. Wer weiß, vielleicht macht ja etwas klick, wenn sie die beiden dort glücklich zusammen sieht. Vielleicht ist in diesem Fall ein Ende mit Schrecken wirklich besser als dieses permanente Rumeiern!«

Tim dachte einen kurzen Moment über Beates Worte nach. Dann sagte er sehr bestimmt: »Ich will da auch hin.«

»Aber wieso?«, fragte Beate verblüfft.

»Wenn Lenny tatsächlich heute Abend ihre Heiratspläne mit Ben begraben muss und ich ihr dann auch noch das Aus der Serie beichten soll … da weiß ich einfach, was ich ihr schuldig bin.«

»Was bist du ihr schuldig?«, erkundigte sich Beate irritiert.

»Das, was sie sich offenbar mehr als alles andere wünscht …, einen Heiratsantrag!« Tim atmete einmal tief durch. Jetzt hatte er es wenigstens schon einmal Beate gesagt.

»Du willst Lenny heiraten, um sie zu … trösten?«, fragte Beate in einem seltsamen Ton.

»Ja«, antwortete Tim schlicht. »Wir hängen doch sowieso die ganze Zeit zusammen, da kommt es doch auf einen Ring mehr oder weniger auch nicht an. Außerdem beschütze ich sie auf diese Weise vor diesem polnischen Verbrecher.«

»Einen Ring mehr oder weniger …?«, wiederholte Beate. Sie sah geradezu fassungslos aus. Dann fragte sie plötzlich: »Ja, hast du denn schon einen Ring besorgt?«

Tim blickte sie mit großen Dackelaugen an. »Ähm, ich dachte, jetzt wo ich gerade geldtechnisch etwas klamm bin, könnte ich mir vielleicht erst einmal einen von dir leihen. Also, wenn das okay für dich wäre?«

48.

Das »Petit Prince« war das älteste Salsa-Lokal in Köln und lag am Hohenzollernring im Herzen der Innenstadt. Ich kannte es nur vom Hörensagen, denn natürlich war ich in der Vergangenheit auch in Bezug auf lateinamerikanische Rhythmen keine allzu begnadete Tanzmaus gewesen. Trotzdem machte ich mich jetzt auf den Weg zu diesem Tempel der Latinoszene, in dem der Showdown meiner hoffentlich doch noch erfolgreichen Rückeroberung von Ben stattfinden sollte. Danach war – so oder so – Schluss mit lustig: Entweder warf ich dann endgültig das Handtuch, oder ich marschierte an seiner Seite zum Traualtar.

Mein Outfit war wirklich rasiermesserscharf. Beate hatte mir einen feuerroten Fummel besorgt, der meine Kurven wie eine zweite Haut umschloss. Nein, da blieb – bis auf die Farbe meiner Unterwäsche vielleicht – sehr wenig der Fantasie überlassen. Aber schließlich legte ich es heute auch darauf an. Da kam mir dieser sparsame Stoffverbrauch sehr entgegen.

Es fühlte sich so verdammt gut an, die blöde Verkleidung hinter mir zu lassen und endlich mal wieder vom anderen Geschlecht beachtet zu werden. Die begehrlichen Blicke auf mir zu spüren und die Gewissheit, dass ich diese Blicke nur kurz erwidern müsste, um auf einen Drink eingeladen zu werden. Das Selbstbewusstsein zu empfinden, das mit diesem Wissen einherging. Erst durch meinen Aufenthalt in Schloss Winterfreude war mir richtig bewusst geworden, wie kostbar diese Zeit der Jugend war und wie sehr man sie genießen sollte. Locker warf ich meine frisch gewaschene blonde Haarpracht in den Nacken und drehte auf der Suche nach Ben eine kleine

Runde durch das Lokal. Das »Petit Prince« hatte zwei Etagen: Im Erdgeschoss befand sich eine Bar, in der man sich in Ruhe unterhalten konnte. Über eine Treppe gelangte man dann eine Etage tiefer in die eigentliche »Salsa-Höhle«, die mit etwa hundert Quadratmetern zwar nicht gerade riesig, dafür aber – bereits zu dieser relativ frühen Uhrzeit – ziemlich voll war.

Zwei Theken standen auf den sich gegenüberliegenden Seiten zur Verfügung, und der DJ hockte etwas versteckt in einem Extraraum mit Blick über die Tanzfläche. Heiße Musik feuerte die Tänzer an, und es machte mir Spaß, zu beobachten, wie sie bei jeder Bewegung ihre Körper geschmeidig aneinanderpressten. Da wurde ja selbst mir ganz anders. Immerhin lag mein letztes Mal mit Ben schon viel zu lange zurück. Zur Abkühlung besorgte ich mir erst einmal eine eisgekühlte Margarita.

Plötzlich tippte mir jemand von hinten auf die Schulter. Erwartungsvoll drehte ich mich um. Aber es war natürlich nicht Ben. Es waren nicht einmal Beate und Tim, die auch noch kommen wollten. Nein, der Typ, der mich da so ungeniert berührte, war gefühlte zwanzig Zentimeter kleiner und trug ein lüsternes Lächeln sowie beeindruckend tiefe Aknenarben im Gesicht. Sein extravaganter Vokuhila passte da erstaunlich gut ins Bild.

»Tanzt du mit mir?«, fragte er und stierte mir in den Ausschnitt, der für ihn genau auf Augenhöhe lag.

»Nein, danke!«, sagte ich höflich und drehte mich wieder weg.

Doch diesen Negativbescheid wollte mein Rosenkavalier nicht so einfach hinnehmen, denn er zerrte so lange an meinem Arm, bis wir uns wieder von Angesicht zu Angesicht gegenüberstanden.

»Du eingebildete Schlampe«, schrie er.

Erst jetzt roch ich die kolossale Fahne in seinem Atem.

»Du denkst wohl, du bist zu gut für mich, was? Bloß weil du noch einigermaßen frisch bist, hältst du dich für was Besseres!« Seine schwitzige, aber erstaunlich kräftige Pranke umklammerte meinen Arm. »Aber warte nur ab! Noch ein paar Jahre und dann haste Cellulite, Hängetitten und einen fetten Hintern! Und dann ... du alte Kuh ... dann will *ich dich* nicht mehr.«

Ich wusste nicht, was ich auf diese freundliche Prophezeiung antworten sollte, denn seine Augen glitzerten so fanatisch, und irgendwie machte mir das alles gerade ein bisschen Angst.

»Du lässt die junge Dame jetzt besser los und verziehst dich«, sagte auf einmal jemand hinter mir. Das war doch Adams Stimme! Ich blickte mich um, und tatsächlich ... dort stand mein ganz persönlicher Superheld. Was machte der denn hier? Ich wollte schon seinen Namen rufen, als mir in allerletzter Sekunde einfiel, dass er mich ja ohne Maske gar nicht erkennen konnte. Er leistete hier also einer ihm völlig fremden Frau so beherzt Beistand!

»Und wenn ich aber nicht will?«, fragte mein besoffener Verehrer und packte meinen Arm noch ein bisschen fester.

»Dann warne ich dich hiermit zum letzten Mal.« Adam klang noch immer beherrscht, doch jetzt hatte seine Stimme einen bedrohlichen Unterton. »Eins, zwei ...«

Er brauchte gar nicht weiterzuzählen, denn der Typ hatte meinen Arm schon bei »zwei« freigegeben. Und er schien auch sonst nicht besonders mutig zu sein, denn als Nächstes sah ich seine bezaubernde Rückenansicht Richtung Ausgang verschwinden. Ich atmete tief durch.

»Alles okay?«, erkundigte sich Adam fürsorglich.

Ich nickte. »Klar, bin doch nicht aus Zucker!«, sagte ich forscher, als ich mich fühlte.

»Wie, echt?«, meinte Adam lächelnd. »So süß, wie du in diesem Kleid aussiehst, könnte man das schon vermuten.«

Himmel! Adam flirtete mit mir! Also war er doch kein Gigolo und auch keiner, der nur auf »reife« Frauen stand.

»Kann ich mich für meine Rettung vielleicht mit einem Drink revanchieren?«, fragte ich ihn mit einem hoffentlich charmanten Lächeln.

Adam, der ein am Kragen offen stehendes weißes Hemd und Jeans trug, sah in diesem Augenblick wirklich aus wie Orlando Bloom. Irre attraktiv. Doch sein Gesichtsausdruck war plötzlich wieder ernst: »Das musst du nicht, ich meine …«

»Ich will aber!«, unterbrach ich sein höfliches Gestammel. »Also, was magst du trinken?«

Adam schaute mich forschend an, gerade so, als würde er noch einmal gründlich überlegen, ob er mein Angebot annehmen sollte. Plötzlich klopfte mein Herz so komisch. Warum nur? Das war doch nur Adam, der nette polnische Praktikant! Da brauchte mein Herz doch nun wirklich keine aufgeregten Saltos zu schlagen.

Adam tippte gegen das auf einmal leicht zitternde Margarita-Glas in meiner Hand und sagte: »Danke, dann nehme ich das Gleiche.«

Wenig später standen wir, jeder mit einem Drink in der Hand, am Rand der Tanzfläche. Adam wippte mit den Füßen. Klar, der war bestimmt zum Tanzen hier. Aber wo steckten nur Ben und Simone? Eigentlich sollten die zwei auch längst da sein.

»Wie heißt du eigentlich?«, fragte Adam mich auf einmal.

»Lenja.«

Es folgte eine Gesprächspause. Wartete Adam etwa auf eine geistreiche Bemerkung von mir? Ausgerechnet von mir, deren Kommunikationstalent fatalerweise immer streikte, wenn ich aufgeregt war? Dann fiel bei mir der Groschen.

»Ähm, und wie heißt du?«, erkundigte ich mich. Er konnte ja nicht wissen, dass ich seinen Namen schon kannte.

»Dariusz«, antwortete Adam ernst.

Es dauerte ein bisschen, bis seine von meinem aktuellen Wissensstand abweichende Antwort von meinem Kleinhirn registriert wurde. Aber dann musste ich aufpassen, dass mir vor Überraschung die Augen nicht aus dem Kopf kullerten! Wie bitte? Wieso nannte Adam sich plötzlich »Dariusz«?

»Willst du mit mir tanzen?« fragte Adam/Dariusz, der mir hoffentlich meinen inneren Aufruhr nicht anmerkte.

Ich nickte stumm, irgendwie zu geplättet, um die Worte »Nein, danke!« auszusprechen.

Wie nicht anders zu erwarten, war Adam ein geradezu göttlicher Salsa-Tänzer. Und da ich inzwischen gelernt hatte, mich von ihm führen zu lassen, konnte ich seinen sinnlichen Bewegungen gut folgen – auch wenn in meinem Kopf der absolute Ausnahmezustand herrschte.

Während verschiedene Salsa-Größen sich die Seele aus dem Leib sangen und wir dazu immer hinreißender miteinander tanzten, ging ich im Kopf alle Möglichkeiten durch, die diese Namensänderung plausibel erscheinen ließen: 1) Adam hatte einen eineiigen Zwillingsbruder, der auch sensationell gut tanzte, ebenfalls in Köln lebte und sich Dariusz nannte; 2) Adam hieß in Wirklichkeit Adam-Dariusz und benutzte mal den einen, mal den anderen Namen; oder 3) Adam führte genau wie ich ein Doppelleben: Im Altenheim spielte er den netten Praktikanten, außerhalb den sexy flirtenden Dariusz ... quasi Dr. Jekyll und Mr. Hyde. Nur: Warum?

Mein Innenleben war ein einziges Fragezeichen, bis auf einmal ganz andere Gefühle die Oberhand gewannen. Adam ließ seine Hände meinen Rücken hinuntergleiten und zog mich noch ein wenig näher zu sich ... so, dass wirklich kein Blatt

Papier mehr zwischen uns passte. Dann fuhren seine Hände langsam, aber sicher wieder nach oben … streichelten meinen Hals auf eine ziemlich prickelnde Weise … das fühlte sich jetzt aber … hmm … richtig gut an … und hielten schließlich mein Gesicht gefangen. Dabei schaute er mir ganz tief in die Augen, fast so, als wollte er meine pechschwarze Seele auf einen Blick ergründen.

Plötzlich küsste er mich. Und zwar wie ein Weltmeister. Dabei hatte ich immer geglaubt, dass mir beim Küssen keiner so schnell etwas vormachte. Immerhin war ich in der Hinsicht nicht gerade unerfahren. Doch das Kuss-Feuerwerk, das Adam und ich da gerade gemeinsam abfackelten … Wahnsinn! Adam war der unangefochtene Meister seines Faches, und ich überließ mich nur zu gerne seinen Künsten.

Ich hätte nicht sagen können, wie lange wir schon knutschend auf der Tanzfläche standen. Ich vergaß die Zeit, genauso wie meinen Namen und dass ich eigentlich nach jemand anderem Ausschau halten wollte.

Meine Knie wurden weich. Ich schien in Flammen zu stehen. Oder wurde ich vielmehr von einer riesigen Flutwelle mitgerissen? Fast wie eine Ertrinkende klammerte ich mich an Adam fest, während meine Lippen förmlich an seinen klebten. Und dann ging ich quasi technisch k.o.! Man hätte mich zwar noch anzählen können, aber ich hätte Adam auch freiwillig gewinnen lassen … solange er nur nicht aufhörte, mich auf diese unerhörte Weise zu küssen.

»Lenny?«

Ich bekam zwar mit, wie jemand von ganz weit weg meinen Namen rief, doch ich reagierte nicht. Mein Verlangen nach Adam war stärker.

»Lenny!«

Ich wollte rufen »Hau doch ab!«, aber leider war mein Mund

gerade zu beschäftigt. Konnte derjenige das nicht selbst sehen?

»Verdammt noch mal«, schrie dieser Jemand jetzt fast hysterisch. Und im nächsten Moment wurde ich grob nach hinten gerissen ... ja, ich wäre bestimmt sogar hingefallen, wenn Adam mich nicht ganz fest an beiden Händen gehalten hätte! Leider musste ich nun auch die Augen wieder öffnen, die ich noch immer fest zugekniffen hatte, um den kostbaren Moment zu verlängern.

Und plötzlich sah ich, wie sich zwei Männer, wild miteinander kämpfend, auf dem Boden wälzten. Oh Gott, der eine war ganz eindeutig Adam ... aber den anderen kannte ich auch viel zu gut!

49.

Ich hatte mich aufs überfüllte Damenklo geflüchtet. Denn der Anblick, wie Adam und Tim – was war nur mit dem in letzter Zeit los? – sich um mich prügelten, war einfach zu viel für mich. Ich musste erst mal wieder runterkommen, brauchte Zeit für eine emotionale Bestandsaufnahme.

Fahrig drängelte ich mich durch die schnatternde, ihr Make-up auffrischende Meute, um ein Plätzchen vor dem Spiegel zu ergattern. Neugierig betrachtete ich mein Gesicht. Bis auf den verschmierten Lippenstift sah ich eigentlich aus wie immer. Dabei hatte ich mit Adam (oder seinem Zwillingsbruder Dariusz?) in aller Öffentlichkeit hemmungslos geknutscht! Oh mein Gott! Was, wenn Ben mich so gesehen hätte? Auf einmal wurde mir ganz schlecht.

Doch dann stiegen Erinnerungsfetzen an Adams Kuss in mir hoch. Nein, so leidenschaftlich war Ben nie gewesen. So verführerisch, hingebungsvoll und mit mir im Einklang auch nicht.

Aber worauf kam es denn im Leben nun wirklich an? Hatte ich an Ben nicht gerade diese Leidenschaftslosigkeit geliebt? Seine Ruhe, seine Besonnenheit? Seine immer gleichbleibend stabile Gefühlslage? Guten Sex konnte man schließlich auch mit halbseidenen, dich ständig betrügenden Flitzpiepen haben, aber eine feste Beziehung aufzubauen, dazu gehörte schon mehr. Klar, wenn die Gefühle gleichbleibend stabil waren … war der Sex auch nicht gerade wild. Andererseits war Adam ebenfalls kein windiger Casanova. Warum kam dann ausgerechnet bei ihm dieser Gefühlsüberschwang in mir auf? Ach, ich war so verwirrt. Sollte ich vielleicht doch noch einmal nachschauen, dass die beiden Kerle sich da draußen nicht gegenseitig umbrachten?

In diesem Moment ging die Damenklotür auf und Tim trat unter dem lebhaften Gekreische der anwesenden Mädels ein. Er sah schrecklich aus! Sein linkes Auge schwoll gerade zu, und er hatte einen blutigen Kratzer auf der Wange. Aber so leid er mir tat, irgendwie geschah ihm das recht. Er hatte schließlich mit dieser Prügelei angefangen.

»Raus hier!«, schrie eine blonde Bohnenstange ihn an.

Doch Tim wäre nicht Tim, wenn er nicht trotzdem augenblicklich die Herzen aller anwesenden heterosexuellen Fräuleins erobert hätte. Selbst in diesem angeschlagenen Zustand. Und so bahnte er sich ungehindert – fast wie Moses – einen Weg durch dieses Meer aus rosarot geschminkten Mündern, bis er bei mir ankam. Ich schüttelte den Kopf. »Mann, Tim! Was soll das? Du kannst doch nicht einfach Adam verhauen, nur weil du ihn für einen …«

Ich konnte nicht zu Ende sprechen, denn plötzlich ging Tim vor mir auf die Knie.

»Ohhh« und »uhhh«, raunten die versammelten Klomädels, die offenbar schneller schnallten, was jetzt unweigerlich folgen musste.

»Lenja Joplin Schätzing …«, setzte Tim an, und mir blieb der Mund offen stehen.

»… willst du meine Frau werden?«, vollendete er seinen Antrag. Er blickte zu mir auf und hielt mir Beates silbernen Totenkopfring entgegen.

Alle Blicke ruhten auf mir.

»Haha!«, sagte ich. »Sehr lustig.« Dann zog ich Tim an seiner Ringhand wieder hoch.

Als den Mädels klarwurde, dass dies nur ein dummer Scherz war, gingen sie alle wieder zur Tagesordnung über: vor den wenigen Toiletten Schlange stehen und eifrig mit der besten Freundin tuscheln.

Nur Tim sah mich so merkwürdig an. Das kümmerte mich jetzt allerdings nicht. »Was ist nur in dich gefahren?«, herrschte ich ihn an. »Komm, wir müssen unbedingt mal nach Adam sehen.«

Vor dem Klo trafen wir Beate, die mir einen verständnisvollen Blick zuwarf.

»Hast du Adam gesehen?«, fragte ich sie.

»Ich glaube, der ist schon gegangen!«, antwortete sie lapidar.

»Mist! War er so schwer verletzt?«

»Also wenn du mich fragst ... der hat mehr ausgeteilt als eingesteckt.«

Kommentarlos ließ Tim uns beide stehen und torkelte zur Theke. Einträchtig blickten wir ihm hinterher.

»Hast du eine Ahnung, was mit dem los ist?«, fragte ich Beate mit einem Seufzer.

»Er hat sich halt schon zu Hause Mut für seinen Antrag angetrunken«, verkündete sie und lächelte spröde.

»Wie jetzt? War das etwa geplant? Hat er Adam deswegen an den Kragen gewollt?«

Sie zuckte mit den Schultern. »Frag mich nicht! Aber du brauchst dir keine Gedanken zu machen ... ich bringe unser Sorgenkind schon wohlbehalten nach Hause.«

»Danke!«, sagte ich zu Beate. Wir verstanden uns blind.

»Aber wer soll denn nun eigentlich dein Herzblatt sein?«, fragte sie interessiert und blickte aufmerksam Richtung Treppe. Ich folgte ihrem Blick, und wen sah ich da am Arm einer Freundin die Stufen herunterschreiten? Krankenschwester Simone.

Wie gebannt beobachtete ich die beiden. Sie besorgten sich einen Drink an der Bar und tanzten dann eine ganze Weile miteinander. Nur von Ben war weit und breit nichts zu sehen.

Ob Simone und er sich gestritten hatten? Oder hielt ihn mal wieder ein medizinischer Notfall auf?

Zwei Stunden später gab ich auf. Ich war hundemüde und schwebte noch immer im Gefühlschaos: Adam! Tim! Und natürlich Ben! Mein Gott. Mein Leben war die reinste Seifenoper. Ich beschloss, wenigstens heute Nacht in meiner Wohnung hier in Köln zu schlafen und erst morgen früh zurück nach Schloss Winterfreude zu fahren. Dort würde ich dann nach Adam und Ben sehen und endlich die letzten Seiten meines Drehbuchs fertig schreiben.

Beate hatte den sturzbesoffenen Tim schon vor einer Stunde abgeführt. Gerade noch rechtzeitig, bevor er angefangen hatte, unliebsame Aufmerksamkeit auf sich zu ziehen. Morgen musste ich auch unbedingt mal Klartext mit ihm reden. So ging das nicht weiter. Welche Laus war ihm nur über die alkoholisierte Leber gelaufen?

Ich leerte mein Glas, stellte es ab und ging nach oben. Ob ich mir ein Taxi leisten sollte? Oder fuhr ich mit dem Bus nach Lindenthal? Zu Fuß war es definitiv zu weit.

Als ich mich freundlich vom Türsteher des »Petit Prince« verabschiedete und auf den Gehsteig trat, kam mir jemand entgegen, der offensichtlich vor dem Eingang auf mich gewartet hatte: Adam!

Er sah aus, wie aus dem Ei gepellt, und wies keinerlei Kampfspuren auf. Na ja, zumindest nicht im Gesicht.

»Was machst du denn noch hier? Müsstest du nicht schon längst wieder in Schlo…« Ich biss mir auf die Zunge.

»Normalerweise bringe ich die Frau, die ich küsse, auch wieder sicher nach Hause«, entgegnete er sanft.

Adam war echt ein Kavalier alter Schule! Aber das war ja nicht unbedingt verkehrt. Insgeheim freute ich mich riesig, ihn hier so unversehrt vor mir stehen zu sehen.

»Und womit willst du mich nach Hause bringen?«, erkundigte ich mich zögernd. Beate und Tim würden bestimmt Schrei-
krämpfe kriegen, wenn sie wüssten, dass ich mit meinem
mysteriösen Polen nachts allein unterwegs war. Doch ich vertraute Adam. Oder Dariusz. Man konnte ja nicht immer auf
Nummer sicher gehen.

»Mein Auto steht nur eine Straße weiter«, antwortete Adam
und legte mir behutsam den Arm um die Schultern. Zutraulich lehnte ich mich an. Oh ja, vielleicht würde er mich im
Auto noch einmal küssen ... dagegen hätte ich absolut nichts
einzuwenden.

Gemeinsam gingen wir circa vierhundert Meter, dann blieb er
vor einem ziemlich großen blauen BMW mit polnischem
Kennzeichen stehen und hielt mir die Beifahrertür auf.

Schickes Auto für einen Praktikanten, dachte ich, stieg allerdings wortlos ein.

»Wohin geht die Reise?«, fragte er mich mit einem Lächeln,
als er hinter dem Steuer Platz genommen hatte.

Ich nannte ihm meine Adresse, und er fuhr los.

Unsicher klammerte ich mich am Sitz fest. Ich zitterte sogar
ein bisschen, was meinem intuitiven Begleiter natürlich nicht
entging.

»Soll ich die Heizung einschalten?«, fragte er mit einem Sei-
tenblick auf mich.

»Ja, bitte«, antwortete ich dankbar, obwohl mir eigentlich gar
nicht so kalt war. Ich war eher aufgeregt.

Den Rest der Fahrt verbrachten wir schweigend. Mein Kopf
war einfach zu vollgestopft mit Fragen, als dass ich auch nur
eine einzige hätte stellen können. Die naheliegendste, »Warum nennst du dich Dariusz?«, kam mir nicht über die Lippen.

Vor meinem Apartmenthaus angekommen, stieg Adam aus

und hielt mir wieder die Tür auf. Was, kein Abschiedskuss? Oder wollte er zu mir in die Wohnung mitkommen? Ob es klug wäre, ihn noch nach oben zu bitten? Bevor ich den Gedanken zu Ende denken konnte, hatte ich die Einladung schon ausgesprochen: »Willst du vielleicht noch etwas bei mir trinken?«

Man sah Adam an, dass ihm die Entscheidung nicht leichtfiel. Seine wunderbaren hellgrünen Augen leuchteten kurz auf. Doch dann schüttelte er den Kopf. »Ich glaube nicht, dass das momentan eine gute Idee wäre«, sagte er leise und musterte etwas melancholisch mein Gesicht.

»Warum nicht?«

»Ich glaube, du musst da erst noch ein paar Dinge regeln, bevor du wirklich frei bist.«

»Was für Dinge?«, fragte ich empört. Ich war von mir selbst ganz überrascht. Wieso bedeutete mir das plötzlich so viel?

»Na ja«, sagte Adam. »Beim nächsten Mal würde ich dich gerne küssen, ohne dass ein anderer Mann wie ein wild gewordener Stier auf mich losgeht.«

»Ach so«, murmelte ich verlegen.

Sollte ich ihm erklären, dass Tim lediglich mein bester Freund war und Adam nur aus falsch verstandenem Beschützerinstinkt angegriffen hatte? Oder würde er das missverstehen? Aber was war mit Ben? Adam hatte recht, ich musste wirklich noch einige Dinge regeln. So legte ich nur traurig und enttäuscht die Hand an seine Wange und flüsterte: »Schlaf gut!«

Er nahm meine Hand von seinem Gesicht und drückte sie liebevoll gegen seine Lippen. »Du auch! Ich rufe morgen bei dir an.«

Adam bestand darauf zu warten, bis ich die Haustür aufgeschlossen und den Flur betreten hatte, dann erst stieg er in sein Auto und fuhr davon. Mit einem frustrierten Seufzer stiefelte ich die Treppen hoch.

Ich lag bereits im Bett, als mir auffiel, dass er mich morgen gar nicht anrufen konnte: Er hatte sich nicht nach meiner Telefonnummer erkundigt!

50.

Tim lag vollkommen erledigt auf seinem Bett. Um ihn herum drehte sich alles. Verdammter Alkohol! Als Gegenmaßnahme gegen diese abartige Dreherei ließ er sein rechtes Bein vorsichtig von der Matratze gleiten und stellte den dazugehörigen Fuß fest auf den Boden. Na bitte ... schon war er wieder geerdet. Das Karussell, das sein Schlafzimmer war, hielt an. Ganz wohl war ihm dennoch nicht zumute. Sein Magen brannte, und sein Kopf schien irgendwie mit Watte gefüllt zu sein. Aber vielleicht würde es ihm nun endlich gelingen, seinen Rausch auszuschlafen.

Ein Schäfchen, zwei, drei ..., zählte er ungeduldig. Bei zweihundertvierunddreißig hörte er auf. Das lag bestimmt an diesen zuckerigen Cocktails. Er hätte sich lieber mit Wodka pur die Kante geben sollen. Oder war es sein schlechtes Gewissen, das ihn wach hielt?

Diesmal hatte er mitbekommen, wie Beate ihn mit Hilfe des netten türkischen Taxifahrers nach oben geschleppt und dabei unentwegt vor sich hin geflucht hatte. Er konnte sogar verstehen, dass sie sauer auf ihn war. Aber irgendwie war ihr auch nicht zu helfen. Sie hätte ihn einfach in der Gosse liegen lassen sollen. Schließlich hatte er sie inständig darum gebeten. Diese Weiber wollten ja nie auf einen hören. Außerdem ... was blieb einem richtigen Mann schon anderes übrig, als sich generalstabsmäßig zu betrinken, wenn er am gleichen Tag bankrottging, an dem sein erster richtiger und nicht aus einwohnermeldeamtstechnischen Gründen gemachter Heiratsantrag schnöde abgelehnt wurde? Davina hatte er damals nur geheiratet, damit sie eine Aufenthaltsgenehmigung bekam, aber bei

Lenny war es doch zumindest echte Zuneigung. Und sie hatte seinen Antrag eigentlich noch nicht einmal abgelehnt ... sie war einfach darüber hinweggefegt. Offenbar hatte sie das Ganze für einen Witz gehalten! Da vollbrachte man einmal im Leben eine gute Tat, und dann passierte so etwas. Er hatte sich wie ein Loser gefühlt! Und das war er ja auch. Ein idiotischer Loser. Anstatt seine wahren Gefühle der Frau zu beichten, die sich so liebevoll ...

In diesem Moment wurde seine Zimmertür leise geöffnet. Spontan stellte Tim sich schlafend. Dies schien ihm die einzig angemessene Reaktion zu sein. Er konnte sich momentan nicht mit einem anderen menschlichen Wesen auseinandersetzen, dazu war er entschieden zu sehr im Unreinen mit sich selbst.

Jemand setzte sich vorsichtig auf seine Bettkante und strich zärtlich über seine Hand. Wer, zum Teufel, konnte das sein? Beate musste schon vor Stunden gegangen sein. Er hatte doch die Wohnungstür zuschlagen hören.

»Ach, Tim!«, seufzte die Person leise. Es war tatsächlich Beate. »Tim, ich weiß, dass du dich morgen an nichts erinnern wirst, weil du erstens schläfst und zweitens viel zu besoffen bist, aber ich wollte nicht gehen, ohne mich von dir zu verabschieden«, flüsterte sie.

Ihre Stimme klang so traurig. Warum nur ... sie wollte doch nur nach Hause gehen. Das war okay. Er konnte verstehen, dass sie nicht mit einem volltrunkenen Schnarcher die Nacht verbringen wollte, obwohl er eigentlich ganz gerne mit ihr ...

»Natürlich werden wir Freunde bleiben! Das hoffe ich zumindest. Ich brauche einfach ein bisschen Abstand. Weißt du, Tim, ich habe es jetzt endlich gerafft. Das mit dir und mir wird niemals etwas anderes sein als Freundschaft. Egal, wie sehr ich mir das wünsche.«

Tim lag stocksteif da. Das konnte doch nicht wahr sein. Das musste er träumen.

»Ja, ich dumme Nuss habe mich in dich verliebt! Obwohl ich es wirklich hätte besser wissen müssen. Aber natürlich hat Lenny mich ermutigt. Sie hat ja liebenswerterweise auch immer eine rosarote Brille auf. Und du bist eben, wie du bist. Nicht wahr? Du nimmst dir, was du brauchst, und dann ...« Sie brach mitten im Satz ab.

O Gott, weinte Beate gerade? Die ultratoughe Beate vergoss seinetwegen Tränen?

»Ich gebe dir auch gar keine Schuld. Du kannst schließlich nichts dafür, dass ich mich in dich verliebt habe ... und du dich nicht in mich! Ja, es tut weh. Verdammt weh sogar! Doch ich kann dich nicht zwingen, meine Liebe zu erwidern. Aber so ... so kann ich auch nicht weitermachen. Wirklich nicht!« Beate wurde schon wieder von ihren Tränen übermannt und schluchzte verzweifelt, doch Tim konnte sich immer noch nicht rühren. Er war zu schockiert: Beate *liebte* ihn?

»Und ich fühle mich auch so schuldig ... dass Markus aus eurem Telefonat gleich geschlossen hat, dass ich etwas für dich empfinde, kann ich mir nicht erklären ... vielleicht hat er ja auch in meinem Tagebuch gelesen ... aber ich werde das in Ordnung bringen ... Mach dir keine Sorgen! Wenn ich Markus erzähle, dass ich jetzt aus Köln weggehe, wird er bestimmt wieder einlenken. Das ist reine Eifersucht. Eigentlich braucht er dringend so einen Quotenhit wie eure Serie ... also dann, mein Liebling ... pass gut auf dich auf.«

Beate beugte sich hinunter und küsste ihn sanft. Dann setzte sie sich auf ...

»Bitte geh nicht, Beate«, flüsterte Tim und schlug die Augen auf. »Ich weiß nicht, ob ich all das hier gerade träume oder nicht ..., aber ich will, dass du bei mir bleibst!«

51.

Als ich gegen neun Uhr morgens in voller Karla-Meyer-Montur mit Beate vor Schloss Winterfreude vorfuhr und mich meine »Nichte« fürsorglich die Treppe zum Eingang hinaufbrachte, sah ich als Erstes Leopold, der sich in einem Stuhl direkt neben der Tür die Sonne auf den Pelz scheinen ließ.

»Ich hole das fertige Manuskript gegen siebzehn Uhr ab«, sagte Beate kurz angebunden. Sie war wie immer in Eile. Obwohl sie heute Morgen auch irgendwie übernächtigt aussah. Und glücklich. Aber sie wollte meine Fragen nach dem weiteren Verlauf des Abends partout nicht beantworten, und so sagte ich nur: »Alles paletti. Bis dahin bin ich dicke fertig!«, und winkte ihr hinterher.

Dann ging ich die letzten Stufen zu Leopold hoch, der gerade seine brennende Zigarre hinter seinem breiten Rücken zu verstecken versuchte.

»Na, wie war's gestern Abend?«, fragte er mich verlegen, während hinter ihm Rauchzeichen aufstiegen.

»Schön«, antwortete ich und blieb vor ihm stehen. Der Tabakduft stieg mir in die Nase.

»Dann war es also die richtige Entscheidung, gestern einen kleinen Herzanfall vorzutäuschen und deinen wunderbaren Ben hier zu behalten?«, erkundigte sich Leopold schelmisch. Ich traute meinen Ohren nicht. »Was?«, fragte ich verdattert.

»Na, ich wollte Adam eine reelle Chance geben, sich einmal ungestört an so eine Sahneschnitte wie dich ranzumachen. Schließlich hatte er Simone und Ben den Tipp mit dem »Petit

Prince« gegeben. Er geht da offenbar regelmäßig hin. Du hast doch bestimmt mit ihm getanzt?«

»Nein«, sagte ich wütend, und das war nicht einmal gelogen, denn ich hatte ja schließlich mit »Dariusz« und nicht mit Adam getanzt und … ähm … geküsst! Dass Leopold einfach so ohne Absprache meinen allerletzten Versuch sabotierte, Ben zurückzuerobern, war wirklich die Höhe.

»Warum nicht?«, fragte Leopold enttäuscht.

»Darum!«, sagte ich und stampfte davon. Dann drehte ich mich noch einmal zu ihm um und sah, wie er genüsslich an seiner Zigarre zog und eine riesige Rauchwolke ausstieß.

»Du solltest besser mal aufhören, dir mit diesem verdammten Zeug die Arterien zu verstopfen!«, schrie ich grantig. »Sonst kriegst du tatsächlich noch einen Herzanfall!«

Doch Leopold kümmerte das natürlich nicht die Bohne.

Als ich in meinem Zimmer ankam, stellte ich zunächst mein Handy auf laut – eventuell würde Adam/Dariusz sein Versprechen doch noch wahrmachen und mich anrufen; vielleicht bekam er ja meine Telefonnummer auf Umwegen raus. Zumindest Adam hatte sein Geschick in Sachen Informationsbeschaffung bereits unter Beweis gestellt.

Dann kam mir ein Gedanke, und ich rief die schöne Isobel von der Rezeption an, die übrigens seit einigen Tagen wieder mit Andreas verbandelt war. Dieses »Liebes-Comeback« war natürlich schon ausführlich von uns »Alten« diskutiert worden. So etwas entging hier niemandem! Andreas machte endlich wieder ein frohgemutes Gesicht – vielleicht würde seine Auserwählte seinen Antrag ja doch irgendwann einmal annehmen.

»Ich hätte gerne Adam gesprochen«, flötete ich ins Telefon und damit in Isobels hübsches kleines Ohr. Mir war nämlich gerade eingefallen, wie ich meine Zwillingstheorie testen konnte. So wie Superman und Clark Kent niemals zur gleichen Zeit am gleichen Ort auftauchten, müsste ich Adam treffen können, während Dariusz anrief … dann wäre ich schon um einiges schlauer.

»Das tut mir ausgesprochen leid, Frau Meyer«, antwortete Isobel höflich. »Aber Adams Praktikum ist bereits vor zwei Tagen zu Ende gegangen. Hat er Ihnen das nicht gesagt?«

Das war ja hammerhart. Adam hatte sich einfach so verkrümelt? Ohne ein Wort des Abschieds? Nachdem wir so viel Zeit miteinander verbracht hatten?

»Frau Meyer?«, fragte Isobel in die Leitung. »Ich höre gerade von Andreas, dass Adam heute noch einmal hier vorbeischauen wird, um seine restlichen Sachen abzuholen. Soll ich Sie dann informieren?«

»Ich bitte darum«, sagte ich pampig und legte auf. Dann machte ich mich schweren Herzens ans Drehbuchschreiben.

Um Punkt vier Uhr tippte ich das letzte Wort in den Computer und atmete erleichtert auf. Jetzt konnten wir die neue »Abgefahren«-Staffel bedenkenlos Herrn Dragetin präsentieren, Beates fürchterlichem Ex, der auch nach Jahren der Zusammenarbeit darauf bestand, dass wir ihn siezten. Blöder Mr. Dragon Queen. Aber, wenn ich mir dieses Eigenlob aussprechen durfte: Die neue Staffel war echt spitze geworden. Obwohl Simone nun die Hauptperson war. Da ich auf dem Zimmer keinen Drucker hatte, würde ich Beate einfach den Laptop mitgeben. Dann konnte sich Tim das Drehbuch noch schnell durchlesen, es ausdrucken und losschicken. Geschafft!

Was machte ich jetzt nur, bis Beate kam? Ich konnte nicht aus dem Zimmer, sonst verpasste ich sie vielleicht. Am besten würde ich die Zeit nutzen, um kurz unter die Dusche zu springen. Die Latexmaske hatte ich vorhin sowieso schon abgenommen, weil sie mich beim Schreiben gestört hat. Und das restliche Make-up war ja auch relativ schnell erneuert.

Prasselnd lief mir wenig später das heiße Wasser über Kopf und Schultern und tat mir wahnsinnig gut. Jetzt hatte ich wieder etwas Zeit und Muße, über meinen Liebesschlamassel nachzudenken. Wollte ich Ben wirklich noch zurückhaben, oder hatte der Kuss von Adam/Dariusz daran etwas geändert? Hm. Aber was wusste ich schon über meine beiden Polen? Bis vor Kurzem hatte ich Adam sogar noch verdächtigt, ein Gigolo zu sein, und mich darüber gewundert, dass er vor meiner Tür nachts Wache schob! Tim dachte wahrscheinlich noch immer, dass er ein brutaler Serientäter war. Doch konnte jemand, der so innig küsste und sich mir gegenüber so einwandfrei verhielt, wirklich ein gemeiner Verbrecher sein? Sicherlich nicht.

Dennoch konnte ich mir problemlos ein Leben an Bens Seite vorstellen, so in einem luxuriösen Einfamilienhaus mitten im feinen Köln-Junkersdorf. Ich hatte den Bauplan für so ein Leben doch schon fix und fertig im Kopf. Zwei Kinder, ein Golden Retriever, Urlaub im Zweitwohnsitz auf Mallorca. Dann wäre ich dem Kommunenmief meiner traurigen Kindheit endgültig entkommen! Natürlich immer unter der Voraussetzung, dass Ben tatsächlich zu mir zurückkehrte und nicht etwa Simone heiratete.

Ich stand nur in Unterwäsche vor dem Spiegel und bürstete meine Perücke – was am besten funktionierte, wenn ich sie auf dem Kopf trug –, als plötzlich mein Handy klingelte. Dariusz? Nein. Es war Beate, die mir mitteilte, dass sie und Tim in ein paar Minuten vor meiner Tür stehen würden.

Wenig später klopfte es. Ich wickelte mir schnell ein Handtuch um, packte den bereits zurechtgelegten Laptop und riss so schwungvoll wie immer die Tür auf. Dann blieb mir fast das Herz stehen.

Denn vor mir standen nicht etwa Beate und Tim, sondern Ben!

»Frau Meyer, Sie hab…«, setzte Ben an, bevor er erkannte, was für ein merkwürdiges Zwitterwesen da vor ihm stand. Mein Gesicht war nach der Dusche noch immer unmaskiert, während auf meinem Kopf majestätisch die Frau-Meyer-Perücke thronte.

»Ben, glaub mir, ich kann das alles erklären«, sagte ich beschwörend und machte einen Schritt auf ihn zu.

»Lenja?«, Bens Gesichtsausdruck sagte eigentlich schon alles. Er war entsetzt! Sprachlos! Und … fuchsteufelswild?

»Ben, bitte hör mich an! Diese Verkleidung schien mir der einzige Weg zu sein, um …«

»Um mich vollkommen zu verarschen?«, schrie Ben aufgebracht. »Sag mal, denkst du eigentlich ab und zu auch mal an jemand anderen als an dich selbst? Es hat gerade aufgehört wehzutun! Und dann ziehst du hier so eine Show ab?«

Ich war völlig schockiert. Niemals hätte ich mit so einer Reaktion gerechnet. Ablehnung, ja. Auch auf kalte Verachtung hatte ich mich innerlich eingestellt. Aber dass er so zornig werden würde … Niemals!

»Ben!«, murmelte ich beruhigend und versuchte ihm meine Hand auf den Arm zu legen. »Ich will dich nicht verarschen, ich will doch nur …«

»Ja, das würde mich auch interessieren, was du eigentlich willst«, sagte plötzlich jemand genau hinter Ben. Nein! Adam hatte sich ausgerechnet diesen Moment ausgesucht, um wieder in mein Leben zu treten? Und er schien nicht im Geringsten überrascht darüber zu sein, dass sich hinter der Frau-Meyer-Aufmachung eine junge Frau versteckte! Hatte er das gewusst? Woher? Das konnte doch alles nicht wahr sein!

»Adam! Ähm … ich will doch nur …«, wiederholte ich verzweifelt. *Was? Ja, was zum Teufel wollte ich eigentlich?*, hämmerte es in meinem Kopf, während Ben und Adam mich unablässig anblickten; der eine heftig grollend, der andere eher nachdenklich.

»Oh, stören wir gerade?«, erkundigte sich Beate, als sie und Tim unvermittelt auch noch zu unserer skurrilen kleinen Runde stießen.

Das war dann der berühmte Tropfen, der das Fass zum Überlaufen brachte. In der nächsten Sekunde flüchtete ich! Lief einfach an meinen Freunden, zukünftigen und ehemaligen Liebhabern vorbei und haute ab. Wie ein Blitz fegte ich, nur in BH und Höschen unter meinem Badehandtuch, den Korridor entlang. Ich musste jetzt einfach allein sein. In Ruhe nachdenken! Mir über meine wahren Wünsche klarwerden.

Doch da hatte ich die Rechnung ohne Ben, Adam, Tim und Beate gemacht! Denn wie eine wild gewordene Meute hetzten sie – wenn auch aus unterschiedlichen Beweggründen – alle vier hinter mir her: Während Ben mich, sauer wie er war, wohl zur Rede stellen wollte, vermutete ich, dass Adam und Tim mir aus ritterlicher Solidarität folgten. Beate mochte da natürlich nicht allein zurückbleiben. Und so begann die wohl außergewöhnlichste Verfolgungsjagd, die die Insassen von Schloss Winterfreude je zu Gesicht bekommen hatten … falls dort überhaupt schon einmal etwas so Frivoles stattgefunden hatte.

In direkter Konkurrenz zu Usain Bolt schoss ich die Treppe hinunter … meine zweifellos besser durchtrainierten Verfolger dicht auf den Fersen.

Unten angekommen, durchquerte ich die Eingangshalle, winkte Gloria kurz zu, die dort mit Nora und Friedrich Kaffee trank, und jagte dann am Rezeptionstresen vorbei, hinter dem Isobel mit vor Überraschung hochgezogenen Augenbrauen gerade telefonierte.

Doch leider fing genau in diesem Augenblick mein Handtuch an zu rutschen! Panisch raffte ich es über meiner Brust zusammen ... erwischte die beiden falschen Zipfel ... und stand plötzlich bis auf die graue Perücke und meine Unterwäsche splitterfasernackt im Freien.

Mir blieb aber auch wirklich nichts erspart, dachte ich atemlos und drosselte mein Tempo ein wenig ... sollte ich klein beigeben und anhalten? Nein! Niemals!

Direkt hinter mir fluchte der sonst so vornehme Ben lautstark und handelte sich umgehend ein gehecheltes »Lassen Sie sie doch in Ruhe« von Adam ein. Tim und Beate schienen hingegen ihren Atem vollkommen für diese sportliche Höchstleistung zu benötigen. An Aufhören war unter diesen Umständen nicht zu denken. Ich hatte keine Lust, Ben ausgerechnet in dieser Aufmachung Rede und Antwort zu stehen. Also sprintete ich wie ein aufgescheuchtes Reh weiter durch die offen stehende Eingangstür, neben der Leopold, Dieter und Paul gerade geruhsam Karten spielten. Bei meinem fast nackten Anblick fiel Leopold vor lauter Schreck die brennende Zigarre aus dem Mund. Doch für ein Grinsen hatte ich leider keine Zeit ...

Schon war ich im Park! Aber sosehr ich mich auch bemühte ..., ich schaffte es nicht, die Bande hinter mir abzuschütteln. Außerdem verebbte langsam das mich antreibende Adrenalin ..., ich bekam ziemlich fieses Seitenstechen.

Doch einen letzten Haken schlug ich noch ... und rannte gerade an der Außenterrasse des Sonnensaals vorbei, als mir etwas Merkwürdiges den Weg versperrte. Dort lag jemand auf den weißen Kieselsteinen! Jemand Blondes, Kurzhaariges! Schnaufend hielt ich an, bückte mich und wollte der offenbar leblosen Gestalt gerade den Puls fühlen ... als ein entsetzter Schrei hinter mir die Luft zerriss.

»Simone!«, rief Ben verzweifelt. »Lenja ... was hast du nur mit ihr gemacht?!«

52.

In diesem schrecklichen Moment – in dem wir alle Angst hatten, dass Simone ernsthaft verletzt oder gar tot sein könnte und ich sah wie panisch Ben versuchte, sie wiederzubeleben – wurde mir auf einmal bewusst, dass ich ihn nun endgültig an seine Krankenschwester verloren hatte, und … es machte mir nicht das Geringste aus. Ich kämpfte sogar wie eine Löwin an Bens Seite, um sie wieder ins Leben zurückzuholen.

Als Simones Herz endlich wieder anfing zu schlagen und sie langsam die Augen öffnete, war ich mindestens genauso froh und erleichtert wie Ben. Ja, ich gönnte ihnen ihre Liebe von Herzen und wusste, dass sie sicherlich ganz wunderbar zueinanderpassten. Das war mir wahrscheinlich schon in den letzten Wochen unbewusst klargeworden. Auch wenn ich es zunächst nicht wahrhaben wollte. Aber irgendwie hatten die Verfolgungsjagd und der anschließende Schock meinen Blick auf das Wesentliche gelenkt.

Beide waren sie ruhige, vernunftbetonte und bodenständige Menschen. Simone musste sich bestimmt auch nicht verstellen, so wie ich es immer getan hatte, um Ben glücklich zu machen. Sie würde keinen zweitklassigen Schauspieler knutschen, um ihr Selbstwertgefühl aufzupolieren. Und sie musste kein Interesse für Bens medizinische Heldentaten heucheln, sondern konnte ihm dabei sogar zur Seite stehen. Nein, die beiden würden ganz sicher eine sehr harmonische und erfüllte Lebensgemeinschaft bilden.

Außerdem erstreckte sich meine plötzliche Hellsichtigkeit noch auf etwas anderes: Ich war mir seit meinem fast unverhüllten Spießrutenlauf und dem dramatischen Wiederbelebungsakt auch vollkommen sicher, mit wem ich unbedingt ein zweites Date haben wollte. Mit Adam. Oder mit Dariusz! Oder mit allen beiden! Lächelnd blickte ich mich um, um Adam diese gute Neuigkeit mitzuteilen …, aber er war nicht mehr da!

Huch, eben hatte er doch noch mit ernster, grüblerischer Miene neben mir gestanden.

»Ben? Warum ist die Frau da hinten fast nackt?«, fragte Simone röchelnd.

Typisch, dachte ich. Da war sie kurz vorm Abnibbeln und sorgte sich als Erstes um meine nicht ganz standesgemäße Garderobe. Eingeschnappt knöpfte ich Adams Hemd zu, das er sich vorhin gentlemanlike vom Leib gerissen hatte, um mich züchtig zu bedecken. Aber natürlich hatte ich im Eifer des Gefechts keine Zeit gehabt, es richtig zuzumachen.

»Das ist jetzt nicht so wichtig«, beschwichtigte Ben und streichelte Simone über den Kopf.

Also so weit war ich dann doch noch nicht …, dass ich den beiden beim Austausch von Zärtlichkeiten zugucken konnte. Vielleicht machte ich mich jetzt lieber auf die Suche nach Adam.

In diesem Augenblick trafen Beate und Tim mit medizinischer Verstärkung ein. Zwei Krankenpfleger, Andreas und noch jemand, verfrachteten Simone auf eine Trage und schleppten sie Richtung Krankenhaus. Ben lief nebenher und hielt dabei ihre Hand ganz fest in seiner.

»Und was machst du jetzt? Kommst du mit nach Hause?«, fragte Beate, während sie der kleinen Karawane hinterherblickte. »Deine Mission hier scheint ja jetzt beendet zu sein, oder irre ich mich?«

»Mhm«, sagte ich nachdenklich.

»Sei nicht traurig, Lenny!«, versuchte Tim mich zu trösten. »Er hat eh nicht zu dir gepasst.«

»Ich weiß«, gab ich unumwunden zu. »Aber eine Nacht will ich trotzdem noch hier in Schloss Winterfreude bleiben. Schließlich muss ich mich von allen verabschieden, mein Zimmer räumen und …«

»Das hat doch hoffentlich nichts mit diesem Adam zu tun?«, fragte Tim trotzig. »Sonst bleibe ich hier und verprügele ihn gleich noch einmal.«

»Quatsch! Außerdem ist der wirklich ein ganz netter Kerl. Irgendwann wirst du das auch noch merken«, verteidigte ich Adam und unterließ es tunlichst anzudeuten, dass Tim bei einem Kampf sowieso nur wieder den Kürzeren ziehen würde.

»Lenny, ich weiß nicht, was genau mit dieser Simone passiert ist, aber hier läuft immer noch ein gefährlicher Verbrecher rum … also sei bitte vorsichtig!«, sagte Beate ernst und etwas abgekämpft.

»Das bin ich. Versprochen!«, beruhigte ich sie.

»Und die Wahrscheinlichkeit, dass dieser verdammte Adam da irgendwie mit drinhängt, ist verdammt hoch«, gab Tim zu bedenken.

»Genau«, sagte ich sarkastisch. »Deswegen treibt er sich auch hier rum, obwohl sein Praktikum schon seit zwei Tagen beendet ist. Nein, jetzt mal ernsthaft. Wenn Adam wirklich der Täter wäre, hätte er doch längst die Flucht ergriffen.«

»Falls du es noch nicht bemerkt hast, er hat sich tatsächlich gerade verdünnisiert. Wie erklärst du dir das? Findest du das nicht merkwürdig?«, fragte Beate. »Also ich traue ihm auch nicht über den Weg.«

»Pah«, sagte ich. »Wahrscheinlich besorgt er mir nur gerade ein paar anständige Klamotten.«

53.

Als ich einige Zeit später – nachdem ich Beate und Tim endlich den Laptop übergeben hatte – in mein Zimmer zurückkehrte, war auch auf dem Weg dorthin nichts von Adam zu sehen. Ein Telefonat mit Isobel brachte mir leider ebenso wenige neue Erkenntnisse: Auch die Rezeptionistin hatte ihn seit der Verfolgungsjagd nicht mehr gesichtet. Dafür hatte sie jede Menge andere Fragen an mich: Was mir denn einfiele, mich einfach so als alte Frau auszugeben? Ob mir klar wäre, dass ich damit gegen die Hausregeln verstoßen würde? Sie hätte das alles auch umgehend Herrn Geiger berichtet, der leider heute nicht mehr im Haus sei, mich aber gleich morgen früh für meine Taten zur Rechenschaft ziehen würde.

Ich ließ ihre Schimpftirade wortlos über mich ergehen. Dann sollte mir Herr Geiger doch morgen die Leviten lesen, das war mir jetzt auch schnurz. Adam war mir wichtiger. Wo steckte er bloß? Ging er mir absichtlich aus dem Weg? Nahm er mir meine Verkleidung auch übel? Gedankenverloren zog ich mich an.

Kurz überlegte ich, ob ich noch ein letztes Mal meine Maske tragen sollte, entschied mich dann aber dagegen. Schließlich wussten inzwischen alle Leute, die mir etwas bedeuteten, über meine wahre Identität Bescheid. Und der gemeine Botox-Täter schien sich ja ausnahmslos aufs Personal zu konzentrieren, jedenfalls waren alle bisherigen Opfer im Schloss angestellt gewesen. Meines Erachtens sollte man den Täter auch in diesem Umfeld suchen. Vielleicht ein ehemaliger Mitarbeiter, den man zu Unrecht entlassen hatte und der jetzt

Unruhe stiften wollte? Aber als Gast schien man hier nicht besonders gefährdet zu sein. Also wozu der ganze Zirkus?

Dann saßen wir alle am reich gedeckten Abendbrottisch. Zu unserer üblichen Runde, die wie immer aus Gloria, Nora, Leopold, Dieter, Paul und mir bestand, waren noch Friedrich und Ben dazugekommen. Es herrschte drangvolle Enge, aber ich hatte es trotzdem geschafft, ein Plätzchen zwischen Ben und Gloria zu ergattern.

»Du bist also in Wirklichkeit die Ex-Freundin von unserem lieben Doktor?«, erkundigte sich Nora und beugte sich interessiert nach vorne, um mich näher in Augenschein zu nehmen. Stimmt, sie und Friedrich waren die Einzigen, die bisher nicht in mein Geheimnis eingeweiht worden waren.

Ich nickte beschämt. »Was man nicht alles tut, um seinen Freund zurückzuerobern!«

»Was für eine reizende Geschichte«, sagte Nora und lächelte mir zu.

Ben legte mir den Arm um die Schultern und drückte mich kurz. Wir hatten uns noch vor dem Abendessen ausgesprochen. Ben hatte sich in aller Form dafür entschuldigt, dass er mich vorhin beschuldigt hatte, seiner kostbaren Simone etwas angetan zu haben. Es sei ihm bewusst, dass ich niemals so etwas Niederträchtiges tun würde. Auch wenn er immer noch nicht verstehen würde, warum ich überhaupt in diesem Aufzug in Schloss Winterfreude eingezogen wäre. Ich hatte es ihm nicht erklärt, sondern nur lässig abgewinkt und ihm großherzig versichert, dass ich Simone und ihm nur das Allerbeste für die Zukunft wünschte. Dann hatten wir uns freundschaftlich umarmt.

Deswegen war es jetzt auch vollkommen okay für mich, als Ben Nora mit einem ironischen Lächeln antwortete: »Ja, ganz reizend! Und auch ein kleines bisschen durchgeknallt.«

Ich wusste natürlich, warum er plötzlich wieder so zutraulich und lieb zu mir war: Er war hochgradig erleichtert, dass unsere gemeinsame Vergangenheit nun ein für alle Mal abgeschlossen war und wir uns im Guten trennten.

Friedrich, der natürlich neben Gloria Platz genommen hatte, war heute noch schweigsamer als sonst. Jedes Mal, wenn ich zu ihm rüberschaute, merkte ich, wie sein nachdenklicher Blick auf mir ruhte. Das irritierte mich ein wenig. Ob er noch an unsere problematische Golfrunde dachte? Oder steckte etwas anderes dahinter?

»Wie geht es denn nun der armen Simone, mein Schatz?«, fragte Gloria ihren Enkelsohn.

»Gut«, erwiderte Ben. »Sie schläft tief und fest unter den wachsamen Augen von Andreas.«

»Weißt du schon, was man ihr angetan hat?«

»Ja«, sagte Ben. »Das weiß ich.«

Alle Tischgespräche verstummten plötzlich. Wir waren unheimlich gespannt darauf zu erfahren, was genau mit Simone passiert war. Selbst ich, denn ich hatte Ben vorhin nicht danach gefragt. Ich hatte nicht damit gerechnet, dass er schon so schnell diese fürchterliche Geschichte aufklären würde.

»Dann spuck es bitte aus! Lass dir doch nicht immer alles aus der Nase ziehen«, schimpfte ich und gab ihm einen aufmunternden Klaps auf die Schulter.

»Ich werde gleich morgen die Polizei einschalten«, erklärte Ben ernst. »Denn heute Mittag habe ich das toxikologische Gutachten von Isobels Pralinen bekommen. Sowohl Simone als auch sie sind vergiftet worden.«

»Vergiftet!«, riefen Leopold und Paul entsetzt.

Ben nickte.

»Mit Botox?«, erkundigte ich mich atemlos.

Ben schüttelte den Kopf. »Nein, mit Digitoxin.«

313

Wir blickten ihn fragend an.

»Digitoxin, euch wahrscheinlich besser unter dem Namen Digitalis bekannt, ist ein Herzglykosid, das zur Therapie einer Herzinsuffizienz verabreicht wird. Doch wenn es eine gesunde Person einnimmt …« Er machte eine Pause. »Dann kann es entweder zu gastrointestinalen Nebenwirkungen, also zu Übelkeit und Erbrechen wie bei Isobel, oder zu schweren Herzrhythmusstörungen wie bei Simone kommen.«

»Oh mein Gott«, stöhnte Gloria und wurde auf einmal weiß wie die Wand. »Das ist ja furchtbar!«

»Zum Glück hast du Simone schnell helfen können«, sagte Leopold. »Das hätte bestimmt auch ganz anders ausgehen können!«

»Ja, da ich die Ursache von Isobels Beschwerden kannte, konnte ich Simone im Krankenhaus sofort ein Antidot spritzen, das in der Lage ist, freies Glykosid zu binden und zu inaktivieren!« Man sah Ben seine Erleichterung an, und ich streichelte ihm liebevoll die Hand. Er war ein guter Mensch, und ein Teil von mir würde ihn wahrscheinlich immer lieb haben. Auch wenn er jetzt mit Simone in »mein« Haus in Köln-Junkersdorf einziehen würde.

»Dann weilt also wirklich ein Mörder unter uns«, sagte Friedrich finster.

»Dieser Kerl soll mir mal im Dunkeln begegnen … wehrlose Frauen zu vergiften! Das ist wirklich das Allerletzte!«, meinte Leopold grimmig.

»Vielleicht ist er ja auch hinter Männern her und hat nur noch nicht das geeignete …«, wollte Dieter mit ängstlicher Stimme hinzufügen, doch er wurde von Gloria unterbrochen. »Warum hast du uns denn nicht sofort mitgeteilt, dass Isobel mit einem Herzmittel vergiftet wurde?«, erkundigte sie sich.

Ben zuckte mit den Schultern. »Ich war sehr beschäftigt und

dachte eigentlich, dass das auch bis heute Abend Zeit hätte. Auf die Idee, dass der Täter noch am gleichen Nachmittag ein weiteres Opfer angreifen würde, wäre ich ehrlich gesagt niemals gekommen. Ich war auf dem Weg zu … « Er blickte mich mit einem spöttischen Grinsen an. »… zu Frau Meyer, um ihr endlich etwas Blut abzunehmen! Andreas hatte sich strikt geweigert, es noch einmal zu versuchen.«

»Und wie ist der Verbrecher an dieses Gift gekommen?«, fragte Paul.

Statt Ben antwortete ihm Gloria. »Ich glaube, in Schloss Winterfreude ist das wahrlich keine Kunst. Jeder Zweite hier nimmt ein Medikament gegen Herzbeschwerden, ich selbst leide zum Beispiel auch an Herzinsuffizienz. Nicht wahr, Ben?«

Ben nickte, während Friedrich besorgt Glorias Hand ergriff.

»Dann hat der Botox-Fall vielleicht gar nichts mit den zwei anderen Anschlägen zu tun?«, überlegte ich laut.

»Das glaube ich inzwischen auch.« Ben rieb sich gedankenverloren das Kinn. »Ich bin mir sicher, dass Gosia und Agnieszka kein Gift, sondern ein starkes Schlafmittel entweder selbst genommen oder von jemandem eingeflößt bekommen haben, obwohl ich das natürlich nicht beweisen kann, denn die gefundenen Pralinen waren ja – wie Beate und Tim mir heute versichert haben – absolut in Ordnung. Wahrscheinlich hat man ihnen das Botox dann erst hinterher gespritzt, als sie schon ziemlich benommen waren.«

»Aber du verständigst jetzt hundertprozentig die Polizei – zur Not auch gegen Geigers Willen?«, vergewisserte sich Friedrich. »Absolut!«, bestätigte Ben.

»Wie hat man denn Simone das Digitalis verpasst?«, schaltete ich mich interessiert ein. »Sie hat doch gar keine Pralinen bekommen. Oder etwa doch?«

315

»Nein, hat sie nicht. Ich schätze, dass man es ihr in den Kaffee gemischt hat. Der steht immer im Gang vor der Praxis, und falls jemand sie über einen längeren Zeitraum beobachtet hat, war es nicht schwer rauszufinden, dass Simone den ganzen Vormittag über an dieser einen Tasse Kaffee trinkt.«

»Frei nach dem Motto – kalter Kaffee macht schön?«, fragte Dieter und bekam postwendend Leopolds Ellbogen zu spüren.

Doch Ben schien diese Spitze gar nicht mitzubekommen. Er hatte andere Sorgen. »Hoffentlich macht die Polizei den Täter ganz bald dingfest! Ich habe ja eigentlich immer auf unseren ›Schwarzen Witwer‹ Edgar Zwickel getippt, aber der kann es diesmal nicht sein: Er ist vor einer Woche ausgerutscht und liegt nun mit einem gebrochenen Wadenbein neben seiner Ehefrau im Krankenhaus«, erklärte er.

»Ach, deswegen habe ich ihn nicht auf dem Ball gesehen«, bemerkte Nora spitz.

»Kein allzu großer Verlust für dich, nehme ich an?«, fragte Dieter.

»Nein, nicht wirklich. Er hat mich immer gegen meinen erklärten Willen aufgefordert«, lächelte Nora.

Danach wendeten wir uns wieder fröhlicheren Themen zu. Gloria erzählte, dass sie bereits morgen mit Friedrich zusammenziehen würde. Nora scherzte, dass sie sich jetzt wohl oder übel auch einen Freund zulegen müsste, denn Gloria würde ihr wohl in Zukunft nicht mehr so viel Zeit widmen können. Woraufhin Ben schmeichlerisch meinte, dass Nora bei ihrem jugendlichen Aussehen bestimmt keinerlei Schwierigkeiten haben würde, sich eine gute Partie zu angeln. Und als Nora vergnügt in die Runde fragte, wer von den anwesenden Herren denn Interesse hätte, hoben Paul, Dieter, Leopold und sogar Ben die Hand.

Nach ein paar Drinks in der Concordia-Bar ging mein letzter Abend in Schloss Winterfreude seinem Ende entgegen. Übrigens verabschiedete ich mich – entgegen meiner ursprünglichen Absicht – von niemandem, denn natürlich würde ich meine lieben Senioren, insbesondere Gloria und Leopold, auch weiterhin besuchen. Da würde ein großer Abschied nur die Stimmung verderben.

Wieder in meinem Zimmer angelangt, galt mein erster Blick meinem Handy. Zu meiner großen Enttäuschung bestätigte mir das Display, das ich keinen einzigen Anruf in Abwesenheit erhalten hatte. Verdammt! Wo steckte Adam/Dariusz nur? Während ich meine sieben Sachen mehr oder weniger ordentlich in den Koffer warf, überlegte ich fieberhaft, wie ich ihn wiederfinden könnte. Am besten fragte ich morgen mal bei Direktor Geiger nach. Der musste schließlich über die Personalien seiner Mitarbeiter Bescheid wissen. Es wäre doch gelacht, wenn ich Adams Telefonnummer nicht herausbekäme.

Schließlich löschte ich zum allerletzten Mal das Licht. Morgen, frohlockte ich, morgen schon würde ich Adam vielleicht wiedersehen. Auf einmal fühlte ich mich ganz leicht und glücklich. Beruhigt schlief ich ein.

54.

Tim küsste Beate liebevoll auf die Nasenspitze. »Du, das war ...« Er stockte und fuhr sich verwundert mit einer Hand durchs verschwitzte Haar. Dann umspielte plötzlich ein seliges Lächeln seine Lippen. Ihm fehlten tatsächlich die Worte, um zu beschreiben, wie hinreißend und aufwühlend der erste Sex mit Beate gewesen war.

»Ich glaube, die beiden Worte, nach denen du suchst, sind ›ziemlich gut‹!« Beate schmiegte sich noch etwas tiefer in Tims Armbeuge.

»Ha! Also, wenn das ›ziemlich gut‹ war, dann ...!« Spielerisch zwickte er sie in den Po.

»Dann musst du mich eben einfach noch einmal von deinen Liebhaber-Qualitäten überzeugen ...«, flüsterte Beate. »Vielleicht bekommst du ja dann doch noch das Prädikat ›besonders wertvoll‹.«

Tim grinste. »Wer hätte gedacht, dass ausgerechnet du so ein kleiner Nimmersatt bist.« Dann setzte er ihre Wünsche umgehend in die Tat um.

Später ging Tim in die Küche, um Beate und sich ein Glas Wasser zu holen. Als er wieder in sein Schlafzimmer trat, bekam er einen gehörigen Schreck. Beate saß vollständig angezogen auf seinem Bett.

»Was soll das denn?«, fragte er überrascht. »Haust du jetzt einfach ab?«

Beate nickte. »Genau. Fühl dich ruhig auch mal ausgenutzt! Das geschieht dir altem Herzensbrecher ganz recht.«

Für eine Millisekunde wurde es Tim tatsächlich ganz anders zumute – er hing wirklich mehr an Beate, als er je für möglich gehalten hätte –, aber dann ging ihm ein Licht auf. »Du machst nur Spaß!«, sagte er erleichtert.

Beate grinste verzückt. »Ja! So schnell wirst du mich nicht mehr los.« Doch dann wurde sie wieder ernst. »Ich habe mich angezogen, weil ich dir etwas Wichtiges sagen muss, und wenn wir weiterhin beide nackt im Bett liegen … kann ich mich nicht konzentrieren.«

Tim lächelte. »Was musst du mir denn so Wichtiges sagen, das nicht bis morgen früh Zeit hätte?«

»Setz dich hin, denn es wird dich umhauen«, sagte Beate trocken.

Tim folgte ihr aufs Wort.

»Die ›TV-Junkies‹ und ›Abgefahren‹ sind gerettet.«

Tim blinzelte verwirrt. »Was sagst du da?«

»Also, eigentlich waren sie niemals in Gefahr.«

Tim starrte sie fassungslos an. »Wie jetzt?«

»Ich bin doch neulich mit deinem Finanzchef zu diesem Bankdirektor gegangen«, fing Beate an.

»Ja, und?«

»Da habe ich bemerkt, dass dieser Doktor Voosen unglaublich nervös wirkte. Dabei sollte er doch eigentlich auf dem hohen Ross sitzen. Außerdem kam er mir auch irgendwoher bekannt vor. Dann ist mir auf einmal eins der vielen gerahmten Fotos aufgefallen, die in seinem Büro an der Wand hingen und Doktor Voosens sportliche Erfolge dokumentierten.« Beate atmete tief durch. »Und jetzt rate mal, was auf diesem bestimmten Bild zu sehen war.«

»Keine Ahnung!«, stieß Tim atemlos hervor.

»Drei gute Freunde, die gerade ein Golf-Turnier gewonnen hatten und glücklich den Pokal hochstemmten. Und zwar Herr Walter von der Boulevard-Zeitung, Bankdirektor Voosen und … mein lieber Ex-Freund Markus Dragetin!«

»Und … und was soll das jetzt heißen?«, stammelte Tim.

»Nun, da bin ich misstrauisch geworden. Ich konnte mich auch plötzlich wieder daran erinnern, dass ich Doktor Voosen bereits auf einer von Markus' Partys getroffen hatte. Und dann dachte ich mir, vielleicht stecken die drei ja unter einer Decke …«

»Aber warum hast du mir nichts davon erzählt?«

»Ich wollte erst sichergehen und dir keine falschen Hoffnungen machen! Also bat ich lediglich Markus' Vorgesetzte bei RTL um ein Treffen, das dann endlich heute Mittag stattgefunden hat, und was soll ich dir sagen … sie ist aus allen Wolken gefallen, als ich sie gefragt habe, warum ›Abgefahren‹ abgesetzt werden soll!«

»Nein!«

»Doch«, nickte Beate eifrig. »Die Dame wollte direkt heute Abend ein klärendes Gespräch mit Markus führen.« Sie zeigte überglücklich auf ihr Handy. »Und gerade bekomme ich eine SMS von ihr, dass das Ganze selbstverständlich nur ein schreckliches Missverständnis wäre und dass RTL auf keinen Fall auf ›Abgefahren‹ verzichten will!«

Tim wurde schwindelig. Ohne ein Wort ließ er sich rückwärts aufs Bett plumpsen.

»Alles okay?«, fragte Beate und setzte sich neben ihn. »Macht dich das nicht unheimlich glücklich?«

Tim umarmte sie stumm. »Du hast keine Ahnung, was das für mich bedeutet.«

»Na, dann ist ja alles wieder in Butter!«, strahlte Beate.

Doch Tim war noch immer nicht nach Lachen zumute. »Ich weiß gar nicht, womit ich so eine Granatenfrau wie dich verdient habe.«

»Ich auch nicht«, meinte Beate und beugte sich vor, um ihn zu küssen. Genau in diesem Moment klingelte ihr Handy.

»Geh nicht dran!«, sagte Tim leidenschaftlich.

»Ich muss. Das ist Ben … vielleicht ist irgendetwas mit Lenny!« Sie drückte die Annahmetaste und hielt dann eine Weile ihr Handy ans Ohr. Tim beobachtete besorgt, wie sich Beates Augen schockiert weiteten. Schließlich legte sie auf.

Tim blickte sie ungeduldig an. »Jetzt sag schon! Was hat Ben gewollt?«

»Er hat gerade die ganze Wahrheit über Adam Kowalski erfahren!«

»Und?«

Beate schüttelte den Kopf. »*Das* wirst du mir nie im Leben glauben!«

55.

Ich schlief fest, aber unruhig, wälzte mich ruhelos in meinem Bett hin und her. Wirre Träume störten meine sonst so friedliche Nachtruhe. Ich lief durch Schloss Winterfreude, schien jemanden verzweifelt zu suchen, doch die ganze Szenerie sah so verzerrt aus ... unheimlich.

Adam geisterte auch durch diese Alptraumwelt. In einem schier endlos langen Gang tanzte er im Walzerschritt auf mich zu. Überglücklich ihn zu sehen, rannte ich ihm entgegen.

Doch gerade als ich in seine ausgebreiteten Arme sinken wollte, verschoben sich die Konturen von Adams attraktivem Gesicht und verwandelten sich in eine abscheuliche Fratze.

Nein, das war nicht der Adam, den ich kannte. Dieser Adam war ein widerlicher Mörder. Ein Giftmischer.

Ich wollte bei seinem Anblick entsetzt aufschreien, bekam aber keinen Laut heraus.

Auf einmal lauerte dort noch jemand anderes im Dunkeln. Vor Angst blieb mir die Luft weg, aber ich konnte meine Augen nicht abwenden. Das musste Dariusz, der Zwilling, sein! Ich versuchte wegzulaufen, aber meine Beine versagten mir den Dienst. Wie gelähmt stand ich da und starrte die beiden bedrohlichen Kreaturen an.

Dariusz hielt ein glitzerndes Skalpell in der Hand, Adam eine Spritze ... mit einem blutrünstigen Grinsen kamen beide näher, immer näher, und plötzlich ...

... ein Poltern!

Mein Herz klopfte so heftig, als ob es mir gleich aus der Brust springen würde. *Das* hatte ich nicht geträumt! Mit zitternden Fingern ertastete ich den Notrufknopf und drückte ihn. Aber ich hatte schon wieder den falschen Schalter erwischt – denn plötzlich ging das Licht an.

Blinzelnd erblickte ich den echten Adam! Leider sah er in diesem Moment dem Mann aus meinem Alptraum täuschend ähnlich. Sein Gesichtsausdruck war grimmig, und er hielt tatsächlich ein Messer in der Hand.

War Adam wirklich ein Verbrecher?

Plötzlich verspürte ich statt Angst eine unglaubliche Wut. Wie konnte dieser Typ mich nur so an der Nase rumführen … mir den netten, gefühlvollen Kerl vorspielen!

Schon war ich mit einem Satz aus dem Bett gesprungen und schlug wie wild auf Adam ein, der verrückterweise gar nicht in meine Richtung schaute, sondern zu dem beigen Vorhang vor meinem Fenster.

»Du Scheißkerl!«, schrie ich. »Du mieses …«

»Pst, Lenja!«, flüsterte Adam und wehrte meinen Angriff locker und ganz ohne Einsatz seines Messers ab. Er stieß mich zurück aufs Bett und ging mit wenigen Schritten zu dem Vorhang, den er gerade so drohend gemustert hatte.

Mit einer fließenden Bewegung riss er das Stück Stoff beiseite. Vor Überraschung entfuhr mir ein spitzer Schrei, denn dahinter versteckte sich tatsächlich jemand.

Allerdings niemand, den ich jemals auch nur ansatzweise eines Verbrechens verdächtigt hätte. Selbst als ich sah, dass dieses Häufchen Elend tatsächlich eine Spritze in der Hand hielt.

Es war Nora. Diese kleine, feine Dame! Auf die hätte ich wirklich niemals getippt. Aber sie leistete Adam erstaunlich aggressiv Widerstand, als er versuchte, ihr die Giftspritze zu entwinden. Doch natürlich war er Nora haushoch überlegen, und so beschränkte sie sich schließlich darauf, mordsmäßig rumzukreischen.

In diesem Moment ging die Verbindungstür zu Friedrichs Zimmer auf – obwohl ich die ganz sicher abgeschlossen hatte –, und jede Menge Leute strömten herein: Gloria, Ben, Friedrich, Dieter, Paul und Leopold! Na prost Neujahr! Waren die etwa alle eingeweiht gewesen? Und nur mich als Opferlamm hatte man im Unklaren gelassen?

Dann wandte Adam sich mir zu. »Bist du okay?«, fragte er besorgt, während er Ben und Leopold dabei beobachtete, wie sie der keifenden Nora ein Beruhigungsmittel verpassten.

»Ich glaube schon«, sagte ich. Dann streikten auf einmal meine Beine. Ich ging in die Knie, doch bevor ich unzeremoniell auf den Boden klatschte, lag ich auch schon in Adams Armen. Und das war eigentlich kein schlechter Platz.

»Ach, Adam!«, hauchte ich ermattet.

»Er heißt Dariusz, nicht Adam«, klärte Leopold mich in seiner unnachahmlich gelassenen Art auf.

Fragend und etwas vorwurfsvoll blickte ich Adam … ähm … Dariusz an. »Stimmt das?«

Dariusz nickte. »Ja, Lenja. Mein wirklicher Name ist Dariusz Radziwiłł, und ich bin …«

»Könntet ihr beide mir bitte dabei helfen, sie auf ihr Zimmer zu tragen?«, fragte Ben, der sich um die nun wesentlich ruhigere Nora kümmerte. Leopold und Dariusz leisteten dem natürlich sofort Folge.

Mein geheimnisumwitterter Pole setzte mich sanft auf dem Bett ab. »Ich bin gleich wieder da. Bitte warte auf mich!«

Ha! Als ob ich jetzt weglaufen würde … jetzt, wo mich die Neugierde fast umbrachte. »Gloria! Kannst du mir mal erklären, was hier abgeht? Wieso heißt Adam in Wahrheit Dariusz?«

Doch Gloria lächelte nur. »Nein, Lenny, wir haben ihm alle schwören müssen, dass er dir das selbst erklären darf.«

Menno! Dass ich nach diesem Schock noch so auf die Folter gespannt wurde, war echt gemein!

»Aber vielleicht interessiert dich ja nicht nur dein Liebesleben, sondern auch, was mit Nora los ist«, bemerkte Gloria spitz, obwohl auch sie immer noch kreidebleich war.

»Ja«, sagte ich. »Ihr wollt mir doch nicht weismachen, dass ausgerechnet sie das Botox gestohlen und dann mitten in der Nacht die beiden Polinnen erst betäubt und dann so brutal zugerichtet hat!«

»Nein, diese Sache gehört auch zu Dariusz' Geschichte ...«, erläuterte Dieter.

Paul räusperte sich. »Trotzdem hat der Vorfall sie bestimmt auf diese schreckliche Idee gebracht.«

»Du meinst, es war also tatsächlich Nora, die Isobel und Simone vergiftet hat?« Ich konnte es immer noch nicht recht glauben.

»Ja«, brummten Paul, Friedrich und Gloria unisono.

»Aber wieso?«

»Anscheinend aus dem gleichen Grund, aus dem du auch hier bist ... ähm ... warst«, sagte Paul mysteriös.

Gloria klärte mich umgehend auf: »Sie hat sich wohl in Ben verliebt! Und du weißt ja ... altes Holz brennt nur sehr schwer, doch wenn es einmal in Flammen steht, brennt es lichterloh.«

Ungläubig starrte ich in die Runde. Paul und Friedrich nickten mir zu.

»Hat sie sich deshalb so auf jugendlich trimmen lassen?«

»Vermutlich.«

»Aber sie hatte doch keine Chance ...«, stammelte ich.

»Na ja, das hat dich auch nicht daran gehindert, hier dein Glück zu versuchen«, meinte Dieter schnippisch.

Gloria warf ihm einen bösen Blick zu. »Nein, Lenja, so einfach ist das nicht. Zum einen hat Ben sie wohl mit seinen charmanten Komplimenten ermutigt ...«

»... und dann hat ihr der Erfolg ja auch recht gégeben«, fuhr Paul fort. »Nachdem Ben Isobel den Magen ausgepumpt hatte, ist er nicht mehr mit ihr ausgegangen.«

»Das war doch etwas völlig anderes! Ben hatte rausgefunden, dass sie einen Freund hat«, erklärte ich.

»Aber das wusste Nora nicht.«

»Und es war ihr egal, dass Simone dabei hätte sterben können?«, fragte ich entgeistert.

Paul zuckte ratlos mit den Schultern. »Es sieht leider so aus! Denn dass Digitalis sehr gefährlich ist, wusste Nora ganz genau. Ihr ungeliebter Ehemann war Apotheker.«

Das musste ich erst einmal verdauen. »Wie seid ihr ihr nur auf die Spur gekommen?«

Gloria atmete tief durch. »Bereits seit geraumer Zeit hatte ich das ungute Gefühl, dass meine Herztabletten irgendwie schneller verschwinden als sonst. Aber natürlich wäre ich nie im Leben auf die Idee gekommen, dass Nora sie ...«

»... aus deiner Handtasche stibitzt?«, ergänzte ich tonlos. Ich hatte die Tabletten ja selbst gesehen. Beim Ball, als Noras Handtasche auf den Boden gefallen war, weil sie unbedingt mit Ben tanzen wollte. Oh Gott!

»Genau«, sagte Gloria.

»Irgendwie tut sie mir leid«, meinte Friedrich plötzlich. »Da hat sie sich auf ihre alten Tage noch einmal so richtig verliebt, und ...« Gloria legte ihm liebevoll ihre Hand auf den Arm.

Na ja. Mein Mitgefühl hielt sich gerade sehr in Grenzen. »Warum wollte sie dann heute Nacht mir an den Kragen?«, fragte ich, so ganz apropos.

»Warum wohl? Weil sie erfahren hatte, dass du keine ›alte Schachtel‹ bist wie sie selbst, sondern Bens blutjunge, schöne

Ex-Freundin. Sie hatte sicher Angst, dass sich zwischen euch wieder etwas anbahnt«, antwortete Gloria.

»Verstehe«, sagte ich, immer noch verstört.

»Außerdem hatte sie wohl gemerkt, dass ich Lunte gerochen habe, als Ben uns über die Digitalis-Vergiftungen aufgeklärt hat. Da wollte sie wohl keine Zeit verlieren, und deshalb, meinte Dariusz ...«

»Den Rest möchte ich Lenja bitte selbst erzählen«, sagte Dariusz freundlich, aber bestimmt, als er in diesem Moment wieder mit Leopold zur Tür reinkam. »Würde es euch allen etwas ausmachen, zu gehen? Ich würde gerne allein mit Lenny sein.«

Mein Zimmer leerte sich innerhalb weniger Sekunden. Selbst die sonst so bestimmende Gloria folgte Dariusz' Bitte umgehend. Es geschahen wirklich noch Zeichen und Wunder.

56.

Hand in Hand rannten Tim und Beate die Stufen hinauf. Doch gerade als sie die Eingangstür von Schloss Winterfreude öffnen wollten, wären sie um Haaresbreite mit Ben zusammengestoßen.

»Was ist passiert? Wie geht es Lenny?«, fragte Tim verzweifelt und legte schützend seinen Arm um Beates Schultern.

Ben hob beschwichtigend die Hände. »Alles ist okay. Lenny ist in Sicherheit und spricht gerade mit Adam … nein mit Dariusz. Ich muss mich erst noch an diesen anderen Namen gewöhnen.«

Erleichtert atmete Beate auf und lehnte ihren Kopf an Tims Brust. »Gott sei Dank. Wir haben uns solche Sorgen gemacht.«

Aber Tim ließ sich nicht so schnell besänftigen. »Und du lässt sie einfach mit diesem windigen Polen allein?«

Ben lächelte. »Also wenn du mich fragst, ist sie da in den allerbesten Händen!«

»Schwachsinn! Aber dir ist doch sowieso alles egal! Du wolltest sie ja von Anfang an loswerden, du Arschloch!«

»Tim!«, rief Beate entsetzt.

»Ach, stimmt doch. Das Manöver, um diese Psychopatin auf frischer Tat zu ertappen, war viel zu riskant. Lenny hätte wer weiß was passieren können!«

Ben ließ sich nicht aus der Ruhe bringen. »Eigentlich nicht, denn wir haben alle die ganze Zeit über im Nebenzimmer gewartet, und Dariusz ist sofort, als Nora die Tür aufgeschlossen hat …«

»Ach Hokuspokus!«, rief Tim. »Hauptsache, du kriegst endlich deine Krankenschwester. Richtig?«

»Tim! Schatz, du musst dich beruhigen. Lenny geht es gut, und ich habe dir doch erzählt, dass Dariusz kein Verbrecher ist.« Beate küsste ihn liebevoll auf die Wange.

Bens Augen weiteten sich. »Wie? Ihr zwei seid jetzt zusammen?«

Beate nickte. Doch Tim war immer noch wütend. »Was dagegen?«

Der Arzt schüttelte den Kopf. »Nein, da habe ich absolut nichts dagegen. Ich wundere mich nur. Ehrlich gesagt, habe ich immer geglaubt, dass Lenny und du, also dass ihr mal ein Paar werdet. Ich bin deswegen sogar ein bisschen eifersüchtig auf dich gewesen. Weil ihr immerzu unter einer Decke steckt, über die gleichen Dinge lacht und irgendwie wie füreinander ... «

»... gemacht seid«, vollendete Beate seinen Satz.

»Genau«, nickte Ben.

»Tja. Da hast du falsch gedacht. Lenny und ich sind beste Freunde. Aber ich liebe Beate«, knurrte Tim.

Beate blickte verwundert zu ihm hoch. »Wie, du liebst mich? Echt?«

»Echt«, bestätigte Tim kurz und erwiderte ihren Kuss dafür umso ausführlicher.

Ben schmunzelte. »Na, da passt dein ›Ach Hokuspokus‹ von vorhin doch wie die Faust aufs Auge.«

»Wie meinst du das?«, fragte Tim, während er Beate immer noch fest im Arm hielt.

»›Hokuspokus fidibus‹ ist gar kein Zauberspruch, wie man gemeinhin denkt«, setzte Ben an, »sondern das sind die Worte Jesu an seine Jünger beim letzten Abendmahl: Das ist mein Leib – *Hoc est corpus meum* –, und irgendwann musste dann auch noch etwas »für die Glaubenden« kommen, also *fidelibus* –, und da die Messe früher auf Latein abgehalten wurde

329

und diese Worte ziemlich oft vorkamen, haben die einfachen Leute sich das eben gemerkt und sie rasch aufgesagt, sobald sie ein Wunder oder etwas Ähnliches brauchten ..., allerdings so, wie sie es verstanden hatten!« Er schmunzelte.

»Du meinst also, dass hier ein Wunder geschehen ist?«, erkundigte sich Beate amüsiert.

Ben lächelte. »Wenn wir plötzlich alle in festen Händen sind, sieht es doch fast danach aus.«

57.

Also, wer bist du nun?«, fragte ich eindringlich.
Doch Adam, nein, Dariusz nahm mich erst einmal in die
Arme und küsste mich ausgiebig. Und dagegen war nun wirklich auch nichts einzuwenden.

Dann – nach einer ganzen Weile, die mir allerdings immer
noch viel zu kurz vorkam – setzte er sich, mit mir auf dem
Schoß, auf mein Bett und holte tief Luft.

»Also, wie gesagt«, fing er an, »in Wahrheit heiße ich Dariusz
Radziviłł. Und ich arbeite als freier Journalist fürs Fer ns…«
Ich zog eine Augenbraue in die Höhe. »Journalist? Ich dachte, du studierst Sozialwissenschaften und machst hier ein
Praktikum?«

Dariusz lächelte. »Tja, du bist eben nicht die Einzige, die inkognito unterwegs war!«

»Das scheint mir aber auch so«, sagte ich nüchtern. »Was hast
du denn in Schloss Winterfreude recherchiert?«

»Ursprünglich wollte ich – sozusagen undercover – darüber
berichten, wie polnische Pflegekräfte in deutschen Altenheimen behandelt werden. Aber dann ist mir erst die Sache mit
Gosia und Agnieszka dazwischengekommen, und dann …«

»Worum ging es denn dabei? Wer hat die armen Frauen so
zugerichtet?«, löcherte ich ihn, bereute es allerdings gleich.
Ben hatte es immer gehasst, wenn ich ihn mitten im Satz unterbrochen hatte. Trotzdem musste ich das jetzt einfach wissen.

Glücklicherweise reagierte Dariusz viel verständnisvoller als
mein Ex. »Natürlich steckt da niemand von den alten Leuten
hinter. Ich erzähle dir am besten alles in der Reihenfolge, in

der ich es selbst entdeckt habe. Zunächst einmal ist mir aufgefallen, dass Gosia Polnisch mit deutschem Akzent gesprochen hat. Als ich sie danach fragte, hat sie mir erklärt, dass sie halb, halb ist, also eine deutsche Mutter und einen polnischen Vater hat.«

»Deswegen hat sie mit Tim am Telefon auf einmal perfekt Deutsch gesprochen«, warf ich ein. »Aber warum sollte sie nur so tun, als ob sie Polin ist?«

»Erstens ist sie mit einem Polen verheiratet und lebt tatsächlich in Polen. Und zweitens hatte das wahrscheinlich auch mit dem Hoteldirektor zu tun.«

»Mit Herrn Geiger?«, erkundigte ich mich überrascht.

Dariusz nickte. »Aber immer schön der Reihe nach. Denn als Nächstes habe ich bemerkt, dass Gosia und Agnieszka als Einzige ihren Reinigungswagen … du weißt schon, das Ding, auf dem die ganzen Putzmittel stehen … ab und zu mit in ihr Zimmer genommen haben.«

»Wozu?«

»Das habe ich mich auch gefragt, denn die Zimmer im Personaltrakt werden normalerweise von jemand anderem gereinigt … und zu guter Letzt kam es mir spanisch vor, dass die beiden von Direktor Geiger so viel Sonderurlaub genehmigt bekommen haben.«

»Sonderurlaub?«, wiederholte ich überrascht.

»Ja! Weißt du, viele Polinnen arbeiten in Deutschland, weil es hier so viele unbesetzte Stellen im Reinigungsbereich oder in der Pflege gibt. Natürlich sind die Gehälter auch besser als in Polen. Und die meisten besuchen alle paar Monate ihre Familien … aber Gosia und Agnieszka sind regelmäßig fast alle zwei Wochen für ein paar Tage weggefahren. Normalerweise macht das doch kein Arbeitgeber mit, oder?«

Ich schüttelte den Kopf.

»Eines Tages war dann die Tür zu ihrem Zimmer nur angelehnt, und da bin ich reingegangen und habe mich umgesehen. Und da habe ich entdeckt, dass die beiden in großem Stil rezeptpflichtige Medikamente gebunkert hatten.«

»Wie bitte? Aber warum hat dann niemand von Schloss Winterfreude die Polizei verständigt? So etwas fällt doch auf.«

»Weil der hochgradig korrupte Direktor Geiger natürlich mit drinhängt. Er ist sogar der Kopf der Bande und hat einen ausgeklügelten Plan entwickelt, bei dem nie einer der regulären Ärzte für die Verwaltung des Medikamentenvorrats zuständig ist, sondern immer nur eine Vertretung. So wie Ben.«

»Wow, das ist ja ganz schön starker Tobak! Und was hast du mit deinem Wissen gemacht?«

»Ich wollte Gosia und Agnieszka eine Chance geben, sich selbst zu stellen. Sie waren sowieso nur Geigers Handlanger und wären wahrscheinlich bei einer Selbstanzeige ungeschoren davongekommen, aber ...«

»Ach, darum ging es also bei eurem Streit kurz vor dem Botox-Vorfall?«

»Genau. Gosia war rasend vor Wut, dass ich ihr diese einträgliche Tour vermasseln wollte. Außerdem hatte sie unglaubliche Angst vor Geiger.«

»Warum?«

»Weil sie zu Recht vermutete, dass Geiger uns alle drei, also Agnieszka inklusive, auf die eine oder andere Art zum Schweigen bringen würde, wenn er erst einmal erfuhr, dass ich ihrem Komplott auf die Schliche gekommen war. Geiger war gierig, wollte aber auch seinen Status als Generaldirektor auf keinen Fall aufs Spiel setzen. Deshalb war er ultravorsichtig. Auf eine fast schon paranoide Weise. Er zwang Gosia sogar dazu, nur gebrochen Deutsch zu sprechen, damit sie unter dem ansonsten rein polnischen Personal nicht auffiel. Um zu verhindern, dass sein Deal aufflog, wäre ihm wohl jedes Mittel recht gewesen. Und nachdem ich ihr gesagt hatte, dass ich die ganze Sache keinesfalls unter den Tisch kehren würde, wollte Gosia sich und Agnieska so schnell wie möglich aus der Schusslinie bringen. Und deswegen hat sie sich dann …!« Dariusz machte ein bekümmertes Gesicht.

Ich ahnte bereits, was jetzt kam. »Sie haben sich das Botox selbst gespritzt, nicht wahr?«

Dariusz nickte. »Die beiden haben zuerst einen Beruhigungsmittel-Cocktail geschluckt, der wohl etwas zu stark ausgefallen ist, und sich dann gegenseitig so mit Botox und Hyaluronsäure zugerichtet, dass Geiger nicht anders konnte, als sie sofort nach Polen zu verfrachten. Alles andere wäre zu auffällig gewesen. Zumal ja Ben und ich Zeugen der ganzen Aktion geworden waren.«

»Warum haben sie denn nicht einfach gekündigt?«

»Geiger hätte ihnen niemals geglaubt, dass sie ihre lukrative Nebenbeschäftigung grundlos aufgeben, und hätte sie so lange gegrillt, bis die Wahrheit ans Licht gekommen wäre. Das wäre dann für uns alle drei sehr gefährlich geworden. Nein, die Botox-Geschichte war ein Ablenkungsmanöver, ein wirklich geschickter Befreiungsschlag.«

»Aber Geiger hat doch danach selbst noch diesen Privatdetektiv engagiert«, sagte ich verblüfft.

»Tja, er ist zwar kriminell und korrupt, aber nicht ganz dumm«, bemerkte Dariusz. »Denn wenn der Besitzer des Altenheims jemals von dieser Geschichte Wind bekommen hätte, hätte Geiger sich zumindest damit rausreden können, dass er immerhin einen Privatdetektiv engagiert hat …, der allerdings in der kurzen Zeit, die Geiger ihm zugestand, gar nichts finden konnte.«

»Wahnsinn. Was für ein gerissener Halunke!«, sagte ich gegen meinen Willen beeindruckt. Doch dann fiel mir noch etwas ein: »Wer hat denn eigentlich die leeren Verpackungen und die restlichen Pralinen weggeschmissen?«

Dariusz zuckte mit den Schultern. »Wir können sie ja später dazu befragen, aber ich vermute, dass Simone kurz nach ihrem Einzug im Tatortzimmer einmal gründlich aufgeräumt hat und dabei hygienische Einweghandschuhe trug.«

Ich blickte Dariusz kritisch an. »Und warum hast du dieser kriminellen Gosia überhaupt Pralinen geschickt? Du weißt schon, mit Grußkarte?«

Dariusz sah mich amüsiert an. Hatte er meine Eifersucht rausgehört? Er strich mir liebevoll eine Strähne aus dem Gesicht. »Lenny, ich habe diese Pralinen nicht an Gosia geschickt. Sie hat wahrscheinlich nur Lust auf Schokolade gehabt, denn sie hat die Pralinen dem eigentlichen Empfänger aus dem Zimmer geklaut!«

»Und wer war das?«, fragte ich gespannt.

»Friedrich.« Dariusz lächelte. »Er war mir auf die Schliche gekommen, dass ich eben mitnichten ein normaler Praktikant bin, und hatte sich bereit erklärt, darüber Stillschweigen zu bewahren.«

»Warum?«

»Weil er wusste, dass ich unbedingt weiter in Schloss Winterfreude bleiben wollte.«

»Aber wieso? Wenn deine Arbeit hier zu Ende war und der Geiger-Fall so gut wie aufgeklärt, hättest du doch auch alles deiner Redaktion beziehungsweise der Polizei übergeben können.«

»Nein, das ging nicht.«

»Warum nicht?«, erkundigte ich mich verdutzt.

»Weil ich mich in der Zwischenzeit verliebt hatte.«

»Oh!«

335

»Ja, genau … oh!«, lächelte Dariusz und küsste mich auf die Nasenspitze.

»Du hast dich doch nicht etwa in mich als alte Schachtel verliebt?«, fragte ich ihn streng, denn das wäre mir irgendwie auch nicht recht gewesen. Dann hätte er sich ja gar nicht in mich mit all meinen Vor- und Nachteilen verliebt.

Dariusz schüttelte den Kopf. »Nein, Schatz. Das habe ich nicht. Ich habe mich in dieses völlig verrückte, unglaublich liebenswerte Mädchen verliebt, das sich hier eingeschlichen hat, um seinen Ex zurückzuerobern.«

»Woher wusstest du das?«, fragte ich wie vom Donner gerührt.

»Nun, dass mit dir irgendetwas nicht stimmt, ist mir schon bei deinem Einzug aufgefallen. Du hast nicht wie eine alte Dame gesprochen. Und du hast Beate hinter deinem Rücken den Mittelfinger gezeigt! Was ich natürlich in dem mir gegenüberliegenden Spiegel glasklar erkennen konnte.«

»Nein!«, rief ich entsetzt.

»Doch!«, bestätigte Dariusz verschmitzt. »Und dein unverhältnismäßig großes Interesse an Doktor Hohenfels ist mir auch nicht entgangen. Aber so richtig habe ich mich verliebt, als ich mehr und mehr Zeit mit dir verbracht habe und gemerkt habe, wie sensibel und warmherzig du bist.«

O Mann. Vor lauter Rührung stand mein schier unerschöpflicher Tränenvorrat schon wieder quasi Gewehr bei Fuß. Achtung, fertig … Wasser marsch! Verdammt!

»Lenny, du brauchst doch nicht weinen!« Dariusz umarmte mich und küsste mir die Tränen von der Wange.

»Aber daaaa …«, schluchzte ich aufgewühlt, »da hattest du mich noch immer nicht in natura gesehen!«

Auf einmal sah Dariusz etwas schuldbewusst aus. »Doch, hatte ich schon. Seit der Geschichte mit Isobel wollte ich auf

Nummer sicher gehen, dass dir niemand etwas antut. Und so habe ich jede Nacht vor deiner Tür Wache gehalten.«

Gut, das wusste ich schon. »Aber da konntest du mich doch trotzdem nicht sehen«, flüsterte ich verwirrt.

»Nein, aber hören. Ich habe ein paar deiner Telefonate mitbekommen. Und auch wenn ich nicht jedes Wort verstanden habe, fiel das Wort ›TV-Junkies‹ doch ziemlich oft, und da habe ich es einfach mal gegoogelt. Auf der entsprechenden Webseite habe ich dann als Erstes ein Foto von deinem *Neffen* Tim gesehen, der dich in meinem Beisein öfter mal mit ›Lenny‹ angesprochen hatte! Und da es unter den ganzen Mitarbeitern nur eine einzige Lenja gab, die noch dazu Drehbuchautorin war, habe ich messerscharf kombiniert, dass unter der Verkleidung wohl diese unfassbar schöne Frau von dem Mitarbeiterfoto stecken muss!«

Ich umarmte ihn so sehr, dass es wehtat, und Dariusz drückte mich fast ebenso fest zurück.

Plötzlich, bevor ich mich gänzlich in seinen Armen und der glückseligen Gewissheit verlor, dass ich endlich den »Richtigen« gefunden hatte, musste ich wieder an dieses Sprichwort denken, das ich vor gefühlten hundert Jahren so verteufelt hatte: Der Weg ist das Ziel.

Doch ... da war schon was dran!

58.

Fast auf den Tag genau ein Jahr später

Verdammt! Verdammt! Verdammt! Ich rannte, aber natürlich hätte ich eine so eklatante Verspätung nur aufholen können, wenn ich mit einem Düsenjet unterwegs gewesen wäre ... war ich aber nicht. Außerdem ging es bergauf und mein bauschiges Kleid, in dem ich mich alle paar Meter verhedderte, war auch nicht gerade hilfreich.

Doch jetzt kam endlich die von hohen Tannen umgebene Bergkirche in Sicht. Und sie schaute wirklich genau so aus, wie ich sie mir in meinen Träumen immer ausgemalt hatte. Weiß, schlicht, lieblich. Der ideale Ort, um sich das Jawort zu geben. Besonders, wenn man dabei nicht so verschwitzt und abgehetzt aussah, wie ich gerade. Verdammt!

Die letzten Meter ... und ich warf meinen internen Turbo an! Ich lief, als gelte es noch nachträglich die Bundesjugendspiele zu gewinnen, denn die Vorstellung, dass meine Freunde und Bekannten – und selbstverständlich, allen voran, mein über alles geliebter Dariusz und ... ähm ... der Pfarrer – gerade verzweifelt auf mich warteten, spornte mich mordsmäßig an. Warum hatte ich nicht auf Beate gehört und war mit ihr und Tim zur Kirche gefahren? Warum musste ich ausgerechnet heute, ausgerechnet kurz vor der Trauung die allerletzten Zeilen der neuen Drehbücher von »Abgefahren« schreiben? Obwohl mir diese nächste Staffel wieder ganz gut geglückt war. Aber trotzdem! »Pünktlichkeit ist die Tugend der Könige«, hatte Bens Mutter schon früher immer spitz gesagt, wenn ich bei den Hohenfelsschen Feiern zu spät gekommen war.

Dabei war mein Leben gerade so wunderbar perfekt. Alles

lief wie am sprichwörtlichen Schnürchen. Dariusz und ich waren glücklich miteinander. Und das, obwohl ich mich bei ihm kein bisschen verstellen musste, sondern ganz einfach ich selbst sein konnte, mit all meinen Fehlern und Schwächen. Er liebte mich tatsächlich als unvollkommenes Gesamtpaket.

Beruflich lief auch alles rund. Die letzte »Abgefahren«-«-Staffel, die in Schloss Winterfreude gedreht worden war, hatte die bisher höchste Einschaltquote von allen. Herr Dragetin war übrigens wegen »künstlerischer Differenzen« ziemlich schnöde von RTL gefeuert worden. Er hatte sein rüdes Verhalten Tim gegenüber nicht mit seiner Chefin abgesprochen, und als diese gemerkt hatte, dass Dragetin mit ihrem Quotenbringer rumzockte, war sie ganz und gar nicht erfreut gewesen. Tja, so konnte es gehen. Die »TV-Junkies« und Tim waren dann für das durch Dragetin erlittene Mobbing mit einem profitablen Fünfjahresvertrag entschädigt worden.

Wenn ich nicht gerade für unsere Serie schrieb, reiste ich inzwischen viel mit Dariusz rum, denn seine preisgekrönten Reportagen erforderten nun mal einiges an Mobilität. Doch so oft ich einen freien Moment hatte, schaute ich bei meinen Freunden in Schloss Winterfreude vorbei. Wobei Herr Geiger inzwischen wohlverdient im Gefängnis saß und auf seinen Prozess wartete. Er hatte direkt nach dem Telefonat mit Isobel, in dem ihm von meiner Verkleidung berichtet worden war, versucht, sich aus dem Staub zu machen, da er natürlich angenommen hatte, dass es sich bei mir um eine Undercover-Polizistin handelte. Interpol hatte ihn dann zwei Monate später in Spanien ausfindig gemacht und nach Deutschland überführt. Inzwischen war ein neuer Direktor eingestellt worden.

Auch Nora wohnte nicht mehr in Schloss Winterfreude ... sie wurde stationär in einer Nervenheilanstalt betreut. Inzwischen tat sie mir sehr leid. Ihre unerfüllte Liebe zu Ben hatte sie völlig aus der Bahn geworfen. Obwohl sie all diese Verjüngungstorturen über sich hatte ergehen lassen, war die Geschichte für sie nicht gut ausgegangen. Irgendwie musste ich oft an das Gespräch denken, dass ich damals mit Gloria im Park geführt hatte. Es lastete wirklich ein wahnsinniger Druck auf uns Frauen, immer schön und jung auszusehen, doch wahres Glück konnte man eben leider auch nicht mit Botox und Co. herbeispritzen. Hoffentlich würde Nora die begonnene Psychotherapie helfen. Ich hatte gehört, dass Paul sie sehr oft in der Anstalt besuchte … und manchmal kam das Glück ja auf verschlungenen Pfaden daher. Vielleicht würde es schlussendlich also doch noch ein Happy End für sie geben. Wie man an Gloria und Friedrich sehen konnte, war es dafür eigentlich nie zu spät.

Wer stand denn da vor der Kirche und schmauchte in aller Seelenruhe eine Zigarre? Der liebe Leopold! Also musste ich noch einmal abbremsen – jetzt war ich sowieso so spät dran, dass diese zwei Minuten auch nichts mehr ändern würden.

»Was machst du hier draußen?«, fragte ich ihn streng. »Warum bist du nicht mit den anderen in der Kirche?«

»Ach, ich glaube, ich spare mir diesen schmalzigen Humbug da drinnen. Sei mir bitte nicht böse.«

Ich kniff missbilligend die Augen zusammen. »Aber Leopold, eine Hochzeit ist doch nicht schmalzig! Das ist etwas Heiliges, Wunder…«

»Man kann wirklich auch ohne den Segen der Kirche glücklich werden, Lenja. Glaub mir das.« Leopold ließ eine neue Schwade Rauch aufsteigen. Er lächelte selig.

Ich blickte ihn zweifelnd an.

»Los! Jetzt geh schon rein!«, sagte er dann. »Die warten auf dich!«

Ich betrat die Kirche. Alle Anwesenden drehten sich tuschelnd zu mir um. Nur Ben fehlte leider, obwohl er selbstverständlich auch eine Einladung bekommen hatte, aber er war mit Simone noch immer in Nicaragua. Inzwischen arbeiteten die beiden bei einer anderen Hilfsorganisation, die sich vor allem um kranke Kinder kümmerte. Da konnten sie natürlich nicht für einen einzigen Ehrentag anreisen. Doch die schwangere Beate, die mit Tim in der vordersten Reihe saß, sah mich mit typisch tadelnder Miene an.

Der neben dem Bräutigam stehende Pfarrer reagierte hingegen ganz cool: »Nun, da auch Frau Schätzing glücklich eingetroffen ist, können wir ja beginnen.«

Während er die einleitenden Worte sprach, wechselte ich schnell einen entschuldigenden Blick mit Dariusz, aber der lächelte nur amüsiert. Ach, Dariusz, du Bester, du Liebster ...

Der Pfarrer kam nach einigen bewegenden Worten rasch zum Punkt: »Und so frage ich dich, Friedrich Graf Warstein zu Alden, als Ehemann vor Gottes Angesicht: Willst du mit deiner dir angetrauten Ehefrau, Gloria Thorwald, nach Gottes Ordnung leben; sie ehren, lieben, trösten, ihr Hilfe und Beistand erweisen ...?«

Nachdem sowohl Friedrich als auch Gloria unter Tränen mit »Ja« geantwortet hatten und Dariusz und ich als Trauzeugen hinter ihnen aus der Kirche und durch den Konfetti-Regen marschiert waren, nahm Dariusz mich liebevoll in die Arme und fragte: »Na, wie geht die neue Staffel aus, Lenny? Kommt ›Adam‹ lebend davon? Oder wird er deinem spannenden Plot geopfert und im Kugelhagel niedergemetzelt, damit Lara künftig wieder frei und ungebunden agieren kann? Dramaturgisch würde ich dir jedenfalls dazu raten. Nichts ist so langweilig wie eine glücklich verliebte Titelheldin.«

Errötend zog ich einen Ausdruck der letzten Drehbuchseite aus meiner Handtasche und reichte sie Dariusz. Er las sie schweigend.

ADAM

Hm, was meinst du, Lara? Jetzt, wo wir den Psychopathen in der allerletzten Minute dingfest gemacht haben und auch dieses neue Abenteuer unbeschadet überstanden haben … Könntest du dir eventuell vorstellen, wenigstens zu deiner eigenen Trauung pünktlich zu erscheinen?

LARA
(ungläubig)
Wie meinst du das?

ADAM

Du weißt schon … mit mir? Vor dem Altar? Oder findest du das spießig?

Doch Lara ist zu überwältigt, um ihm zu antworten … sie fällt ihm wortlos um den Hals.

ADAM
(verunsichert)
Ist das jetzt ein Ja? Oder ein Nein?

LARA
(schluchzend)
JA! JA! JA!

Langsam umkreist die Kamera das weltvergessene Paar und gleitet dann über den im Regen schimmernden Asphalt zur nächtlich beleuchteten Silhouette des Kölner Doms.

ENDE

»Wie findest du es? Zu kitschig?«, fragte ich atemlos, als Dariusz mir mit einem gerührten Gesichtsausdruck das Blatt Papier zurückgab.

Er drückte mir einen Kuss auf die Wange. »Das, mein Schatz, ist das allerbeste Drehbuch, das du je geschrieben hast! Und irgendwie glaube ich, dass es nicht das letzte gemeinsame Abenteuer von Lara und Adam ist. Oder?«

»Nein«, bestätigte ich lächelnd. »Die beiden haben noch viel zusammen vor!«

Dariusz blickte mir tief in die Augen. »Genau wie wir.«

Danksagung

Wie immer habe ich unfassbar vielen Leuten zu danken! Schreiben ist manchmal eine recht einsame Angelegenheit, und daher weiß ich die liebevolle, tatkräftige Unterstützung wirklich zu schätzen! Ich danke …

- an allererster Stelle meinen Lesern und Freunden auf Lovelybooks.de und Facebook! Allen voran: Turtlestar-Mellie, Liberty52, Solara 300, Wombel und Zauberblume! Aber auch den vielen anderen, die mich und meine Bücher so treu begleiten!
- Martina Wielenberg und Hannah Brosch für das kluge, kompetente Lektorat und die gute Zusammenarbeit.
- meinen bloggenden Vorab-Lesern: Sandra/Fabella von buchzeiten.blogspot.de und Beate von buchplaudereien.de.
- Eliane Wurzer dafür, dass sie mit mir nicht nur in puncto Humor und Kindererziehung auf der gleichen Wellenlänge schwimmt!
- allen bei Neobooks.de! Mit euch hat alles angefangen …
- meiner Agentin Conny Heindl, die sich immer fröhlich und engagiert für mich und meine Manuskripte einsetzt!
- meiner Schwester Steffi und meinen Eltern, die so bereitwillig die »Ausbeute des Tages« lesen. Ohne euer liebevolles Feedback wäre ich aufgeschmissen!
- Herrn Armin Gontermann, der leider viel zu früh abgetreten ist, für die schöne »Hokuspokus fidibus«-Erklärung.
- Und last but certainly not least: Anabel, Isabelle, Antoine und Pierre. Es braucht nicht viel, um glücklich zu sein … Ihr reicht mir schon!

Wenn ich ihn kriege – darf ich ihn behalten?

JANE COSTELLO

Traumtyp to go

Roman

Dauersingle Abby ist frustriert: Ihre Blaubeermuffinsucht macht sich so langsam auf den Hüften bemerkbar, und potenzielle Traumtypen scheinen im Moment so weit entfernt wie Astronauten im Weltall. Doch dann läuft ihr Tom buchstäblich vor die Füße, und Abbys bisheriges Leben wird völlig auf den Kopf gestellt …

»Wenn ihr Fans von Sophie Kinsella seid, werdet ihr dieses Buch lieben.«
Cosmopolitan

ANDREW CLOVER

Die Liebe ist eine heimtückische Herausforderung

Roman

Für Polly ist Arthur der Ikea-Schrank unter den Männern – auf Fotos sieht er gut aus, aber wenn man ihn bittet, etwas zu halten, bricht er zusammen. Die beiden sind seit zehn Jahren verheiratet und haben drei reizende, aber nervenaufreibende Kinder. Ihre Gefühle füreinander wurden längst im Familienalltag und unter Wäschebergen erstickt, in Geschirrspülmaschinen ertränkt und in Familienkalendern totorganisiert. Als Arthur für ein Magazin über den Online-Kurs Learn Love in a Week schreibt, fragt er sich, ob seine Ehe noch zu retten ist. Und wenn man die Liebe tatsächlich in einer Woche lernen kann, verliebt man sich dann auch noch einmal in den eigenen Partner?

»Der Roman ist in einem humorvollen Stil geschrieben, der mit der liebenswert-chaotischen Familie und den diversen Verwicklungen an so manche Sitcom erinnert.«
LoveLetter

Liebe, Lust und Leberkäs

FRANZISKA WEIDINGER

Keine Sau hat mich lieb

Roman

Himmiherrgottsakrament! Burgi Schweinsteiger, Metzgerin aus Untermarktlbrunn, kann es nicht glauben. Da verläuft sich einmal ein interessanter Mann ins Dorf, prompt hat ihr Vater, der Hallodri, einen »kleinen Unfall«, der sich als ausgewachsene Katastrophe entpuppt. Statt mit dem Filetstück von Mann über das Leben, die Liebe und die Literatur zu plaudern, muss Burgi tricksen, was das Zeug hält. Schließlich steht nicht nur der Familienbesitz, die Metzgerei, auf dem Spiel, sondern auch der erste bayerische Poetry Slam der Geschichte, die Ehre ihrer besten Freundin und Burgis Traum von einem Leben mit etwas mehr Poesie…